[新装版] 血と骨(上)

梁石日《ヤン・ソギル》

［新装版］　血と骨（上）

1

「みんな起きろ！　いつまで寝てる気や。仕事やぞ」

職長の田辺治郎は午後二時になると、大部屋に寝ている住み込みの職人たちを起こすのが日課になっていた。いつものことだが、起きようとしない職人たちを二度、三度、大声を張りあげて起こさねばならない。それでも起きないときは布団をまくり上げて職人たちを蹴飛ばした。

工場の二階の八畳の部屋には六人の職人が住み込んでいる。酒に酔い潰《つぶ》れて泥だらけの服を着たまま寝込んでいる者もいれば、喧嘩《けんか》をして血だらけになった顔を手当てもせずに寝ている者もいる。一カ月以上、銭湯に行っていない根本信高は全身からすえたような臭《にお》いを発散させていた。綿のはみだした布団は血と垢《あか》と脂肪にまみれて襟《えり》のあたりが黒光りしている。そのうえ一年以上も布団を上げたことがなく、掃除もしない部屋はゴミや一升瓶やぼろ切れのようになった下着類が散乱していて、豚小屋よりひどい状態だった。天井の四隅や押し入れの中には蜘蛛《くも》の巣が張りめぐらされ、冬だというのにゴキブリが這《は》っていた。柱と壁の隙《すき》間《ま》を職人たちの血を吸ってまるまると太った南京《ナンキン》虫の大群が行進している。蚤《のみ》が愉快に跳ね回り、狂騒的な宴《うたげ》に興じている。

田辺職長に二度、三度起こされた職人たちはようやく重い体をもたげると、寝呆けまなこをこすってまるで鎖につながれた囚人みたいにぞろぞろと階段を降りて工場の奥の便所へ行く。ここでも順番待ちしている職人たちの間でひと悶着《もんちゃく》起きる。便所に入ってなかなか出てこない新井健二に二日酔いの野口嘉之が、

「はよ出んかい。何さらしてるんじゃ」

とがなりたてている。

「痔や。ケツが痛《いと》うて、たまらん。もうちょっと待ってくれ」

新井は苦痛に耐えかねるような声で答える。その苦痛に耐えかねる声が、あのときの呻《うめ》き声のように聞こえるのだった。

「せんずりかいてんのとちがうのか。ええかげんにさらせ、このアホ」

我慢しきれなくなった野口は溝に向かって放尿を始めた。野口の馬のような放尿は溝を伝って台所へと流れていく。いましも職人たちの食事の用意をしている台所に、魚のあらを煮込んでいる匂いと尿の匂いの混淆《こんこう》したなんともいえない悪臭が漂うのだった。

「また溝に小便してるのかいな。ええかげんにしいや。臭《くそ》うておられへんわ」

毎度のことだが、たまりかねた賄《まかな》い婦の高橋京子は大きな鍋《なべ》で煮込んでいる魚のあらをかきまぜていた長い杓《しゃく》を持ったまま便所にやってきて言った。

「新井のガキが悪いんじゃ。あいつがなかなか出てこんさかい、こないなるんや。文句あったら、あいつに言うてくれ」

と野口は新井に責任転嫁して、長々と気持ちよさそうに放尿していた。

洗顔する者もいれば洗顔しない者もいる。西村富正が大きな欠伸《あくび》をして体を後ろにそらせて背伸びした。まだ眠気から醒《さ》めないみんなは、しかしのろのろと仕事にかかる仕度をした。ゴムの長靴をはき、一カ月に一度、洗うか洗わないかのような汚い前掛けをして包丁を握って組板《まないた》の前に立った。厚さ三十センチ、幅二メートル、長さ四メートルもある一枚板の大きな組板である。その組板の上に箱詰めにされている甘鯛をぶちまけ、十人の職人たちが、そのはらわたを手際よく処理していく。

「東邦産業」には十二人の職人がいる。そのうち六人が住み込みで、六人が通勤していた。工場へ一番最初に出てくるのは経営者の野尻栄吉であった。温厚な性格の野尻社長は工場へ来ると一人黙々と仕事をする。経営者自らが率先して現場の仕事を文句もいわずに黙々とこなすことで、職人たちも否応なしに動かざるを得ない雰囲気をつくりだしていた。

職人たちを起こす役目は田辺職長だったが、一人だけ声を掛けられない職人がいた。金俊平である。金俊平だけは鬼の職長と言われている田辺治郎も敬遠していた。

「おい、加藤、金さんを起こしてこい」

と田辺職長は若い加藤繁雄に命令口調で言う。だが若い加藤は尻ごみした。

「冗談やないで。職長が起こしてくださいよ」

三十分が過ぎても起きてこない金俊平に、しめしのつかない田辺職長はいらだっていた。彼は目線を二階に向けて渋い顔をした。いつも遅いのだが、今日は特に遅い。だが、誰一人金俊平を起こしに行く者はいなかった。そして仕事が始まってから四、五十分もしたころ金俊平が起きてきた。便所に行き、洗顔をすませ、ふたたび二階へ上がって作業服に着替えてやっと仕事につくのだった。

身長一メートル八十三、四センチ、体重百キロ近い巨漢の金俊平が仕事場に現れると、それだけで周囲の者は威圧感を覚えた。狭い額、扁平《へんぺい》な鼻梁《びりょう》、ぶ厚い唇、頑丈な顎《あご》を支えている太い頸《くび》、その魁偉《かいい》な風貌にもまして鋭い眼光は何者をもよせつけない。一筋縄ではいかない海千山千ぞろいの職人たちも、金俊平の前では何も言えなかった。ふとした拍子に金俊平の内面に一歩踏み込むと、たちまち何かが起きるのである。したがって、触らぬ神にたたりなし、であった。

蒲鉾《かまぼこ》工場の勤務時間は一般の仕事とちがって午後二時か三時頃から始まる。そして午前四時頃に終わる。つまり夜中に仕事をしているのだ。鶴橋《つるはし》の卸問屋の開店時間は午前四時頃で、その卸問屋の開店時間に合わせるためであった。

十人の職人たちは談笑しながら大きな俎板にぶちまけた魚のはらわたを処理していく。レンガを積み重ねて造った溝型の長い焼き台に炭火をおこしていた田辺職長が、

「原のガキはまだ帰ってこんのか」

と言った。

魚のはらわたを取り出して樽《たる》に放り投げていた野口が下品な笑い声をたてた。

「飛田《とびた》へ行ったら、あいつは一週間くらい帰ってきまへんわ。なんせ好きな女《おな》ごがいまっさかい」

「そうや。その好きな女ごがほかの男に買われるのがいやで、あいつが毎晩買《こ》うてますのや」

ヤニだらけの歯を見せてにやけた顔の西村が言った。

「そう言うおまえは、ときどき内緒で原の女を買いに行ってるのとちがうのか。たちの悪い奴やで、おまえは」

野口が軽蔑《けいべつ》するような眼で西村を見た。

「そない言うけど、これがまたええ女ごやねん。あそこのしまり具合もええしな。原が惚《ほ》れるのも無理ないわ」

臆面《おくめん》もなく西村は同僚が惚れている遊女を買って、彼女の姿態について、あのときの表情や呻き声について、微に入り細にわたって話すのである。若い加藤は好奇心をつのらせて、一度原の女を買ってみようかという気になるのだった。下世話な話題ほどみんなの興味をそそるものはない。罪悪感は射精のように放出され、魚の身と一緒にミンチにされる。

はらわたを取り出した魚は樽水で洗浄されて身落とし機（圧縮機）にかけられた。網状の受け皿に載せられた魚は圧縮機にガチャンと押し潰されて身だけが網の目から抜け落ちて骨と皮だけが残る。そしてつぎはミンチにした身と小麦粉、でんぷん、塩を大きな臼《うす》の擂擂機《らいかい》に入れて腕のような二本の練り棒でかき混ぜる。やがてこねあげられた魚の身と小麦粉とでんぷんは餅のようにねばり気のある蒲鉾になる。その蒲鉾を俎板の上にどさっと載せて職人たちは蒲鉾板に形を整えて盛っていくのである。形も量もほとんど同じ大きさに盛るのが職人たちの腕の見せどころであった。それから蒸し器で蒸された蒲鉾の表面をちょうど焼き鳥や蒲焼《かばや》きのように焼き台で焼き、ごま油を塗る。これで光沢のある蒲鉾の出来上がりである。

食事は午後六時と午前零時の二回である。水を流して俎板を洗い、その前で立ったまま食べる。二人の賄い婦が食事の用意に追われていた。大きな釜で一度に二升五合の飯を炊き出す。おかずは蒲鉾の材料に使っている甘鯛、太刀魚《たちうお》、フカの身と白菜、大根、にんじんなどを一緒に大きな鍋で煮込み、鍋ごと俎板の上に載せる。それを職人たちが勝手にどんぶり鉢に入れて食べていた。十二人の男たちの食べっぷりは壮観だった。中でも金俊平の食欲は他の職人たちの三倍以上であった。

「しかしよう喰うな。どこに入るんやろ。胃袋が破れてんのとちがうか」

食事のたびに田辺職長は金俊平の食欲に驚いていた。

食事が終わると休む暇《いとま》もなくふたたび魚を俎板にぶちまけてはらわたを処理していく。今度は「ばってら」や「梅」を作るための仕込みである。板に盛った蒲鉾とちがって「ばってら」や「梅」は柔らかくて卵色をしている。ケーキのようにまろやかな味は関西人の嗜好《しこう》に合っていた。「ばってら」や「梅」の主な材料はフカと卵である。フカの身六に対して他の魚は四くらいの割合だった。そのばってらや梅の材料である大きなフカを職人たちは四人がかりで俎板の上にどっかと載せた。

「よし、わしがこいつの腹かっさばいてやる」

と言って金俊平が出刃包丁を握ってフカの白い腹を一直線に切り裂いた。中から臓物《ぞうもつ》がどっと溢《あふ》れ出た。そして腹を開いて内臓を取り出してみると、フカの胃袋から人間の脚が出てきた。職人たちがいっせいに「おお！」と叫んだ。フカの胃袋の中で消化途中の人間の脚は腐爛《ふらん》状態になって白い骨をのぞかせていた。そして溶けた肉にまみれて粘液状になっている衣類も出てきた。

「人喰いフカや、こいつは」

と田辺職長がたじろいだ。

「どないする」

職人たちは顔を見合わせた。

「社長と相談してくる」

と田辺職長が言った。野尻社長と相談して戻ってきた田辺職長は、

「社長とも相談したけど、このフカは捨てるしかない」

と廃棄することを告げた。

めったにないことだが、十年ほど前、小田原《おだわら》の蒲鉾工場で、やはりフカの腹から人間の腕が出てきたことがあり、それが新聞に掲載されて、一時蒲鉾が売れなくなったことがある。そのことを懸念したのだ。

「ちょっと待ってくれ。捨てるのはもったいないで」

フカの腹をかっさばいた金俊平が出刃包丁を握ったまま異議を唱えた。巨漢の金俊平から見下ろされて田辺職長は息苦しくなった。

「フカは何でも喰う奴や。たまたま人間を喰うたからいうて驚くことあれへん。もしきれいに消化されてたら、フカが人間を喰うたことは誰にもわからんかったはずや。そやろ。それにな、人間を喰ったフカの身はうまいんじゃ。なんともいえん味がする。フカの身は少し酸味があるけど、その酸味が強くなって、なんともいえん味になるんや。このフカでばってら作ったら、最高のばってらができる。めったに喰えん味や」

人間を喰ったフカの美味なる味について講釈する金俊平に職人たちは感心していた。いまだ味わったことのない人間の肉を金俊平は味わったことがあるのだろうか？　と職人たちは思った。

「ほな聞くけど、金さんは人間の肉を喰ったことあるんでっか。金さんの話を聞いてると、なんや知らんけど、人間の肉を喰ったことがあるみたいでんな」

当然の疑問ではあるが、余計なことを言わなければいいものを、新米の若い加藤は好奇心から質問した。すると金俊平が加藤の襟首を摑《つか》んで体を持ち上げ、出刃包丁を突きつけた。

「あのな、この世の中で喰えんもんはないんじゃ。食べもせんと、ああだら、こうだらぬかすな。なんやったら、おまえを刺身にして喰うたろか」

加藤は顔面蒼白《そうはく》になって震えあがった。職人たちも加藤が刺身にされて喰われてしまうのではないかと思ったほどだ。金俊平ならやりかねないからである。結局、金俊平の意見が取り入れられて、人間を喰ったフカを使うことにした。

「この脚をどないする」

と野口が顔をそむけながら言った。

腐爛状態の脚の処分をどうするのか、それが問題だった。

「魚のあらと一緒に豚に喰わせたらわからへん」

そう言って金俊平は腐爛した脚を無造作に摑むと、ドラム缶に投げ込んだ。けれども人間の肉を喰ったフカで蒲鉾を作っていると思うと、職人たちの表情はさえなかった。野尻社長も渋い顔をしていた。このことは絶対に他言《たごん》してはならない、と田辺職長は箝口令《かんこうれい》を敷いた。外部に漏《も》れた場合、会社の信用は失墜するだろう。

一時間後に出来上がったばってらを試食した金俊平は、

「うまい！」

と舌鼓《したつづみ》を打った。だが他の職人たちは敬遠して誰も試食してみようとはしなかった。

「加藤、一口喰うてみい」

と金俊平が言った。加藤はかぶりを振っておじけづき、あとずさりしたが、いやがる加藤の口に金俊平は力ずくでばってらを押し込んだ。無理矢理押し込まれたばってらが、喉《のど》に詰まり、加藤は咳込《せきこ》みながら嘔吐《おうと》した。吐瀉物《としゃぶつ》が加藤の胃袋から逆流してきた。

「情けないやっちゃ」

金俊平は加藤を突き離した。突き離されて倒れた加藤の目から嘔吐による生理的な反応で、涙がこぼれていた。

金俊平が人間を喰ったフカの使用にこだわったいまひとつの理由は、もしそのフカを廃棄した場合にこうむる損失である。フカは値が張る。そのフカを廃棄せずにすんだわけだから、その分の金をよこせと金俊平は言いだした。

「それはないで」

田辺職長は恫喝《どうかつ》にも等しい金俊平の言いがかりを拒否した。

「ほな、人間を喰ったフカで蒲鉾を作ったことが世間に知れてもええのか。職人らは口が軽い。わしが睨《にら》みをきかせてあいつらの口止めをしてやる」

事務所の机にどっかと腰を下ろして脚を組み、煙草をふかしながら威嚇《いかく》してくる金俊平に田辺職長はしぶしぶ応じた。

金俊平は厄介な存在だった。腕のいい職人だがあつかい方が難しく、他の職人と同じようなわけにはいかなかった。ひとつ間違えるとたちまち暴力沙汰《ざた》になって血の雨が降る。馘《くび》にしたいのだが、野尻社長も田辺職長もあとの報復を恐れて馘にできないのだった。それに渡り鳥のように各地を転々としている蒲鉾職人は一カ所に長く勤める者が少なく万年人手不足に悩まされていた。そのことも金俊平を馘にできない理由の一つであった。

「東邦産業」には金俊平を含めて四人の朝鮮人が働いている。四人とも済州島出身だが、蒲鉾職人には済州島出身の朝鮮人が多かった。

一九二三年四月に大阪・済州島間に連絡船「君が代丸」が就航してから、血縁、地縁、友人、知人をたよって済州島の村々から大阪へ出稼ぎに来る者が急増した。大阪の行政側も阪神工業地帯の発展にともなって労働力を確保する必要に迫られて、済州島からの出稼ぎ労働者を受け入れたのである。

だが、血縁、地縁、友人、知人をたよって出稼ぎに来たものの、現実は厳しかった。手に職のない朝鮮人は低賃金で長時間重労働につくしかなかった。万年人手不足に悩まされている蒲鉾工場は、そうした条件にぴったり見合う朝鮮人を雇ったのである。


その日は給料日だった。工場の休日は給料日の五日と二十日の二日である。首を長くして給料日を待ち望んでいた職人たちは、いつもより仕事を早く片づけて、工場の隣にある社長の居宅兼事務所に集まった。給料は社長から直接手渡される。

「浜野武司」

と名前を呼ばれて、「へい！」と威勢のいい返事をして浜野は社長から給料袋を受け取った。

「博打《ばくち》したらあかんで。先月は嫁はんが泣きついてきて困ったで。子供も二人いることやし、少しはあと先のこと考えてせんとな」

給料を受け取る職人たちに、田辺職長は必ず説教じみた言葉をかける。

「へい、わかってま。今日は真っ直ぐ家に帰ります」

返事だけはまともだが、はたして真っ直ぐ家にたどり着けるかどうかわからない。途中で仲間に賭博《とばく》に誘われる可能性は充分にある。

西村富正の給料袋には明細書だけが入っていた。しかも前借りのくり越しで赤字だった。西村はがっくり肩を落として田辺職長に泣きついた。

「給料日に一銭の金もないやなんて、どないもなりまへんで。たのんますわ。なんとかしとくなはれ」

いつもの決まり文句に田辺職長は聞きあきたといわんばかりの顔で帳簿に目を通していた。

「今月はなんとかくり越しにならんよう頑張りまっさ。せやさかい二十円貸しとくなはれ」

「アホ、おまえの前借りは五十円もあるやないか。十円以上のくり越しや。自業自得《じごうじとく》じゃ。十円だけ前借りさせてやる。他の工場やってみい、前借りなんかさせてくれへんぞ」

どのみち二十日の中日にまたぞろ前借りを申し込んでくるのはわかりきっている。田辺職長は適当な前借りをさせて辞めないようにつないでおく必要もあったが、返済能力を超えた職人はとんずらする可能性があるので、そのあたりの微妙な駆け引きが難しかった。職人の感情をそこなわないようにしながら引き締めねばならないのだ。西村は溜《た》め息をついて妥協した。

前借りもせずに一カ月の給料をそっくりもらえる職人は三、四人しかいない。金俊平もその一人だった。凶暴な性格に似合わず、金俊平は吝嗇《りんしょく》家だった。下着や衣服も自分でこまめに洗濯していた。仕事が終わったあと、工場の片隅で大男の金俊平が洗濯している姿はじつに奇妙な光景だった。

今日は給料以外に人間を喰ったフカの余禄が入ったので上機嫌である。読み書きのできない金俊平は給料の明細書を田辺職長に点検してもらいながら、自分の頭の中で計算していた数字と一致するかどうかを確認していた。そして一致しないときはひと悶着起きる。意識的に計算を間違えるようなことはしないが、記憶ちがいで計算が一致しない場合もある。そんなとき金俊平は野尻社長と田辺職長の目の前で札の入った給料袋を引き裂くのだった。

「わかった、わかった。金さんの計算が合ってた」

計算ちがいだといっても、せいぜい十銭か二十銭程度でビール一本の代金に満たない額であった。そのわずかな計算ちがいに金俊平はこだわるのである。したがってことを穏便に収めるために、たいがいは田辺職長が自腹《じばら》を切って譲歩した。植民地時代に日本人が朝鮮人に気を遣《つか》って譲歩するのは屈辱的なことだが、自らの肉体だけを信じて生きている金俊平の暴力の前に、妥協を強《し》いられるのである。

「あいつは人を殺したことがあんのとちがうか。あの眼を見てみい。ぞっとするで」

田辺職長は子飼いの野口に呟《つぶや》くのだった。

「わしも金さんの顔はまともによう見んのですわ。なんやしらんけど、胸の中まで見られているようで……」

野口は声をひそめて食事の用意が整っている座敷のほうへ歩いて行く金俊平の後ろ姿を見た。給料日には社長宅で慰労をかねた食事会がもたれる。社長の奥さんが手作りの料理をご馳走してくれるのだ。座敷には三つの座卓の上に煮物や巻きずしや刺身が並べられ、ビールと焼酎《しょうちゅう》が用意されていた。職人たちは思い思いの席につき、社長と職長の挨拶《あいさつ》の前に酒盛りを始めていた。

「みんなご苦労さん。ほな、社長からひとこと挨拶してもらいます」

中央の席についた寡黙《かもく》な野尻社長がおもむろに口を開いて、ひとことふたこと話すと、まばらな拍手が起こり、続いて田辺職長の勤務評定が始まる。

「西村、おまえ先月五日もさぼってる。ろくに仕事もせんと前借りばっかりして、月給がないのは当たり前じゃ。今月は休んだらあかんで。休んだら金は貸さんさかい、そのつもりでおれ」

田辺職長に睨まれて西村は首をすぼめて頭をかいた。そして焼酎をちびりちびり飲むのだった。

「浜野、もうええ加減に賭けごとはやめたらどや。嫁はんと子供はろくに飯食ってないそうやないか。これ以上賭けごとをしたら別れる言うとったぞ」

「へい、わかってま」

神妙な顔で反省している浜野武司に田辺職長は、

「ほんまにわかってんのか」

と半ば匙《さじ》を投げるように言った。それまで何度も言い聞かせてきたが、そのたびに浜野の神妙な顔に騙《だま》されてきたのだ。無口でおとなしい性格だが、短気で凝《こ》り性《しょう》の浜野は賭けごとから足抜きできないのだった。口が酸っぱくなるほど言い聞かせても、どうせまた賭けごとをやるにちがいない、と田辺職長は諦《あきら》めていた。

「新井、おまえも困ったもんや。どこで油売ってるんか知らんけど、品物積んで運搬して行ったら、それっきりや。運搬車は二台しかないんじゃ。おまえが運搬車乗って行って、それっきり帰ってこなんだら、品物の運搬が間に合わんやろ。この間なんか自転車屋から自転車借りて、わしが運搬する始末や。なんでわしが運搬せんならんのや。このどアホ！」

まるで子供を折檻《せっかん》するみたいに、田辺職長は眉間《みけん》に皺《しわ》をよせて怒鳴った。

「すんまへん。せやけど鶴橋の森本商店のおやっさんに一杯飲んでいけ言われたら断われまへんのや。断わったら、おまえとこみたいな薄情な工場とは取り引きせん、早《は》よ帰りさらせ、言われるのがおちですわ。それで一杯飲んだら、あのおやっさんは話が長いんです。話の途中で、これまた腰を上げるわけにいきまへんのや。わしもつらいんですわ」

苦衷《くちゆう》を訴えるような新井の弁明に田辺職長は舌打ちした。

「口のうまいやっちゃ。とにかく今度からは品物を下ろしたら、すぐに帰ってこい。わかったな」

がなりたてる田辺職長をよそに野尻社長はいつの間にか席をはずしていた。

十二人の職人の中で問題のない職人はほとんどいなかった。そして田辺職長がいかに厳しく注意しようと、給料日の翌日には半数くらいが欠勤するのである。中にはずるずると四、五日休んでしまう者もいる。そのため給料日後の何日かは生産が半減するのだった。

田辺職長に厳しく注意されている尻から、酒に酔った何人かの職人たちが、座布団にさいころをころがしてさいころ賭博に興じていた。

「わしが注意してる尻からこれや。おまえらわしをどない思てるんじゃ」

だが、田辺職長の言葉は空《むな》しく響くだけだった。

「遊びでんがな。一銭、二銭賭けてるだけですわ。職長もどないだす。一緒にちょっと遊びまへんか」

といった調子である。

眉間に皺をよせてがなりたてていた田辺職長の説教もまったく徒労であった。誰一人聞く耳を持たないのである。そして一銭、二銭の賭け金が、いつしか一円、二円になり、十円、二十円に跳ね上がっていくのだ。あれほど神妙に自己反省していた浜野の眼がしだいに血走ってきた。やがて職人たちは社長宅から工場の二階に場所を移して本格的な賭博に夜を徹して興じるのである。

「勝手にさらせ！」

一人とり残された田辺職長は独酌で焼酎をがぶ飲みしていた。これが始まりだった。コップで飲んでいた焼酎をラッパ飲みする段階で、田辺職長の感情は一気に爆発する。あたかもゆっくりと車輪を回転させてプラットホームを発車して行く蒸気機関車が、突然汽笛を鳴らして猛然と疾走するように、田辺職長は一升瓶をぶらさげて工場へ行くと包丁を握りしめて二階へ上がった。泥酔していた田辺職長は二階へ上がる途中足を滑らせて四、五段、ダ、ダ、ダ、ダと滑り落ちたが、それにもめげずに這い上がって、博打に興じている職人たちを酔眼《すいがん》

朦朧《もうろう》として見回し、

「おまえらわしを誰や思てるんじゃ。なめやがって！　こう見えてもわしは天王寺《てんのうじ》の林田組の四天王の一人と言われた男や。おまえらみたいなジャコになめられてたまるか！」

と包丁を振りかざした。そして仰天しているみんなをしりめに、田辺職長は金俊平に襲いかかった。素早く体をかわしたが、それでも振り回した包丁は金俊平の腕を斜《はす》に斬《き》っていた。いきりたった金俊平は包丁を握っている田辺職長の腕を摑んでねじ伏せ、木の枝をへし折るように膝で押さえこむと田辺職長の腕がベギッ！　と音をたてた。うっ！　と呻いて田辺職長は握っていた包丁を離した。田辺職長の腕が折れたのだ。なおも攻撃の手をゆるめようとしない金俊平を四、五人の職人が制止しようとした。だが、金俊平の怪力に職人たちは弾《はじ》き飛ばされた。金俊平は倒れて呻いている田辺職長の胸倉を摑んで持ち上げ、壁に叩きつけた。壁に叩きつけられた田辺職長の体がぐにゃりと歪《ゆが》んだ。

「殺してやる！」

金俊平の扁平な鼻の穴が膨らみ、煮えたぎる憎悪が瘴気《しょうき》のように立ち昇っていた。このままでは田辺職長が殺されかねない。そう思った職人たちは、今度は八人がかりで金俊平を制止し、一人が田辺職長を抱きかかえて社長宅に逃げ込んだ。

「金さん、落ち着いとくなはれ」

金俊平の片脚にしがみついている根本が冷静になるよう呼びかけた。

「警察沙汰になるのはまずい。警察は朝鮮人を信用しない。あんたが豚箱に放り込まれる」

同じ済州島出身の高信義が朝鮮語で言った。日本に在住している朝鮮人にとって、特にこういう状況での朝鮮語は妙に効果があった。同胞の連帯感に訴えるものがあるのである。高信義の朝鮮語のひとことで、激昂《げっこう》して張りつめていた金俊平の表情がゆるみ、全身にみなぎっていた力がしだいにぬけていった。

「今日のところは見逃してやる。しかし、このつぎは片をつけてやる」

歯ぎしりしながら金俊平はその場に座り込んで上衣を脱ぎ、腕の傷を確かめた。病院へ行くほどの傷ではなかった。病院へ行かねばならないのは田辺職長のほうだった。

「どないかしてるで、職長は。ときどき頭がおかしなるんや」

と野口が言った。けれども、日頃から金俊平に頭の上がらない田辺職長の欲求不満が鬱積《うっせき》していたのは誰もが知っていた。こういう日が来るのではないかとみんなは予感していたのだ。金俊平の傷の手当てをするために加藤が社長宅から包帯とヨードチンキを取ってきた。

「職長は社長と一緒に接骨院へ行きよった。ぐでんぐでんに酔っぱらってるさかい、腕が折れてるのもわからんみたいやった」

そう言って加藤は包帯とヨードチンキを高信義に手渡した。高信義は金俊平の傷口にヨードチンキを塗り、太い腕に包帯を巻いた。

花札賭博に興じていた職人たちは白けきって、通いの職人は帰りはじめた。

「帰って今夜は久しぶりに嫁はんの尻でも抱いてみよか」

田辺職長にたしなめられていた博打好きの浜野が、険悪な状況から逃れるようにさっさと階段を降りていった。

「嫁はんのいるやつはええで。いつでも抱けるさかい。わしも久しぶりに飛田へ行ってみるか」

浜野に触発されて、西村は新米の加藤を誘った。

「飛田へ行ったら、西村はんは原の女ごを買うんでっか。どういう女です。わしもいっぺん原の女ごを拝ませてもらいたいわ」

「拝ませたるがな。ええ女やで。原に遠慮することない。女郎家《じょろか》にいる女ごはみんな客を取るんや。わしらもその客の一人や」

やにさがって西村は若い加藤をしきりに煽《あお》るのだった。

「そない言うたら、原はまだ帰ってこんな。どないなってるんや、あいつは」

万年床《まんねんどこ》にひっくり返って南京虫に喰われた体を疥癬《かいせん》の患者みたいに引っ掻《か》いていた新井が急に口をつぐんだ。音もなく階段を上がってきた原孝次が亡霊のように立っていた。神経質そうな色の白い面長《おもなが》の憂《うれ》いを含んだ顔は女のようだった。原の女の噂をしていた西村と加藤は、自分たちの話を聞かれたのではないかと後ろめたさを覚えてつくり笑いを浮かべた。

「どないしてたんや。心配してたで」

と西村がうわずった声でとりつくろうように言った。それには答えず、原は自分の布団にもぐり込むと海老《えび》みたいに体を丸めて身じろぎもしなかった。いつもこうである。わけのわからぬ不可解な悩みを内面にかかえ込んで苦しんでいる殉教者のようだった。むろん原の望みは明瞭だった。廓《くるわ》にいる女を足抜きさせて一緒になることであった。その望みが絶望的であり不可能であればあるほど原にとって廓の女は崇高《すうこう》な存在に思えるのだった。

原はいつも女を連れて廓から逃げる夢を見る。逃げた果てに何があるのか。絶望の淵をのぞいて呻く寝言は決まっていた。『もう駄目だ』原は女と絶望の淵に飛び下りて墜落していく。そのときの墜落感が一種のエクスタシーにまで達すると、原は眼を覚ましてわれに返る。見上げる汚い天井から落ちてくる南京虫が体にたかっている現実に気付いて原は叫びをあげてやみくもに走りだしたくなるのだった。実際原は夜中に走りだすことがある。走って飛田へ行き、女のいる廓の前で男に抱かれている女を狂おしいまでに思い詰めるのだ。

不特定多数の男に抱かれている女を誰にも渡さないとすれば、残された道はただ一つ〈死〉を選択することだった。原はつねに死の想念につきまとわれていた。死は原の影そのものだった。だから、布団を頭からかぶり、体を丸めて身動き一つしない原をみんなは死んでしまったのではないかと思ったりする。

「あんな調子やさかい女からもいやがられるんや。わしは一度原の女から聞いたことあるんや。なんせひつこいらしいわ。それに薄気味悪い言うとった。そらそやで。女の体にしがみついて朝から晩まで離さんのやさかい」

西村の話が本当だとしても、原にとって女は希望の行き着く先である絶望を共有している存在であった。布団をかぶって死の想念にとりつかれている原を、いまや誰も詮索《せんさく》しない。そして原は大きな鼾《いびき》をかいて眠っていた。

「死神にとりつかれたような青白い顔しやがって、大きな鼾かいて寝とるわ。幸せな奴やで」

せっかくの休日を台なしにされて腹の虫がおさまらない金俊平は、大きな鼾をかいて眠っている原をねたましげに見やった。高信義がそんな金俊平を、自分の家で飲み直そうと誘った。今日は西成《にしなり》の宿舎で開帳している賭場《とば》に行ってみようと思っていたが、むしゃくしゃしているときの賭博は禁物である。感情の乱れは集中力に影響する。金俊平は高信義に誘われて腰を上げた。西村と加藤もそそくさと部屋を出ていった。原の悩みをよそに二人はつるんで原の女を買いに行ったのかもしれない。

立春が過ぎたとはいえ寒気は一段と厳しさを増していた。金俊平は毛皮の半コートを着て十七文もある短靴をはき、大股で高信義より一歩先を歩いて行く。毛皮の半コートは八年前に北海道の石狩川の河川工事で働いていたとき購入したものである。後ろから見ると大きな熊がのし歩いているように見える。顎を引き締めて周囲に鋭い視線を配り、警戒しながら歩いていているようだった。野生の猛獣と同じ本能が金俊平の生命に息づいているにちがいない。道を歩いていると、通行人は巨漢で魁偉な風貌の金俊平を避けた。

工場裏の森町市場は通称『朝鮮市場』と呼ばれている。そこでは朝鮮人にとって必要な品物が売られていた。一九三〇年頃の大阪にはまだそれほど多くの朝鮮人は暮らしていなかったが、それでも一九二三年四月「君が代丸」の就航以来、大阪へ出稼ぎに来る済州島出身の朝鮮人が急増した。城東区、東成区、生野《いくの》区、西成区にあたる地域に朝鮮人の密集地域が形成されつつあり、森町あたりも朝鮮人が密集している地域である。森町市場の買い物客はほとんどが済州島出身の朝鮮人であった。したがって市場では済州島訛《なまり》が飛び交い、郷里の様子や親族、友人、知人の消息やさまざまな情報が交換される。

金俊平はこのかしましい朝鮮市場を通るのがいやだった。必ず知り合いの誰かと出会うからである。だが、工場から表通りへ出るには、この市場を通り抜けるしか道はない。左右に体をゆっくり揺らしながら歩いている金俊平の肩から上が群衆にぬきん出てひときわ目だつ。

一人の老女が「アイゴー、俊平じゃないの。わしを覚えているかい」と言って近づいてきた。郷《くに》にいた頃、近所に住んでいた海女《あま》のシンセン婆さんだった。

「ああ、覚えてます」

と金俊平は頷《うなず》いた。

「あんたは子供の頃から大きかったが、あれからもっと大きくなったのう」

と言ってシンセン婆さんは金俊平を見上げた。郷にいた頃といえば金俊平が十四、五歳頃である。ちょうど村を出て釜山から京城（現ソウル）へと放浪して日本へ来たのが十年前だから、あしかけ十五、六年前である。けれどもシンセン婆さんにとって金俊平は村にいた頃の悪童の記憶しかない。

「あんたは畑のものを盗んだり、しょっちゅう喧嘩をして母親を困らせとったが、こんなところで会うとは思わなんだ。オモニ（母さん）とは連絡をとってるのかい」

母親のことを訊《き》かれて金俊平は言葉に窮した。金俊平は村を出てから一度も便りを出したことがない。読み書きができないにしても、便りをしようと思えば代筆を頼むこともできたはずだが、今日まで音信不通のまま過ごしてきた。

「いや、その、あちこち行ってたものだから……」

と金俊平は言葉を濁した。

「連絡をとってないのかい。なんて親不孝な子供なんだ。あんたたち三人兄弟はみんな村を出て、家に年寄りの母親しかいないというのに連絡しないなんて、先祖に申し開きができるのかい。母親が飢え死にしてもわからんじゃろ。わしは二年前に大阪へ出てきたが、あんたのオモニは一日にアワを一食しか食べとらなんだ。あれでは体がもたん。ひょっとしたら、もう死んでるかもしれん。すぐにでも仕送りをしてやるのが子供の務めというもんじゃ。アイゴー、この親不孝者が」

大勢の人々が往き交う市場の真ん中で、シンセン婆さんは親不孝な金俊平を大声でなじるのだった。同郷の年寄りから折檻されて、さすがの金俊平も口答えができずにしかめっ面をしていた。

「明日にでも仕送りをすることじゃ」

と言い残してシンセン婆さんは群衆をかきわけて去った。七十歳を超しているると思われるシンセン婆さんは口もうるさいが背筋をしゃんと伸ばし、かくしゃくとしていた。

「たまらんぜ、くそ婆ぁ。ひとの家族のことに口出しするな」

とはいうもののシンセン婆さんの話が気にならないわけではなかった。兄の成淳は八年前に大阪へ来て西成に住んでいたが、妻と二人の子供を残して急死している。弟の成録は十年前に村を出たきり行方知れずである。たぶんおれも、村では行方知れずということになっているのだろうと思った。もう死んでるかもしれん、と言うシンセン婆さんの言葉に高信義が心配そうに、

「一度郷へ帰ってみたらどうか」

と言った。

するを金俊平は怒りだした。

「余計なことをぬかすな。おまえの家族のことでも心配してろ」

高信義の家で酒を飲みながらくつろぐつもりだった金俊平は、踵《きびす》を返して別の方向に歩いて行った。

「おい、俊平、そう怒るな。何か気に障るようなことでも言ったのか」

と呼び止める高信義を振り向きもせずに、金俊平は群衆を押しのけて市場を出た。他人から詮索されることを極度に嫌う金俊平の性格は、同時に他人のことも詮索しない。みんなと連れだって飲み歩いたり、徒党を組んで喧嘩をしたりするのは性に合わないのだ。飲むときも遊ぶときも、何をやるにしても独りで行動する。工場の二階に住み込んでいる職人たちとは一線を画し、飲んだり博打に興じたりしてもその場限りだった。

給料日の翌日、工場に出勤したのは七人だった。金俊平に腕の骨を折られて壁に叩きつけ

られた田辺職長は肋骨《ろっこつ》にもひびが入り、三、四日入院するはめになった。朝鮮市場で高信義と別れた金俊平はどこへしけ込んでいるのか帰ってこない。新井と根本も同じである。出勤しているのは所帯持ちの職人と昼前に飛田から帰ってきた西村と加藤だった。野尻社長はいつものように早くから一人で仕事の準備をしていたが、田辺職長のいない工場はなんとなくだらけていた。一週間ぶりに仕事についた原は軍手をはめて包丁を握っていた。原は仕事が終わるまでに軍手を三、四回替える。手に魚の臭いがしみつかないようにするためである。仕事の最中に軍手をぬいで手の臭いをかぎ、そして新しい軍手に替えるのだった。

「あいつを見てるといらいらする。何回も軍手を替えやがって。そんなに魚の臭いが気になるんやったら、他の仕事をしたらええのや」

と西村が言う。

「ほんまや。魚の臭いと女のあそこの匂いは似たようなもんやで。あいつは女のあそこの匂いは好きとちがうか」

と言って加藤がキ、キ、キ、と猿の鳴き声のような笑い方をした。

大きな俎板を囲み、魚のはらわたを処理している西村と加藤が原の陰口をたたいていた。黙って魚の腹を切り裂いている原の包丁が小刻みに震えている。青白い顔色がいっそう透明度を増して額の血管が透《す》けて見えた。だが、西村と加藤は原をからかうように続けるのだった。

「昨晩はこいつと一人の女をたらい回ししたんや。どや、ええ女やったやろ」

西村が言うと加藤は相槌《あいづち》を打った。

「ええ女やったわ。わしはあの女に決めた」

まるで二人芝居でもしているように西村と加藤は目の前にいる原を無視していた。露骨な二人の会話に周囲の雰囲気が不自然で険悪なものになっていった。田辺職長か金俊平がいれば、二人の会話に歯止めをかけることもできただろう。高信義が話題を変えようとした。

「田辺職長は大丈夫かな。肋骨にひびが入ってるらしいけど。刃物を振り回すのはよくない。刃傷沙汰《にんじょうざた》はごめんや」

俎板を囲んで魚のはらわたを処理している職人たちの手には切っ先の鋭い刃物が握られている。職人たちは何かあると、すぐにその包丁を振り回す癖がある。拳銃を持っている人間がその拳銃をぶっぱなしたくなるように、包丁を握っている職人たちはその包丁で人を突き刺したくなるのである。去年の夏、博打の貸し借りから口論になった二人の職人が包丁を振り回して二人とも大けがをして病院に担ぎ込まれたし、昨日は田辺職長が譫妄《せんもう》状態になって金俊平に斬りかかって逆に腕をへし折られ、壁に叩きつけられて肋骨にひびが入って入院している。そのことを思い起こさせるために高信義はみんなの注意を喚起しようとした。だが、温厚な高信義の忠告に耳を貸すような連中ではなかった。それどころか傍観していた野口までが火に油をそそぐような無分別な言葉を吐くのである。

「そのうち、わしもいっぺんその女を拝ませてもらおか」

野口の卑猥《ひわい》な唇が唾液で濡れていた。

「おまえらわしの女に手を出しておきながら、わしを笑いものにしやがって」

伏し目がちだった原がゆっくり顔を上げて西村を睨んだ。

「わしの女とは誰のことや。ひょっとして飛田にいる八重ちゅう女郎のことか」

西村が目尻に皺をよせてせせら笑った。

「おまえが前から八重を買うてたことは知ってた。八重は同じ職場のもんに買われるのはいやや言うとった。それでもわしは辛抱してたんじゃ」

「アホか、おまえは。八重はおまえのことを気色《きしょく》悪い言うとったわ。朝から晩までしがみついて、便所にも行かれへん言うとった。女郎は誰のもんでもない。銭を出したら誰でも買えるんじゃや。勝手なことぬかすな」

「嘘ぬかせ。八重がそんなこと言うわけない。ええ加減なこと言うな。わしは八重を嫁はんにするつもりやった。それを知ってるくせに八重を買いやがって。ただですむと思てるのか」

包丁を握った原がじりじりと西村に迫っていく。原のこめかみあたりがひくひくと痙攣《けいれん》している。まばたきひとつしない原の眼が凍りつくように光っていた。野口と加藤は後ずさりして二人の対決に道を開いた。

「ただですまなんだら、どないすんねん」

一触即発の状況を見守っていた高信義は息が詰まりそうだった。

「落ち着け、二人とも落ち着け！」

と叫んで高信義は二人を牽制《けんせい》した。しかし原と西村は互いに至近距離にまで接近していた。もう一人の朝鮮人である裴明斗も二人の間に割って入っていいものか迷っていた。割って入った場合、刺されるおそれがあった。もはや誰にも止められなかった。緊張感で張りつめた工場内は二人の心臓の鼓動が聞こえてきそうなほど異様な静けさだった。そして天井に溜まっていた蒸し器の蒸気の雫《しずく》が俎板に落ちたかすかな音にうながされ、原が一歩踏み込んで包丁を突き出した。みんなは西村が突き刺されたと思ったが、つぎの瞬間、刺されたのは原だった。腹部を刺された原は西村にしがみつき、西村が握っている包丁をさらに深く自分の腹に突き刺すのだった。刺したのか刺されたのか判然としない西村はしがみついている原を離そうとしたが、原は西村の握っている包丁で自らの腹を裂こうとする。まるで魚の腹を裂くように。

「な、なにさらしてるんじゃ、こいつは。自分で自分の腹をかっさばいとる！　助けてくれ！」

動転している西村は握っている包丁を離すことができずに周りの職人たちに助けを求めた。だが、周りの職人たちも何がどうなっているのかわからず茫然《ぼうぜん》と佇《たたず》んでいた。やがて原の体が西村にもたれかかるようにしながらずるずると崩れた。仰向けに倒れた原は口を大きく開き、怨念《おんねん》をこめた凍りつくような眼でみんなを見ていた。原の腹部から大量の血が溢れている。原は不気味な笑みを浮かべ、深呼吸をして息絶えた。

包丁を握っている西村の手に原の血がべっとりついている。西村は全身を震わせ、泣きだしそうな声で訴えた。

「わしは殺《や》ってない。こいつがわしの包丁を使って、自分で自分を刺したんや。みんな見てたやろ。わしは殺ってない。これは自殺や。わしに復讐するために自殺しよったんや。どうせ女と一緒になれんさかい、わしに罪をきせようとして、こんな芝居しよったんや。わしは無実や。そやろ！」

必死に訴える西村を弁護する者はいなかった。

「わしの言うことを聞かんさかいにこんなことになるんや。落ち着け言うたやろ」

思わぬ結果に高信義は腹だたしげに言った。

「高さんも見たやろ。わしは何もしてない。こいつが勝手に自分の腹を刺したんや。警察で証言してくれ。頼む」

西村が挑発し、二人が対決したのはまぎれもない事実である。そしてその責任の一端は加藤と野口にもある。だが、事件にかかわりたくない加藤と野口はだんまりをきめ込んでいた。

「加藤、おまえも見たやろ。わしが殺ってないのははっきりしてる。野口も見たやろ。これは自殺や。なんとか言うてくれ。わしを助けてくれ。頼む」

泣き声になって懇願する西村を加藤と野口は逃げ腰になって避けた。

「おまえらは冷たい人間や。わしに罪をきせようとしやがって。おまえらを殺してやりたいくらいじゃ。覚えとけ！」

そう言って西村は握っている包丁の指をもう一方の手で解いて離すと、工場の二階へ駆け上がり、行李《こうり》を引っ下げて逃げだした。

2

金俊平が工場に帰ってきたのは事件のあった二日後の仕事が始まる少し前である。例によって二階から降りてきた職人たちが便所の前で順番を待っているところへ気難しそうな顔の金俊平が二階へ上がって行った。二階から降りてこようとしている浜野と金俊平が出くわした。

「いま帰ってきたんでっか」

と浜野は不機嫌面をしている金俊平に挨拶し、思い出したように言った。

「えらいことあったんですわ。金さんと職長がやり合ったあくる日に、西村と原が女郎家の女のことで喧嘩になって、原が西村を刺したと思うたら、それがあんた、西村が原のどてっ腹を刺してしもたんですわ。原はその場で死んでしもて、西村は荷物を持ってどこかへ逃げよりましたわ。そのあとが大変でっせ。警察から刑事が何人もきて現場検証するし、今度はわしらが警察へ呼ばれてまるで犯人みたいにあつかわれて、仕事なんかできまっかいな。今日が仕事始めですわ」

　ひとしきり事件の報告をして、浜野は金俊平の反応をうかがった。しかし、金俊平はまったく無関心だった。誰が死のうと知ったことではないといった調子で、これから仕事だというのに服を脱ぐと自分の布団にもぐり込んだ。「無愛想な男や」と独りごちて階段を降りた浜野に田辺職長が声をかけた。入院しているはずの田辺職長が無理をして出勤してきたのも、社長から事件を聞かされて、いても立ってもいられなくなったからである。田辺職長は医師に内緒で昨夜退院したのである。もし泥酔したあげくの金俊平とのいさかいがなければ西村と原の事件を未然に防げたはずだ、と田辺職長は自らの責任を痛感していた。そして金俊平と会ったとき、どう釈明しようかと考えていた。

「金さんの機嫌はどや」

　と田辺職長は階段を降りてきた浜野に訊いた。

「あんまりええことおまへんな。またどこかの賭場ですったんとちがいまっか。布団かぶって寝ましたわ」

　金俊平に壁に叩きつけられてしたたかに打った眼のあたりが青黒いあざになって顔の半分がひしゃげて痛々しかった。左脚を少し引きずり、手で肋骨を押さえながら、田辺職長は金俊平に謝るべきかどうか迷っていた。職人たちの前で謝るのは職長としての立場上、自尊心が許さなかった。といって謝らずにすむはずもないのだ。謝るのなら一人で寝ているいまがいいのではないかと判断して、田辺職長は二階へ上がっていった。布団を掛けた金俊平の大きな肩がこちらを向いている。静かな寝息だが、体全体にみなぎる緊張感に田辺職長は声をかけるのを躊躇《ちゅうちょ》した。彼は少し離れた位置から声をかけた。

「金さん、わしや、田辺や。すまなんだ。謝る。わしは酒を飲むと前後の見境がなくなるんや。金さんには何の怨《うら》みもない。前にも一、二度こんなことがあってな、一時酒をやめてたんやが、また昔の悪い癖が出てな、ついあんなことになってしもて、悪う思わんでくれ。聞いてるか、金さん」

背中を向けたまま何の反応も示さない金俊平に、田辺職長が一、二歩近づいて様子をうかがおうとしたそのとき、寝ていた金俊平が、がばっと上半身を起こしたので、田辺職長は驚いて逃げ腰になった。

「頼みがある。金を貸してくれ」

殴られるのかと思ったら藪《やぶ》から棒に金を貸してくれと言われ、拍子抜けした田辺職長は金俊平をまじまじと見つめて、

「なんぼいるんや」

と反射的に訊き返した。

「二百円都合してくれ」

「二百円！　そんな金、前借りできるわけないがな」

二百円といえば四、五カ月分の給料である。誰が聞いても無理難題というものであった。ましてやしがない安月給の労働者、それも何の保証もない朝鮮人に二百円の大金を貸す者などいるわけがないのだ。

「無理や」

と田辺職長は頭を振って拒否した。

「無理を承知で頼んでるんや。都合してくれたらこの前のことは水に流したる。社長はあんたを信用してる。あんたの言うことならたいがいのことはきくはずや。足らん分はあんたの金を貸しといてくれ」

「わしにそんな金あるわけないやろ」

「あんたが小金を貯めてることくらいわしらはみんな知ってる。二、三日したら必ず返す」

フカの件で腹に据えかねて田辺職長は酒の勢いをかりてひと悶着起こしたのだったが、またしても難題をふっかけてくる金俊平に苦りきった表情をした。その表情に金俊平は布団をまくり上げて胡坐《あぐら》を組み、

「これだけ頼んでもあかんのか」

と開き直った。

「いったい何に使う金や」

と田辺職長はあらたまった口調で質《ただ》した。

「なんでもええやないか」

金俊平のふてくされた態度から、金の使い道について田辺職長はおおよその見当はついていた。

「博打か。悪いことはいわん。博打はやめとけ。どこの賭場でやってるのか知らんけど、相手は玄人や。玄人は勝たしてくれへん。結局身ぐるみ剝《は》がされるのがオチや」

かつては極道の飯をはんでいたことのある田辺職長は、血の気の多い金俊平に忠告したが無駄であった。

「わしがそう簡単に身ぐるみ剝がされると思うのか。極道もくそもあるか。このまま引き下がるわしとちがう。借りは必ず返すのがわしのやり方や。今夜にでも勝負つけたる。貸すのか貸さんのか、どっちや！」

刃傷沙汰を謝ろうと思って声をかけたのが運のつきである。断わればただではすまないだろう。執念深い金俊平の性格を知っている田辺職長は断わるに断わりきれず乾いた唇を噛《か》みしめた。金俊平の毒気のある瘴気が熱のように伝わってきて息苦しくなるのだった。黒い感情の塊《かたま》りに呑み込まれそうになって、田辺職長は抵抗し難い力に屈した。

「わかった。社長に相談してみる」

弱々しい声で答え、田辺職長はうなだれて階段を降りていった。それから一時間ほど社長と話し合った田辺職長が二階へ上がってきた。

「社長に頼み込んだけど、五十円以上の前借りは絶対にあかん言うてる。それ以上貸したら、他の職人らにしめしがつかん言うてる。五十円の前借りも前例がない。わしも嫁はんに内緒で五十円貸す。それが精一杯や。それで気にくわんのやったら、好きなようにしてくれ」

ひびの入った肋骨を手でかばいながら、喘息《ぜんそく》を病んでいる患者のように苦しそうな息づかいをして、田辺職長は悲壮感さえ漂わせて金俊平の暴力をも覚悟しているふうであった。確かに二百円の前借りは無理である。それは金俊平にもわかっていた。百円を提示してきた田辺職長の努力を認めないわけにはいかなかった。金俊平は不満げに、しかしやむを得ないといった調子で舌打ちして、

「しゃない。百円貸してくれ」

と言った。

妥協した金俊平の顔色をうかがいながら、田辺職長は懐《ふところ》から一枚の用紙を取り出した。

「社長が証文を入れてもらわんと具合悪い言うんや。十円や二十円やったらええで。せやけ

ど五十円にもなったら、証文がいる言うんや。証文を入れてやってくれ。保証人は高さんか、裵さんでええわ。同じ郷の人やさかい、なってくれるんちがうか」

　二百円の前借りを半額に減らされ、そのうえ証文を書いて保証人まで立てるように注文をつけられて金俊平は田辺職長を睨み返したが、ことを荒だてて白紙にもどすより、妥協して百円を借りるしかないと思った。それほどまでに金俊平は金を必要としていた。ただでさえ恐ろしい形相《ぎょうそう》に怒りが凝縮して、金俊平は歯ぎしりした。自己抑制するときか、あるいは内面の憤怒《ふんぬ》を爆発させる寸前に現れる動作の一つである。金俊平は自己抑制していた。

「高を呼んできてくれ」

　と金俊平は命令するように言った。田辺職長は言われるままに階段を降りて仕事をしている高信義を呼んできた。月給日に森町市場の往来で別れてから二日ぶりに会った高信義はおどおどしている。その高信義に田辺職長が事情を説明して保証人になってくれるよう依頼した。本来なら金俊平が依頼しなければならないところを田辺職長が依頼するのもおかしな話だが、急な話に高信義は戸惑った。

「そんなお金、何に使うんや」

　と高信義は疑いの目で金俊平を見た。

「金を何に使おうとわしの勝手やろ。金の使い道を、いちいちおまえらに説明せなあかんのか。子供じゃあるまいし」

　詮索されるのを忌み嫌う金俊平はもどかしげに胡坐を組んでいた自分の脚を叩いた。その音に田辺職長と高信義は驚いて黙ってしまった。

「心配すんな。万が一のときは、わしのこの肉を切り売りしてでも返してやる」

　と言い切った。

　高信義は自分の名前を書けたが、読み書きのできない金俊平は○印の下に拇印《ぼいん》を押した。そして百円の金を手にした金俊平は夕方まで就寝していたが、夜の帳《とばり》が降りる頃にむっくり起き、胴にさらしを巻き、乗馬ズボンをはき、ベルトの後ろに長さ五十センチほどの桜の棍棒《こんぼう》を忍ばせて上衣と毛皮の半コートを着て出掛けていった。その後ろ姿を見送っていた根本が言った。

「金さんは百円を前借りしたそうやけど、博打で負けた金を取り返しに行くのとちがうか」

「こういうたらなんやけど、金さんは博打がへたやさかい、負けた金なんか取りもどせるかいな」

　擂播機で蒲鉾の材料を練っていた野口が断言するように言う。それを聞いていた高信義と田辺職長は気が重くなるのだった。もし負けてどこかへ雲隠れでもされたときは金俊平の借金をかぶるはめになる。雲隠れするとは考えられないが、あり得ないことではない。野口の言うように金俊平は博打がへただった。職人たちで興じる博打でも、あまり勝ったためしがないのだ。人間の心理的な動きを読み取る冷静さと忍耐を要求される賭博は、何ごとも腕力で片をつけようとする金俊平にとって、得意な分野ではなかった。そして博打に負けると因縁《いんねん》をつけるので、職人たちは金俊平との賭博を敬遠していた。下手の横好きというが、負ければ負けるほど金俊平は賭博にのめり込むのである。

「こりもせんと、また始まったか」

炭火でちくわを焼いていた裴明斗が、ふかしていた煙草を足元に捨てて踏み潰し、みんなを振り返った。

「今夜は早よ仕事をきり上げて帰ったほうがよさそうや」

「なんでやねん。そんなことできるか。仕事はいつも通りにやる」

憤懣《ふんまん》やるかたない田辺職長は百円を前借りされて、そのうえ仕事を早くきり上げられるなど言語道断《ごんごどうだん》とばかりに反発した。

「職長は三年前の事件を知らんのでっか。三年前、わしは俊平と一緒に天満《てんま》の阪和《はんわ》蒲鉾工場で働いてたんですわ。ところがある日から俊平は山健組の賭場に入りびたりになって、三百円の借金をつくったんや。博打の借金は翌日までに清算せんとただですみまっかいな。俊平も焦ってたんやな。にっちもさっちもいかんようになった俊平は、突然、イカサマや言うて賭場の台をひっくり返し、大騒動ですわ。わしもその賭場にいたさかい一部始終を見たけど、そら、もう目茶苦茶ですわ。俊平は桜の棍棒を振り回して山健組の若いもんを四、五人倒したけど、そのかわり俊平も日本刀や短刀《どす》で全身を斬られたり刺されたりして、殺される思うたけど死なずに逃げて病院に十日ほど入院したあと、今度は山健組の親分を待ち伏せしてめった打ちですわ。殺す、と脅されて、山健組の親分が今後いっさい手出しはせんいう念書を書いたんですわ。念書は世間に内緒にするいう約束やったけど、それが二、三日もせんうちにばれてしもて、親分の弱腰に愛想をつかした若いもんがつぎつぎに組を出たさかい、いまではさびれてしもて哀れなもんや。それ以来、極道の賭場でも俊平は毛嫌いされて博打ができまへんのや。そらそうでっせ。ひと騒動起きたら、堅気《かたぎ》の衆がよりつきまへんがな」

裴明斗はまるで重大な歴史的事件にでも立ち会ったかのようにひとしきりしゃべり終えてまた煙草に火をつけ、焼いていたちくわをひっくり返した。

「その事件は、わしも聞いたことある。その場に裴はんもいたんでっか。ふーん」

と若い加藤は感心していた。

「あいつは疫病神《やくびょうがみ》や。ろくな死に方せんやろ」

感心している加藤をたしなめるかのように田辺職長はみんなに仕事を急《せ》かせた。田辺職長も事件の噂を聞いていた。だからこそ田辺職長は金俊平を恐れていたのである。

工場を出た金俊平は玉造《たまつくり》駅まで歩き、そこから省線（環状線）に乗って天王寺駅で降りた。午後七時を回っていたが駅構内は大勢の乗降客でごった返している。駅を出ると飛田遊廓《ゆうかく》に通じる左手は眩《まばゆ》いばかりの灯りに彩られているが、樹木におおわれた天王寺公園は暗いドームのようだった。灯りに誘われて左手へ流れて行く人々とは反対に、金俊平は天王寺公園に入って行った。ところどころに設置してある薄暗い街灯の怪しげな陰影に見え隠れする立ちんぼが木陰から声を掛けてくる。

「ちょっと、お兄さん、どこ行くの」

たて縞《じま》の粋《いき》な着流し風の立ちんぼはどうらん化粧をしたオカマだったが、金俊平の魁偉な風貌を見るなりおじけづいて木陰の中に隠れてしまった。美術館前で焚火《たきび》を囲んでいた数人の浮浪者が、大股でゆっくり通り過ぎて行く金俊平を見送った。樹木が鬱蒼《うっそう》と茂っている天王寺公園は数十人の浮浪者のねぐらになっていた。昼間は人々が美術館を訪れたり、池でボートに乗ったりしているが、夜になると危険だった。だが金俊平にとって危険な場所はない。なぜなら、金俊平自身が危険きわまりない存在だからである。

天王寺公園を通り抜けた金俊平は坂を下りて動物園の脇から路地に入り、古い寺の前に出た。そして寺の裏に回って百メートルほど行くと一軒の木賃宿にたどり着いた。木賃宿の前で見張りをしていた頭の禿《は》げた小柄な男が金俊平を見るなり顔をこわばらせ、そして愛想笑いを浮かべて「おいでやす」と頭をぺこりと下げた。黙って木賃宿に入った金俊平の脇をすり抜けるようにして、男は先に歩いて帳場に金俊平の来訪を知らせた。帳場にいた男が、正面から歩いてくる金俊平を見て素早く応対した。

「今夜は、お早いお着きで」

三十二、三になる男はもみ手をしながら金俊平の機嫌をとろうとする。

「この金を預かってくれ」

金俊平は懐から四百円の金を出した。百円は工場から借りた金だが、三百円はおそらく蓄えた金だろう。

「へい」

と金を受け取った男は上目を使って金俊平をちらと瞥見《べっけん》して賭場に案内した。さらしを敷いた賭場台の両側に十四、五人が丁半賭博の賽《さい》の目に視線を集中させていた。女も二人いる。この賭場に出入りしている七割が朝鮮人だった。というのも、この木賃宿の主《ぬし》が済州島出身の朝鮮人で、郷から渡航してきた朝鮮人にねぐらを提供するかたわら、朝鮮人相手に開帳していたのである。当然土地の極道とも深いつながりがある。組こそ名乗っていないが、天王寺界隈《かいわい》の一画を縄張りにしている多門組の下部組織的存在であった。

金俊平の来訪を知らされて、この家の主である中山峯男こと申峯男が多門組の法被《はっぴ》をはおって奥の部屋から賭場に現れた。この頃、朝鮮人が日本名を名乗っているのは珍しかった。ポマードをたっぷりと塗った髪を七・三に分け、薄い唇の端を少し歪めて、細い眼で相手を斜《はす》に見る癖がある。昨夜、金俊平は百五十円すっている。それを取り返すために今夜は四百円を用意してきたのだ。毛皮の半コートを着たままどっかと座っている金俊平の様子にはただならぬ妖気が漂っていた。ことによっては賭場を荒らしかねない形相だった。桜の棍棒を傍《かたわら》に置き、さらしを巻いた懐に匕首《あいくち》を忍ばせているのがわかる。

中山峯男は金俊平を七年前から知っている。築港の飯場で出会ったときから中山は金俊平のどす黒い凶暴な感情の塊りに圧倒されて、この男には決して近づいてはならないと思っていた。三年前、天満の賭場で山健組と大立ち回りをしたことも知っている。その後、この賭場に出入りするようになったのだが、いよいよ片をつけるときがきたのかもしれないと思った。負けがこむと金俊平は賭場台をひっくり返して、山健組の二の舞いをやりかねない。中山はとりあえず金俊平に勝たせて、この賭場から外へ連れ出し、天王寺公園かどこかで片をつけようと考えた。壺《つぼ》振り師が細工すれば、金俊平に勝たせるのは難しいことではない。

二時間もすると金俊平は四百円勝っていた。もっとも金俊平の表情はまったく変わらない。何を考えているのかよくわからないのだ。帳場の男が腰をかがめて金俊平に近づき、

「金さん、このへんで一服しませんか。奥の部屋に酒も用意してありまっさかい。うちの中

山さんも一献《いっこん》交わしたい言うてますわ」

　ものの腰の柔らかい男だが、実際は釜山の海猫という異名を持っている。いつ頃日本へ渡航してきたのか、正体不明の男である。金俊平は帳場の男にうながされて席を立った。もちろん桜の棍棒は片ときも離さない。金俊平が立ち上がると頭が鴨居《かもい》につかえた。廊下を歩く金俊平はただ背が高く体が大きいというだけの存在ではなく、全身から毒のとげが突き出ているようで容易に近づけないのだった。帳場の男はその金俊平の大きな背中を後ろから冷たい眼で睨んでいた。

　奥の部屋に入ると中山が膳の前に座って酒を飲んでいた。そして部屋に入ってきた金俊平に、

「まあ、ひと休みして一杯飲みましょうや」

　と見張りをしていた男に座布団を出させ、膳の前に座った金俊平に、

「今夜はつきが回ってきたらしいですな。ゆっくり遊んでいってください」

　ととっくりを持って酒をついだ。その酒をひと息で飲んだ金俊平は周りを見回し、うほん！　と咳払いした。そして今度は自分でとっくりを持つと酒をつぎ、一気に飲み干して体をゆさぶった。急に部屋の空気が張りつめ、居合わせたみんなの表情に緊張がみなぎった。相好《そうごう》を崩していた中山も金俊平の北京原人のような形相に一瞬臆《おく》した。

「わしにはおまえらの腹の中はちゃーんとわかってる。おまえら、このわしを殺れると思てんのか。殺れるんやったら殺ってみい。その前に、おまえらを叩き殺してやる」

何の前ぶれもなしに、突然いいがかりをつけられて、中山は驚くと同時に悪寒《おかん》を覚えた。自分でもまだ金俊平をどうすべきか決断しかねていたのに、どうして察知したのか、それが不思議だった。不思議というより不気味だった。中山は薄い唇の端を歪めて自嘲するように、

「急に何いいますねん、金さん。わしがあんたを殺るわけおまへんやろ。あんたを殺らなあかん理由《わけ》がどこにあるんだ。冗談でも怒りまっせ」

唇の端を歪めながら、眼は殺気を孕《はら》んでいた。

金俊平は持っていたとっくりを握り潰した。とっくりは金俊平の大きな手の中で砕けた。つぎの部屋にたむろしていた三、四人の男が何事かと思って入ってきた。帳場の男は懐の匕首に手をかけていた。

「じたばたするな！」

と金俊平が朝鮮語で怒鳴った。

「わしは逃げも隠れもせん。わしの首が欲しかったら、いつでも森町へこい。待っとる。常《サン》民《ノム》どもが」

金俊平も済州島の貧しい農家の生まれだが、常民という言葉は朝鮮語で相手を罵倒《ばとう》したり

侮辱するときに使う常套句である。常民から常民呼ばわりされて、居合わせた朝鮮人たちははらわたの煮えくり返る思いがした。

「何をぬかす！　きさまも常民ではないか」

と隣の部屋から入ってきた男がやり返した。

「イノム・ケセツキ！」

と金俊平が罵倒した。イノム・ケセツキとは、犬ころ野郎という意味だが、犬と交わった母の腹から生まれたガキという意味でもあり、最大の侮辱語である。怒り心頭に発した男が金俊平にいどみかかろうとして一歩踏み込んできた足を金俊平はむんずと摑んで立ち上がり、男を逆さ吊りにして投げ飛ばした。金俊平の怪力にみんなはたじろいだ。

「やめとけ！」

と中山がいきりたつみんなを制止した。ここでひと波瀾《はらん》起きれば今後開帳できなくなるかもしれない。そうなれば山健組の二の舞いである。それを承知で金俊平は挑発しているのだ。

「金さん、今夜のところは帰ってくれ」

ポマードを塗った頭髪を指輪をはめた小指で掻き、体を斜《はす》に構えたキザな恰好《かっこう》で中山は口惜しそうに言った。

「女みたいに指輪なんかはめやがって」

金俊平は軽蔑の眼で中山に一瞥をくれて部屋を出た。

「このまま帰してええんでっか」

と帳場の男が言った。

「放っとけ。あんな化け物」

「またきまっせ」

帳場の男は執拗《しつよう》に追っ手を出そうとする。

「もう二度とこんやろ。そういう奴や。そのかわり触るとうるさい。心中させられる」

だが、帳場の男は納得できないらしく、殺意を内に秘めた眼で部屋を出た金俊平の影を追った。

金俊平は来たときと同じ道をたどって帰路についた。四百円を稼いで懐の温かい金俊平は飛田遊廓で一晩散財しようかと思ったが、動物園の脇を歩いていると、闇の中から聞こえてくるけものの鳴き声に胸騒ぎを覚えた。人影のない街はひっそりと静まり返り、十七文もある金俊平の短靴の足音だけが響いていた。誰かにつけられているのか誰かに待ち伏せされているのか、金俊平は身の危険をひしひしと感じていた。金俊平もそうだが、極道は手段を選ばない。

金俊平は建物の陰に入って身をひそめ、あたりをじっとうかがった。それから毛皮の半コートの両ポケットから長い鎖を取り出して、それをさらしを巻いた胴から胸にかけて二重、三重に巻きつけた。こうしておけば匕首で刺されたり斬られたとき、鎖がある程度防御してくれるのだ。また鎖は武器としても使える。そして今度は両手首にロープを巻いた。やはり刃物を受け止めるためである。一応武装した金俊平は用心深く建物の陰から出た。

少し遠回りになるが大通りを歩けば安全だった。しかし、金俊平はまるで身の危険を冒すように天王寺公園に入った。見えない相手を誘い込むためだったかもしれない。美術館前で焚火を囲んでいた浮浪者たちの姿はなく、焚火のあとの灰や新聞紙や空瓶や缶詰の空缶が散乱していた。ゴシック様式の巨大な柱に支えられた美術館を見上げながら、金俊平は樹木の茂っている森に足を踏み入れた。ポン引きやオカマの姿も見当たらない。夜になるとこの一帯は警官でさえよりつかないのだ。闇が息づいている。沈黙している闇の息づかいが伝わってくる。そのとき闇の中の闇にひそんでいた黒い塊りが躍り出てきて金俊平に向かって突進した。無言だった。

金俊平は突進してきた相手の匕首を握りしめた。相手は握りしめられた匕首を抜き取ろうとしたが抜けなかった。そこで突き刺そうとしたが突き刺すこともできなかった。金俊平の手に握られた匕首は抜くことも突くこともできず、しかも自ら匕首を離すこともできなかった。すでに金俊平の大きな厚い手で首を鷲摑《わしづか》みにされて絞《し》めつけられていたのである。金俊平の太い指が相手の首に喰い込んでいく。必死で金俊平の手から逃れようともがき苦しみあがいたが、逃れる術《すべ》はなかった。最後に金俊平はまるで鶏の首でもねじるように相手の首をねじると、相手の体がぐにゃりと垂れた。帳場の男だった。口から血を吐き、眼を吊り上げていた。金俊平は帳場の男と匕首を木陰に投げ捨て歩きだした。匕首の刃を握っていた金俊平の手は、不思議なことにまったく出血しておらず、刃《やいば》の跡が残っているだけだった。金俊平は天王寺公園を出るまで誰とも会わなかった。

天王寺駅の雑踏にまぎれ込んだ金俊平は、切符売り場の前で逡巡《しゅんじゅん》した。工場へ帰ったところで汚い万年床に横になって南京虫と蚤にたかられるだけである。それに帳場の男は死んだのか死ななかったのか判然としないが、首を絞めた感触が手の中に残っていた。生暖かいすべすべした感触である。金俊平は口を開けてはーっと息を吐き、全身に力をこめた。肉の襞《ひだ》にしたたる欲望が血液を駆けめぐり、勃起した一物《いちもつ》がいまにも射精しそうだった。

駅の時計を見ると午後十時を指していた。金俊平は踵を返して飛田遊廓に向かった。遊廓に通じる商店街は客を呼び込む威勢のいい掛け声と散策する人々で賑わっている。商店街を進んで行くと、夜空に聳《そび》えている通天閣が見えた。金俊平はジャンジャン横丁の屋台でどて焼きを肴《さかな》に焼酎を四、五杯ひっかけた。喉がひりひりして胸が灼《や》けつくようだった。

飛田遊廓の大門からの眺めは格別である。碁盤の目のように整然と建ち並んでいる遊廓の建物と建物の間の通路にずらりと並んでいる裸電球の灯りが真昼のように輝き、胸をはだけた襦袢《じゅばん》姿の女たちが呼び込む黄色い声に、男どもは思わずやに下がる。大門の前に立っていた金俊平はふと原の女のことを思い出した。確か平野屋の八重とか言っていたが、どういう女なのか興味をそそられた。廓を歩きだした金俊平を女たちが呼び込む。やり手婆ぁが近づいてきて、

「あんさん好みの、若いええこがいまっせ」

と囁《ささや》く。笑うと銀歯がずらりと並んでいた。

「あのな、平野屋ちゅう店知らんか」

他の店を訪ねようとしているのを知ったやり手婆ぁは愛想笑いを浮かべていた皺だらけの顔をこわばらせて、

「知りまへんな」

と冷たくあしらった。

冷たくあしらわれた金俊平はまた歩きだした。不景気なのか十時という時間帯のためか、歩いている客はまばらだった。それだけに暇をもてあましている女たちの呼び込みはきわめて積極的であった。金俊平は女たちを品定めしながら平野屋を探しあぐねた。そして何人目かの女に尋ねたところ、

「うちが平野屋でんがな」

と言って金俊平の手を引いた。

店に入ると玄関で待機していたやり手婆ぁが、「おいでやす」、と顔をほころばせて金俊平を迎えた。玄関につっ立った金俊平はぶっきらぼうに訊いた。

「八重ちゅうおなごはおるか」

精気を孕んだ巨漢の金俊平を見上げていたやり手婆ぁは即座に「おります」と脅《おび》えたように答えた。

「おりますけど、いまお客さんと一緒です。あと十分くらいしたら空きます。お待ちになりますか」

と金俊平の顔色をうかがった。そして黙って頷いた金俊平を待ち合い室に通した。テーブルに椅子が二脚置いてあるだけの殺風景な部屋である。やり手婆ぁは火鉢にかけてあったやかんの湯でお茶をいれて、

「寒《さむ》おまんなあ」

と言いながら差し出した。

「十分か十五分ほど待っとくなはれ。そいで、お客さんは泊まりでっか」

と訊いた。

金俊平はまた黙って頷いた。

「そうでっか。ほな十円戴きます」

正座して両手を出しているやり手婆ぁに金俊平は十円と一円のチップを渡した。

「おおきに。ほな、ごゆっくりしとくなはれ。もうすぐきますよってに」

一円のチップをもらったやり手婆ぁは上機嫌で部屋を出た。

十五分ほどすると、待ち合い室に赤い長襦袢《ながじゅばん》を着た八重が現れた。二十二、三歳だが、華やかで溢れんばかりの色香を漂わせて男に強い印象を与えずにおかない女だった。花の蕾《つぼみ》のような唇を開いて白い美しい歯を見せてほほえみ、それが彼女の存在をきわだたせていた。

金俊平は一目見て、原が通い詰めたのも無理はないと思った。

「お待ちどおさま」

と言って一見《いちげん》の金俊平の首に抱きつきじゃれるのだった。少し鼻から抜けるような声だが、男の欲情をそそる性的な響きだった。首に抱きついてきた八重のみだらな体の匂いをかいだ金俊平は八重を軽々とかかえた。

「わあ、凄《すご》い。こんなお客さんはじめてやわ」

抱きかかえられた八重は金俊平の両腕の中で無邪気にはしゃいでいた。金俊平は八重を抱きかかえたまま二階へ上がって部屋に入るとしとねの上に寝かせた。八重の妖《あや》しげな黒い瞳が男を誘うように光り、はだけたすそから陰毛がのぞいていた。金俊平がおもむろに毛皮の半コートを脱ぐと、体に巻きつけてある鎖を見た八重が、

「何それ……」

　と驚きながらも好奇の目を向けた。金俊平は鎖をはずし、下着を脱いで全裸になった。逞《たくま》しく隆起した筋肉質の肉体のいたるところに生々しい傷が刻まれている。肩から尾骶《びてい》骨にかけて振りおろされた四本の刀傷は蛇の刺青《いれずみ》のようだった。多くの男に抱かれてきた八重だが、このような凄まじい肉体の男に出会ったのははじめてである。

　金俊平が長襦袢の紐を解き、股をぐっと開いて体の中に押し入ったとき、八重は凶暴な野獣に犯されているような気がして「あっ」と声をもらした。その声は恐怖におののきながら同時に未知の世界へ――それまで自らを性の道具としてしか考えなかった肉体の芯部に激しい欲情の炎が燃えひろがるのを感じた声だった。けっしてうるおうことのなかった干涸《ひから》びた膣《ちつ》の内部から愛液が溢れだした。金俊平が腰をかかえて抱きよせると、八重は吸いつくように金俊平の体にしがみついて思わず爪を立てた。金俊平の物が八重の体の奥へ奥へと侵入していく。あまりにも不意に襲ってきた快楽の暴力に八重は理性的になろうと抗《あらが》ったが、八重の体は金俊平を求めて震えていた。こらえきれずに口からもれる呻き声が自分の声ではないような気がした。その呻き声は八重の意思に反して肉体の深い闇からこみあげてくるのだっ

た。

八重は肢体をくねらせ、金俊平の物を貪欲《どんよく》に呑み込もうとして、さらに大きく股を開き、そしてしっかりと股を閉じた。喘《あえ》ぎながら甘酸っぱい吐息をもらしている八重の口を金俊平のざらざらした舌がふさいだ。金俊平の体内から噴き上げてくる瘴気で八重は窒息しそうになったが、深く深く押し入ってくる金俊平の舌から溢れる唾液を飲み込んだ。まるで汚穢《おわい》を飲まされているようだった。そして八重は自分の体が金俊平の汚穢で満たされていくような気がした。金俊平が舌を抜いたとき八重は、

「もっと、もっと強う。うちを死なせて！」

と叫んでいた。

ぬめぬめとした体液にまみれて二人は二匹のけものと化していた。金俊平が八重の首をゆっくり絞めると、八重は口もとにえもいわれぬ喜悦を浮かべて失神した。

数分後に意識のもどった八重は何が起こったのかわからないらしく、しばらく茫然としていた。それから寝煙草をふかしている金俊平の厚い胸にしなだれて、

「こんなん、はじめてやわ……」

と恥ずかしそうに呟いた。

「まだ体が震えてる」

八重は金俊平の手を自分の乳房にあてがった。八重の体は継続的に痙攣しながら放熱していた。

「オシッコしたみたい」

と今度は金俊平の手を自分の濡れた陰部にあてがった。金俊平が少し撫《な》でると八重は敏感に反応して、

「まだ燃えてるんやわ。触ったらあかん」

と、うわずった声をあげて股を閉じ、金俊平の物を強く摑んで柔らかくもみほぐすのだった。射精していったんは萎縮した金俊平の一物《いちもつ》がふたたび精気をとりもどし、いきりたつように勃起した。すると触ったらあかんと言っていた八重が金俊平の上にまたがって鉄のような黒い塊りをすっぽり呑み込み、髪をふり乱し、胸を掻きむしるようにしながら上半身をのけぞらせて狂乱状態になった。弓なりになって悶《もだ》える八重の弾力のある肢体は三回、四回とエクスタシーに達しながら、いつ果てるともなく求め続けるのである。金俊平は八重の求めるがままに体位を変え、力ずくでねじ伏せるように八重の体と重なった。恍惚《こうこつ》とした八重のほてった表情は、まるで現世《げんせ》から遥《はる》か遠くの異界を夢みているようであった。

そして急に全身の力をぬいて、八重はがっくりと項《うなじ》を後ろへ倒し虚脱状態に陥った。そのとき八重の膣は金俊平の精液を一滴残さず吸いつくそうとするかのように絞めつけてきた。

実際、金俊平は体内の精液を一滴残らず吸いつくされたような感じがした。汗と体液と性の匂いが八重の全身の毛穴から発散している。八重の唇の奥に毛むくじゃらの得体の知れない無数の虫が這っているようだった。何度も快楽の極みをさまよって朦朧としている八重の情念に、この女は危険だ、と金俊平は思った。原が思い詰めて死に急いだのも八重の情念のなせる業《わざ》かもしれない。

金俊平は汗を拭《ふ》き、衣服を着て帰る仕度をした。

「帰るの？　なんで帰るの？　泊まっていくんとちがうの」

けだるい体をもたげて、八重は引き止めようと金俊平の背中にもたれた。

「用があるんや。またくる」

金俊平のそっけない返事に八重は怨めしそうな瞳で見つめた。

「いつきてくれるの。明日もきてほしいわ。待ってるさかい、明日必ずきてや」

八重の瞳がうるんでいる。演技なのか本心なのか、どちらともわからない妖しげなしなをつくって、八重の魔力がねばねばとした蜘蛛の糸のようにからみついてくる。金俊平は五円のチップを置くと、からみついてくるねばねばとした蜘蛛の糸を振り払って部屋を出た。

歩いて帰るわけにいかないので、金俊平は廓からタクシーを呼んでもらった。タクシーを待っている間、長襦袢をひっかけた八重が金俊平にべったりくっついていた。女にべたつかれるのが嫌な性分《しょうぶん》の金俊平は短靴をはいて外へ出た。そこへタクシーがやってきた。

「明日待ってるさかい、必ずきてや」

と別れを惜しむ八重の声を無視して、金俊平はタクシーに乗った。背後で八重がほくそえんでいるように思えた。

それにしても激しい性交だった。八重のあの細い体のどこにあのような魔性がひそんでいるのか。体力に自信のある金俊平でさえ求めてくる八重にはたじたじとなった。原は八重に精力を吸いつくされて生ける屍《しかばね》同然になっていたのではないのか。そう思えば、原が自ら進んで西村の刃物に刺されて倒れたのも理解できる。

八重のこぼれるような笑み、体から漂ってくる性の匂い、底知れぬ黒い魔窟、頽廃《たいはい》的で破滅的な天性の遊女だ。車の中で金俊平は八重のしなやかな肢体と悶える呻き声を払拭《ふっしょく》しようとしたが、すでに八重のとりこになっていた。『あの女をかっさらうか』。金俊平の脳裏に邪悪な考えがとぐろを巻いていた。

金俊平は森町市場の手前でタクシーから降りた。金俊平は人影のない道を用心深く歩いた。夕方になると買い物客で賑わう森町市場も灯りが消えて暗闇につつまれていた。飛田にいたときは気にしなかったが、唸《うな》りをあげる風の音に金俊平は耳をそばだてた。トタン屋根がしなっている。風が吹くたびにバタン、バタンとプレスのように規則正しい音をたてている。

さかりのついた二匹の猫が喉を鳴らし、からみ合いながら路地の奥から飛び出してきた。帳場の男は死んだのか死ななかったのか。首をぐったりさせていたので死んだかもしれない、と金俊平は思った。とにかく夜が明ければ判明するだろう。それまでは逃げ隠れしないほうが賢明に思われた。

森町市場を抜けると灯りのついた工場ではまだ仕事を続けていた。高信義があらの入ったドラム缶を工場の前に並べている。午前六時頃に生野の巽《たつみ》の養豚場から豚の餌であるあらを運びにくるのだ。加藤が運搬車の荷台に出来上がった蒲鉾を詰めた箱を五段に積み重ね、ロープで縛っていた。横なぐりの強い風に、加藤は曇天を見上げて、

「雨かな」

と高信義に言った。

「雨が降る前に早いとこ運んでしまわんと難儀するぞ」

高信義が加藤を急かせている。

「三往復はせんならんな」

と新米の加藤は溜め息をついた。森町から鶴橋までは距離にして省線でふた駅くらいである。

建物の陰から金俊平がぬーと現れたので高信義と加藤は驚いた。驚いて言葉を交わすのも

忘れている高信義を金俊平は、「ちょっと、こい」とうながして工場横の路地に呼び込んだ。何事かと路地に呼び込まれた高信義は金俊平から百円を手渡された。

「この金を職長に渡して証文を返してもらえ」

百円を受け取った高信義は、

「わかった」

と答えて狐につままれたような顔をした。

路地から出ると加藤が「お早ようさんです」と挨拶したが、金俊平は黙って工場の二階へ上がった。

不潔な冷たい万年床に体をすべり込ませた金俊平は、帳場の男を殺したかもしれないということより、八重の煽情的《せんじようてき》な柔らかい肉体に感情をゆさぶられていた。八重との激しい性交に比べれば、帳場の男の生き死になど頭の隅に追いやられていた。一度手に入れたいと思うと、何が何でもそうせずにはいられない性格である。身請《みう》けするのか、それとも強引に連れ出して逃げるのか、二つに一つしかない。通い詰めれば原の轍《てつ》を踏むことになるだろう。といって諦めることはできなかった。黒い魔窟から溢れる愛液が、八重の全身の毛穴から発散している汗と性の甘酸っぱい匂いが、くびれた腰をくねらせて万力のように絞めつけてくる肉の襞に巣喰っている得体の知れない虫が鈴《すず》なりになって金俊平の物を咀嚼《そしやく》してくる不可抗力な悦楽が、そして八重の毒が、じょじょに金俊平の強靭《きょうじん》な肉体と意志を浸蝕していた。金俊平は何度も寝返りを打って八重の幻影に悩まされた。飛田へ行くのではなかった、と後悔しながら、明日もう一度平野屋へ行ってみようと心に決めた。

翌日、金俊平がいつもの時刻に起床して洗顔をすませたところへ田辺職長が二階へ上がってきた。骨折した腕を包帯で吊り、ひびの入った肋骨をかばうように少し前かがみになって、

「高から返済してもろた。もっとあとでもよかったのに。気をつかわせてすまんなと肺結核を患《わずら》ってるみたいにわざとらしく軽く咳込んだ。

「また頼むで」

金俊平は念を押すのを忘れなかった。

田辺職長がなま返事をして下へ降りると、入れ替わりに証文を持った高信義が上がってきた。そして高信義から受け取った証文を破り捨てて金俊平が言った。

「おまえは新聞が読めるやろ。新聞に何か事件が載ってなかったか」

やはり金俊平は帳場の男のことが気になっていた。もし死んでいれば必ず新聞に載るはずである。奇妙なことを言いだす金俊平を見ながら、

「今日はまだ新聞を読んでない。それにわしは新聞を取ってないんや。新聞代が高《たこ》うつくさかいな。いつも社長が取ってる新聞を読んでる」

「ほな、社長の新聞をちょっと見てこい」

「何かあったんか？」

高信義は不審そうに訊いた。

「何かあるわけないやろ。何もない」

と金俊平は真顔《まがお》で否定した。これ以上、詰問すると金俊平が怒りだすので、高信義は社長宅から新聞を持ってきて、事件らしい記事を読みあげた。その読み方は、朝鮮の両班《ヤンバン》（上層階級）が儒学の書物を読むとき、抑揚をつけてもったいぶった調子で読みあげる読み方を真似ていた。経を唱えている坊主にそっくりだった。事件らしい記事をひと通り読み終えると金俊平は、

「もうええ」

と無関心を装った。

「今日は仕事に出るのか」

と高信義が訊いた。

「いいや、ちょっと用がある」

そう言って金俊平は洗面器にタオルと石鹸と安全カミソリを入れて銭湯に出掛けた。銭湯へ行くところをみると、たぶん女に会いに行くのだろう。どんな女だろう、と高信義は想像

した。まさか原の女とは知るよしもない。高信義は金俊平の女を何人か知っている。たいがいは気性の激しいあばずれ女だった。金俊平は気性の激しい女を好むのだ。

　銭湯からもどってきた金俊平はもうひと眠りして夜がくるのを待った。あるいは何かを待っていた。帳場の男が死んでいたら、中山とその仲間たちが報復にくるだろう。そして警察が動きだすにちがいなかった。そのときは正面突破して逃げるしかない。金俊平は七百円の札束をさらしに巻いて乗馬ズボンをはいたまま横になっていた。階下から魚の身を潰している圧縮機の音が聞こえてくる。濡れたコンクリートの床を歩いている職人たちのゴム靴のペタ、ペタという音も聞こえてくる。

　金俊平の神経は研《と》ぎ澄まされた刃物のようにわずかな音をも聞きもらすまいとしていた。連中がくれば、極道特有の殺気が伝わってくるはずであった。何ごとにも用心深い金俊平は飛田へ行く前に、それらの状況を確認しておきたかったのだ。

　閉じた瞼《まぶた》の裏に八重のみだらな姿態が張りついている。時間は軋《きし》みながら重い扉を押し開けようとしていた。重い扉の向こうから現れるのは何者なのか。奴らはなぜこない？　警察は何をしているのか。帳場の男の死体は発見されたのか、されなかったのか、時間とともに金俊平はいらだちを覚えた。

　腕時計を見ると七時を過ぎている。金俊平はさらしの上から鎖を巻き、ベルトの後ろに桜の棍棒を差し、毛皮の半コートを着て階段を降り、仕事をしている職人たちの様子に目を配って工場をあとにした。

金俊平は昨夜と同じ道順をたどって天王寺駅にたどり着いた。そして天王寺駅を出ると公園の暗い森をしばらく眺めていた。帳場の男を投げ捨てた現場を確かめてみたいという誘惑にかられたが、金俊平は商店街へと向かった。途中、すき焼き鍋の店に入ってすき焼きを三人前と酒を飲み、緊張している気持ちをほぐした。

すき焼きをたらふく食べてほろ酔い加減になると欲望が満ち潮のように溢れてきた。八重の体の奥に疼《うず》いているもう一人の八重に性の刻印を焼きつけてやる。八重の底知れぬ魔窟で絶望的な快楽に溺れた男が何人もいるにちがいない。男の情欲を刺激せずにはおかない八重のあの大きな黒い瞳とこぼれるような笑みにまどわされてはならない。性の道具以外の何ものでもない八重を力ずくで従属させるのだ。

だが、それらの思いは八重の魔力にとりつかれている証拠でもあった。そのことが金俊平のジレンマだった。金俊平の脳裏にふと過去の女たちの面影がよぎった。何人もの女たちと過ごした時期は、しかし一過性のものでしかなかった。八重は特別な女だろうか？　かつての女に対して金俊平は自分のものにしたいという強い欲求を持ったことがない。けれども八重に対しては自分のものにしたいという強い欲求にとらわれていた。

金俊平はゆっくり歩を進めて昨夜と同じ飛田遊廓の大門の前に立った。碁盤の目のような遊廓の通路に煌々《こうこう》とした裸電球が金俊平を眩惑《げんわく》するかのように輝いていた。

3

赤い長襦袢を後ろに少しずらせてはだけた胸もとをちらつかせ、「お兄さん」と黄色い声をかけてくる。スリップ姿の女がいやに色っぽく見えた。この寒空にもめげずに女たちはさまざまなしなをつくって男たちを誘っていた。それらの女に目もくれず八重のいる平野屋をめざしている金俊平にやり手婆ぁがそっと近づいてきて呟く。

「ええ娘《こ》おりまっせ。昨日福岡からきたばっかしの素人の娘はんですわ」

金俊平は道を一本間違えたことに気付いて、ちょっと立ち停まった。それから執拗に喰い下がってくるやり手婆ぁを振りはらって角を曲がった。

平野屋の前にくると、ちょうど客を送り出している八重と出会った。客の胸にしなだれ、

「今度いつきてくれるの。明日もきてほしいわ。うちを独りにせんといてや」

と甘ったるい声で媚《こ》びながら客の手をとって自分の乳房を愛撫させていた。

「わかってるがな。明日は無理やけど来週くる」

やに下がった顔の客は八重を強く抱きしめてキスしようとしたが、八重は巧みに相手の唇を避けて微笑した。八重の微笑に漂う色香とみだらな姿態に金俊平は嫉妬《しっと》にも似た感情と欲情をそそられるのだった。客を見送った八重は、建物の陰に佇んでいる金俊平に気付いて驚いたように眼を見張り、そして乱れた長襦袢の裾《すそ》を軽くつまんで駆けよってきた。

「きてくれると思うとった。嬉しい」

男に抱かれたばかりの八重の体から汗の匂いがする。金俊平は八重に手を引かれるまま廓の玄関をくぐった。やり手婆ぁが卑猥な目つきで、

「おいでやす」

とほくそえんでいる。

昨日の今日である。金俊平は、ばつの悪そうな子供みたいにやり手婆ぁの視線をやりすごして八重の後ろから二階に上がって部屋に入った。先客とのしとねが乱れたままになっている。八重は大声でやり手婆ぁを呼び、新しい床《とこ》に替えてくれるよう頼み、ついでに酒を注文した。

「今夜は泊まってくれるの。泊まってほしいわ。もうほかの客を取るのはいややわ」

運ばれてきた酒をつぎ、自分も飲みながらほろ酔いかげんになった八重はすねるように言った。金俊平に背中をあずけ、腰をひねって伸ばしている白い脚が爪先あたりでそっている。

八重の柔らかい肉体がなまめかしい曲線を描いている。金俊平は八重を抱きよせ、口に含んでいた酒を八重の口に流し込んだ。唇からこぼれた酒が八重の胸を伝って下腹部へと流れていく。金俊平はさらに酒を口の中へ流し込み、溢れて下腹部へと伝わってくる酒を吸った。そして何者をも堪能《たんのう》させずにはおかない盛り上がった肉の襞が吸盤のように息づいている茂みの奥へ、金俊平は舌を這わせた。半開きになった八重の唇から歓喜の呻き声がもれる。金俊平は舌を陰部から肛門へと這わせた。思わず八重は肛門の筋肉を収縮させたが、金俊平の唾液に濡れた肛門の筋肉はしだいに緩むのだった。

「もうあかん……」

と八重はうわごとのように言った。それに応えて金俊平は八重の中心部に押し入ると同時に指を肛門の中へゆっくり挿入した。はじめは緊張してかたく閉ざしていた肛門も溢れてくる潤沢な愛液にほぐされて金俊平の太い指を容易に受け入れた。八重の中へ交互に侵入してくる二つの異物は体の中を別々の快感となって交差し錯綜しながら、まるで大きな河へ合流してくる無数の支流がやがて海へとそそぐように、圧倒的な喜悦の波が八重の体を襲った。感極まって八重は哭《な》き声をあげた。その哭き声は、悲しみと喜びと苦痛と快楽がないまぜになった名状し難いものだった。まるで魂の抜けたような虚《うつ》ろな瞳をまばたきもせずに八重は哭き続けた。

八重は死んだようにぐったりしていた。哭きじゃくったあとの体がときどき痙攣している。汗に濡れた体がナメクジの這ったあとのように光っていた。八重の裂け目は灼けつくようにほてり、深い傷のように疼いていた。間断なく痙攣している八重の体から金俊平が自分の物を抜こうとすると、

「そのままじっとしていて」

と八重は苦渋に満ちた声で言って、局部をぴったりくっつけるのだった。八重の温かい膣の中で金俊平の一物は溶解していくようだった。そして八重は金俊平の物を体内に深く呑み込んだまま、いつしか眠りについていた。

明け方近く、八重はうっすらと瞼を開けた。背後から逞しい腕に抱きすくめられている八重の体内に金俊平の物が臍《へそ》の緒《お》のようにしっかりと収まっていた。

「夢を見てたわ」

と八重は小声で言った。金俊平は瞼を閉じたまま、

「どんな夢や」

と訊いた。

「歩いても歩いても家に着かへんのよ。あたりは真っ暗やし、自分がどこにいるのかもわからへんし、不安やったわ」

心細い声が寂しそうであった。それから八重はじゃれつく猫のように金俊平の太い指を軽く嚙んだ。金俊平は八重を抱きすくめて低い声で言った。

「わしの女になれ」

八重は上半身を振り向けて金俊平の顔を探るように見た。

「急に何いいだすの。わしの女になれいうたかて、うちはこの店に買われた体やさかい、どうにもなれへんわ」

わしの女になれと安易に言う金俊平に八重は反発した。

「おまえに借金があることくらいわかってる。おまえはわしをどない思う」

八重はしばらく黙って言葉を探しあぐねているようだった。

「商売やさかい、うちはいろんな男はんと寝たけど、あんたに初めて女にされたような気がする。あんたの女になれいうんやったら、なってもええ思うけど、うちをいつまでも可愛がってくれはるの」

切なさがにじみ出ている言葉だった。金俊平は八重がこのうえなくいとおしいものに思えた。

「おまえにその気があるんやったら、わしにまかせとけ。わしが店と話をつけてやる」

金俊平は俄然《がぜん》、勢いづいて、いますぐにでも八重を店から連れ出しそうな気配だった。

「店と話をつけるて、どない話をつけはるの」

体に無数の傷を刻んでいる金俊平がただ者でないことくらい八重にもわかっていた。いったい金俊平は何者なのか。極道にはちがいないが、いわゆるやくざともちがうような気がする。大阪弁の語尾に方言のイントネーションを引きずっているので、大阪生まれでもなさそうであった。職業もわからない。遊女は客の素姓《すじょう》をいちいち詮索しないのが掟《おきて》である。郷を捨て肉親を捨て、苦界《くがい》に身を沈めた遊女にとって、闇に葬り去った過去はないも同然であった。わしの女になれということは苦界から足を洗えということであり、そのために身請けしてくれるのか、それとも力ずくで引き抜くのか、それを計りかねて不安を覚えた。

「おまえは店になんぼの借金があるんや」

と金俊平が訊いた。

八重は少し間をおいて、

「千円くらいと思う」

と答えた。

「千円か……何とかなるやろ。今日中に話をつけてやる。おまえもそのつもりでおれ」

どうやら身請けするつもりらしい。八重の胸の鼓動が高鳴った。五年の年季奉公だったが、借金は減るどころか増える一方で、この調子では五年はおろか十年過ぎてもこの世界から足抜きできないのではないかと思っていた。だが、もし、金俊平が身請けしてくれれば、三年で苦界から抜け出せるのだ。八重が興奮するのも無理はなかった。

「うちを身請けしてくれはるの。ほんまにうちを身請けしてくれはるんでっか」

八重は金俊平の物をしっかりくわえ込んだまま体位を変えて上になり、

「ほんまにうちを身請けしてくれはるんでっか」

と何度も念を押して、

「うれしい！」

と激しくしがみついた。

からみ、もつれ合い、いつ果てるともしれぬ交合を続けた。八重の熱情に、さすがの金俊平もたじたじとなった。

廊下を渡る朝帰りの客と女の足音や話し声が聞こえてくる。めったにないことだが、八重はかいがいしく朝食の膳を運んできた。味噌汁、焼き魚、つけもの、卵など、旅館の朝食と同じだが、それを金俊平はうまそうにたいらげた。その様子を八重は頼もしそうに見ていた。

「ご飯をつぎましょか」

と訊く八重に、「もうええ」と断わって、金俊平は煙草を一服ふかして言った。

「店の主人は起きてるのか」

八重の表情が急に緊張した。

「ええ、起きてます」

「ほな、主人に会《お》うて話をつけよか」

金俊平が腰を上げた。

「いますぐ会うんでっか」

心の準備をしていない八重はいささかうろたえた。身請けの件はそれなりに店と事前に話し合う必要がある。それを馴染《なじ》みでもない客がいきなり身請けしたいと切りだせば、店はどう反応するのか。こころよく首をたてに振るだろうか。場合によっては借金の額をふっかけてくるかもしれない。だが、腰を上げた金俊平を止めることはできなかった。

八重は乱れた髪をなおし、長襦袢の上に羽織を引っかけ、金俊平を案内するように階段を降りて一階の奥の部屋に向かった。そして庭を挟んで離れのようになっている部屋の前で八重は正座して、

「女将《おかみ》さん、ちょっと話があるんです」

と声を掛けた。

「誰や？　八重か」

と部屋の中から女の声が返ってきた。

「はい、八重です」

「いま食事してるとこやさかい、あとにしてんか」

八重は廊下につっ立っている金俊平を見上げてどうすべきか確かめると、金俊平はいま話したいと八重をうながした。

「あの……お客さんがお話ししたい言うて、ここにきてはりますけど……」

八重のぎこちない声が部屋の中の女将に伝わったらしく障子が開いた。そして廊下につっ立っている毛皮の半コートを着た大男の金俊平を見て、女将と長火鉢《ながひばち》の前に座って朝食をとっていた五十前後の主人が顔を曇らせた。部屋に入って食事をしている主人の前に金俊平がどっかと腰を下ろすと、六畳の間は狭く感じられた。食事の最中に無遠慮に入ってきた金俊平を主人と女将は警戒した。八重は部屋の片隅にちぢこまって障子を閉めた。

「何の話や？」

と主人は咀嚼していた食事を呑み込み、お茶をひと口すすって怪訝《けげん》な顔をした。

「お客さんが、うちを身請けしたいそうです」

八重はひかえめに小さな声で言った。

「身請け？　えらい急な話やな。見たところお馴染さんとはちがうようやけど、一見さんが身請けするいうのは考えもんやで」

素姓のわからない男に身請けされて、今度は別の遊廓に売り飛ばされることも考えられる。それに身請けするからには妾《めかけ》を囲うだけの資産家であることがこの世界の常識である。どこの馬の骨だかわからない男に身請けされて、あとで泣きをみるのは女なのだ。実際、身請けされたのもつかの間、ふたたび遊廓に舞いもどってきた女は何人もいる。むろん主人や女将が遊女たちの将来をそこまで考えているわけではないが、素姓のわからない男のあまりにも急な話に懸念したのだ。

「何が考えもんや。本人がその気で、借金を払《は》ろたら文句ないんちがうんか。八重の借金はなんぼあるねん」

金俊平のうむを言わさぬ高圧的な態度に圧倒されて、主人はおもむろに茶簞笥《ちゃだんす》の引出しから証文を取り出した。

「九百五十円ある。せやけどな、身請けするっちゅうからには利子を払ろうてもらわんとあかんで。わしらも商売やさかい、八重にかかった元手は清算してもらわんとな」

廓の主人としては金俊平のいいなりになって、ここですんなり八重を身請けさせるわけにはいかなかった。身請けする場合、それなりの祝儀をつけるのが習いである。その祝儀をつけてくれそうもない金俊平に対して主人は利子を持ちだしたのだ。何ごとにも強引で自己中心的な金俊平にとって廓の習慣や主人の思惑などくそくらえであった。自ら買って出た喧嘩はあくまで力でけりをつけるのが金俊平の流儀である。

「利子？　何の利子や。おまえは高利貸しか。おまえは今日までさんざん儲《もう》けてきたんちがうんか。あほらしいて聞いてられんわ」

金俊平の傍若無人《ぼうじゃくぶじん》な態度は廓の主人の自尊心を著しく傷つけるものであった。すくなくともここは遊廓である。遊廓には遊廓の掟があり遊び方がある。それらを無視して恐れを知らぬ金俊平の態度は、よほどの田舎者か狂人としか思えなかった。

「おまえはここをどこや思てるんじゃ。ここはな、飛田遊廓や。おまえみたいなわけのわからん田舎もんに八重を身請けさせるわけにはいかん。足元の明るいうちに去《い》にさらせ」

傍にいた女将が嘲《あざけ》るように金俊平の容姿を点検しながら言った。

「いまどき汚い毛皮の半コートなんか着て、気色悪い。動物の臭いがするわ。八重もようこんな男に身請けされる気になったな。おまえの気がしれんわ」

皮肉たっぷりに金俊平をこき下ろして部屋の隅にかしこまっている八重を憎々しげに見た。

「ええか、身請けは旦那衆のすることや。おまえみたいな田舎もんのすることとやない。身のほど知らずめ」

主人はキセルに刻み煙草を詰め、長火鉢の炭火で火を点《つ》けてふかし、煙を金俊平に向かって吐いた。すると金俊平もポケットから煙草を取り出して口にくわえ、長火鉢の中の炭火を素手で摑んで火を点けた。ジュジュ、ジュジューと肉の焼ける音がして煙が上がり、焦げる臭いがした。あまりにも突飛で常軌を逸した金俊平の行為に廓の主人と女将は動転した。

「な、なにさらすんじゃ、おまえは」

と廓の主人は血相を変えて逃げ腰になった。

「わしは借金を払ろて八重を身請けするいうてるんや。それのどこが悪いんじゃ」

炭火を摑んでいる人差し指と親指が黒焦げになっている。その炭火を主人の顔に近づけていった。主人の頬のあたりがわなわなと震えていた。

「わ、わかった。金を置いてさっさと八重を連れて行け！」

顔を引きつらせて主人が悪霊《あくりょう》でも追い払うように言った。女将は金縛り状態になっている。

金俊平は炭火を長火鉢に捨て、胴巻から金を取り出した。

「七百円ある。あと二百五十円は明日持ってくる。それまで八重を預けとく。今夜から八重に客を取らせるな。わかったな」

このとき、部屋の隅で緊迫した状況を見守っていた八重が前に進み出て、

「二百五十円はうちが出します」

と強い調子で言った。八重の表情には、この機会に遊廓から足を洗うのだ、という意志がみなぎっていた。あっけにとられている主人と女将をよそに、八重は足早に自分の部屋にも

どって二百五十円を持ってくると、主人と女将の前に置いた。

「これで文句ないやろ。証文は返してもらう」

金俊平は主人から証文をもぎ取るようにして奪い、八重に手渡した。その証文を八重は両手で抱きしめるようにした。それから二人は主人と女将に一瞥《いちべつ》をくれて部屋を出た。主人と女将は二人にしてやられたような気持ちだった。どこの馬の骨だかわからない風来坊としめし合わせた八重の計略にまんまとはめられたのではないか、と女将は悔しがった。

「あんな男に、このまま八重を連れ出されてええんでっか」

と女将は夫の腑甲斐《ふがい》なさを責めた。

「そないいうけど、八重が男に手引きされて夜逃げでもしたんやったら、草の根をわけてでも探し出して焼き入れたるけど、借金を払ろて身請けするんやさかい、どないもならんやろ」

「あんた何年この商売やっててんの。普通やったら祝儀の三、四百円もつけて身請けするのが筋とちがいまっか。それを借金だけ払ろて、それですむわけおまへんやろ。しっかりしとくなはれ。うちはこれから若松組の親分に相談してきます。黙ってたら、しめしがつきまへん」

いきまく女将に主人は手を焼いていた。

「やめとけ。若松組の親分に相談してどないなるいうんや。借金を払ろた相手をしごくのか。それにあの男も筋もんや。どこぞの組の回しもんとちがうか。もし大きな組やってみい、それこそえらいことになる。結局手打ち式やなんやかんやいうて、二、三千円はかかるぞ。そないなってもええのか。もう放っとけ。どうせどこかの女郎家に売られるのがおちや」

これ以上の恥を晒《さら》したくない主人はヒステリックな女将をなだめすかした。

金俊平は翌日の正午に八重を迎えにくることにした。八重は玄関で別れを惜しむように瞳をうるませて金俊平を見送った。その八重を金俊平はいとおしく思った。女をこれほどいとおしく思ったことはない。金俊平は道々あれこれ考えていた。八重を身請けした場合、まず住居が必要であった。それも一緒に暮らせる小ぢんまりした家屋をすぐにも見つけねばならない。当然のことながら、家屋を借りる権利金や当座の生活費を用意しなければならない。鍋、釜、茶碗などの台所用品や家財道具も必要だろう。上質の綿布団も必要である。暖をとるための火鉢も必要だ。

とりとめのない考えをめぐらせていると、長火鉢の炭火を摑んだ人差し指と親指の火傷《やけど》の痛みを忘れるのだった。自分でも信じられないほど八重との共同生活に思いをはせていた。森ノ宮駅で降りるのを忘れて京橋駅まで乗り越してしまい『おれはどうかしている』とわれながら羞恥心を覚えた。

森ノ宮駅にもどった金俊平はその足で高信義の住まいをめざした。借金は昨日返済しているので頼めばもう一度貸してくれるだろう。それも博打のための借金ではなく所帯を持つための借金である。社長もいやとは言うまい。とにかく家屋を早急に探さねばならない。それを高信義に相談しようと思った。

高信義は工場から一キロほど離れた朝鮮人長屋に住んでいた。六棟の長屋がもたれ合うように並び、前後左右にも同じような長屋が並んでいる。高信義の平屋はどん詰まりの路地の一番奥だった。路地の入口に共同水道があり、そこで朝鮮の婦人たちが世間話をしながら洗濯をしていた。その中の一人が、

「あら、金さん、どうしたんですか」

と朝鮮語で声をあげた。四、五歳の男の児が赤児を背負った母親にまとわりついている。高信義の妻だった。丸顔だが愛嬌のある表情をしている。ときどき訪ねてくる金俊平に他の二人の婦人たちは軽く会釈をした。

「旦那は寝てますか」

と金俊平は訊いた。

「ええ寝てますけど、食事どきですから、そろそろ起きると思います」

いったん昼食をとって、またひと眠りするのである。

「起こします」

と彼女は洗濯を中断して二人の子供を産んだ肥沃な腰を上げた。何かをねだって泣きべそをかいている子供が母親のチマ（朝鮮式のスカート）を握ってどこまでもつきまとってくる。金俊平が十銭の小遣いをやると、子供は涙を溜めた瞳で金俊平を見上げ、そして母親の了解を求めた。

「ありがとう言いなさい」

母親の了解を得た子供はぺこりと頭を下げて十銭銅貨を握ると、駄菓子屋へ走りだした。赤児は母親の背中で眠っていた。

高信義の家に入ると土間に寝そべっていた犬が金俊平の匂いを嗅《か》いで尾っぽを振った。六畳と三畳の二間に家族四人が暮らしている。六畳の間に寝ていた高信義は妻に起こされてしばらく床の上に座ってぼーっとしていた。仕事の疲れが残っているのだ。

「すまん、起こしてしまって」

金俊平は朝鮮語で言って、いつになくかしこまっていた。

「どうしたんだ、こんな時間に」

高信義は寝ぐせのついた頭髪を掻きながら訊いた。普段なら金俊平も睡眠をとっている時間帯である。

「ちょっと急ぎの用があってな。どこか借家はないか」

風来坊の金俊平が借家を探していると聞かされて高信義は驚いた。

「誰が住むんだ。まさかあんたが住むんじゃないだろうな」

そう訊かれて金俊平は少し照れながら、

「おれが住むんだ」

と顎を撫ぜるのだった。

どういう心境の変化なのか、家を借りたいということは所帯を持つという意味にちがいなかった。もっとも三十歳になる金俊平が所帯を持ってもおかしくない。一歳年上の高信義はすでに二人の子供がいる。破天荒《はてんこう》な無頼漢《ぶらいかん》の金俊平が所帯を持って落ち着けば、それにこしたことはないのだ。高信義は女と所帯を持つのか、と出かかった言葉を呑み込んで食事を運んできた妻を見やった。笑顔で食事を運んできた妻の明実は、

「何もありませんが、一緒に食事でもしていってください」

と言って折りたたみ式の円形のお膳の上に食事の用意をした。

「すまんです」

金俊平は胡坐を組み直して姿勢を正した。

「マッコリ（ドブロク）を飲みますか」

と明実が訊いた。

「そうだな、わしも一杯飲むか」

と高信義は金俊平の返事を先取りしてドブロクを持ってこさせた。それから話の続きに入った。

「確か裏の長屋に一軒空いてるところがあったと思うが、まだ決まってないのかな」

するとご飯をついでいた明実が、

「まだ決まってません。家主さんが入居者を探してました」

と言った。

「そうか、あそこならいいと思う。間取りはここと同じだが、角だから陽当たりも悪くない。この家は一番奥だから陽当たりが悪くて悪くてじめじめしている。家主の家はすぐ近くだから、明実に訊いてこさせようか」

高信義が合図すると明実は前掛けをはずして立ち上がった。

「頼む」

金俊平が遠慮がちに言う。

明実が家を出たあと、金俊平はあらたまった口調で言った。

「すまんが、もう一度保証人になってくれ。社長から金を借りる」

昨日返済した金をまた借りようとしている金俊平の懐具合が解《げ》せなかった。かなりの金子《きんす》を持っていたように思えたが、もう無いのだろうか？　いったい何に使ったのだろう。だが詮索されるのを嫌う金俊平に金の使い道を訊くことはできなかった。訊けばお膳を蹴飛ばして帰るにちがいない。

「わかった」

温厚な高信義は何も訊かずに承諾した。

子供の手を引いて家主の家からもどってきた明実は息をはずませていた。急いで行ってきたのだろう。

「空いてるいうてました。権利金が三十円で家賃は八円です。家賃はうちより一円高いですわ」

「がめつい家主や。同じ家賃にすればいいのに」

高信義は腹だたしげに言ったが、金俊平はひと安心した。

「今日の夕方、契約にきます。そのときは奥さんが案内してください」

思いなしか金俊平の顔がほころんでいた。もうひと眠りする高信義を邪魔しないよう気をきかせて帰ろうとする金俊平に、

「おれも一緒に出る」

と言って高信義は服を着替えた。

外は晴れていた。風は冷たかったが壁の陽だまりに春の気配を感じる。路地を抜けてどぶ川の橋を渡るとチマ・チョゴリ（スカートと上衣）を着た数人の婦人が道端にしゃがみ込んで野菜や海産物を売っていた。牛の内臓を肴にドブロクを売っている屋台の前で二人は足を停めた。

「一杯飲むか」

と金俊平が誘った。高信義の女房にもてなされて二杯飲んだドブロクの酔いが回ってきて、金俊平の胃袋が酒を要求していた。酒好きの高信義に異存はなかった。二人は屋台の前に立ってどんぶり鉢につがれたドブロクを飲み、牛の内臓をほおばった。密造酒はもとより、それを商売にしているのは違法行為だったが、この界隈では白昼堂々と屋台で売っていた。ドブロクを飲んだ高信義の目の縁《ふち》がほんのりと赤らんでいる。高信義は金俊平の顔色をうかがいながらためらいがちに朝鮮語で訊いた。

「借家にあんた一人が住むのか。それとも……」

と言いかけた高信義の言葉を金俊平は遮《さえぎ》った。

「明日から女と一緒に住む」

やはりそうかと思って高信義はさらに質問を試みた。

「朝鮮の女か、それとも……」

と言いかけた高信義の言葉を金俊平はまた遮った。

「日本の女だ。飛田にいた女を身請けした」

飛田にいた女と言えば女郎のことである。日本の女と一緒になるのも考えものだというのに、よりによって多くの男に体を売ってきた女郎と一緒に住むとはどういう了見なのか。郷では考えられないことだった。

「淫売《いんばい》か」

と高信義はつい口をすべらせた。

「言葉に気をつけろ。わしと一緒に住めば淫売じゃない。わしはその女を嫁さんにするつもりだ」

無分別にもほどがあるとあきれている高信義に金俊平は言った。

「原が入れ込んでた女だ」

「なんだって。原が入れ込んでた女といえば、西村と加藤も通っていて、その女のために原は西村に刺されたんじゃなかったのか。そんな女と一緒になるのか。あんたはどうかしてる。みんな何をいいだすことか。少しは考えたらどうだ」

同郷のよしみで心配している高信義の友情などどこ吹く風であった。

「みんなが何をいおうと、わしの知ったことか。いいたい奴にはいわせておくさ。しかし、ただではおかん」

金俊平の表情が怒りに燃えていた。高信義は殴《なぐ》られるのかと思った。

「わしは聞かなかったことにする。誰にもいわない。だから、あんたもしゃべらないほうがいい」

「けっ！　都合のいいことをぬかすぜ。どのみちみんなにわかるさ。そのときはそのときだ。みんなの顔が見ものだぜ」

高揚してくる感情とともに声高《こわだか》な朝鮮語が喧嘩でもしているように響く。通行人が屋台の二人を振り返って見た。

「保証人にはなってくれるんだろうな」

飛田の女と一緒になるのを知って保証人を拒否するのではないかと勘ぐった。

「なる。わしはあんたを信用してる」

あえて信用しているという言い方は裏を返せば信用していないともとれる。釈然としない高信義のせめてもの抵抗だったかもしれない。

屋台をあとにした二人は工場に向かった。そして工場に着くと、金俊平は昨日と同じことを言った。

「新聞に何が書いてあるのか、読んでくれ」

新聞記事にこだわるところをみると、飛田の女以外に別の秘密があるにちがいないと高信義は思った。だが、高信義は黙って社長宅から新聞を持ってきて三面記事を読みはじめた。ひと通り読み終えると、

「書いてあるのはそれだけか」

と金俊平は念を押した。

「あとは政治の話や。どうして新聞記事にこだわる」

「こだわってるわけじゃない。少しは世の中のことを知っておこうと思ってるだけだ」

柄にもなく殊勝《しゅしょう》なことを言う金俊平の見えすいた嘘に高信義は諦め顔になった。

そこへゴムの長靴をはいた社長がやってきて大きな俎板の前に立っている金俊平と高信義を横眼でちらと見やって黙々と仕事を始めた。社長が仕事を始めだしたので従業員の高信義も仕事をしないわけにいかなかった。高信義が仕事着に着替えているところへ田辺職長が出勤してきた。俎板の前に金俊平が立っていたので、田辺職長は一瞬たじろいだ。その隙を突くように、

「ちょっと相談がある」

と金俊平が言った。またしても相談だ。田辺職長はうんざりした表情になった。

「昨日返済した金をまた貸してくれ」

「またかいな。どないなってるんや」

田辺職長の口から愚痴がこぼれる。

「ちゃんと返済してるんやさかい、貸してくれてもええやろ。はした金で逃げも隠れもせんわい」

社長は聞き耳を立てながらそ知らぬふりをしている。高信義が間に入って保証人になると田辺職長を説得した。「あー、あ……」と溜め息をつきながら社長をわずらわせて金俊平に金を貸した田辺職長は、腹いせもあって工場の二階へ上がって眠っている職人たちを叩き起こした。二階からぞろぞろと降りてくる寝呆けまなこの職人たちはゴミ溜めから這い出してくる犬のようだった。

金を借りた金俊平は近くの病院へ行って焼け焦げた人差し指と親指の手当てをしてもらった。いまになって火傷の痛みで全身が疼くのだった。夕方までにはまだ間がある。金俊平は夕方までにもう少し金を工面しておこうと思って西成へ赴いた。そこで働いている甥《おい》を訪ねるためである。市電で近くの停留所まで行き、そこから歩いて三十分ほどかかる。

停留所で降りると革製品を製造している家屋が軒を並べていたが、やがて人家がまばらに建っているだけの原っぱに出た。電柱が、道のない原っぱに斜《はす》に並んでいる。斜に並んでいる電柱を見ていると平衡感覚を失いそうになる。金俊平はその電柱に沿って目的地に向かった。板塀に囲まれた広い敷地の中にコンクリート造りの大きな建物が建っている。門には二人の守衛がいて出入りの者を厳しくチェックしていた。毛皮の半コートのポケットに両手を突っ込んでのし歩いてくる金俊平を二人の守衛が警戒するように見つめた。

「金泰洙に会いたいんや」

二人の守衛は巨漢の金俊平を見上げた。

「いま仕事中や。面会でけへん」

と四十前後の守衛が言った。

「急用や。時間がない」

「急用でもあかん」

ともう一人の若い守衛がはねつけた。

「なんで急用でもあかんのや。親が死にかけててもあかんのか」

二人の守衛は顔を見合わせ、四十前後の守衛が確かめるように訊いた。

「ほんまに親が死にかけてるのか。あんたは誰や？」

「あいつはわしの甥や」

そう言われてみると、顔や体格もそっくりである。

「ちょっと待っとけ。呼んでくる」

四十前後の守衛が呼びに行っている間、若い守衛は金俊平の異様な風体《ふうてい》を観察していた。甥の金泰洙はここに勤めて四年になる。六年前に叔父の金俊平を頼って済州島から出てきたが、まったく当てにならず、その日暮らしの日雇いで飲まず食わずの末、この仕事にありついたのである。そしてつい最近だが、同じ済州島出身の女と所帯を持った。

その甥の金泰洙が守衛に連れられてやってきた。体格は金俊平よりひと回り小さいが大男だった。顔も瓜《うり》二つである。耳の後ろの大きな痣《あざ》に長い毛がはえているが、それも同じだった。歳は六歳しかちがわないが、父を亡くした金泰洙は金俊平のことを「おやじ」と呼んでいる。朝鮮の慣習では、父のいない金泰洙にとって金俊平は父親と同じ存在であった。

金俊平の前にきた金泰洙はとたんに金縛り状態になってまともに顔も見られなかった。

「ちょっとこっちへこい」

金俊平は二人の守衛の視線を避けるように金泰洙を門の外に連れ出した。

「何の用ですか。急用といってましたけど」

小心でおとなしい性格の金泰洙はおじけづいていた。

「ついこの間給料日やったさかい金あるやろ」

金泰洙は急にだんまりをきめ込んだ。いままでにも給料日のたびに何度か金をむしりとられているからだ。

「二十円貸しとけ。すぐに返したる」

「そんな……二十円も貸したら、今月食っていけまへんがな」

金泰洙はおそるおそる抵抗した。金俊平が形相を変えて、いきなり拳を振り上げ殴りつけようとする。金泰洙は思わず首をすぼめた。

「すぐ返すいうてるやろ。わからんのか、このあほんだら！」

問答無用である。金俊平はうなだれている甥の懐に手を入れて財布を取り出し、二十円を抜き取った。財布には一円札が三、四枚残っているだけになった。

「心配すんな。なんとかしてやる」

だが、返済してくれたことがない。金泰洙は泣きだしそうな顔で足元に目線を落としていた。そして去って行く叔父の後ろ姿を恨めしそうに眺めた。

夕方、金俊平は高信義の女房と一緒に家主を訪ねて家を借りる契約をした。それから借家を案内されて見に行った。玄関を入ると右手に狭い台所があり、三畳と六畳の二間の奥に便所がある。高信義が住んでいる家とまったく同じ間取りだった。四人家族の高信義に比べて二人だけの生活である金俊平にとって不足はなかった。それに角家で部屋の中も明るかった。金俊平は満足げに顔をほころばせた。狭いが一軒の家を借りて住むのははじめての経験である。

「世話になりました。これからも頼みます」

金俊平は明実に礼を述べた。

これからは近所づき合いになる。夫の高信義とは同郷で職場も同じである。家を借りたのは一人で住むためではなく誰かと一緒に住むためであることくらい明実にも察しがついていた。夫から金俊平はかなり難しい性格だと聞かされているが、どんな女と一緒に住むのだろう、と明実は興味を持った。

帯状の茜《あかね》色の雲が美しかった。どこからともなく聞こえてくる豆腐屋のラッパの音がここちよかった。金俊平は森町市場を通りながら、いつもなら挨拶などしない者にまで挨拶していた。そして途中肉屋で茹《ゆ》でたての豚の頭を丸ごと買い、ドブロクの入った一升瓶を下げて工場にもどると、大きな俎板に置いて、

「仕事が終わったら、この豚の頭で一杯飲んでくれ」

と言って二階へ上がった。仕事をしていた職人たちは唖然としていたが、蒲鉾を焼いていた浜野は階段からそっと上をのぞいて、

「気色悪いなあ。何か起こるで」

と気味悪がった。

翌日、金俊平は午前十時頃に起床し、行李からめったに着ない一張羅の背広を引きずり出して着た。壁に掛かっているひび割れた汚い鏡の前で何度もネクタイを締め直し、やっと身仕度を整えて工場を出た。何かしら晴れがましい気分だった。街を歩いている人間が、みんな自分に注目しているように思えた。天王寺駅に降りて商店街を抜け、飛田遊廓の大門に立つと、遊廓は深い静寂に包まれていた。

朝帰りの客もほぼ出払って、各店の表戸には白い布のカーテンが引いてあった。喧騒《けんそう》をきわめた夜の華やかな彩りが嘘のようである。はやる気持ちを抑えて金俊平は平野屋をめざした。平野屋の表戸にも白い布のカーテンが引いてあった。金俊平が表戸に手を掛けて引くと、戸は音もなく開いた。

「誰かおらんのか」

金俊平は店の中へ一歩入って声をかけた。すると脇の小部屋から、寝間着姿のやり手婆ぁが出てきた。入口に立っている金俊平の姿が光を遮って影になっている。

「どなたはんです」

と返事をしながら腰をこごめて下から金俊平の姿を捉《とら》えた。

「あんさんでっか。どないしはりました。忘れもんでっか」

と言った。

「八重を迎えにきたんや。八重はまだ寝てんのか」

「八重でっか。八重はゆうべ荷物をまとめて出て行きましたで」

金俊平は年寄りのやり手婆ぁが何か勘違いしているのではないかと思った。

「八重が一人で出て行くわけないやろ。今日ここで、わしと会うことになってる。八重を呼んできてくれ」

「そない言いますけど、八重はほんまにゆうべ荷物をまとめて出て行きました」

「おまえは歳いってるさかい事情がようわからんみたいやな。主人か女将を呼んでくれ」

金俊平は玄関の板間《いたのま》にどっかと腰を下ろした。やり手婆ぁはむくれて奥の部屋へ行った。間もなく寝間着に羽織をはおった女将が現れた。厚化粧を落とした女将の顔はどす黒くくすみ、別人のようだった。冷たい廊下を素足で渡ってきた女将はしきりに腕をこすりながら板間に腰を下ろしている金俊平を見下ろした。金俊平が立ち上がった。土間に立ったのだが板間の女将より高くなった。

「何の用やの」

と女将が憎々しげに言った。屈辱が蘇《よみがえ》ってきたのか、女将は敵意をむき出しにした。

「おまえらとは話がついたはずや。八重を迎えにきた。八重を呼んでくれ」

「なに寝呆けたこと言うてるの。八重はゆうべ荷物をまとめて出て行ったわ」

「嘘ぬかせ。わしと八重はここで会うことになってたんじゃ。隠してんのとちがうやろな」

「なんでうちらが八重を隠さなあかんの。あほなこと言わんといて。ほんまは、あんなはした金で八重を足抜きさせられるはずないのに、うちの旦那は気持ちの大きな旦那《ひと》やさかいにおお目にみたんや。あんたは八重に騙されたんや。おめでたい男やで」

「なんやと、八重に騙された……。八重がわしを騙すわけないやろ」

金俊平の脳裏に八重のみだらな姿態がよぎった。八重の感極まったよがり声が響いた。

「八重はしたたかな女や。女郎の中でも八重みたいにしたたかな女はおらん。八重にはまえまえから幼馴染みの好きな男がいたんや。あんたのようなアホな男が身請けしてくれるのを待ってて、好きな男と逃げたんや。まだわからんの。あんたは八重に騙されたんや。ほんまにどこまでアホやろ」

このときとばかり、女将は屈辱を晴らすかのように金俊平を小馬鹿にした。女将からさんざんアホ呼ばわりされた金俊平は土足で部屋に上がって階段を昇り、八重の部屋の障子を勢いよく開けた。だが、その部屋にいるはずの八重はいなかった。それどころか開け放たれた箪笥の引き出しは空っぽだった。金俊平は愕然《がくぜん》とした。後からきた女将は腕を組み、嘲弄《ちょうろう》するように言った。

「これでわかったやろ。わかったら、さっさと帰ってんか！」

胸の張り裂ける思いとはらわたの煮えくり返る思いをぶちまける相手のいない金俊平は側《そば》の柱に強烈な頭突きを喰らわせた。その衝撃で部屋がぐらぐらと揺れた。女将は胆《きも》を冷やしてへたり込んだ。

「八重と男はどこ行った！」

へたり込んだ女将は震えながら答えた。

「そ、そんなこと知りまへんがな。あんたが探しなはれ」

「男はどこに住んでる！」

「お客さんの住所なんか、いちいちわかるわけおまへんやろ」

「八重はどこの生まれや」

「和歌山だす」

「和歌山のどこや」

「和歌山の新宮《しんぐう》だす」

和歌山には半年ほど住んだことがある。山から木を伐《き》り出してくる仕事をしていたのだ。

「くそ！」

金俊平は歯ぎしりしながら、何ごとかと思って部屋から出てきた遊女たちを睨み返して階段を降りると、脅えているやり手婆ぁを摑まえて、

「八重と男の住んでるとこを教えてくれたら五十円、いや百円やる」とポケットから百円を出してやり手婆ぁに握らせようとした。

「知りまへん。わては何も知りまへん」

やり手婆ぁはかぶりを振って尻ごみした。

「おまえらははじめからこうなることを知ってたんやろ。どいつもこいつもわしを騙しやがって」

金俊平は拳を固めて表戸のガラスを叩き割って店を出た。

「おとき、塩まき！」

背後で女将が怒鳴っていた。

平野屋を出た金俊平はやみくもに歩いた。周囲の建物や風景が螺旋《らせん》状に渦を巻き、真っ暗闇の底へ墜落していくようだった。どこを歩いているのかわからなかったが、金俊平は天王寺駅にきていた。そして切符売りの窓口で和歌山行きの切符を買った。通行人が眼に入らないのか、充血した目で一点を凝視して行き交う人々と何度もぶつかった。ぶつかるたびに振り返る通行人は、しかし金俊平の恐ろしい形相にたじろいだ。

歯を嚙みしめて固く結んだ唇が乾ききっている。まるで体内の水分が瞬時に蒸発してしまったかのようであった。駅のホームで汽車を待っている間、金俊平はいらだたしげにホームの端から端まで往ったり来たりしていた。呼吸が乱れ、熱にうなされている病人のようだった。

ようやく汽車に乗った金俊平は崩れるように座席につくと瞼を閉じて呼吸を整えた。だが、鋭い刃物の切っ先で肉をえぐられているような激しい痛みに襲われていた。日本刀で背中を斬られたときも、どてっ腹を刺されたときも、これほどの痛みはなかった。かつて経験したことのない痛みである。その痛みに耐えかねるように金俊平の喉から嗚咽《おえつ》がもれた。八重はおれを騙したのか？　おれは八重に騙されたのか？　そんなはずはない。これは何かの間違いだ。いまにも目の前に八重が現れそうな気がする。激しい痛みの底から喜悦に身悶《みもだ》えして哭きながらからみついてくる八重の肢体が蘇ってくる。妖しげな黒い大きな瞳とこぼれるような笑みを浮かべて金俊平に吸いついてくる八重のしなやかな体の感触が両手に残っていた。

それらすべてが幻だったのか？

『殺してやる……』

金俊平の胸の奥で殺意が閃《ひらめ》き、うめくように呟いた。汽車はゆっくりと駅のホームを発車した。

4

日本へ渡航して間もない頃、金俊平は半年ほど和歌山に滞在したことがある。日雇いの仕事をしていたが、山から木を伐り出す仕事は金になると誘われて三人の仲間と和歌山へ行った。新宮からさらに奥地へ入った現場は、人里離れた山奥であった。その山奥の掘っ建て小屋に寝泊まりしながら早朝から木を伐り倒し、ワイヤーで縛りつけた木材を下まで降ろすのである。きわめて危険な仕事で、木材を降ろしている途中、仲間の一人がワイヤーに挟まって引きずられ、岩に頭を強く打って死亡したこともあった。金になると言われたが、危険で重労働で、そのうえ外部と完全に遮断された監獄のような暮らしを強いられ、労賃も日雇いのほうがまだしもましであった。それで仲間の死亡事故を契機に辞めたのである。和歌山に半年ほどいたにはいたが、和歌山の村や町については何も知らなかった。

衝動的に汽車に乗って和歌山へ行き、新宮をはじめ何カ所かの村や町を歩いて八重を探し回ったがまったくの徒労に終わった。そして一週間ぶりに工場へ帰ってきた金俊平の憔悴《しょうすい》した姿に職人たちは驚いた。特に高信義は、家を借りた翌日から金俊平が突然行方不明になったので、どこかの賭場で喧嘩になったあげく殺されたのではないかとあらぬ想像をしていた。

「どこ行ってたんや、一週間も。みんな心配したがな。家を借りた翌日から突然おらんようになって。気まぐれもええとこやで。何があったんや」

おとなしい高信義も腹にすえかねて金俊平を批難した。

「すまん」

とひと言謝って金俊平は二階へ上がって行った。

「借りた家はどないすんねん。住むのか住まんのか、どっちや」

高信義は二階へ向かって金俊平の気持ちを確かめたが返事はなかった。

「ほんまに、何を考えてんのかようわからん」

いつもこうだ。人にさんざん迷惑をかけておきながら一顧だにしない。金俊平はあまりにも自己中心的で他者への意識がない。言うだけやぼであると諦めて高信義は仕事にもどった。

「なんやしらんけど、金さんはえらいげっそりやつれてるな」

魚の頭とはらわたをドラム缶に捨てながら野口が言った。高信義は口を閉ざして黙っていた。金俊平が女と一緒に住むために家を借りたことは誰にも言っていなかった。女と一緒に暮らすようになれば自然にわかるだろうと思っていた。だが、一週間も行方不明になって、野口の言うようにげっそりやつれて帰ってきたところをみると、なんらかのアクシデントがあったにちがいない。何があったのか？　高信義には見当もつかなかった。ただ金俊平の性格から推して何があっても驚くにあたらないと思った。むろん金俊平のような豪の者が女に騙されたなどということは想像もできないことであった。

二階に上がって布団にもぐり込んだ金俊平は、八重との関係を冷静に反芻《はんすう》してみた。だが、反芻すればするほどわからなくなるのである。八重に幼馴染みの好きな男がいたというのは本当なのか。好きな男がいながら不特定多数の男に抱かれている八重の気持ちが理解できなかった。また不特定多数の男に抱かれている八重をいつまでも待っている男の気持ちも理解できなかった。二人を強く結びつけている愛という絆《きずな》が金俊平には理解できなかったのである。金俊平に抱かれているときの八重の、おしげもなく投げだしてくるみだらな肢体と歓喜の哭き声はすべて擬態だったというのか。八重の汗ばんだ肌から発酵してくる匂いや性器から溢れてくる愛液も擬態だというのか。あるいはその場限りの肉体の反応にすぎなかったのか。金俊平の背中に爪を立て腕を嚙み、気の遠くなるような快楽の極みに昇りつめて全身をわなわなと震わせながら哭いていた八重の激しい息づかいが耳の底に残っていた。

『ど淫売め、必ず見つけ出してやる』

金俊平は八重に嚙まれた腕を押さえた。腕には哭き声を抑制するために嚙みついた八重の歯型がくっきりと刻まれていた。その痛みが金俊平の胸の奥で疼くのだった。

　魚の身を落としている身落とし機のガチャンという音や擂播機の音に混じって職人たちの笑い声が聞こえてくる。金俊平は自分が職人たちの笑いものになっているような気がして、眠るに眠れなかった。もちろん職人たちが金俊平を笑いものにしているわけではなかった。いつものように職人同士がたわいもない冗談を言い合って笑っているにすぎない。それを知りながら金俊平は自分が笑いものにされているように思えた。もしかして西村と加藤は八重の居所を知っているかもしれない。西村は原を殺し蒼惶《そうこう》として姿を消してしまったが、加藤はまだ仕事をしている。西村に連れられて一度だけ八重を買ったことのある加藤が八重の居所を知っているはずもないのに、金俊平は起き上がって階下へ降りると、蒸し器から蒲鉾を取り出している加藤に近づいて言った。

「加藤、おまえは八重の居場所を知ってるやろ」

　なんのことだかわけのわからない加藤は蒸し器を持ったたままきょとんとしていた。

「聞こえんのか。おまえは八重の居場所を知ってるやろ」

「なんのことです。八重て誰のことです」

　不意に聞かれたので加藤は八重を思い出すことができなかった。

「とぼけやがって。おまえと西村が買うた飛田の女や」

高信義が呆気《あっけ》にとられて見ていた。むろん他の職人たちも二階から降りてきた金俊平が突然加藤に言いがかりをつけているので瞠目《どうもく》した。

「ああ、あの八重でっか。八重は飛田の平野屋ちゅう女郎家におりまんがな。それがどないかしたんでっか」

「八重は飛田にはもうおらん。おまえは八重の居場所を知ってるやろ」

「そんなもん知りまっかいな。なんでわしが八重の居場所を知ってまんねん。知るわけおまへんやろ」

とんでもない言いがかりをつけてくる金俊平に、さすがの加藤も腹だたしげに言った。

「嘘つくな、このガキ！」

金俊平が加藤の顔面を殴りつけた。加藤は蒸し器を持ったまま三、四歩あとずさりしてよろめき、積み上げてあった魚の箱に倒れた。箱が崩れ、持っていた蒸し器も投げ出されて魚と蒲鉾が散乱した。

「なんでわしが殴られなあかんのや」

加藤は殴られた顎に手をあてがい憤然とした。見かねた高信義が金俊平の前に立ちはだかった。

「いい加減にしろ。加藤が八重の行方を知ってるわけないだろ」

と高信義は朝鮮語で言った。

「おまえが八重の居場所を知ってるのか」

と今度は高信義に喰ってかかる始末であった。

「おまえはどうかしてる。頭がおかしくなってしまったのか。女と何があった」

何かがあったとは思っていたが、女に逃げられたらしいことが判明して、高信義は日本人の手前、朝鮮語で応答した。

高信義にいさめられて金俊平は正気にもどったのか、もどかしげに自らの体を拳で叩きながら工場を出た。その間、社長と田辺職長は金俊平の出方次第では警察へ電話を入れようと考えていた。

「いきなり人を殴るんやさかい無茶苦茶やで。頭がおかしなったんちがうか」

殴られて少し腫《は》れている顎をさすりながら加藤はまだ脅えていた。

「八重いうたら原の女やった女郎とちがうんか。なんで八重を探してるんやろ。八重と何かあったんちがうか。あの女のために原と西村は殺し合いをするし、今度は金さんがおかしなってる。女ごは怖いで」

散らかった魚と蒲鉾を集めていた野口が言った。そして野口は高信義に誘導尋問をしむけた。

「金さんと高さんは同じ郷の人間やさかい、何か知ってるのとちがいまっか」

「わしは何も知らん。あの男は何も言わんさかいな」

金俊平に何かを聞き出すことはできなかった。何ごとも胸の中で煮えたぎる臓腑《ぞうふ》とともに暴力となって表れるからである。金俊平にとって暴力がすべてを物語っていた。

金俊平が工場を出たあと、社長は田辺職長を事務所に呼びつけた。

「あの男には辞めてもらわんと仕事にならん。あんたがしっかりしてくれんと困るがな」

工場長としての責任と能力を問われて田辺職長は返す言葉がなかった。かと言って金俊平を馘にすると、ひと波瀾起きるのを覚悟しなければならない。場合によっては命がけの交渉になるかもしれない。それを考えると田辺職長は憂鬱《ゆううつ》になるのだった。

工場を出た金俊平は行くあてもなく街を彷徨《ほうこう》していた。新世界をうろつき、飛田遊廓を遠まきに一周して八重の匂いを探し求めた。もしかして八重は飛田のどこかにいて、偶然ばったり出くわすのではないかと思ったりした。金俊平の脳裏に焼きついて離れない八重の幻影は時とともにいつしか体の一部のようになっていた。いわば自らが創りだした八重という幻影にとり憑《つ》かれていた。もし八重に出会ったら、この両腕に抱きしめてやろうと思ったり、憎しみが噴きあげて殺してやると思ったりするのだった。そして八重という女は存在しなかったのではないのか、とあたりを見回した。

居酒屋に入った金俊平はひたすら冷や酒をあおっていた。勤め帰りや、これから遊廓へ行こうとしている人々でごった返している居酒屋の隅の席に座って金俊平は黙々と飲み続けていたが、突然声をあげて泣きだした。居あわせた大勢の客たちは、号泣している大男の金俊平を呆気にとられて見ていた。鼻水と涙でぐしゃぐしゃになっている金俊平の魁偉な顔はさらに奇怪な様相を呈していた。そしてひとしきり号泣した金俊平は奇異な目で見つめている大勢の客に向かって、

「どいつもこいつも、わしを馬鹿にしやがって！　文句のある奴は出てこい！　ひねり潰してやる！」

とテーブルをひっくり返した。たちまち店は騒然となった。隣のテーブルにいた男が立ち上がり、座っていた椅子を振り上げて金俊平を打ちのめした。が、ばらばらに解体したのは椅子だった。金俊平の頑強な体躯《たいく》に驚いている男の胸倉を摑まえて投げ飛ばし、

「わしに歯向かう奴は殺してやる！　かかってこい！」

と叫んだ。

頭から血を流しながら仁王立ちになっている金俊平の鬼気迫る姿にみんなは恐れをなした。金俊平は地面にころがっていたビール瓶を持つと自分の頭で叩き割って構えた。それから店のテーブルをつぎつぎひっくり返した。もはや誰も制止できなかった。金俊平の暴力の前に

客は逃げまどうばかりであった。金俊平は客が逃げて残して行ったとっくりの酒をあおって空にすると、そのとっくりを自分の頭で叩き割って誇示するのだった。間もなく四人の警官が駆けつけてきて、金俊平を取り押さえようとしたができなかった。そこで応援を頼み、十二、三人の警官からサーベルでめった打ちにされてようやく逮捕された。半ば気を失い、四人の警官に引きずられて行く金俊平を見ていた店の主人は、

「なんや、あいつは。狂うとんのか」

と破壊された店を見渡し、茫然としていた。

金俊平が警察から釈放されたのは一カ月後である。弁護士を雇い、身元保証人になって金俊平の釈放に奔走したのは高信義であった。警察を出ると、高信義と二人の甥が迎えにきていた。一カ月間留置場に放り込まれていた金俊平は少し痩《や》せた感じを受けたが、以前にもまして精気を孕んでいるようだった。サーベルでめった打ちにされた頭や顔の傷は完治していなかった。顔のところどころに残っている青黒い斑点《はんてん》のように浮き出た痣は内に秘めた憎悪《ぞうお》の塊りのようだった。

「傷は大丈夫か」

と高信義は気づかった。

「あんたは悪い夢を見たんだ。忘れることだ」

高信義は慰めの言葉をかけた。金容洙と金泰洙の二人の甥は、

「ご苦労さまです」

とぎこちない態度で挨拶した。

金俊平は空を見上げ、眩《まぶ》しそうに目を細めて警察を振り返ると、ぺっと唾《つば》を吐いた。警察の玄関に立っている警官が睨んでいた。金俊平はひと言もしゃべらず歩きだした。ジャンジャン横丁から駅に向かって商店通りを歩いているとき、金俊平が暴れた店の前でのれんを掛けている主人と出会った。昼は食堂をかねている居酒屋だった。角刈り頭にいかつい顔の主人は金俊平を見るなり驚いて店の中に隠れてしまった。店を壊した代金は二人の甥が弁償していた。いつまでも黙っている金俊平に高信義が朝鮮語で声をかけた。

「借家はそのままになっているからいつでも住める。それから言いにくいことだが、あんたは馘になった。借金は返さなくていいそうだ。そのかわり二度と工場には出入りしないでくれと言われた」

金俊平は顔色一つ変えず大股で歩を進めていた。数歩遅れて二人の甥は左右に揺れる金俊平の大きな肩をときどきちらと見ながら歩いていた。三月だというのに太陽は真夏のようにぎらぎらと輝いている。二人の甥は額にうっすらと汗をかいていた。

天王寺駅に着くと二人の甥は、

「これで自分たちは帰ります」

と別れの挨拶をした。

「わしの家で一緒に食事をしようと思っていたのに」

と高信義が引き止めた。

「午前中は休みをとりましたが、午後から仕事があるんです」

二人の甥はまるでしめし合わせたように答えた。叔父の金俊平と一緒にいるのが息苦しいらしくそわそわしている。高信義はそれ以上二人を誘わなかった。

高信義の家に着くと、子供を背負った明実が台所で食事の用意をしていた。家に入った金俊平は久しぶりにキムチの匂いを嗅いだ。

「ご苦労さまでした。大変だったでしょう」

と明実は愛嬌のある笑顔で金俊平を迎えた。金俊平はばつの悪そうな顔で少し照れながら黙って頭を下げた。相変わらず母親から離れようとしない長男が青黒い痣を残している金俊平の顔におじけづいてチマの陰に隠れた。

「この子はわたしから離れようとしないんです。おぶってる下の子に嫉妬してるんです」

何げなく出た嫉妬という言葉に、金俊平は、自分は胸の中でいまだにめらめらと燃えている嫉妬心の虜《とりこ》になっていると思った。嫉妬と憎しみ、愛《いと》しさと虚《むな》しさが情念の炎となって胸を掻きむしるのである。留置場にいた一カ月間、金俊平は昼も夜もこの情念の炎に身を焦《こ》がしていた。まるで女のようにめめしいと思いながら八重を諦めきれなかった。日がたつにしたがって、むしろ水嵩《みずかさ》が増して水没するように、八重という底知れぬ泥の中へ引きずり込まれるのだった。

金俊平は部屋に上がって膳の前に座るとはじめて口を開いた。

「迷惑をかけてすまなかった」

金俊平にしては珍しく率直な言葉だった。そのひと言で高信義も胸のつかえが払拭された。

「弁護士の費用は働いて返す」

と金俊平が言った。

「わしも貧乏だから、そうしてくれるとありがたい。ま、お互い頼れる者も少ないのだから、あんたの役に立ててよかった」

善良で温かい友情に金俊平は心の中で感謝していた。事件を起こすたびに金俊平は後悔する。だが、同時に後悔したことを後悔するのである。後悔することはとりもなおさず自らの非を認めることになるからだ。どんな場合でも自らの非を認めようとしない金俊平にとって、後悔することは相手に弱味を見せることであった。

食事のあと酒をくみ交わしはじめて一時間もすると金俊平の表情が変わってきた。高信義は女のことに一切触れなかった。ただ今夜からどうするのかと訊いた。借家はそのままになっているので、そこで寝泊まりしたらどうかと言った。明実も寝具なら一時、余っているものを貸してもよいと言った。むろん高信義夫婦の親切心に金俊平は感謝した。しかし、金俊平は工場の二階に泊まると言い張るのである。

「あんたは馘になったんだ。工場の二階の荷物は、わしが借家に持ってきた。あんな汚い工場の二階に泊まるより、借家で寝たほうがどれだけいいか」

せっかく借りた家に泊まろうとせず、不潔な工場の二階へもどろうとする金俊平の気がしれなかった。それに工場へもどればひと悶着起きるのはわかりきっていた。金俊平は馘になったことが気に入らないのだ。金俊平の気持ちもわからないわけではないが、百円の借金を帳消しにしてくれるというのだから、こんな好条件はない。

「なあ俊平、いつまでもあんな工場にこだわらず、出直したらどうだ。あんたの腕ならどこでも雇ってくれる。都島《みやこじま》の『太平産業』が職人を募集している。わしの知り合いもそこで仕事をしている。従業員は八十人くらいいて、『東邦産業』よりずっと大きいし待遇もいいという話だ。そうしろ」

因果を含めて説得する高信義をよそに、金俊平は立ち上がろうとした。

「これだけ言ってるのに、なぜわからんのだ」

と高信義は人の親切心を受け入れようとしない自分勝手な金俊平をいさめた。

「わかってないのはおまえだ。女と一緒に暮らすはずだった部屋に一人で寝ろというのか。わしはあの借家で寝泊まりする気はない。明日にでも家主に断わってくれ」

逃げられた女に未練を残している金俊平の心の襞を垣間《かいま》見て高信義は驚いた。金俊平をこれほどまでに狂わせた女とはどういう女なのか、高信義には理解できなかった。しかも遊女である。

「まだ女に未練があるのか」

それまで女を冷酷なまでに捨ててきた金俊平が女に未練を残しているとは信じられなかった。明実は二人の会話から遠ざかって台所にいたが聞き耳をたてていた。

「女を探して殺してやる。男もだ」

金俊平の心の襞からたちこめてくる憎悪が恐ろしい形相となって表れた。立ち上がって外に出た金俊平のあとを高信義は追った。またしても何かが起こりそうな気配がする。もうこれ以上面倒なことにかかわりたくないと思いながらも立ち会わねばならないはめになるのだった。今日は留置場から出てくる金俊平を迎えるために工場を休んだのに、そのかいもなく振り出しにもどされようとしている。いや、状況はもっと険悪になるかもしれない。せっかく借金を棒引きしてくれるという社長の意向をくみとらずに馘にされたことを逆恨みしたとき、社長は保証人である自分に借金の返済を求めてくるのではないかと高信義は思った。金俊平のあとを追っていた高信義は途中、ある商店に飛び込んで電話を借りた。そして工場の社長に、いま金俊平がそちらへ向かっている旨《むね》を知らせて警察に通報するよう忠告した。もはや金俊平をかばっている場合ではなかった。

金俊平が工場へ行ってみると、工場は二人の警官に見張られていた。金俊平は今日の午後留置場から出てきたばかりである。さすがの金俊平も警官が見張っている工場に近づくことはできなかった。

「くそ！　社長め！　警察に連絡しやがって」

高信義が社長に忠告の電話を入れたことを知らない金俊平はしばらく様子をうかがっていたが、追ってきた高信義に説得されてふたたび高信義の家にもどった。そして金俊平は借家に泊まることにしたので高信義夫婦はほっとした。

だが、ほっとしたのもつかの間である。夜中にけものが吼《ほ》えるような泥酔した金俊平の怒声が寝静まった長屋に響きわたった。

「きさまら出てこい！　このわしを誰だと思ってる。この俊平を誰だと思ってる。文句のある奴はかかってこい！　勝負してやる！」

ゴミ箱を蹴飛ばし、電柱と四つに組んで唸り声をあげていた。唸り声そのものが長屋の者に恐怖を植えつける暴力だった。金俊平のはらわたの煮えたぎるような怒声は深夜の三時頃まで続き、近所の者はまるで嵐が去るのを待つように息をひそめ、平穏だった長屋にとんでもない人間が住むようになったと思った。高信義も内心、金俊平に借家を世話したことを後悔した。

翌日、金俊平は二日酔いで昼過ぎまで寝ていた。高信義の妻の明実は盆に食事の用意をして金俊平の家に運んだ。金俊平は布団の上に大の字になって眠っていた。

「まだ寝ているのですか」

明実の声に敏感な金俊平は反射的に起きて玄関につっ立っている明実を見た。毛皮の半コートを着たまま寝ていた金俊平の顔は二日酔いでむくんでいる。かなりの量の酒を飲んだにちがいない。以前、工場で職人たちと飲み比べをしたとき、金俊平はバケツに二升の酒をつぎ、そのうえ唐辛子をたっぷり入れて一気に飲み干したことがある。その金俊平が二日酔いするほどだから二、三升は飲んでいるだろう。

「食事の用意をしてきました。ここに置いときます」

と言って盆を部屋の隅に置いて出ようとする明実に、

「すみませんが、砂糖水をどんぶりに一杯もらえないですか」

と左の窓から射し込んでくる陽の光を避けるように顔を少しそむけて頼んだ。

「砂糖水ですか？　わかりました。すぐに持ってきます」

呑んべえがどうして甘い砂糖水を要求するのか不思議がりながら、明実は家にもどって砂糖水を作って持ってきた。その砂糖水をひと息で飲むと、金俊平はまた床に横になった。

夕方、金俊平の家に行ってみると食事はそのままになっていて、金俊平は死んだように眠っていた。一日中何も口にしていない金俊平の体を気づかいながら、明実は仕方なく食事を持ち帰った。ところが深夜になると、またしても泥酔した金俊平のわめきちらす怒声が響いてきた。夫の高信義は朝方にならないと帰宅しないので、妻の明実は泥酔した金俊平が押し入ってくるのではないかと一睡もできなかった。くる日も、くる日も、夜中になると泥酔した金俊平の咆哮《ほうこう》が響いてくる。まるで悪魔がさまよっているようだった。目を覚ました子供が恐ろしさのあまり泣きだすこともあった。たまりかねた明実が夫に訴えた。近所の主婦たちも高信義に訴えるのだった。しかし、高信義はなす術もなく、

「あの男には女の鬼神がとり憑いてるんだ」

と諦観《ていかん》するのみだった。

そして十日ほど過ぎた頃、夜ごと泥酔してわめきちらしていた金俊平の怒声が聞こえなくなった。一日が過ぎ、二日が過ぎ、三日が過ぎても泥酔した金俊平の怒声が聞こえないので、

今度は近所の者が前とは別の意味で不安がるのだった。いったい金俊平はどうしたのだろう。泥酔して喧嘩をしたあげく殺されたのだろうか。あるいは泥酔して運河に落ちて溺死《できし》したのではあるまいか、とあらぬ噂をしていた。金俊平の家には誰もよりつこうとはしない。明実は最初の一日だけ食事を持参したが、それ以後は恐ろしくて訪ねていない。そこで高信義が金俊平の家をのぞいてみた。仕事の都合もあるが、昼間は二日酔いで寝ている金俊平を避けていたので、高信義も金俊平の家を訪ねるのは工場へ行こうとする金俊平を引き止めた日以来である。

金俊平の家に入るとむっとするすえた臭いがした。アルコール臭と体臭が部屋全体に充満している。家の中は窓からの光で明るかった。高信義は靴をぬぎ、部屋に上がって奥の六畳の間に入った。そして部屋の光景を見て立ちつくした。三、四十本の一升瓶や体を拭いたと思われる下着類が散乱していた。それだけならまだしも、金俊平自身が自分の糞尿にまみれて横臥《おうが》していたのだ。便所に行こうと思えば行けたはずだが、おそらく泥酔して昏睡《こんすい》状態に陥っている間に無意識に糞尿を垂れ流していたのではないかと思われる。あまりの不潔さと悪臭に高信義は手で鼻腔をふさいだ。高信義はぎょっとした。眠っていると思っていた金俊平の眼がらんらんと輝いていた。その鋭い眼光は、傷ついた野獣が洞窟の中でひたすら傷を癒《いや》すために身動きせずに回復するのを待っているのに似ていた。

「どうしたんだ、これは……」

と高信義は絶句した。

なんでこんなことになるのか。一人の女のためにこんなことになるとは信じられないのだった。

金俊平は多少衰弱していたが起きられない状態ではなかった。自暴自棄になっていた金俊平は何もかもいやけがさして糞尿まみれになっている自分をも放置していたのだろう。

家にもどった高信義はタライと石鹸を持って出ようとした。不審に思った妻の明実は、

「タライをどこに持って行くのです」

と訊いた。

妻の明実にだけは打ち明けておいたほうがよいと思って、高信義は金俊平の様子を説明した。

「本当ですか……信じられない」

と明実も高信義と同じように絶句した。

「このことは誰にも言うな」

高信義は口止めした。明実は眉をひそめてこっくり頷いた。

高信義はタライと石鹸を持ち込み、金俊平をうながしてタライの中で全身を洗わせた。筋

肉質の肉体に刻まれた数々の傷は金俊平のそれまでの生き方を示していた。体を洗った金俊平に高信義は小さいが自分の下着を与えた。それから部屋を掃除したあと、金俊平の下着類や服や、血と脂と泥にまみれた毛皮の半コートを洗濯した。誰もがいやがる面倒な作業だったが、高信義は愚痴一つこぼさずやり終えた。その間、金俊平は胡坐を組んで煙草を吸いながら、じっと何かを考えていた。

灼けついた道路にまいた水が蒸発して陽炎《かげろう》のゆらめく中を金俊平と高信義が自転車をこいでいた。原っぱに群生している雑草の緑が鮮やかだった。少年たちがボール投げをして遊んでいる。日傘をさしたゆかた姿の女のえり足がやけに白く感じられた。全身から汗を流して自転車をこいでいる金俊平が日傘の女をやりすごして行った。四カ月前から金俊平と高信義は都島の「太平産業」に勤めていた。市電で通勤すると二度乗り換えるため自転車で通勤しているのである。自転車での通勤時間は三十分を要したが、二度乗り換える市電より早かった。

「太平産業」には百人くらいの従業員が働いていて「東邦産業」の十倍近い規模だった。工場に入るとき、従業員は門のところで守衛に身分証明書を提示することになっている。かなり勝手のちがう職場だが、金俊平と高信義も身分証明書を提示していた。

「いちいち面倒臭い」

と金俊平は同じ職場の白文寿に言った。

「それだけ管理が厳しいわけや。せやけどこの会社に勤めてたら世間では信用される」

得意げに言う白文寿を金俊平は鼻で笑った。

「おまえはアホか。わしらに何の信用がある。わしらはただこきつかわれてるだけじゃ。同じ時間働いて、わしらの月給は日本人の半分以下や。ちがうか」

「そない言うけど、郷で働いてるよりましやで。だいいち郷では働きとうても働き口がない」

「そうかもしれんが、安月給にかわりはない」

安月給に甘んじている白文寿に高信義もわが身を振り返った。

金俊平と高信義は自転車置場に自転車を置いて仕事についた。仕事場は六班に分かれており、各班によって種類のちがう蒲鉾を造っている。

金俊平と高信義の所属している班は腕のいい職人たちによって高級蒲鉾を造っていた。仕事は早番と遅番があり、早番は午前八時から午後六時まで、遅番は午後六時から午前四時までである。そして早番と遅番を職人たちは一カ月ごとに交替していた。金俊平は今日で遅番が終わって来月から早番になる。それが楽しみだった。なぜなら、遅番の月は仕事が終わっても飲みに行く楽しみがないからである。月給は「東邦産業」より一割程度低いが、そのかわりに工場に風呂の設備が整い、月の休日も三日あった。工場に風呂の設備があると仕事のあとひと風呂浴びてさっぱりした気分になれるのだった。金俊平を太平産業に紹介したのは高信義である。太平産業に勤めている友人に頼んで金俊平を紹介したのだが、金俊平より高信義にきてほしいと言われ、結局二人とも勤めることになった。

今日は月給日であり、休日である。明け方に仕事から帰った金俊平は十日間の疲れをとるために午後四時頃まで寝ていた。

夕方近く、同じ職場の金永鎮が訪ねてきた。金俊平より二歳年下の金永鎮は、同じ姓でもあり年下でもあるので金俊平を兄貴と呼んでいた。

「ヒョンニム（兄貴）、くそ暑いのにまだ寝てるんですか。よく寝てられるな。これから一杯飲みに行きましょうや」

屈託のない笑顔で部屋に上がり込んできた金永鎮は、大の字になっている金俊平に言った。

「暑くて起きる気がせん。この暑いのに、どこへ飲みに行くんだ」

布団からはみだして畳の上に寝返りを打って、金俊平はじっとり汗ばんでいる体をもてあましていた。

「年寄りみたいなこと言いますね。中道にうまいスエ（豚の腸詰め）を喰わせてくれる店があるんですよ。マッコリ（ドブロク）もうまいんです」

スエを売っている店はなかなかない。しかもうまいスエを売っている店はめったにない。スエは豚の血にさまざまな野菜と薬味を加えてまぜ、それを腸に詰めて茹でたものである。うまいスエを喰わせてくれる店があると誘われてスエに目のない金俊平は、

「よし、行水でもして出かけるか」

と言って起き上がった。そして狭い台所で甕《かめ》に溜めてある水を頭から浴びた。斬り刻まれた無数の傷と隆起した筋肉が金永鎮を圧倒していた。金俊平はさらしを巻き、その上からシャツをひっかけた。

外へ出ると長椅子で母親の明実と夕涼みしていた子供が金俊平のもとへ走ってきた。いつも小遣いをやるので金俊平になついていた。金俊平は走ってきた高信義の子供に十銭の小遣いを与えた。それを見ていた母親の明実が軽く会釈した。一時はどうなるかと夜も眠れなかったが、四カ月前から金俊平は突然人が変わったように働きだしたのだ。

「信義はまだ寝てますか」

と金俊平が訊いた。

「はい、まだ寝てます」

と明実が答えた。

金俊平と金永鎮は自転車をゆっくりこいで走った。雲一つない夕焼けの空に北斗七星が燦《さん》然《ぜん》と輝いている。途中、何カ所かの町内会で行なわれている地蔵盆に出くわした。ゆかたを着た子供たちが町内会の世話人からお菓子をもらっていた。お囃子《はやし》の鉦《かね》の音が妙に懐かしい気分にさせる。二人の行く手に花火が上がった。一瞬、夜空に美しい花が咲き、二人の目を奪った。中道商店街は出店で賑わっていた。

やがて二人は目的の店に着いた。店というより普通の二階家であった。四つ角に面して建っていたが、他の長屋に比べて二倍ほどの大きさだった。陳列窓のような出窓は雨戸でふさがれ、外から中の様子を見ることはできなかった。何度かきたことのある金永鎮は金俊平を案内するように先に表戸を開けて入った。入ってみると五坪ほどのコンクリートの床が鉤型《かぎ》になっており、その鉤型の奥に大きな冷蔵庫が設置してあった。そして客との間をカウンターで仕切っていた。そのカウンターの中でこの家の女主人が客に出すスエや茹でた豚肉を切っていた。四畳半と六畳の部屋に十数人の男たちがたむろして、かなり忙しそうだった。二部屋の奥にも三畳の部屋があり、そこにも四人の客がいる。客のほとんどが済州島出身の朝鮮人だった。したがって済州島語が飛び交っていた。

忙しそうにしている女主人の李英姫に、

「今晩は」

と金永鎮が挨拶した。

「いらっしゃい。少し混んでるけど、空いてる場所に座ってください」

そう言って英姫は金永鎮の後ろに立っている大男の金俊平をちらと見た。逞しい体格をした精悍《せいかん》な顔の金俊平を見て、英姫は胸のざわめきを覚えた。

「今夜は先輩の金俊平兄《ヒョン》を連れてきました」

と紹介されて、英姫はどこかで聞いたような名前だと思った。英姫は口もとを少しゆるめて会釈した。それに応えて金俊平も会釈した。

勝手知った金永鎮が部屋に上がって金俊平を招くと、雑談していた客たちが巨漢の金俊平を見上げた。金俊平は部屋全体をぐるっと見回して客を視野におさめた。四畳半で二つの膳を囲んでいた六人の客がお互いに詰めて金俊平と金永鎮の席をつくった。その狭い空間に二人は座った。

「アジュモニ（奥さん）、スエと肉と、それからドブロクをください」

カウンターの中にいる英姫に声を掛けて、金永鎮は楽しそうに前にいる客に挨拶した。客の中には知り合いが何人かいる。金俊平も知っている者が何人かいた。世間は広いようで狭いのである。特に在日朝鮮人は相互依存していることもあってなんらかのつながりを持っていた。六畳の間で飲んでいた男が手を挙げて挨拶を送ってきたので金俊平も頷いて挨拶した。

だが親しい間柄ではない。以前、どこかの飯場で会ったような気がする。

注文に追われていた英姫が間もなくスエと肉とどんぶり鉢を盆に載せて持ってきた。その後から女の児がドブロクの入った一升瓶を持ってついてきた。六歳になる英姫の娘だった。

「えらいなあ、いつもオモニ（母さん）の手伝いをして」

金永鎮はズボンのポケットから小銭を取り出して英姫の娘に小遣いを与えた。娘の春美は客から小遣いをもらうのに慣れているらしく、

「おおきに」

と言って受け取った。

「アジュモニ、ちょっとここに座って俊平兄に酒をついでくださいよ」

金永鎮はしきりに金俊平と英姫の間をとりもとうとする。英姫は笑顔で金俊平に酒をつぎ、他の客にも酒をついで回った。その容姿を金俊平は酒を飲みながら観察していた。なかなかの美人である。勝ち気そうな女だが立ち居振る舞いに品があり、内に強い意志を持っているように見えた。英姫は金俊平の視線を感じていたが、しかしこの店にくる男たちの何人かは英姫を目当てにやってくるのだ。当然、中には口説いてくる男もいる。そうした男たちをいちいち気にしていた日には、この商売は勤まらない。英姫はそ知らぬ顔で笑顔を振りまき、ときには冗談を言いながら客たちに酒をついで回った。

「わしは二年通い詰めているが、アジュモニはいまだに手も握らせてくれない」

六畳の間で飲んでいる四十過ぎの男が豪快に笑った。

「それはおまえの口説き方がへただからだ」

隣にいた男がさも自信ありげに言った。

「ほう、それならおまえが口説いてみろ」

豪快に笑った男が挑発するように言う。

「わしはこれから口説こうと思っているところだ」

そしてにやけた顔になった。

「あら、そんなこと言っていいのですか。奥さんに言いつけますよ」

英姫が軽くあしらうと、男はしょげ返って言った。

「アジュモニとわしのカミさんとは友達だが、男と女の間に一つくらい秘密があってもいいではないか。それが人生ってもんだ。秘密のない人生はつまらん」

うがった理屈を述べて男は得意そうに隣の男を見た。

「だったら訊くが、もし秘密がばれたときはどうする。秘密というものはばれるものだ」

「そのときはそのときだ。お互い大人だから、騒ぐことはない。それも人生だ」

「おまえの人生は都合のいい人生だ。そんな都合のいい人生に、ろくな人生はない」

「わしの人生はろくな人生じゃないというのか」

「そうだ。おまえは昔から人に借金を返さないし、都合が悪くなるとどこかへ雲隠れしてしまう。結局、奥さんが働いておまえの借金を払っているではないか。だからおまえの人生は都合のいい人生だと言ってるんだ」

二人は友人らしいが、あからさまに批判された男は立つ瀬がなく、憮然《ぶぜん》として席を立った。そして客をかきわけて部屋の出口まで行くと振り返ってののしった。

「おまえと飲むのはこれが最後だ。わしの女房に色目なんか使いやがって。この下司《げす》野郎！」

「なんだと、いつわしがおまえの女房に色目を使った。あんなぬかみそ婆ぁに誰が色目を使うか。帰って女房の顔をよく見ろ！」

英姫を口説く話から人生論議になり、あげくは相手を誹謗中傷《ひぼうちゅうしょう》する罵詈雑言《ばりぞうごん》の応酬合戦となった。引き揚げようとしていた男がもどって挑みかかろうとした。豪快に笑った男も素早く立ち上がって相手の挑戦を受けて立とうとする。周囲の者が二人の間に割って入って制止した。英姫は帰りかけた男をなだめて外へ連れ出したが、男は腹の虫がおさまらないらしく何度も家の中へもどろうとした。部屋に残った男もあらぬ疑いをかけられて興奮している。

「なんて奴だ。恥しらずめ！　ありもしないことをぬかしやがって」

毎度のことである。酒の入った男たちに喧嘩はつきものだった。くだらない馬鹿げた冗談から喧嘩になるのである。二人の男が喧嘩をしている間、金俊平は酒をあおり、スエと肉をほおばって泰然としていた。やがて客が一人去り二人去り、午後十時頃に金俊平と金永鎮も店をあとにした。

「ああ、よく飲んだし、よく喰った」

酔った体に夜風は気持ちよかった。金永鎮は自転車をこぎながら星空を見上げて満足そうに言った。そして歌を口ずさんでいたが急に声の調子を変えた。

「兄貴、いまの店のアジュモニをどう思います」

金俊平は答えなかった。金永鎮の好奇心に答える必要はないというふうに黙ってペダルを踏んでいた。

「あのアジュモニは今年三十歳です。女の盛りですよ。娘は六歳になるけど、娘が生まれる前に男は済州島へ帰ってしまったんです。男には郷に本妻がいたってわけです。男に騙されたんだな。それ以来女手一つで娘を育て、店を大きくしたんだから、たいしたもんだ。何人もの男が口説いてるけど男を信用しないんだ。あの若さで一人とはもったいない話ですよ」

まんざらでもなさそうに金永鎮は一人しゃべり続けていた。男に騙されたと聞かされて金俊平は自分も八重に騙されたことを思い出した。

「黙ってろ！」

と金俊平は怒鳴った。なぜ金俊平に怒鳴られるのかわからない金永鎮は口をつぐんだが、二、三分もしないうちにまたしゃべりだした。

「さっき喧嘩してた二人はアジュモニを口説こうと毎晩飲みにきてるんだ。アジュモニを妾にでもしようとしてるのかな」

「黙ってろというのにわからんのか」

愚にもつかない金永鎮のおしゃべりに金俊平は嫌悪を覚えた。しかし、男どもが彼女を口説こうとする気持ちもわからないわけではなかった。金永鎮の言うように三十歳といえば女盛りである。その女盛りの彼女が一人暮らしをしていれば男ならものにしようと思うだろう。どこか男をよせつけない気丈さの中に成熟した女の魅力を匂わせていた。陽気で闊達《かったつ》な歩き方は彼女の性格の一端をあらわしているが、その点、八重とは対照的であった。金俊平は自転車をこぎながら夜風に吹かれて漠然と、あの女は郷の隣村の李周鳳の娘ではないかと思った。李周鳳は下級両班《ヤンバン》である。両班の娘がなぜ日本くんだりまで流れてきたのか。しかも男に騙され、娘を育てながら水商売をしている。屋台で酒を売っているのとはちがって一家を構えて商売をしている旺盛な生活力に感心した。金俊平の心の中で何かが動きはじめていた。

今月は早番だったので金俊平は三日にあげず金永鎮と一緒に英姫の店へ通っていた。ときには一人で飲みに行ったり、ときには高信義を誘ったりした。飲みに行っても金俊平の態度はきわめて紳士的でおとなしく、他の客ともよく冗談を言ってその場の雰囲気に溶け込んでいた。高信義がこういう金俊平を見るのははじめてである。八重に騙されて自暴自棄になり、荒れていた生活から立ち直って心を入れ替えたのだろうか。それとも……高信義は客の間を忙しそうにしている女主人の英姫を何げなく観察していたが、忙しそうにしている英姫を金俊平の目が追っていた。あきらかに英姫を意識している目だった。どことなくやに下がった顔をしている。酒の肴を持ってきた英姫の娘に小遣いをやりながら頭を撫でたりした。これがあの凶暴な金俊平かと高信義は自分の目を疑いたくなるほどの変わりようであった。

遅番の月は休日しかこられない。それでも金俊平は休日になるとめかし込んで必ず飲みに行くのだった。この頃になると周囲の目にも金俊平が女主人の英姫に好意をよせているのがはっきり見てとれた。

「どうやら金俊平は、あのアジュモニに気があるらしいですね」

金俊平を訪ねてくる金永鎮は高信義とも親しくなっていて、金俊平が留守のときは高信義の家に立ち寄って食事に誘われたりする。今日も午後四時に訪ねてみると金俊平はすでに外出していたので、金永鎮は休みをとっている高信義の家に立ち寄ったのである。そこで金俊平のことが話題になった。

「そうらしいな。しかし、相手がどう思ってるのか」

金俊平の性格を知っている高信義は、一方的な片想いに終わるようなことにでもなれば何が起こるかわからないと思った。もし女主人の英姫に好きな男がいればただではすまないだろう。

「それが問題です。わしの見るところ、あのアジュモニは金先輩にあまり興味を持ってないように思えるのですよ。あのアジュモニは身持ちが堅いといわれてますから、金兄も振られるんじゃないかな」

金永鎮はまるでゲームでも楽しんでいるように二人の関係をあれこれと臆測《おくそく》するのだった。

「わしに言うのはかまわないが、他の者に言うのはさしひかえたほうがいい。こういう噂がもし俊平の耳に入ったら大変なことになる」

「わかってます。殴られますよ」

金永鎮は声をひそめて表戸を振り返った。台所にいた明実はおしゃべりな金永鎮を心配していた。他言はしないと言っているが、あちこちでしゃべっているにちがいないからだった。

金永鎮が高信義の家を出ようとしたとき、金俊平が帰ってきた。噂をしていた金永鎮は思わず足がすくんだ。頭髪がこぎれいになっているところをみると理髪店に行ってきたらしい。

「金兄が帰ってきました」

と金永鎮は声を落として高信義に言った。しばらく台所の格子窓から様子をうかがってい た明実の目に家を出て行く金俊平の姿が映った。

「いま家を出ました」

と明実が夫と金永鎮に知らせた。三人はまるで見てはならないものを見ようとしている心境になっていた。金俊平は茶系の新しい三つ揃《ぞろ》いの背広を着ている。たぶん最近買ったものだろう。金俊平の背広姿は凜々《りり》しかった。金俊平は自転車に乗ってゆっくりペダルをこいで角を曲がった。

十月の爽やかな風が頬にやさしかった。ホウキ雲が流れる上空にトンビが舞っていた。翼を大きく広げて気流に乗り、高く低く飛翔している。金俊平はトンビを追うようにペダルをこぎながら、あのトンビはどこから来てどこへ帰るのだろうと思った。新しい三つ揃いの背広を身に着けた金俊平は自分が別人に変身したような気分になっていた。暮れてゆく街の景観がしだいに闇の底へ沈んでいくようだった。

時間が早いこともあって英姫の店には三、四人の客しかいなかった。英姫はときどき肉を買いにくる近所の朝鮮人長屋の主婦に肉を売っていた。店に入ってきた金俊平に、

「いらっしゃい」

と英姫は愛想のいい声で迎えた。そして三つ揃いの背広姿に少し驚いているようだった。

いつもなら四畳半か六畳の間に陣取って飲む金俊平が、今日は奥の三畳の部屋に入って一人ぽつねんとしていた。酒と肴を持ってきた英姫が、

「今日はどうしたんですか。めかし込んだりして」

となかば冷やかすように言った。

「結婚式があってな。その帰りなんだ」

金俊平は照れながら弁明した。もちろん弁明ではなく嘘であった。

時間とともに店は混雑してきた。いつものように酔っぱらいどもの声高な雑談が渾然《こんぜん》一体になって、さながら騒動でも持ち上がっているようだった。ひとしきり声高にもの知り顔でのたまっていた酔っぱらいが腰を上げて引き揚げると、部屋の中は急に静かになり、潮が引いたように客はつぎつぎに帰って行った。それもそのはずである。閉店時間の午後十一時を回っていた。あと片づけをしていた英姫が、ふと三畳の部屋をのぞいてみると、金俊平が壁にもたれて眠っていた。

「金さん、店はもう終わりです。閉店時間です。起きてください」

と英姫は声をかけた。だが、金俊平は起きる気配がなかった。ふたたび声をかけたが目を覚まそうとしない。英姫は金俊平に近づいて体をゆすり、

「金さん、起きてください。店はもう終わりです」

と気づかいながら言った。すると金俊平の瞼がゆっくり開いて英姫をじっと見つめた。金俊平がこの店へくるようになってから一度も見たことのない鋭い眼光だった。英姫は全身に悪寒を覚えてたじろいだが、そのときすでに英姫の腕は金俊平の大きな手に摑まれていた。そして抗おうとする英姫の体を金俊平は強い力で引きよせた。抵抗し難い力だった。英姫をじっと見つめていた金俊平は、

「おれが嫌いか」

と言った。

「こんなことをする人は嫌いです」

と言って英姫はもがいた。だが、もがけばもがくほど金俊平の強い力に引きよせられていく。キスしようとする金俊平に顔をそむけて、

「声を上げます。声を上げれば子供が起きてきます」

と英姫は牽制した。

「声を上げればいいさ。上げてみろ」

金俊平の腕の中で小鳥のように震えている英姫の顔を両手で挟むと唇を重ねた。重ねた英姫の唇の中へ金俊平は無理矢理舌を押し込んだ。英姫は押し込まれた金俊平の舌を嚙もうとした。しかし、なぜか嚙めなかった。息が詰まるほどの長いキスだった。英姫の口の中に金

俊平の唾液が溢れてくる。その唾液を英姫は息苦しさもあって飲み込んだ。飲み込んだ唾液は英姫の内部の羊歯《しだ》を伝って深部へとしたたり、同時に英姫の内部からも唾液が溢れてくるのだった。金俊平の腕が伸びて英姫の下着を剝がそうとする。英姫は両股を強く閉ざしておしとどめようと抵抗したが、股は苦もなく開かれ金俊平の太い指が英姫の黒い茂みへと侵入してきた。英姫は一瞬体をのけぞらせ、苦痛のような呻き声をもらした。やがて金俊平ののが英姫の中心部へ深く入ってきた。英姫は思わず腰を上げて金俊平にしがみついた。

5

抗いながら金俊平を受け入れている自分に嫌悪を覚えた。金俊平の逞しい腕に抱かれているのは自分ではないような気がした。自分の中のもう一人の自分が受け入れている。英姫は意識と体が分裂していく中で遠い記憶を蘇らせていた。

十二年前、済州島の大浦村の尹家に嫁いだが、十歳年下の幼い夫と姑《しゅうとめ》に耐えきれず、二年後に郷を出奔《しゅっぽん》して岸和田《きしわだ》の紡績工場に勤めた。当時、朝鮮には日本の紡績工場や炭鉱や河川工事に従事する安い労働力を求めて多くの日本人ブローカーたちがいた。済州島にも、そうした「人買い」と呼ばれていたブローカーたちが安い労働力を買い漁《あさ》っていたのである。その口車に乗せられて若い男女が日本へ出稼ぎに行った。事情はちがうが英姫もその一人である。そして「人買い」と呼ばれているブローカーに勧誘されて岸和田の岩崎紡績工場に勤めたのだった。その時点で勧誘したブローカーが「人買い」と呼ばれている悪質な人間だとは英姫に知るよしもなかった。

紡績工場は現場の主任や監督を除いてすべてが若い女性だった。中には年端《としは》もいかぬ十五、六歳の少女も何人かいた。七十人の従業員のうち三分の一が朝鮮人で、あとの三分の二は地方出身の女性たちだった。いわば最底辺に生きる若い女性の集団であった。そんな中でさえ朝鮮人はもっとも差別されていた。給料は日本人の半分以下で、しかも全額貯蓄させられていた。少しでも金を与えるとその金をたくわえて逃げられるおそれがあったからである。食事も日本人とは別々にとらされていた。朝食はメザシ二匹にたくわんとみそ汁、昼はぞうすい、夜はうどんと飯、たまに煮物などもあったが、日本食になれていない朝鮮人女工たちは食事の時間が苦痛だった。そのうえ十二時間労働は当たり前、ときには十五時間働かされることもあり、その間食事が出ないので空腹と疲労で倒れる者もいた。朝から夜中まで働かされ、疲労困憊《こんぱい》した体を引きずって眠るだけの生活である。

ある日、英姫は現場の朝鮮人主任に声をかけられた。三十歳前後の温厚な男で、英姫のことを何かと気づかってくれた。こっそりおにぎりをくれたり、休みの日は人目を忍んで何時間も郷の話をしたりした。故郷から遠く離れた異国の地で頼れる者がいない英姫にとって、朝鮮人主任はただ一人の味方であった。二人が急速に親しくなり、男女の関係になったのも自然のなりゆきであった。そして英姫は妊娠した。妊娠五カ月頃、男は一度郷へ帰って両親に会ってくる、そのあと正式に結婚しようと言った。英姫は男の言葉を信じて男が帰ってくるのを待った。だが、男はついに帰ってこなかった。あとで知ったのだが、男には郷に妻子がいたのである。

妊娠していることが会社の知るところとなって一時は大騒動になったが、英姫は出産間際まで働かされ、子供を出産するとすぐに放逐された。そのとき会社から手渡されたのは着物一枚と下駄一足と五円である。それが二年三カ月にわたる重労働の対価であった。

金俊平に抱かれている間、英姫の脳裏に自分を捨てた男のことがよぎっていた。英姫は急に意識が醒めていくのを感じた。金俊平の荒々しい力がまるで嵐のように英姫の体を通過しようとしている。英姫は早く終わってほしいと思った。

「どうした？」

と金俊平が英姫の顔を見た。英姫は顔をそむけて返事をしなかった。英姫の愛液が乾き、あきらかに金俊平のものを拒絶していた。金俊平はゆっくりと英姫の体から離れ、つぎに英姫の陰部に唇を這わせた。

「やめてください」

と苦痛にも似た声で体をよじる英姫を無視して金俊平は英姫の全身に舌を這わせるのだった。何度も舌を這わせているうちに、英姫の全身が金俊平の唾液にまみれ、どろどろに溶けていくようだった。汚辱と恥辱にまみれた英姫はしだいに不思議な感覚に痺《しび》れていくのである。いわば汚辱と恥辱と嫌悪の感情が剝ぎ取られ、生身の体だけを晒しているような恍惚とした状態に陥るのだった。それは一種の睡魔の状態に似ていた。感覚が麻痺《まひ》するたびに深い眠りの底へと誘われていくあの抵抗し難い快感に体をゆだねようとしていた。

そして再び金俊平のものが英姫の体の芯部に深く侵入してきたとき、英姫は一気に昇りつめて「あー」と自分でも信じられない呻き声をあげ、愛液が満潮のように溢れ出た。激しい快感が全身を電流のように駆けめぐる。英姫はわれを忘れてめくるめく世界へ逆しまに落ちていったかと思うとつぎの瞬間、奥底からせり上がってくる感情の塊りが英姫の脳天を突き抜けて行った。

何がどうなっているのかわからなかった。腰がくだけ、体の痙攣が止まらなかった。放心状態の英姫は、しかし急に羞恥心を覚えて衣類で裸身をおおい、金俊平に背を向けた。そして英姫は素早く衣服を着て座り直した。

「これっきりにしてください」

三畳の狭い部屋に下半身を晒した金俊平は黙っていた。そのふてぶてしい態度に、このまま居座ってしまうのではないだろうかと英姫は思った。

「店を閉めますから帰ってください」

英姫はここで弱気になってはならないと自分に言い聞かせて金俊平の帰宅をうながした。

うながされた金俊平はしぶしぶ起きて衣服を着ると部屋を出た。そして振り返って言った。

「今夜からおまえはおれの女だ」

逆らおうとする意思をねじ伏せようとする呪縛《じゆばく》力のある声だった。金俊平が去ったあと、英姫は体の中をもののけのような黒い影がすーと通り過ぎて行くのを感じた。昔よく見た夢がある。済州島の漢拏山《ハルラサン》の夜道を歩いている夢だった。奇岩と鬱蒼と茂った草木の暗闇を歩いていると不意に虎に襲われる夢であった。

漢拏山には虎が棲息していると言われている。済州島に虎など棲息しているはずもないのに、なぜか村人たちの間ではそう思われていた。だから英姫も子供の頃から漢拏山には虎が棲んでいると信じていたのである。今夜の金俊平は夢の中に現出してくる虎のように思えて身震いした。けれどもあの激しい性の喜悦は何だったのか。心を固く閉ざしていたはずの自分がやすやすと体を開いてしまったことを後悔した。後悔しながら体の芯部に残っている情炎を消すことはできなかった。それどころか深淵に燃え続ける炎は英姫の心の傷を焼きつくそうとする。自分を捨てた男を憎んでいた英姫だったが、そのかたくななまでの気負いすぎた心の襞に金俊平は土足で踏み込んできたのだ。突然といえば突然だったが、金俊平を受け入れたのはほかならぬ自分である。あと片づけをしていた英姫の脳裏に金俊平とのみだらな姿態がよぎり、彼女はしばし茫然と佇んでいた。

あと片づけをしてから二階に上がって眠っている娘の春美の寝顔を見つめながら、この先どうなるのか不安で胸が苦しくなった。どうして金俊平を拒《こば》めなかったのか。金俊平に抱きすくめられたとき、何か得体のしれない力業に縛られて身動きできなかったのである。あの底しれぬ力業から逃れる術はないように思える。春美に添寝をして瞼を閉じた英姫の耳の底に感極まって呻き声をもらした自分の声が聞こえる。体が熱くなるほどの恥ずかしさと疼きが針のように突き刺さってくる。英姫は明け方まで眠れなかった。

翌日、英姫はいつものように店を開けた。夕方頃から客が訪れ、午後九時頃には満席になって店は賑わっていた。だが、金俊平は現れなかった。その翌日も賑わっている客をもてなして英姫はできるだけ陽気に振る舞っていた。客の中に二人の友達を連れて飲んでいる金永鎮の姿を見たが、金俊平は現れなかった。英姫はふと、金俊平を待っている自分に気づいた。なぜ金俊平はこないのか。仕事が忙しいのだろうか。それとも一度抱いた女に興味はないのだろうか。自分は行きずりの単なる慰みものでしかなかったのだろうか。

酔客の一人が、

「アジュモニ、今日はピダン（絹）のチョゴリ（上衣）を着たりして、どうしたんや」

と指摘されて英姫はどきっとした。いつもは白のチョゴリに紺のチマを着ていた。

「たまにはめかしたっていいでしょ。いつも同じ服を着ていると客にあきられますからね」

と誤魔化したが、金俊平との関係を見透かされたのではないかと動揺した。

「いったい誰や。アジュモニをその気にさせた奴は」

と酔客が言った。すると一人の客がドブロクの入ったどんぶりを高々とかかげて、

「このおれさまだ」

と宣言した。

「嘘ぬかせ。おまえみたいな男にアジュモニが惚れるわけないやろ」

名乗りをあげた男を嘲弄すると周囲の客が爆笑した。

「でも、わたしは安さんが好きですよ」

と英姫はあえて冗談の仲間入りをして金俊平との関係を悟られまいとした。

「それみろ、男は顔ではない。こころや」

英姫に援護されて男は得意満面になっていた。こうした話題は男たちの酒の席につきものである。とりたてて詮索するほどのことでもなかった。そして酒席もたけなわの頃、注文の酒と肴を持って部屋に入ろうとした英姫の目線と玄関からぬっと入ってきた金俊平の目線が出くわした。英姫は持っていた盆を危うく落とすところだった。胸の鼓動が高鳴り、一瞬思考停止状態になって目を伏せた。自分でもうろたえて顔がほてっているのがわかる。他の客に勘づかれはしなかっただろうか、と英姫は落ち着きはらって愛想笑いを浮かべながら注文

の酒と肴を運んだ。

「兄貴、どこへ行ってはったんです。兄貴の家に寄ったんですよ」

六畳の間で飲んでいた金永鎮はアルコールに染まった赤ら顔で金俊平に席を譲ろうとしたが、金俊平は何も言わずに奥の三畳の間に腰を下ろした。どこか不自然な態度だったが、誰も気にとめる者はいなかった。間もなく酒と肴を運んできた英姫を金俊平はちらと見てどんぶりのどぶろくを一息で飲み干すと、肴のスエをほおばった。英姫は椿油《つばきあぶら》を塗った黒髪に龍の彫刻をほどこした銀の簪《かんざし》が似合っていた。酒を運んできた英姫はそそくさと離れて台所へ消えた。暗い台所の隅で英姫は胸の鼓動が収まるのを待った。今夜あたりくるのではないかと予感していたが、実際に現れると、どう対応してよいのかわからなかった。母を探して台所にやってきた娘の春美が英姫のチマを引っ張った。

「お客さんが呼んではる」

英姫は静かに深呼吸をして姿勢を正し、娘に二階で寝るよう言いつけて台所を出た。

この前と同じだった。客が一人立ち二人立ち、

「兄貴、もう帰りますけど、まだいますか」

と声をかける金永鎮を先に帰らせて金俊平は一人で飲み続けていた。やがて一人になった金俊平に、

「もう店を閉めます」

　と英姫はか細い声で告げた。金俊平の唇が少し歪んでいる。ほほえんでいるのか、それとも挑発しているのか、金俊平の目が情欲に燃えている。

「酌をしてくれ」

　と金俊平が言った。

　戸惑いながらも英姫は一升瓶を持って酌をした。酌をしている英姫の手がかすかに震えている。その震えている手を金俊平が握った。英姫は体をこわばらせて顔をそむけたが抵抗しているわけではなかった。金俊平の陥穽《かんせい》に落ちた英姫は何かを覚悟している様子だった。

　英姫の手を引きよせると英姫はたわいもなくよろめいて金俊平の胸に埋まった。

「ここではいやです」

　と英姫は最後の抵抗を試みるように言った。狭い三畳の部屋には古い整理箪笥やテーブルや棚の上に幾つかの箱が載せてある。まるで物置きのような部屋で抱かれるのをいやがる英姫の気持ちを察して金俊平は手を離した。英姫は立ち上がり、せわしげにあと片づけをし、台所で洗い物をした。その様子を金俊平はじっと観察していた。実によく働く女であった。その動きは肉感的であり、躍動しているようにさえ見える。黙々とあと片づけをしている英姫のほつれ髪が女のなまめかしさを感じさせる。

テーブルを片づけ食器類を洗ったあと、英姫は箒《ほうき》で部屋を掃いた。それから英姫は押し入れから布団を取り出して六畳の間に敷いた。真新しい赤い花柄の美しい絹の布団であった。金俊平の見守る中、英姫は服を脱ぎ、下着姿になってそっと夜具に入った。まるで初夜を思わせる光景である。英姫が夜具に入るのを見届けた金俊平は自分もおもむろに服と下着類を脱ぎ、全裸になってすべり込むと、背後から英姫を抱きすくめた。

「やさしくしてください」

と英姫が言った。

だが、金俊平は背後から英姫の下着を剝ぎ取るように脱がせた。自分はこの男を愛しているのだろうか？　あまりにも突然の出来事だったが、英姫は自らの運命を託そうとしている大胆な自分に恐ろしさを感じていた。しかし、すでに引き返せない距離にまできてしまっていると思った。いまとなっては愛を確かめる方法はひたすら男を受け入れる以外にないのだ。そう思うと、なぜか涙が溢れてきた。そして背を向けていた英姫は体の向きを変えて金俊平に激しく抱きつき、後ろにまとめていた髪の簪を抜いた。つやのある長い黒髪が項にしなだれ、肩と腕にそって美しい線を描いた。その髪を拭うようにしながら金俊平は涙を流している英姫を見た。

「なんで泣く……」

「怖いのです」

「何が怖いんだ」

しばらく黙っていた英姫は、

「わかりません」

と答えた。

金俊平はそれ以上何も訊かなかった。英姫を強く抱きしめて体をまさぐり、太い大きな手で英姫の体の隅々を愛撫していく。ときには強く、ときにはやさしく英姫の体を愛撫していく金俊平の冷たい手の感触が英姫の体内をめぐる血液に新鮮なエネルギーをそそぐのだった。太古の大地に芽をふく新しい生命の息吹きを思わせる力強い雄叫《おたけ》びを英姫はいま感じていた。深い眠りから覚め、降りそそぐ光の粒子に泡だつ原野を駆けめぐり、地平線の彼方《かなた》へと連れ去ってくれる大いなる祝福のときのようであった。金俊平が何者であろうと、英姫は体内に宿る新しい生命を予感した。それは霊的な瞬間であった。性の快楽の極《きわみ》へと昇りつめたあと、英姫は漠然と金俊平の存在が男という生きものでしかないことを知った。当然といえば当然だが、それは英姫にとって一つの発見だった。この男を夫として迎え入れなくても子供を育てることはできる。そう考えると気持ちが楽になるのだった。

金俊平は二、三日に一度の割合で店にやってきた。早い時間にくるときもあれば閉店間際にくるときもある。遅番の月は仕事が終わった午前五時頃にきたりした。子供を二階の部屋に寝かせた英姫は一階の六畳の間に布団を敷き、金俊平がくるのを待たねばならなかった。というのも子供と一緒に二階で眠ってしまうと、表戸を叩く音を聞きとれなかったりする。そんなとき、金俊平は近所をはばかることなく大声で呼ぶのである。それを避けるために英姫は金俊平がくるまで起きていなければならなかった。そして金俊平がくると必ず酒の用意をした。

どちらかというと口の重い金俊平は飲んでいるときもほとんどしゃべらない。飲むほどに酔うほどに金俊平の眼が据わってきて近寄り難い精気を全身にみなぎらせるのだった。何を考えているのかまったくわからなかった。金俊平の内面にとぐろを巻いている黒い感情の塊りが部屋全体の空気を重くする。英姫はひたすら金俊平が眠りにつくのを待つだけだった。

酒を飲み終えた金俊平は英姫の体を求めた。このいまわしい性の快楽！　英姫の体に押し入ってくる金俊平の力の前に英姫は何もかも忘れてしまう。それはひとときの夢・幻のようであった。

はじめは飲みにくる客の眼を気にして遠慮がちだった金俊平も、そのうちしだいにまるでこの家の主人のような態度になって英姫に対する言葉使いが命令調になるのだった。春美を自分の子供のように可愛がって膝の上に座らせ、眠くなった春美を二階へ連れて行って寝かせたりした。二、三カ月もすると、もはや誰の眼にも英姫の男が金俊平であることが見てとれた。金永鎮はしきりに金俊平を持ち上げて提灯《ちょうちん》持ちの役を演じていたが、ときどき飲みにくる高信義は主人然としている金俊平のどこか落ち着きはらった態度と、英姫のぎこちない態度に一抹の不安を覚えた。

金俊平と英姫の間には明らかに落差があった。女手ひとつで店をきりもりしている英姫の家に金俊平が強引に割り込んできたという印象はぬぐえなかった。流れ者の無頼漢が働き者の女を女房にする例はよくある。だが、律義《りちぎ》でしっかり者の英姫がよりによってなぜ金俊平と男と女の関係になってしまったのか。そこのところが理解できなかった。連れ子がいるという後ろめたさもあるだろう。けれども英姫がその気になれば、真面目《まじめ》で勤勉な男を選ぶこともできたはずである。金俊平と一緒になれば苦労するのは目に見えている。だから英姫の態度には不安がつきまとっていた。

「あの二人は似合いの夫婦になりますよ」

店から一緒に帰る途中、能天気に金俊平と英姫の組合わせを手ばなしで評価している金永鎮に、

「どうかな」

と高信義は疑問を呈した。

「どうかなって、どうしてです。しっかり者のアジュモニと一緒になれば俊平兄貴も落ち着くし、俊平兄貴がいれば睨みをきかせるから店も安泰ですよ」

正当な意見ではあるが、高信義はそう思わなかった。

「逆だよ。確かに睨みをきかせることはできるが、そのためにかえって客の足が遠のくのではないか。それに俊平がおとなしくしているとは思えん」

まるで反対の意見を述べる高信義に金永鎮は納得しかねて反論した。

「じゃあ、高ソンベ（先輩）は二人はうまくいかないから一緒にならないほうがいいって言うんですか」

「そうは言っていない。二人が一緒になって幸せになればそれにこしたことはない。わしはガキの頃から俊平を知っている。村が同じだったからな。あの頃から俊平は悪童だった。自分以外の人間を信じないんだ。どんなに親しくつき合っていても、突然冷酷になったりする。女には欲望のおもむくがままに行動する。郷にいた頃、俊平は何人もの女を泣かせている。その中には人妻もいた。わずか十五歳でだ」

高信義はふと八重との出来事を思い出した。かりに八重と暮らしたとしても、おそらく長くは続かなかっただろう。八重に騙されて逃げられたあとの金俊平の異常な様態は自分のエゴを貫徹できなかった反動だったのではないか。凄まじい我執の自己顕現なのだ。家庭を持って平穏に暮らせる男ではない。群れをつくらず一頭だけで行動する虎に似ている。そう言えば金俊平の眼は虎にそっくりだと高信義は思った。要は本人同士の問題だから他人が口を差し挟むことではない。案ずるより産むが易し、ということもある。案外うまくいくかもしれないのだ。心配性の高信義はただ二人が幸せになってくれることだけを願っていた。

正月三日である。大晦日《おおみそか》から降りはじめた雪は三日目にようやく止《や》み、大阪の街は雪に埋もれて白一色に染まっている。ここ三、四年、大晦日の夜になると雪が降りだす。雪化粧を施された大阪の街は静かであった。大雪に見舞われて人々は外出をひかえているのだろう。それでも子供たちは晴れ着姿で雪だるまを作ったり、雪合戦をしたり、凧揚げや羽根つきに興じていた。三十センチ近い積雪のために市電が立往生していた。市電の動力なら三十センチくらいの積雪は押しのけて走れそうなものだが、結局人の手で除雪していた。

大雪のあとは一点の曇りもない青空がひろがっていた。英姫は三日ぶりに晴れたのを機に娘の春美を連れて年始回りをしての帰りだった。冬の弱い陽光に、それでも雪は溶けだし、人の通ったあとはぬかるみになっている。できるだけぬかるみを避けて歩くのだが、長いチマの裾は濡れるにまかせていた。そして家の近くまできたとき、三軒隣の林家から「バン！」という大きな音が響き、英姫と娘の春美は一瞬驚いて目を見張った。いつもこうである。林家では正月の小遣いをもらった子供たちに売るためのポン菓子の製造に追われていた。大砲の筒の形をした釜に米を入れ、薪をくべてしばらくすると膨張した米が破裂して「バン！」と大きな音を発するのだ。驚いていた春美が、握っていた母親の手を離してポン菓子を買いに駆けだした。

「すぐに帰ってくるんだよ」

と言って家の前にきてみると、戸締まりしておいたはずの表戸が開いていたので英姫は泥棒にでも入られたのではないかと二度驚き、あわてて家に入った。が、家の玄関には所狭しと沢山の靴が雑然と脱がれていた。いったい何ごとだろうと思って部屋をのぞくと二、三十人の男女が飲めや歌えやの宴の真最中ではないか。半数以上が顔見知りの者だが、他人の留守宅に勝手に上がり込んで飲めや歌えやの宴会をやるとは言語道断である、と怒り心頭に発している英姫をいの一番に見つけた金永鎮が、

「これは、これはアジュモニ、みんな待っていました。さあ、さあ、こちらへきてください」

と英姫の手を引いて六畳の居間に案内するのだった。自分の部屋に案内されるのもおかしなことだが、異様な雰囲気の部屋の中央に金俊平が座っていたので英姫はこれはただならぬ出来事であると思った。しかも金俊平はにやけた顔をしている。英姫の手を引いていた金永

鎮が英姫を金俊平の隣に無理矢理座らせた。するとみんなの間から歓声と拍手が起こった。歓声と拍手がおさまると、みんなの間から五十歳前後の男が金俊平と英姫の前に進み出て言った。

「アジュモニ、おめでとうございます。今日からアジュモニは金俊平と夫婦になられました。わたしどもは心からお二人にお祝いを申し上げます」

男が何を言っているのかを理解するのにしばらく時間を要した。それから英姫は蒼《あお》ざめた。なんという理不尽なことだろう。本人の意思を確かめもせず、独断で披露宴を行なうとは。人格を無視された英姫は腹だたしさと、そしてすでに公然の秘密だったとはいえ、金俊平の女であることを隠していた後ろめたさが入り乱れて、この場から逃げだしたい気持ちだった。緊張した面もちの英姫は肩をすぼめ、ひたすら沈黙していた。道化役の金永鎮がしゃしゃり出て金俊平から盃をもらって飲むと返盃し、今度は英姫に盃を差し出した。うつむいたまま困惑している英姫に、

「盃をもらうんだ」

と金俊平がまるで脅迫でもするように言った。

「わたしは飲めませんから」

と英姫は弁解して盃を拒否しようとした。

「いや、ほんの形だけですから。盃に口をつけるだけで、飲まなくてもいいんです」

人がどれだけ傷ついているかもわからず、面白おかしく振る舞って金俊平のご機嫌をとろうとするおせっかいな金永鎮が憎らしかった。みんなの見守る中、英姫は盃に口をつけた。

「これで決まりだ。これで収まった」

何が収まったのかよくわからないが、最初に挨拶をした男が対立する組同士の仲裁役でもしているような言辞を呈して悦に入っていた。英姫の知らない男だったが、たぶん金俊平の賭博仲間の一人だろうと思った。そういえば英姫の知らない人間がかなりいる。金俊平の右隣に座っている四十くらいの女は金俊平の長兄の嫁で、十年前に夫を亡くしていた。その五年後のある日、彼女は神託を受けて巫女《みこ》になった。いまでは大阪でも高名なムーダン（巫女）の一人だった。端正な面だちには威厳があり、堂々とした風格をそなえていた。テーブルを挟んで向かい側には巫女の息子で金俊平にとって甥になる金容洙と金泰洙の二人が、それぞれ嫁と一緒に並んで座っていた。子供のいない兄の金容洙とは対照的に弟の金泰洙には三人の子供がいる。三人の子供たちは別の部屋で遊んでいた。これらが金俊平の身内だが、英姫に身内は一人もいなかった。むろん郷へ帰れば大勢の親族がいるにはいるが、嫁ぎ先を出奔した英姫に親族はいないも同然であった。

金俊平から身内を紹介されて、英姫はばつの悪そうな表情で頭を下げた。突然、降って湧いたような結婚式――それも本人がまったくあずかり知らぬところで行なわれ、その結婚式に当の本人が被告人よろしく座らされている。あまりにも滑稽すぎる。だが、この滑稽さには不当で我慢ならないものがある。それは儒教的な倫理観にがんじがらめに縛られていることだった。たとえ二人が未婚同士であっても、結婚前に男と女の関係になったのは不倫にほかならない。この結婚はそれを前提にしている。それにこの集まりは結婚式といえるだろうか。あらためてテーブルを見渡すと、英姫の目の前の皿にゆでた豚の大きな頭が載せてあった。動転していた英姫は目の前の豚の大きな頭に気づかなかった。たぶん甥の勤めている西成の養豚場で豚一頭をわけてもらって金俊平自身が料理したのだろう。蒸した鶏、ゆで卵、米を粉にして作った餅、果物、鯛とわかめの汁、その他、日頃めったにお目にかかれないご馳走が各テーブルの上に並べてあった。

誰かが箸《はし》でテーブルと茶碗を叩いて拍子をとりながら朝鮮民謡を歌いだした。すると条件反射的に周囲の者も箸でテーブルと茶碗を叩いて歌いだし、何人かが踊りだした。金俊平は上機嫌だった。少し酔っているが、手で膝を叩いてリズムをとっていた。凶暴で頑迷な金俊平にも情緒的な一面があったのかと驚かされた。

ポン菓子の店から帰ってきた春美は家の様子が一変しているので泣きだしそうな表情になって母親を探した。その春美を目ざとく見つけた金永鎮が、またしても、

「さあ、さあ、お嬢ちゃん、こっちへおいで」

と春美を誘導して英姫の側に連れて行き、

「今日からこのおじさんが、おまえのアボジ（お父さん）だよ」

と頼みもしない余計なことを言うのである。日頃、金俊平から小遣いをもらって多少なついていたが、金永鎮からおまえのアボジだと言われて、春美は尻ごみをして母親の後ろに隠れた。場は飲めや歌えや踊れやのどんちゃん騒ぎの様相を呈してきた。

先ほどから微笑をたたえて飲んでいた高信義が腰を上げて金俊平の側にきて酒をついだ。高信義の女房も二人の子供を連れて列席していた。酒をついだ高信義が金俊平に、

「奥さんを大事にしろよ」

とひとこと言ってさがった。そのひとことが気に障ったらしく、金俊平は高信義を睨みつけていた。けれども高信義のひとことが英姫にとってせめてもの慰めであった。

母親の後ろに隠れていた春美がいつの間にか金俊平の甥の子供たちと遊んでいた。英姫は子供たちの遊ぶ姿をぼんやり眺めながら全身の力が抜けていくのを感じた。

宴は深夜にまでおよんだ。最後まで残っていた金永鎮と高信義は午前二時を知らせる柱時計の音にうながされて立ち上がった。

「いやあ、よく飲んだ。楽しかった」

立ち上がった金永鎮の足がふらついている。高信義の女房は子供と一緒にはやばやと帰っていた。

「また遊びにきます」

高信義は憂鬱そうな英姫を気づかっていた。高信義が気づかっているのに気づいて英姫は笑みをつくって二人を見送った。金俊平は座ったまま軽く手を上げた。二人を玄関まで見送ってもどってきた英姫は宴のあとの散乱した食器類や一升瓶やゴミの山を見て溜め息をついて片づけはじめた。それを見ていた金俊平が、

「明日片づけろ」

と言って、薄気味の悪い笑みを浮かべた。

「こっちへこい。くるんだ」

躊躇している英姫を手招きして、金俊平は上衣を脱いだ。

「部屋を片づけて布団を敷きます」

と英姫が言った。

「いいから、こっちへこい」

笑みを浮かべていた顔が急に強面《こわもて》になったので、英姫は仕方なく金俊平の横に座った。

「今日からわしらは夫婦だ。そうだろう」

そう言って金俊平は英姫を倒してチマをまくし上げた。娘の春美は日頃の習慣で就寝時間になると二階へ上がって自分で布団を敷いて眠っていた。深夜の森閑とした店内で時を刻む柱時計の音が英姫の耳に木霊《こだま》している。英姫は何かが過ぎ去るのを待っていた。心と体がばらばらに解体していくようだった。金俊平の酒臭い口臭が英姫の口腔に充満して吐きそうになった。

「その気にならんのか」

金俊平が不満そうに言った。

「疲れてますから」

金俊平は手に唾液をたっぷりつけて英姫の陰部にあてがった。開いていない体に唾液をつけて押し入ろうとする行為が英姫には耐えられなかった。まるで凌辱《りょうじょく》でもされているような屈辱を強いられるからである。だが、拒めなかった。一度味わった性の快楽が蘇ってくるのだった。金俊平の熱い肉の塊りが押し入ったとき、英姫は灼けるような痛みを覚えた。この灼けるような痛みは快楽への通過儀礼でもある。海の底の暗い洞窟が、いつしか金俊平のものを呑み込もうとして息づいていた。相反する感情の葛藤《かっとう》がしだいに渾然一体となり、秘密の通路を抜けてめくるめく世界へといざなわれていく。そしてさんざめく光の世界へ抜け出したとき、一瞬の閃光《せんこう》が英姫の体を貫いた。あとからあとから押しよせてくる感情の波が合流し、高波となって自らを遠い未知の世界へとさらって行くのだった。

「どうだ、気持ちいいか」

金俊平の勝ち誇ったような声だった。英姫は自分の中から何かが奪われていくような気がした。

疲労が重しのようにのしかかっていた。昨夜は毛布だけを掛けて眠ってしまったのだ。起きられそうもなかったがいつまでも寝ているわけにもいかなかった。カーン、カーンという音がする。金俊平はすでに起床して外で薪を割っていた。英姫はあわてて起き、衣服を着直して外へ出て見ると斧《おの》を振り上げている金俊平が英姫をちらと見て呼吸を止めて振り降ろした。薪は見事に真二つに割れた。家の前は除雪され、どこから運んできたのかリヤカーに廃屋の柱や梁《はり》が積まれている。その廃屋の柱や梁を割っていたのだ。このときばかりは金俊平が頼もしく思えた。英姫も部屋にもどって昨夜の宴のあと片づけに精を出した。そしてあと片づけもほぼ終わりかけているところへ金俊平がやってきた。

「二百円ほどないか。昨日の飲み食いした代金を払ってくる」

なんのことはない。昨夜のどんちゃん騒ぎの費用を英姫が支払わされるはめになった。英姫は前掛けを解いて部屋に上がり、壁に掛けてある風景画の入った額縁を取って裏の張板をはずし、油紙に包んであった三百円を金俊平に渡した。

「これで全部です。余った金で背広でも買ってください」

三百円を受け取った金俊平は額縁以外に金を隠しているのではないかと天井を睨んで部屋を出た。金俊平が家を出たあと、台所で洗い物をしていた英姫は涙をこぼした。この先どうなるのか。それを思うと胸に不安がひろがった。

あと片づけを終えて部屋でぼんやりしながら休息しているところへ三人の友人が訪ねてきた。正月ということもあって三人はめかし込んでいた。英姫より二歳年上の朴芳子は緑のチョゴリにグレーのチマをはき、三歳年下の金花珍はピンクのチョゴリにブルーのチマをはいていた。そして英姫と同じ歳の鄭美子は白のチョゴリに黒のチマをはいていた。三人とも結婚しており、それぞれ子供を一人ずつ連れていた。

「雪が溶けだしたから、道が悪くてチマが台なしだわ」

三歳年下の金花珍は部屋に上がる前にずぶ濡れになっている朝鮮足袋《たび》を脱いだ。彼女にならってあとの二人も朝鮮足袋をぬいで爪先をマッサージした。

「爪先が凍えそう」

と鄭美子が言った。

「これから火鉢に炭火を入れるところだから、少し我慢してね」

英姫は陽気に言って台所のかまどから消し炭を七輪に移して火をつけ、その上に炭を載せた。あと片づけを終えたばかりだったが、三人の友人をもてなすために英姫はまたお膳を用意した。

「春美がいないわね」

と朴芳子が訊いた。

「二階で一人で遊んでるのよ。わたしがかまってやらないもんだから、いつも一人で遊んでるの」

「じゃあ、あんたたちも二階へ行って春美と遊んできなさい」

と朴芳子は子供たちを二階へ追い払った。みんな同じような年頃だった。

火鉢に炭火を入れ、正月用に作ったご馳走をお膳に載せ、英姫は三人に熱い甘酒をすすめた。

「これを飲むと体が温《あ》ったまるから」

三人は甘酒の入った湯飲みを両手でかかえるようにしてすすった。そして二口ほど甘酒をすすった芳子が家の様子をうかがった。

「これはいないの？」

と親指をあげて訊いた。

「さっき出掛けたわ」

三人の友人は顔を見合わせ、鄭美子が声を落として言った。

「英姫、あんた昨日、金俊平という男と結婚したんだってね。本当なの」

昨夜の今日である。それなのにどうして三人は結婚したことを知っているのだろう。その早耳に英姫は驚いた。

「なんで知ってるの。昨日の夜のことを」

「噂があちこちにひろがってるわよ。噂は自動車より早いんだから」

芳子が得意げに言った。

「わたしは自分の耳を疑ったわ。だって大晦日に英姫と会ってるんだもの。そのときは何も言わなかったじゃない。それが昨日結婚しただなんて信じられる。結婚の日どりが決まっているのに、わたしたちに何も知らせないなんて、わたしすごく腹が立った」

美子の意見に同調するように金花珍も、

「そうよ、わたしも腹立ったわ。何も知らせないなんて」

とむくれた顔をした。

「それに、どうしてあんな男と結婚したのか、それが不思議というかわからないのよ。だって金俊平という男はやくざも恐れる無頼漢だっていうじゃない。わたしの旦那は何かの間違いじゃないかと言ってた」

芳子に相槌を打って美子も同じようなことを言うのである。

「そう、わたしのアボジも言ってた。村にいた頃から手に負えなかったって。本当に金俊平と結婚したの？」

三人の詰問に答えるのは困難であった。なぜなら英姫自身、なぜ金俊平と結婚したのか判然としないからだ。いまでも納得しているわけではない。行きがかり上そうなったといえば三人は納得するだろうか。男と女の性にまつわる情念のようなものをどう説明すればいいのか。女手一つで子供を育て必死に生きている孤独を三人の友人たちは理解できるだろうか。捨てられた男を憎み、そしてまた別の男を受け入れてしまった女の弱さを友人といえども見せるわけにはいかなかった。かりにも夫と決めた男の悪口をあからさまに聞かされて英姫はあまりいい気分ではなかった。同情と理解は軽蔑と嫉妬の裏返しでもある。英姫はただ寂しそうな笑みを浮かべて何も答えなかった。

「わたしの運命《パルチャ》なのよ」

英姫は明るく言って話題をそらせた。話題を変えて郷の話や世間話をしているうちに、今度は三人の女たちから暮らしや夫に対する不平不満が噴き出してきた。

「飲んでばっかしいて仕事をしないから毎日喧嘩よ。もう我慢できない。子供を連れてどこかへ逃げてしまいたいくらい」

芳子は顔を曇らせ、夫をさんざんこき下ろすのだった。

「正月そうそう悪いんだけど、少しお金を貸してくれないかしら。三十円でいいの」

と芳子は涙ぐんでいた。

英姫はチマの中のチュモニ（お金を入れる袋）から三十円を取り出して涙ぐんでいる芳子に貸した。

三人の友人が帰ったあと、英姫はお膳を片づけ、かまどの二つの釜に水をたっぷり入れてお湯を沸かす作業にとりかかった。つぎに三畳の部屋の畳を全部はがして、床下に埋めてある大きな甕に仕込んだドブロクの出来具合を調べた。藁《わら》に包まれた甕の中のドブロクはぶくぶくと泡をふいて発酵していた。ドブロクの醸成までには、あと三、四日かかるとみた英姫は甕に蓋をして藁をかぶせ、つぎはドブロクの甕の横に並べてある一升瓶に入った焼酎の原液の濃度を計った。焼酎の原液の濃度は九十度を指している。英姫はその焼酎の原液を管でバケツに吸い上げ、三十度に調整して一升瓶に詰めていった。その間、かまどに薪をくべ、冷蔵庫に入っている豚の頭と肋《あばら》の肉を取り出して手入れするという忙しさである。そして沸騰してきた釜のお湯に豚の頭と肋の肉を入れて茹でた。この茹で方が難しかった。茹で過ぎても茹で足りなくても肉の味が変わってしまうからだ。したがってたえず火かげんに注意していなければならない。スエ（腸詰め）の茹で方はさらに難しい。うっかりすると腸が破裂してしまうからである。英姫は大きなタライに豚の血をたっぷり入れ、その血にネギ、タマネギ、にんにく、生姜《しょうが》、漢方の薬草、唐辛子、その他の調味料を混ぜ、それを豚の腸に流し込んだ。多く詰めると破裂し、少ない場合はスエにならない。いずれにしてもかなり経験を必要とする作業であった。

仕事が終わったのは夜の十時を過ぎていた。一段落した英姫は四畳半の部屋に金俊平が帰宅したときにあわせて食事の用意をし、六畳の間に布団を敷いて縫い物をしていた。娘の春美の破れた靴下を縫う針の目が一定しない。三人の友人から聞かされた噂に思考と感情が乱れ、縫い物に集中できなかった。午前一時が過ぎても金俊平は帰ってこない。三百円もの金を渡したのでどこかの賭場にしけ込んでいるかもしれないと思った。英姫は縫い物をやめ、戸締まりをして床についた。

英姫は正月五日から店を開けた。たいして期待していなかった客の入りは普段より多く、閉店まで休むいとまもない忙しさだった。ほとんどが常連客だが、中に新しい客もきていた。いつものように酔客の間で冗談や喧嘩腰の口調が飛び交っていたが、噂になっているはずの金俊平との結婚についての話は誰からも出なかった。冗談まじりに結婚話が出るのではないかと思っていた英姫はみんなが意識的に忌避しているのを感じた。

五日が過ぎ六日が過ぎても金俊平は帰ってこない。さすがの英姫もいささか心配になりだした。そして七日の深夜、疲れてぐっすり眠っていた英姫の耳に表戸を激しく叩く音と怒鳴り声が聞こえた。夢のようでもあり現実のようでもあり、体の節々が凝り固まって痛みをともない、すぐに起きられずにいると、表戸を蹴破って金俊平が闖入《ちんにゅう》してきた。やっと起き上がった英姫は表戸を蹴破って土足で部屋に上がってきた金俊平の恐ろしい表情に恐怖を覚えて立ちすくんだ。

「鍵なんか掛けやがって。わしを閉め出す気か！」

いまにも襲ってきそうな気配に英姫は身震いした。

「疲れてましたから、つい眠ってしまいました」

「疲れていただと。だったら明日から商売をやめてしまえ」

「それでは生活ができなくなります」

「生活だと。なんの生活だ。こんな生活、ぶっ壊してやる！」

金俊平はいきなり障子や襖《ふすま》を蹴って破壊し、箪笥を倒して布団を引き裂いた。それから客用のお膳を表へ放り投げるのだった。英姫は素早く二階に上がって娘の春美を抱きかかえて屋根伝いに隣家へと逃れた。深夜に咆哮をあげて家財道具を破壊している金俊平の暴力に何ごとかと眠っていた近所の人々が起きてきた。ポン菓子屋の三十五、六になる主人が、

「どうしたんですか、こんな夜中に。近所迷惑ですよ」

と注意した。

「なんだと、人の家のことに他人は口出しするな！　すっこんでろ！」

金俊平の恐ろしい剣幕にポン菓子屋の主人はおじ気づいて黙ってしまった。これまで平穏に暮らしていた隣近所の者にとって金俊平の暴力は常軌を逸していた。近所のおかみさん連中が家の中をおそるおそるのぞいていた。金俊平は一升瓶のドブロクをラッパ飲みしている。そして家財道具を破壊し、ドブロクを二升も飲んだ金俊平はまるで傷ついた野獣のようにうずくまって呻いていたが、そのまま眠ってしまった。

翌日、酔いの醒めた金俊平は破壊された家の中の様子に自分でも驚いているようだった。英姫と娘の春美は箪笥を起こし、ガラスの破片や壊れた障子や襖やお膳を片づけていた。そこへ英姫が依頼した大工と家具職人がやってきて表戸と襖と障子の寸法を計り、破損した家具の修理にとりかかった。居場所のない金俊平は二階に上がってもうひと眠りした。

金俊平は二、三日酒をやめていた。店へ飲みにくる客と顔を合わせないよう終日二階で過ごし、気が向くと外へ出て夜中に帰ってきた。二階へは外からも出入りできるようになっている。

結婚してから金俊平は工場を休んでいたが、いつしか辞めてしまった。何をするでもなくぶらぶらしていたが、ときどき家を空けて二、三日帰ってこないことがある。そんなとき、英姫はまた夜中に帰ってきて暴力を振るうのではないかと一睡もできず、二階で娘と一緒に緊張していた。何の因果でこんな目に遭わねばならないのかと自分を責めるのだった。金俊平は店の売上げの大半をもぎ取って行く。早くもこれまで蓄えてきた金をとり崩していた。このままではじり貧状態になるのは、明らかだった。だが、打つ手がない。ひたすら耐えるしかないのだ。

6

ある日の夕方、家の前に一台のトラックが急ブレーキをかけて止まり、荷台から十人ほどの荒くれ男が降りてきて家の中にどかどかと闖入した。男たちはそれぞれ仕込み杖《づえ》や日本刀やとびぐちを持っている。その中に、天王寺公園で金俊平を闇討ちしようとして逆に首をねじ曲げられて死んだのではないかと思われていた帳場の男がいた。包帯を巻いた首は、ねじ曲げられたためか少し右に傾いて前方を真っすぐに見られなかった。仕込み杖をつき、血走った眼に憎悪をたぎらせて乾いた唇を大きく開き、しぼり出すような声で叫んだ。

「俊平！　おらんのか！　わしや！　呉漢淳だ！　決着をつけてやる。出てこい！」

曲がった首が痛むのか顔をしかめ、息をぜいぜいさせながら怒声をあげるのだった。

「何ごとです。他人の家に勝手に踏み込んだりして。警察を呼びますよ」

傍若無人な極道たちの振る舞いに英姫は眉間に皺をよせて忠告した。

だが、極道たちは英姫にかまわず土足で部屋に踏み込み、障子を蹴破り、家財道具を倒し、二階へ上がって物干し場から屋根づたいに金俊平を探した。

「おりまへん。逃げよりましたで」

と極道の一人が言った。

「逃げたな。大きな口を叩いてたくせに臆病風《おくびょうかぜ》を吹かしやがって。逃げられると思うな。草の根をわけてでもきさまを探し出して八つ裂きにしてやる！」

帳場の男はあまりにも力みすぎて喉をからしていた。

手下の報告を受けた親分格の男が、日本刀を抜いて柱に斬りつけた。英姫は生きたここちがしなかった。

「この柱の傷は、わしらがきた証《あかし》や。亭主に会うたら言うとけ。必ず命はもらうさかいな」

穏やかな口調だったが、首筋に刃物を当てられているような感触だった。まだ諦めきれない呉漢淳は台所や便所を何度も行ったりきたりしていた。

そして男たちが諦めて外へ出ると、暗闇の中に巨漢の金俊平が仁王立ちになってみんなを睨んでいた。

家の中を隅から隅まで探しても見つからず逃げ出したにちがいないと思っていたみんなの前に、夕闇を背にしてぬっと現れた巨漢の金俊平にさすがの極道たちも度胆《どぎも》を抜かれて驚いた。それもそのはずである。上半身にさらしを巻いた上に鎖を二重、三重に巻きつけ、両腕にも鎖を巻いている姿はまるで怪物のようだった。

家に帰ろうと近所まできたとき、金俊平は家の前に止まっているトラックを見て本能的に危険を察知したのである。そこで金俊平はいつもの毛皮の半コートの大きな両ポケットに持っている鎖を体に巻きつけ、ベルトの背後に忍ばせている桜の棍棒を握りしめて極道たちの前に現れた。金俊平があえて極道たちとの対決を選んだのは逃げきれないと思ったからだった。

先手必勝である。金俊平はまっ先に親分格の男の横っ面を桜の棍棒で叩きつけた。顎の骨が砕けたような音がして親分格の男は血へどを吐いて倒れた。抜刀する間もなかった。

「死にたい奴は前に出ろ！　殺してやる！」

口から火を噴いているような苛烈な恐ろしい声だった。むろん誰一人身動きできなかった。少しでも動いた者は間違いなく金俊平に殺されるのではないかと思われた。それほどまでに金俊平の全身から放射している異様な殺気にみんなは圧倒されていた。

「呉漢淳、前に出ろ！　きさまを料理して喰ってやる！」

朝鮮語の脅し文句に、きさまを料理して喰ってやる、という言い方がある。凄まじい形相の金俊平に睨まれて、呉漢淳は震えが止まらず、逃げることもできなかった。

「悪かった。助けてくれ。今度こそ二度とあんたの前には現れない。本当に郷へ帰る」

だが、金俊平に通じるはずもなく、その声は空しく響くだけだった。金俊平の前に土下座して命乞いをしている呉漢淳を、極道たちも体を張ってまで助ける気力は失せていた。金俊平が一歩踏み出すと、極道たちは呉漢淳を見放すかのように二、三歩あとずさりした。これから何が起きるのか見物をきめ込んでいた。金俊平の腕が伸びて呉漢淳の襟首を摑むと引きよせ、いきなり耳を嚙みちぎった。

「うわっ！」と呉漢淳が叫びをあげた。金俊平の血だらけの口に嚙みちぎった耳の半分がくわえられていた。その耳を金俊平は奥歯で咀嚼して食べてしまったのである。信じられない光景だった。夕闇の中でくりひろげられている前代未聞の出来事を近所の人たちは物陰からおそるおそるのぞいていた。表戸を閉めきって二階の窓から見ていた米屋の主人は自分の眼を疑った。相手が極道とはいえ、耳を嚙みちぎって食べてしまうとは、人間のやることだろうか。

「金さんは鬼とちがうか」

と滝沢平吉は傍にいる女房の千代に小声で言った。

「ほんまに鬼みたいやわ。あんな恐ろしい顔、いままで見たことないわ」

千代もおどろおどろしい金俊平の姿に声をひそめて呟いた。

家の裏口から金俊平と極道たちの対決を見守っていた英姫は、喉がからからに渇いていた。

誰かが死ぬにちがいないと思った。耳を喰いちぎられてぼろぼろになっている呉漢淳に英姫は同情した。見るに堪えない光景だったが、それでも眼をそらすことはできなかった。

しょっぱなに一撃を受けて倒れた親分格の男が意識を回復して起き上がろうとした。起き上がろうとする親分格の男を金俊平は十七文もある短靴で踏みつけた。そして男の握っていた日本刀を取りあげると男の手のひらを突き差した。男は喉の奥で叫びにならない叫びをあげていた。手のひらを貫通した日本刀は地面深く突き立っていた。

「やりやがったな！」

呉漢淳に対しては傍観をきめ込んでいた極道たちも、金俊平が親分格の男を二度にわたって痛めつけたので黙っていられなくなり、極道の中の一人が持っていたとびぐちを振りかざした。とびぐちの切っ先は金俊平の肩の筋肉に喰い込んだ。その鉤を引っ張ろうとしたが金俊平は微動だにしなかった。肩の筋肉に喰い込んだとびぐちの切っ先が骨にまで達しようとしている。血を噴き出し、背中を流れていく。金俊平はとびぐちの柄を掴むと力一杯引きよせた。たまらず極道はとびぐちの柄を持ったまま前へつんのめったところを金俊平の振り降ろす桜の梶棒で頭を割られた。その隙を突いて、金俊平は極道たちに突進していきながら肩の筋肉に喰い込んでいるとびぐちを抜き取り、その抜き取ったとびぐちを逃げようとする極道の額めがけて振り降ろした。とびぐちの切っ先は極道の額から左眼を斬り裂き、同時に鎌のような形をしている刃が鼻をもそぎ落とした。たまらず極道は両手で鼻をおさえて前のめりに倒れた。

「きさまらみんな殺してやる！」

怒り狂った金俊平はとびぐちを振り回して暴れだした。傷ついたけものが猛然と襲いかかる姿に似ていた。引きさがるわけにいかない極道たちも日本刀やドスを振りかざして大立ち回りが始まった。金俊平をけさがけに斬った極道の日本刀が胸から腹を二重、三重に巻きつけている鎖の輪に挟まって折れてしまった。すかさず振り降ろす金俊平のとびぐちが極道の腕の肉をちぎって飛び散る。ドスを持った三人の極道がいっせいに金俊平めがけて突進した。

だが、彼らのドスもまた二重、三重に巻きつけられている鎖にさえぎられて金俊平にとどめをさすことはできなかった。別の極道が斬りつけてくる日本刀を金俊平は腕で受け止めた。腕にも鎖が巻いてある。激しく接触した鉄と鉄が火花をちらして暗闇に光った。

そのとき突然、警笛が鳴った。鋭い警笛は激昂している極道たちの感情を一瞬静める効果があった。そして極道たちは反射的に武器を捨てて逃げだした。警官隊だった。誰かの通報を受けて出動した警官隊は極道たちをとり囲み、いっせいに逮捕に乗り出したのだ。逃げまどう極道たちがつぎつぎに逮捕され、満身創痍《そうい》の金俊平も縛《ばく》についた。警察のトラックに放り込まれて連行されていく極道たちを見ながら、英姫は金俊平が殺されなかったのは奇跡だと思った。幸い死者は出なかったのだ。

金俊平と極道たちが連行されたあと、数人の警官と私服刑事が近所の者から事情聴取をしていた。乱闘の現場にぞろぞろと集まってきた近所の者は口々に恐怖を語っていた。しかし何が原因で、どのようにして乱闘が始まったのかは誰も知らない。英姫も執拗に事情聴取を受けたが、実際のところ乱闘の原因が何なのかはわからなかった。道に散らばっている日本刀、ドス、木刀、とびぐちなどは証拠物件として警察が押収していった。

店へ飲みにきていた何人かの客も、この狂気じみた凄絶な乱闘に息を呑んで遠まきに眺めていた。英姫は店を開けるどころではなかった。土足で踏み込まれ、家の中を荒らされたあと片づけをしなければならなかった。悪夢を見ているようだった。だが、この悪夢には続きがあるにちがいないと思った。そう思うと身震いがした。

といって、いまさら金俊平と別れることもできない。魔力的な力業から逃げることもできない。英姫は六畳の部屋で孕んでいるお腹に手をあてがい、しばらく茫然としていた。そこへ近所のおかみさんたちが様子をうかがいながら部屋に入ってきた。そして荒らされた部屋を見て、

「まあ、ひどい」

と裏長屋の良江が顔をしかめた。

「あの男たちはけだものだよ。あんたも大変な男と一緒になったもんだね」

と同じ長屋の順明が朝鮮語で言った。おかみさんたちは同情と嫌悪の入り混じった表情で、それでも倒された箪笥を立て直したり、壊れた陶器類やガラスの破片を拾い集めたりして手伝ってくれた。

「すみません」

こみあげてくる涙を抑えて英姫もあと片づけをしていたが、ふと立ち止まって箪笥から金俊平の下着と服を取り出し、風呂敷に包んだ。なにはともあれ金俊平の衣類を警察に届ける必要があった。英姫の気持ちを察した近所のおかみさんたちのなかで年配の順明が、

「あと片づけはわたしたちがやっておくから、あんたは衣類を警察に届けに行きなさい」

と言ってくれた。

「ありがとう」

英姫は頭を下げて、一人佇んでいる春美の手を取って連れて行こうとした。

「春美はわたしの家で子供たちと遊ぶから心配ないわよ。晩ご飯も一緒に食べて、なんだったら今夜はわたしの家に泊めておくけど」

子沢山の良江には四歳から十三歳までの子供が五人もいる。

「そうしてくれると助かるわ」

英姫は春美に言い聞かせて裏長屋の良江の家に赴かせた。

「うちの亭主も飲んだくれのぐうたらな男やけど、あんたの旦那に比べると、借りてきた猫みたいなもんやわ」

箒で部屋をはいていた順明は極道たちをしきりに批難していた。

そこへ乱闘を遠まきに見物していた何人かの男たちがやってきた。その中に高信義と金永鎮もいた。

「凄かったなあ。あんな凄い喧嘩を見たのは生まれて初めてや」

興奮醒めやらない金永鎮はぶるぶると武者震いをして、鼠《ねずみ》のような眼で部屋の中を瞥見した。高信義は黙っていた。黙っていたが、やはり興奮していた。風呂敷包みを持って出掛けようとする英姫に、

「うちの奴に何か手伝わせましょうか」

と高信義が声をかけた。

「ありがとう。でも近所の人たちが手伝ってくれてますから大丈夫です」

そう言って英姫は何かに急かされるように家を出た。

東成警察までは歩いて十分ほどの距離である。英姫は視線を落として足早に歩いた。暗い夜道を歩きながらこれから先のことを考えようとした。けれども先のことを考えると頭痛が

して何も考えられなかった。この状態がいつまで続くのかもわからない。ただ暗い感情がうねりをあげて英姫を呑み込もうとする。英姫は無意識に道路の角を何度も曲がっていた。そして独りごとを呟いている自分に気付いた。同じ道路を二度も通りながら独りごとを言っていたのだ。自分は気がふれたのではないかとわれながら愕然として、もっとしっかりしなければ、と気持ちを引き締め、視線を正面に向けた。

木造二階建ての東成署は全館に灯りがともり、数人の警官が出入りしていて、ものものしい雰囲気だった。署内に入ろうとした英姫は、

「何の用や」

と警官に呼び止められ、まるで尋問されているようだった。金俊平の衣類を持参したことを告げると、警官はその場で風呂敷包みの中身を調べた。重ねてある衣類を一枚一枚点検し、衣類以外に何も入っていないことを確認してから、

「よし、中に入って受付へ行け」

と指示した。

受付へ行けと言われても字の読めない英姫はカウンターの前でうろたえていた。極道たちを逮捕した数十人の警官たちは英姫に目もくれず、あわただしげに館内を往き来している。

「あの……」

と声をかけても無視される。困惑していると、一人の私服刑事が英姫の存在に気付いた。乱闘のあと、聞き込み調査をしていた刑事だった。

「おまえか」

刑事は見下すような眼で英姫を見つめて近づいてきた。

「金俊平の家内ですけど、下着と服を持ってきました」

おずおず答える英姫に刑事は一瞥をくれて、風呂敷包みを解いて中を調べた。

「よし、預かっとく」

ぞんざいな口のきき方に英姫は不安になって、

「あの、いつ渡してくれるのですか」

と訊いた。

「それはこっちで決める」

と刑事は英姫の干渉を許さなかった。

「差し入れはできますか。食事の」

家から東成署までは十分ほどだから、できれば食事を差し入れしたいと思った。というのも金俊平が出所したとき、差し入れをしなかったことをなじられるおそれがあるからだった。

「差し入れはでけへん。何を贅沢《ぜいたく》なことぬかしてるんじゃ。金俊平は凶悪犯や。この前も天王寺で大暴れしよって。今度はそう簡単に出られへんぞ。二、三年はくらうやろ。そのつもりでおれ」

憎しみのこもった声だった。刑事の個人的な見解だが、予想もしていなかった重い刑に驚いた。

「そんなに長く刑務所に入れられるんですか」

「当たり前じゃ。何人の人間を傷つけた思てるんじゃ。中には瀕死《ひんし》の重傷を負ってる奴もいる。殺人未遂罪に該当する」

英姫は殺人未遂罪という日本語を理解できなかった。しかし、語感から推測して殺人に等しいという意味だろうと思った。どうすればいいのか。自分には手に負えない重大事であることは確かだった。誰かに相談しなければならない。金俊平のことを相談できる相手は高信義しかいないと思った。

東成署を出た英姫はいったん家に帰った。五人の近所のおかみさんたちが手伝ってくれたこともあって部屋の中は一応きれいに片づき、三人のおかみさんが英姫の帰りを待っていた。帰ってきた顔色のすぐれない英姫の様子に良江と順明が異口同音に、

「どうだった」

と訊いた。

「衣類は受け付けてくれたけど、差し入れは駄目だって。面会も駄目。それから……」

と英姫は口ごもった。

「それからどうしたの？」

順明が訊き返した。

「うちのひとは二、三年出られないそうなの」

店では金永鎮と高信義の他二人の男が手伝いのおかみさんに頼んで酒を飲んでいたが、英姫の言葉に、

「二、三年は出られないって、本当ですか」

と高信義が声を上げた。

「刑事が言ってました」

事態の重大さに高信義は腕組みをして考え込んだ。

「脅《おど》してるんだよ。刑事の話なんか当てになるもんか」

すでに何杯かの酒をあおっている金永鎮がたかをくくって刑事の話を否定するのだった。

「しかし、脅しただけではないかもしれんぞ。あれだけのけが人が出たんだから、刑事の話もまんざら出鱈目《でたらめ》とも言えない」

豚足をかじりながら客の一人が真顔で言った。

「そういうけど、俊平兄貴も深手を負ってるんだ。喧嘩両成敗というじゃないか」

金永鎮も豚足をかじりながら反発した。仕込みをしていなかったので酒の肴は豚足しかなかったのだ。寡黙な高信義は腕組みをしているだけだった。

英姫がそっと高信義を隣の部屋に呼んだ。

「どうしていいのかわからないのです」

悩んでいる英姫が痛々しかった。ただでさえ酒乱の金俊平に悩まされているうえに、極道とのいさかいで心労の絶えない英姫の体が、わずかの間に痩せ細っていた。

「そうですね。とにかく弁護士に相談するしかないでしょう」

天王寺での暴行事件のとき頼んだ弁護士に今度も頼むしかないだろうと思った。弁護士がどういう職業なのかわからない英姫は、

「弁護士というのはどういう人ですか」

と訊いた。

「法律に詳しい人で、警察や裁判所にかけ合ってくれる人です」

そういう人がいたのかと感心しながら、英姫は弁護士に頼んでほしいと思った。

「その弁護士に頼みたいんですけど、頼むとお金がかかるのですか」

「かかります」

「幾らくらいかかるのですか」

英姫が不安そうな表情をした。

「わかりません。事件によってちがうと思いますが、今度の場合はたぶん高くつくと思います」

高くつくとはどのくらいのお金が必要なのか。見当のつかない英姫は、しかし数十円ではすまないだろうと思った。

「だいたいの見当はつきませんか。準備がありますから」

そう言われても高信義自身、見当がつかない。天王寺の事件のときは百二十円の弁護士料を支払ったが、今度はその三、四倍はかかるだろうと見積もっていた。

「長びくので、三、四百円はかかるかもしれません」

英姫は嘆息した。しかし、なんとかしなければならない。英姫はとりあえず仕入れ用の百五十円を使うことに決めた。

「手元に百五十円あります。これで当分なんとかなりませんか」

「百五十円あるんですか。そのお金は仕入れに使うお金じゃないんですか」

思慮深い高信義の勘は英姫の心の動きを読み取っていた。英姫は何も言わず瞼を伏せた。長い睫毛《まつげ》が濡れているようだった。そして伏せていた瞼を開いて、英姫はきっぱりと言った。

「いいんです。なんとかなると思います」

閉店を覚悟で愛してもいない金俊平を救おうとしている英姫の態度に、高信義は両班《ヤンバン》の娘の矜持《きょうじ》を感じた。

少し酩酊《めいてい》している金永鎮が這うようにしながら隣の部屋からやってきて、英姫と高信義の会話の間に割って入った。

「何の相談をしてるんだ。なんだったら、おれも力になるぜ」

と威勢のいいところを見せようとした。

「アジュモニは困ってるんだ。力になってくれるか」

高信義が半分からかうように軽薄な金永鎮に言った。

「ああ、いいとも。おれにできることなら力になろうじゃないか」

金永鎮の酔った眼が英姫の美しい横顔を眺めている。ドブロクで濡れた唇を舐め、英姫の匂いをかいでいる。

「弁護士を雇う費用がいる。四百円なんとかならんか」

四百円と聞かされて、卑猥な目付きをしていた金永鎮は首をすくめて卑下するように言った。

「おれにそんな金あるわけねえだろう。冗談じゃない」

いいところを見せようと虚勢を張っていた金永鎮が、四百円という大金を持ち出されたとたん尻ごみして隣の部屋にすっこんでしまった。金永鎮でなくても尻ごみする大金である。とにかく百五十円あれば弁護士に依頼することはできる。高信義は天王寺の事件のときに頼んだ弁護士事務所へ明日の午前中に英姫と行くことにした。

みんなが帰ったあと、英姫はもう一度掃除をして細かいガラスの破片などを確かめて雑巾掛けをした。それから三畳の床下に隠しておいた肉を取り出し、手入れをして冷蔵庫に保管した。肉の傷みが心配だったのだ。そして部屋の中で一人ぽつねんとしていた英姫は暗澹《あんたん》たる気持ちになって虚脱状態に陥った。体の中からエネルギーが蒸発して何もかも投げ出したいと思った。体の節々が痛みを訴えている。働き過ぎだが、気力のあるときは疲労を感じなかったし、体の痛みもなかった。妊娠しているからかもしれない。体が重く、沼の底に沈んでいくようだった。汗をかいている。体がほてっている。熱があるようだった。寒気がして英姫はいつもより早く床についた。

どうやら風邪をひいたらしい。床につくと間もなく全身に汗をかき、下着がびっしょり濡れた。まどろみながら熱にうなされ、口で呼吸をしているため渇いた喉がひりひりした。唾を飲み込むたびに痛むのだった。この調子では明日、高信義と一緒に弁護士事務所へ行くのは無理かもしれないと思った。黒い影がおおいかぶさってくる。部屋の四隅に悪霊がひそんでいるようだった。霞《かす》んでいる眼に煙のような悪霊が部屋の中を跳梁《ちようりよう》しているかに見える。嘲り、だがどんな表情をしているのか判然としないにもかかわらず、恐ろしい表情の悪霊が不意に悪意に満ちた呪いをかけてくる。『わたしは何も悪いことをしていません。わたしはただ必死に生きているだけです。どうか助けてください……』熱にうかされ喘ぎながら、英姫は夢と現実の間を彷徨《さまよ》っていた。悪霊に生命力を吸い取られていくようだった。重なり、ひろがり、おおいかぶさり迫ってくる悪霊は歯をむいた金俊平の姿をしていた。英姫は悲鳴に近い叫びをあげて起きた。下着の汗が布団にまでしみている。英姫はぐったりして肩で息をした。

下着を着替え、布団にシーツを敷き直し、ふたたび横になったが、また金俊平の悪夢にうなされるのではないかと思って眠れないのだった。

翌日の午前十時きっかりに高信義がやってきた。表戸を叩いて呼ぶ高信義の声に英姫はやっと起き上がって鍵をはずした。一晩で憔悴しきっている英姫を見て高信義は驚いた。

「どうしたんですか、アジュモニ」

虚ろな目の英姫はか細い声で、

「風邪をひいたみたいです」

と言って高信義を部屋に上げた。

「横になってください。医者にみてもらったほうがいいですよ」

高信義は英姫の額に手を当てた。

「かなり熱があるみたいだ。風邪は万病のもとと言いますから、やはり医者にみてもらったほうがいいですよ。この近所に病院はありますか」

「あります。中道小学校の近くに矢内原病院があります」

「じゃあ、これからわたしが矢内原病院に行って往診を頼んできます」

いったん腰をおろした高信義が立ち上がった。そこへ裏長屋の良江が自分の家に泊めていた春美を連れてきた。

「どうしたの。具合でも悪いの」

と訊いた。

「風邪をひいたみたいです。これからわたしは病院に行って往診を頼んできます」

往診を頼みに行こうとする高信義を英姫は引き止めた。

「弁護士のところへは一緒に行けそうもありません。どうしたらいいでしょう」

一日でも早く弁護士に依頼しないことには金俊平の立場が不利になるのではないかと、英姫は気をもむのだった。

「弁護士のところへはわたしが行ってきます。この前もお願いしたので、わたしとは顔見知りですから大丈夫です」

励まされるように言われて英姫は腰のチュモニ（小袋）から百五十円の金を取り出して、高信義に手渡した。

「はじめから百五十円も要りません。手付け金として五十円あれば充分だと思います」

高信義は五十円を受け取って部屋を出ようとした。すると良江が、

「病院へはわたしが行って往診を頼んできます。時間もないことですし、高さんは弁護士のところへ行ってください」

と言った。

「そうしてください。高さんは三時から仕事もありますし」

日給月給の貧しい高信義にこの件で仕事を休ませるわけにはいかないのだ。

「そうですか。じゃあ、わたしは弁護士のところに行きます」

高信義が部屋を出たあと、良江は洗面器に水を入れてひたしたタオルをしぼって英姫の額に載せた。そして良江は病院へ駆けて行った。

心配そうな顔の春美が額に載せたばかりのタオルを洗面器の水にひたして、小さな手でしぼり、英姫の額に当ててるのだった。

「ありがとう。ご飯は食べた」

と英姫は訊いた。

「うん、食べた」

と春美が答える。

考えてみると不憫《ふびん》な児《こ》である。実父の顔も知らず、新しい義父はとんでもない極道である。それもこれも自分の責任だと英姫は思った。

表通りを向かいの滝沢の妻の千代が掃除していた。乱闘で飛び散った血の塊りが道路のあちこちに附着している。肉の断片のようなものもある。折れた歯が三本見つかった。千代は顔をそむけながら掃除をして水をまき、家の入口の両側に塩を盛って表戸を閉めた。

二十分後に良江に案内されながら、三つ揃いの背広を着た六十歳過ぎの度の強いメガネをかけている矢内原医師が自転車に乗ってのろのろとやってきた。英姫の家に着くと、自転車からゆっくり降りて荷台の医療器具の入った鞄を持ち、良江に急かされながら矢内原医師はおぼつかない足どりで入ってきた。良江から出された座布団に座り、おもむろに言った。

「どないしたんや」

すると良江がいらいらしながら言った。

「どないしたんやて、どないかしてるさかい先生にきてもろたんですがな」

矢内原医師は懐中電灯を照らして眼の中をのぞき、続いて英姫に舌を出させた。

「風邪やな。今年、風邪がはやってるんや。あんたも気いつけや」

と矢内原医師は良江に注意をうながした。

「おおきに、それで大丈夫ですか」

二人の会話はどこか焦点がぼけている。

「大丈夫や。熱計ってみよか」

矢内原医師は英姫に体温計を腋《わき》に挟ませて腕時計で時間を計っていた。そして五分後に体温計を確認した。

「うむ、四十度近くあるな。とりあえず注射を打っとこか。あとで薬取りにきてんか」

矢内原医師は注射を打ち、重い腰を上げて外に出ると自転車をゆっくりこぎながら去って行った。

「頼りない先生やわ」

矢内原医師の容貌からして頼りなさそうな印象を受ける。良江は矢内原医師の後を追うように薬を取りに出掛けた。

高信義の依頼を受けて弁護士は二日後に金俊平と面会した。そして弁護士から面会の内容を聞かされた高信義が報告にきた。

「体の具合はどうですか」

英姫は医者からもらった薬を飲まずに漢方薬を飲んでいた。土鍋を火鉢の上に載せてせんじている漢方薬の匂いがたちこめている。

「かなり良くなりました」

少しやつれているが顔色は良くなっていた。近所のおかみさんたちが交替で何かと世話を焼いていた。

「この際あまり無理をしないほうがいいですよ」

高信義がねぎらいの言葉を言うと、順明が、

「そうよ。英姫のお腹には子供がいるんだから」

とつい口を滑らせた。英姫が恥じ入るように顔を赤くした。高信義はそ知らぬ顔で報告に入った。

「この前の件もあるし、かなり難しいそうですが、刑務所に入れられた前科がないので、なんとか執行猶予に持ち込みたいと言ってました。しかし、半年くらいかかるそうです」

半年で出られるのなら、それもいたしかたあるまいと英姫は観念した。一日も早い金俊平の出所を待ち望んでいるわけではない。むしろ金俊平のいない平穏な生活を望んでいた。けれども金俊平の出所がかりに二、三年先であろうと、事態が変わるはずもないのだ。半年で

あろうと二、三年であろうと事態は同じではないか。英姫は人生を諦観している自分を腹だたしく思いながら、もしかして何かを契機に金俊平が変わってくれるのではないか、金俊平につくすことで心の真実に目醒めてくれるのではないかと、淡い幻想に一縷《いちる》の望みを託していたのも確かである。生まれてくる子供のためにも、春美のように母子家庭の悲哀を味わわせたくないのであった。たとえ理不尽な父親であっても、父親がいるといないとでは朝鮮人社会の中での人の見る眼がまったくちがうのである。自らの運命を受容することが美徳であるような朝鮮人社会での母親の役割は耐えることでしかない。多くの朝鮮の女性がそうして生きてきたし、これからもそうして生きていくだろう。

五日もすると英姫の体調は回復していた。英姫は元来丈夫な体をしていた。五日間敷きっ放しの布団をあげて二階の物干し場に干し、肉を釜で茹でる作業にとりかかった。

「大丈夫なの」

と心配する近所のおかみさんに回復したことを示そうと、英姫は陽気に振る舞った。実際はあと二、三日静養したかったのだが、じり貧状態になっていく生活にじっとしていられなかったのだ。明日からでも店を開け、できることなら客に事情を打ち明けて、つけを清算してもらおうと考えていた。

警察の留置場に拘束されてから十日目の正午過ぎ、金俊平は突然釈放されることになった。

係官に呼ばれて署長室に入ると、正面の机の前に座っていた署長が、

「その椅子に座れ」

と命じた。そして椅子に座った金俊平は署長から一人の人物を紹介された。壁に椅子の背をもたせかけるような形で座っていたその人物は口髭をはやした小柄な六十歳くらいの恰幅《かっぷく》のいい男だった。

「この方は市会議員の片岡富太郎先生だ」

と署長が急に鄭重《ていちょう》な口調になった。

金俊平がこっくり頭を下げると、片岡富太郎も唇に笑みを浮かべて軽く挨拶した。片岡富太郎の側に背広姿の三十歳くらいの男が立っている。たぶん秘書にちがいない。

「片岡先生はある組から命を狙《ねら》われていたそうだが、先生の命を狙っていた組とはおまえと乱闘になった連中のことだ。おまえは連中から先生の命を狙えと指示されたが、それを断わったので乱闘になったと先生はおっしゃっておられる。それに間違いないか」

「先生は新聞を読まれて、この事件を知ったのです。それで調べてみると、あんたと先生の命を狙っていた連中の関係がわかったのです」

几帳面《きちょうめん》そうな秘書は、署長の言葉を再確認するように言った。

「片岡先生は太平産業の社長でもある。おまえは以前、太平産業で働いていたそうだが、自

分の会社で働いていた者を見放すのはしのびないと言われて、先生は身元保証人になってくださった。こんな有難いことはない。おまえは運のええ奴や」

署長はひとしきり片岡富太郎市会議員の恩を売って、ついでに自分を片岡富太郎市会議員に売ることを忘れなかった。

以前、太平産業に勤めていたとはいえ、その会社の社長がわざわざ警察に訪ねてきて金俊平の身元保証人になってくれるというのは、有難いようで不自然であった。しかし、釈放してくれるというのだから、この際、断わる理由もあるまいと金俊平は思った。このままだと、一、二年刑務所暮らしになるかもしれないのだ。

金俊平は署長の質問に対して「へえ」と答えた。

「君はわたしの命の恩人や。今度の件は君に責任はない。だからわたしは署長に頼んで君を釈放してもらうことにした。わたしが君の身元保証人になる」

思わぬ人物の出現に面喰らっていたが、金俊平にとってこれほど有力な身元保証人はいない。

「本来ならおまえは二、三年出られないところだ。しかし、片岡先生のたっての願いで釈放することにした。片岡先生に礼を言うんだ」

署長の表情には、せっかく捕獲した獲物を野に放つ無念の心境がありありと浮かんでいた。

「ありがとうございます」

顔中傷だらけの金俊平は大きな図体《ずうたい》をこごめて礼を言った。

係官が一通の書類を署長の机の上に置いた。その書類に金俊平は拇印を押し、片岡富太郎が署名した。

東成署を出た片岡富太郎と秘書は待機させていた黒塗りの車に乗った。そして窓を開けて片岡富太郎は金俊平に名刺を差し出し、

「何かあったら、相談にきなさい」

と言った。

「へえ、ありがとうございます」

金俊平は神妙な態度で名刺を受け取って頭を下げた。車は白い排気ガスをあげて去った。

刑事から二、三年の刑を喰らうと言われたときは覚悟をきめていたが、人間の運というものは不思議なものである。それにしても太平産業の社長はなぜ身元保証人になってくれたのか。それが金俊平には解せなかった。何か裏があるにちがいないと勘ぐらずにはいられなかった。帰宅の途中、金俊平は謎解きでもするように想像をめぐらせながら同時に身の振り方を考えていた。

早くて半年、長びけば二、三年は出られないと思われていた金俊平が文房具店の角を曲が

って歩いてくる姿を目撃して、近所の人たちは驚いた。表で大根を洗っていた漬け物屋のおかみさんが遠目にもそれとわかる独特の歩き方をしている金俊平を認め、あわてて英姫に知らせに駆けつけた。

「金さんが帰ってきまっせ」

部屋にいた三人の近所のおかみさんたちが異口同音に、

「ほんまでっか」

と顔色を変えた。

「金さんが帰ってくるわけないがな。人ちがいとちがいますか」

風邪をひいたとき、近所のおかみさんたちから世話になった返礼に、英姫はあわびのお粥《かゆ》をふるまっているところだった。そのあわびのお粥に舌鼓を鳴らしていた順明は金俊平の帰宅を信じようとしなかった。

「文房具店の角を曲がって、こっちへきてはる。ほんまやて。なんやったら自分の眼で確かめたらどないやの」

漬け物屋のおかみさんは自分の言葉を信じようとしない順明に言った。

台所にいた英姫は半信半疑で裏口から文房具店の方角をそっとのぞいて、息が詰まった。金俊平はすでに漬け物屋の前まできていた。

「主人が帰ってきました」

　とみんなに告げると、あわびのお粥に舌鼓を鳴らしていたおかみさんたちはうろたえた。英姫もうろたえていた。みんながお膳と茶碗を片づけているところへ金俊平が家の中にのっそり入ってきた。

　漬け物屋のおかみさんが、

「お邪魔してます」

　と愛想笑いを浮かべて金俊平の脇をすり抜けると、逃げるように帰っていった。他の近所のおかみさんたちも一様に愛想笑いを浮かべ、

「よくまあご無事で……」

　と語尾を濁して持っていた茶碗を台所へ運ぶのだった。

　金俊平は差し入れの背広を着ていたが、傷だらけの顔はますます凄味のある魁偉なものになっていた。とびぐちで引っ掛けられたと思われる顎と耳のあたりの肉が赤く盛り上がって、ケロイド状になっている。正面から斬りつけられた刀傷は頭の中心部から額の生え際まで黒い斑点になっていた。顔全体がむくみ、唇がめくれたように裂けていた。六畳の部屋に座った金俊平は開口一番、

「焼酎を持ってこい」

と英姫に言った。

英姫は豚の肋肉とスエと一升の焼酎を盆に載せて持ってきた。金俊平は自分で一升瓶の焼酎をコップについで一気に飲み干した。その豪快な飲みっぷりを近所のおかみさんたちはかたずを呑んで見物していた。それから金俊平はおかみさんたちが見ている前で上衣とシャツを脱ぎ、上半身裸になった。太い骨と引きしまった筋肉がピンク色の光沢をたたえている。おかみさんたちもこれほど逞しい肉体を見るのははじめてだろう。金俊平はさらしを巻き、その上に鎖を二重、三重に巻いていたが、それでも刀やドスによって刺された数カ所の傷口が開いていた。治癒しかけているが、留置場で手当てを受けていなかったので膿《う》んでいる傷もあった。金俊平は英姫に新しいさらしを持ってこさせ、ふきんほどの大きさに破って焼酎をひたし、傷口に当てて膿《うみ》をしぼり出した。

問題は右肩の傷である。とびぐちの鋭い切っ先が喰い込み、肉を引きちぎるようにぱっくりと開いて膿んでいた。

「火箸《ひばし》を焼け」

と金俊平は英姫に命じた。

英姫は釜で豚足を茹でていたかまどの炎に火箸をあてがった。一、二分で火箸の先端が真っ赤になった。その真っ赤な火箸を持って行くと、金俊平は、

「膿をしぼり出して、その火箸で傷口を焼くんだ」

と言った。

英姫はさらしに焼酎をひたして膿をしぼり出したが、火箸で傷口を焼くことはできなかった。

「わたしにはできません。病院に行ったほうがいいと思います」

脅えきってためらっている英姫に、

「うるさい！　はやく焼くんだ」

と金俊平は怒鳴った。金俊平の言葉に逆らえない英姫はしばし呼吸を整え、思いきって傷口を焼いた。ジュ、ジュと肉の焦げる音がして煙があがった。英姫はめまいを覚えて視線をそらした。

「何をしている。ちゃんと焼くんだ。この馬鹿もん！」

金俊平の全身の毛穴から汗が噴き出している。英姫はいま一度傷口を焼いた。

「うむー、うわっ！　くそ！」

わけのわからぬ呻きと叫びをあげて金俊平は持っていたコップを粉々に握り潰した。そして言った。

「焼酎をかけろ！」

見守っていた順明は自分に言われたわけでもないのに、英姫より先に一升瓶の焼酎を金俊平の肩にふりかけ、その自分の行為に驚いていた。気の弱い良江が失神しそうになった。焼け焦げた肉は赤黒くふくれ、熱をおびた周辺の皮膚が変色している。さらしを包帯がわりにして腕を吊り、シャツを引っ掛けた金俊平は全身にひろがる疼きを麻痺させるために酔い潰れるまで焼酎を飲み続けた。しかし、さすがの金俊平も夜中に高熱を出して一晩中うなされていた。

翌日、金俊平の帰宅を知った高信義、金永鎮をはじめ何人かの友人が集まってきた。そして口々に「よかった、よかった」と言った。金永鎮にいたっては涙声になって、

「兄貴、よかったですね。一時はどうなるかと思ってた」

あまりにも芝居じみた金永鎮の台詞《せりふ》に高信義はすっかり白けてしまった。

英姫は見舞いにきた近所の人や友人たちをもてなすのに追われていたが、それでもこころなしかほっとしていた。友人や知人が集まっているだけで心がなごむのだった。高熱にうなされていた金俊平も翌日には元気になって、みんなと酒をくみ交わしていた。その頑強さは驚嘆に値する。

「兄貴、凄い喧嘩でしたね。あんな喧嘩を見たのは生まれてはじめてだ」

例によって金俊平を持ち上げようとする金永鎮に、

「その話はやめとけ」

と金俊平は遮った。

凄絶な乱闘もさることながら、みんなの関心事はどうして十日で留置場を出られたかにあった。

「アジュモニがどんなに心配したか。そのために風邪で五日も寝込んでしまったんだ」

心配のあまり英姫は風邪をひいて寝込んだわけではないが、高信義は英姫の心情を少しでも金俊平に伝えようとした。

「弁護士が面会に行っただろう。弁護士の話では早くて半年は出られないと言ってたが、どうしてそんなに早く釈放されたんだ」

当然の疑問だが、金俊平はみんなの疑問に答えなかった。答えて噂がひろがるのを懸念したのである。殴り込みをかけてきたのは呉漢淳を含めて総勢十一人だが、彼らの背後にいる黒幕の出方が気がかりだった。ここであらぬ噂がひろがると、またしても問題が再燃するおそれがあった。

金俊平が黙って答えないので、みんなは不満そうだった。金俊平の性格を知っている高信義は何かいわくがあるにちがいないと思って、それ以上は訊かなかった。

その夜は、金俊平がおとなしいこともあって久しぶりに和気あいあいとした雰囲気で過ごした。

二日後の昼過ぎ、金俊平は台所で仕事をしていた英姫を呼び、春美に小遣いをやって外で遊ばせ、表戸と裏戸を閉めて部屋へこい、と言った。英姫は言われたとおり、春美に小遣いをやって外で遊ばせ、表戸と裏戸を閉めて部屋に上がった。そして服を脱ぎ、金俊平の側に横になった。

英姫は妙な感情の高ぶりを覚えていた。自分でも不思議なほど体が燃えていた。そして背後から金俊平に抱かれたとき、英姫は一瞬の幻覚に陥った。一陣の風が体の中を吹き抜けてゆき、もぬけの殻になったような感覚を味わった。金俊平の腕が腰をしっかり摑まえている。押し入ってくる強い衝撃波は英姫の膣を打ち続ける。耐えているのか悦びなのか、どちらともわからぬ感情の襞に金俊平の物がわけ入ってくる。あまりにも刹那《せつな》的であり、あまりにも哀しすぎる。子供たちの遊ぶ声がする。誰かが呼んでいるようだった。裏長屋の共同水道にたむろしている近所のおかみさんたちの下世話な会話と笑い声が聞こえる。それらの雑音がしだいに遠のき、いつしか無音の世界に入っていた。やがて堰《せき》を切って溢れてくる欲望の濁流に英姫の体は木の葉のように押し流された。

英姫の体から離れた金俊平はすぐに服を着て押し入れから古い革の旅行鞄を持ち出した。それから衣類を詰め込むと向き直って言った。

「わしはこれから、ほとぼりがさめるまで旅に出る。百円くれ」

英姫は弁護士代として高信義に渡した残りの百円を手渡した。金俊平が一カ所にとどまっている性格でないことはわかっていた。どこへ行くのか、いつ帰ってくるのか、周囲の者に告げようとしない。おそらく金俊平自身わからないのだろう。本能のおもむくがままに各地を転々として、忘れかけた頃にもどってくるのだ。

「いつもどってくるのですか」

英姫はつい尋ねた。

「わからん。ほとぼりがさめるまでだ」

傷はまだ完治していなかったが、吊っていた腕の包帯をはずしていた。

「毛皮の半コートを洗っておけ」

ひとこと言い残して金俊平は家を出た。金俊平が家を出ると、得体の知れない何かが一緒に家の外へ出て行くのを感じた。その後ろ姿を英姫はいつまでも見つめていた。

7

ほとぼりのさめるまで旅に出ていると言って金俊平が家を出てから一カ月が過ぎようとしている。その間、英姫はひたすら働き続けた。金俊平がいなくなると、あれほど緊張の連続だった日々が嘘のように静かだった。英姫の家に出入りする近所の人々や客の間にも笑い声がもどり、穏やかな雰囲気に包まれていた。これが普通の生活だと英姫は思った。しかし、英姫の緊張が解けたわけではない。不意に金俊平が帰ってくるのではないかと脅えたりする。店を閉めたあと台所で仕込みをしているときなど、外の足音に金俊平ではないかと聞き耳をたて、動悸が高鳴るのだった。金俊平がどこで何をしているのか知るよしもない英姫にとって、金俊平は鬼神《くしん》のような存在だった。子供の頃、母からよく聴かされていた鬼神の話を思い出した。夜道を歩いていた村人が鬼神に襲われて行方不明になった話や、鬼神にとり憑かれた女が錯乱状態に陥って海へ身投げした話や、子供を食べられた話などなど、鬼神は死霊をも恐れさせる。そのような力業から逃れる術はないのだ。英姫はクッ（悪霊払いの儀式）

を行なうことを思いたった。金俊平の肉体から鬼神を追い払い、この家から悪霊を追い払う祈禱《きとう》である。クッにはかなりの費用を必要とするが、それもいたしかたないだろう。借金は嵩《かさ》む一方だった。

それから一週間後に、英姫は高名なムーダン（巫女）である金俊平の義姉にクッを依頼した。義姉の高万寿は二人のムーダンと一人の巫覡《ふげき》（男のムーダン）をともなってきた。さすがに高名なムーダンだけあって高万寿には風格がそなわっていた。クッの用意はおもに巫覡の役割だったが、祭壇の供え物である餅類や肉料理や果物は近所のおかみさんたちを動員して用意された。そして高名なムーダンのクッを観ようと遠方から知人、友人が訪ねてきた。クッは四人のムーダンが交替で三日三晩続いた。それは一種のカタルシスであり、人間の内面に巣喰っている汚穢を吐き出し、死者をとむらい、苦悶と慟哭《どうこく》が織りなす土俗的で謝肉祭的な儀式でもある。

クッを三日三晩行ない、身を投げ出して踊り、泣き、あの世とこの世を往還した英姫は疲労困憊して一日寝込んでしまった。しかし気分はすっきりしていた。

妊娠五カ月ともなると腹部が膨らみ、誰の眼にもそれとわかる姿態になっていた。英姫は月に一度、玉造の助産婦所に通っていた。五百人の子供をとりあげているという五十過ぎの産婆だった。小柄だが、厳しさとやさしさをかねそなえた助産婦の表情と言葉使いに長年の経験がにじみ出ていて、英姫は信頼していた。

診察室に入って寝台に横になると、助産婦がやさしくゆっくりと腹を撫で、聴診器をあてて、まるで胎児と会話でも交わすように、

「ええ児やわ。元気があって。男の児やったら相当やんちゃになるで」

とほほえみかける。その言葉に英姫は勇気づけられるのだった。子供が無事に出産できるように、英姫は毎朝東の空に向かって両手を合わせていた。

金俊平がいなくなってから平穏な日が続いていたが、気がかりなのは客足がめっきり落ちたことである。二日に一度は飲みにきていた金永鎮も最近は三日に一度だったり、週に一度だったりする。高信義はこの一カ月に一度しか顔を見せていなかった。その高信義が金永鎮と一緒に店へやってきたが、二人とも浮かぬ顔をしていた。

「元気がないですね」

と英姫が言った。

「そうなんだ。世の中不景気だからな。この店で一杯飲む金もままならないんだ」

いつもは虚勢を張っている金永鎮が珍しく弱音《よわね》を吐いていた。確かに世の中は不景気だった。それもここ何カ月かの間に急速に景気が冷え込んできた。飯場の仕事が減って、日銭を稼いでその日暮らしをしていた客たちの足はぱったり止まっている。

「わしらは馘になるかもしれない」

と高信義が溜め息まじりにもらした。

「馘ですって。仕事がなくなるんですか」

英姫は他人《ひと》ごととは思えなかった。失業すれば高信義の家族は路頭に迷うことになるが、同時に英姫の商売も大きな影響を受けるだろう。

「そんなに景気が悪いんですか」

と英姫はあらためて世の中の動きを確かめるように訊いた。

「不景気です。この先どうなるかわからない」

高信義はズボンの後ろポケットに突っ込んでいた新聞を取り出して膳の上に広げた。店にいた二、三人の客たちも膳の上に広げた新聞をのぞき込んだ。店の中で字が読めるのは高信義一人だったが、それでもみんなは真剣な表情で新聞をのぞいていた。

「毎日のように、あちこちでストが起きている。農村は旱魃《かんばつ》に見舞われて村の親たちは娘を遊廓に売っているありさまだ」

高信義の言葉に英姫は思わず傍にいた春美を抱きよせた。

「わしらの工場には八十人の職人のうち朝鮮人が二十六人いる。その二十六人の朝鮮人職人を工場は馘にしようと考えている」

「本当かい！」

と金永鎮がすっとん狂な声をあげた。

「同じ工場で働いていながら、おまえは何も知らんのか」

高信義が軽蔑するような眼で金永鎮を見た。

「おれは字が読めねえから、世の中のことがよくわからねえんだ」

自己弁明するように言って、金永鎮は例によって首をすぼめた。

「字が読めないのは関係ないだろう。自分の働いてる工場で何が起きているのかもわからないとは情けない奴だ。馘になるかもしれんのだぞ。馘になったら、どうやって喰っていく」

高信義に説教されて返す言葉のない金永鎮はうなだれた。

「暗黒の木曜日」と呼ばれている一九二九年十月二十四日の朝から始まったニューヨーク・ウォール街の株暴落はとどまるところを知らず、アメリカの大恐慌の波はヨーロッパを襲い、やがて日本に波及してきた。押しよせてくる大恐慌の波に日本の株も暴落に見舞われ、底なしの恐慌状態に陥っていたが、新聞の読める高信義も恐慌とは何なのか理解できなかった。ただ世の中の不景気を漠然と感じている程度であった。そして先月、会社から一方的に月給の一割カットを言い渡されたのである。不満だったが、そのときは会社の説明にしぶしぶ従った。ところが今月から三割カットになるという。それも朝鮮人職人だけが対象だった。

「人間って奴はどうしようもない。真綿で首を絞めつけられているのに、まだわからんのだ。こいつのようにな。少しは自分の頭で考えたらどうだ」

高信義から辛辣《しんらつ》に揶揄《やゆ》されて、金永鎮も黙っていられなくなり、

「そう言うけど、三割削られるって話は単なる噂だ。三割も削られたら、おれたちの生活がやっていけねえことくらい会社だってわかってるはずだ」

と抗弁した。

「だからおまえは能天気だというんだ。会社がそんなに甘いと思ってるのか。三割削られるならまだしも、早晩、馘を切られる。そのときはどうすればいいのか、朴顕南らと相談しているところだ」

人の話をろくに聞こうともせず、無知を晒してドブロクに舌舐《したな》めずりしている金永鎮を高信義は横眼で睨んでいた。

「以前に比べて飯場の仕事もかなり減っている。平野にいたわしの友だちも馘を切られた。もっとも、わしらの仕事はその日になってみないと、仕事があるのかないのかわからんけどな」

と言ってニッと笑った白書房《ソバン》（さん）の二本抜けている前歯の黒い穴から臭気がもれてくるようだった。

「こんなときに限って郷から弟がころがり込んできて、追い返すわけにもいかず、しばらく家に泊めておくことにしたが、どうすりゃいいんだ」

弱り目に祟《たた》り目というが、四日前に高信義の四歳年下の弟が仕事を求めて済州島の村から尋ねてきたのだ。日本へくればすぐにも仕事が見つかり、金を儲けられると思っている弟にいくら説明しても現状を理解させることはできなかった。

「明日にでも馘切りがはじまるかもしれない」

沈痛な表情の高信義を酩酊してきた金永鎮がからかうように言った。

「そう深刻ぶるなって。なるようにしかならん。おれは金俊平兄貴がうらやましいよ。いまごろどこでどうしているのかわからんけど、俊平兄貴だったら、あんたみたいに深刻ぶらんぜ。おれも俊平兄貴みてえになりたいよ。なあ、アジュモニ。アジュモニは幸せだ。あんな腕っぷしの強い男の奥さんだから。だけど、いまごろどこかで女とちちくり合ってるかもしれねえ」

そう言って金永鎮は英姫に酒をつがせながら手を握ろうとした。

「いい加減にしろ！　酔っていても、言っていいことと悪いことがある。その態度はなんだ」

と高信義が激怒した。

「悪かった。謝る。だけどあんたが、そうむきになって怒ることはないだろう。もしかして、あんたはアジュモニが好きなんじゃないのか」

邪推もはなはだしい金永鎮の言葉に、おとなしい高信義も勘忍袋の緒が切れて、膳の上のどんぶりを摑むと金永鎮の顔にドブロクをかけた。

「何をしやがる！」

と立ち上がって挑もうとする金永鎮の脚を高信義がすくった。ただでさえ酔って足をふらつかせている金永鎮はたまらずもんどり打って尻もちをつき、尾骶骨から突き上げてくる激痛に「うむー」と唸った。

「身のほどしらずめ！」

ちょっとした出来事だが、場は完全にしらけてしまった。

「二人とも興奮するな。おまえも口をつつしめ」

年配者の白書房は唸っている金永鎮に手をかして起こした。座り直した金永鎮は自分の身に何が起きたのかわからないらしく、眼の前の膳のドブロクを飲もうとする。

「これ以上飲むと、おまえは見境がなくなる。もう帰って寝ろ」

と白書房が金永鎮の手からどんぶり鉢を取り上げた。

酔うとすぐに体を触ろうとするのは金永鎮の癖だが、いつか金俊平の前でついやらかすのではないかと英姫は気がかりになるのだった。そんなことをすれば、ただではすまない。しかし、酔ったときの金永鎮の性癖をなおす方法もいまのところないのだった。

「今度、手を握ったり体を触ったら、うちの人に言いつけます」

英姫は語気を強めて警告した。

「ああ上等じゃねえか。金俊平が怖くて酒なんか飲んでられるか。いつでも勝負してやる」

譫妄状態の金永鎮は強気になって豪語した。

「どうしようもない奴だ、さあ、帰って早く寝ろ」

高信義と白書房が両側から無理矢理かかえて外へ連れ出した。そして高信義と白書房は千鳥足の金永鎮を引きずるようにして帰って行った。あとに残っていた二人の客も、三人が帰ると間もなく腰を上げた。

みんなつけだった。現金収入が一銭もない。高信義から不況だと聞かされて、はじめて英姫は不景気を実感した。

翌日の午後二時に出勤した高信義は、工場に入ると待っていた朴顕南に呼び止められて裏庭の銀杏《いちょう》の木の下に連れて行かれた。四十五歳になるだるまのような体軀の朴顕南は太い眉をひそめてかなり深刻な表情をしている。肩にかけられている朴顕南の節くれた手が重かった。

「大変なことになった。わしらは馘になるらしい。さっき山本さんからそう聞かされた」

同じ職人の山本竜男は朴顕南とは親しい飲み友達であった。同じ長屋に住んでいて家族ぐるみのつき合いをしていた。その山本竜男が朴顕南に情報をもらしてくれたのである。

「本当か。いつ馘になる」

「今日か、明日か。たぶん今日ではないか」

昨夜、金永鎮に説教しながら、明日にでも馘になるかもしれないと半ば推測で言った事態が的中するとは思わなかった。

「三割削られるのではないのか」

と高信義はにわかに信じられず問い質した。

「わしもそう思っていた。三割削られると生活できなくなるが、それでも馘になるよりはましだと思っていた。しかし、そうじゃないらしい。朝鮮人職人は全員解雇されるらしい」

打つ手がない。どうすればいいのかわからない二人は暗然としていたが、しだいに怒りがこみ上げてきた。なぜ朝鮮人だけが解雇されなければならないのか。理不尽すぎる。二人は腕を組み知恵をしぼって対策を考えたが、こういう経験ははじめてだったので、交渉の仕方もわからなかった。

「とにかく、わしとおまえで会社の真意を確かめてみよう」

まず工場長に話を通して専務から直接聞く必要があった。三割カットなのか全員解雇なのか。二人は緊張した面もちで工場長の部屋に向かった。始業時間は三時だが、まだ四十分ほど時間がある。工場には何人かの職人が出勤していた。五百坪ほどの広い敷地内には第一工場と第二工場があり、その第一工場と第二工場の間に事務所があった。その事務所の二階に工場長室がある。工場長室には何度か入ったことがあるが、奥の部屋の専務室と社長室には一度も入ったことがない。

昨日まで自然に交わしていた日本人職人との挨拶が、今日はなんとなく不自然になっている。日本人職人は朝鮮人職人が全員解雇されることを知っているのかもしれない。二人の不安はつのるばかりだった。

事務所の二階に上がってドアを開けると、テーブルを囲んで工場長と二人の班長が膝をつき合わせて話し込んでいた。そして入ってきた朴顕南と高信義を見て話を打ち切った。

「何の用や」

と沼田工場長が迷惑そうに言った。

「ちょっと話があるんですわ」

二人の班長が敵でも見るような目付きに変わっていた。

「いま忙しいんや。あとにしてくれ」

とりつくしまがなかった。テーブルの上の書類をちらっと見た高信義は、それが朝鮮人職人の名簿であることがわかった。そしていま話さなければ話す機会はないと思った。

「ちょっとだけ聞いとくなはれ」

大阪に在住して十年になる朴顕南は地元の人間のように大阪弁を話す。

「いま忙しい言うてるやろ。わからんのか」

いつもとはちがう沼田工場長の高圧的な態度は何を物語っているのか。朴顕南と高信義はひしひしと危機感を覚え、黙っていた高信義がせっぱ詰まったように言った。

「わしらは馘になるんでっか」

沼田工場長の顔色がさっと変わった。

「誰からそんな話聞いたんや」

「噂を聞いたんですわ」

「噂……？　どんな噂や」

「わしら朝鮮人職人が全員馘になるいう噂ですわ」

朴顕南が言った。

沼田工場長は二人の班長と顔を見合わせ、背中を椅子にあずけて煙草に火をつけると、探るような眼で朴顕南と高信義を見た。

「おまえら朝鮮人は何を企《たくら》んでるんや。噂をまいてるのはおまえらとちがうのか」

「アホなこと言わんといてくれ。何でわしらがそんな噂をまかなあかんのや。月給を三割削る言うたんは一昨日《おとつい》でっせ。その舌の根も乾かんうちに、今度は馘やっちゅう噂が流れたら、わしらかてじっとしてられまへんがな」

詰め寄ってくる朴顕南に老獪《ろうかい》な沼田工場長は煙草をくゆらせ、

「ついさっき、金永鎮が、わしらを馘にする気か、言うて怒鳴り込んできよった。誰にそんな話を聞いたんや、言うたら、昨日の晩、高信義に聞いたと言うとった。おまえらが勝手に噂流しておいて、会社に責任を押しつけるつもりやろ。そうはさせんぞ。おまえらの望みどおり、馘にしたろやないか」

話を逆手に取って開き直る沼田工場長のやり口はいまにはじまったことではない。彼に逆らった者は巧妙に必ず解雇された。高信義は内心『あのアホが……』と軽薄な金永鎮に腹をたてた。

「金永鎮が何を言うたかしりまへんけど、その言い方はおまへんで。まるでわしらが馘になることを望んでるみたいに聞こえますがな。誰が好きこのんで馘になるのを望みますねん。わしらは馘は絶対反対や言うてるんです」

こじつけもはなはだしい沼田工場長の言葉から、なにがなんでも解雇しようとしている意

志がはっきりわかった。朴顕南は工場長と話し合ってもらちがあかないと判断して、

「専務か社長に会わせてくれ」

と直談判《じかだんぱん》を申し入れた。

「専務も社長もまだきてない。言うとくけどな、勝手な真似すんなよ。おまえら朝鮮人が今日までおまんま喰えたのは誰のお陰や思てるんじゃ。うちの社長は心の広いお人やさかい、おまえら朝鮮人に今日まで飯喰わせてきたんじゃ。それを調子に乗りやがって、へたなことさらしたら、ただではすまんぞ。出て行け！」

おぞましい台詞を吐き、沼田工場長はテーブルの上に足を載せて朴顕南と高信義を睨みつけた。二人の班長も無言の圧力を加えていた。侮辱された朴顕南と高信義ははらわたの煮えくり返る思いだったが、手を出すことはできなかった。手を出せば相手の思う壺である。怒りに震えながら、ここはいったん引き揚げて今後の対策を練る必要があると考えた。二人は踵を返して事務所を出た。朝鮮人全員が解雇されるのはもはや時間の問題だった。階段を降りながら朴顕南は口惜しさのあまり拳を固めて自分の胸を何度も叩いた。

「これほど馬鹿にされたのは生まれてはじめてだ。わしは、わしは……」

と朴顕南は声を詰まらせ、後の言葉が続かなかった。

「早いとこみんなと相談しよう」

高信義は慰めるように言った。

始業時間の三時になってもベルが鳴らない。工場にはほとんどの職人が出勤していた。始業のベルが鳴らないので、工場長が時間を間違えているかベルの故障で遅れていると思って、みんながそれぞれの配置について仕事にかかろうとしているとき、五人の班長たちが、

「今日は休業する」

と告げた。

「なんでですねん」

と日本人職人の一人が訊いた。

「なんでもええやないか。とにかく今日は休みや」

休業するということはその日の日給がもらえないということである。職人たちの間に不満の声があがった。しかし班長に強く抗議する者はいなかった。班長に睨まれるとあとあと不利な立場に立たされる。やむなくみんなは持ち場を離れ、服を着替えて帰り仕度をしだした。

更衣室で朴顕南と高信義は、朝鮮人職人に裏庭の銀杏の木の下に集まるよう呼びかけた。ところが金永鎮の姿が見当たらなかった。

「金永鎮を見なかったか」

高信義が一人の職人に訊くと、

「頭にきたとか言って、さっき帰った」

と答えた。

金永鎮に勝手な行動をされると全体の意思統一に影響するおそれがあると高信義は懸念した。

裏庭の銀杏の木の下に集まってきた朝鮮人職人は十二人だった。今月の遅番の朝鮮人職人は十六人だから、四人が帰ったことになる。十六人中十二人が集まれば充分だった。集まってきた十二人の職人たちはうすうす何かを感じていた。中には馘になるのではないかと危機感をつのらせている者も何人かいた。

明治元年に植えられて年輪を刻んでいる銀杏の木は新芽をふいて淡い緑の葉をつけていた。誰とはなしにみんなは銀杏の木の下で車座になった。そして朴顕南が立って朝鮮語で話しだした。

「みんなも耳にしていると思うが、わしら朝鮮人職人は馘になるかもしれない。それを確めるために、仕事のはじまる前、わしと高信義が工場長と会って話し合いをしようとしたが、まったく受けつけられなかった。それどころか朝鮮人は誰のお陰で飯を喰わせてもらってるのかと侮辱された。わしははらの虫がおさまらないが、わし一人の問題じゃない。これはみんなの問題だ。生き死ににかかわる問題だ。会社がわしらを馘にしようとしているのは間違いない。工場長の態度で、それがはっきりわかった。何の予告もなしに突然、今日は休業にするというのも裏に何かあるような気がする。馘になる前に手を打たないと、泣き寝入りすることになる。どうしたらいいのか、それをみんなで考えるのだ。こんな経験ははじめてだから、わしにもいい考えが浮かばない。みんな意見を出してくれ。みんなの意見をまとめて、わしと高信義と、あと二、三人で交渉しようと思う」

　意見を出してくれと言われても、朴顕南自身そうであるようにみんなもどうすればいいか見当もつかなかった。それに朝鮮人は馘になるのをそれほど苦にしていないところがある。なぜなら、いままでにもあちこちで馘になった経験を持っていたし、何かあるとすぐに自分から辞めてしまう職人特有の習性を身につけている。だから馘になるのを深刻に受け止めている朴顕南の態度が大袈裟《おおげさ》に映るのだった。

　半信半疑の職人が朴顕南を見上げて言った。

「三割削ると言われたのは一昨日だぜ。それが今度は馘になるって言うのか。信じられん」

　前夜の金永鎮と同じようなことを言っている。

「おれもそう思う。いくらなんでも二十六人の朝鮮人職人をいっぺんに馘にするなんてことは考えられん。そんなことをして、会社はどうやって得意先の注文を間に合わせるんだ」

　そう言われてみると、朴顕南はこの矛盾を合理的に説明できなかった。

「品物が売れなくなったんだ」

と朴顕南は苦しい解釈をした。

「昨日から急に売れなくなったのか。二十六人の職人を馘にするくらい……」

みんなの間から苦笑がもれた。高信義は腕組みをしてしきりに考えていた。朴顕南の立場を援護したかったが、二十六人を馘にしなければならないほど、急に製品が売れなくなったとも思えない。世の中は不景気だが、極端に物が売れなくなったわけでもない。金さえあれば欲しい物は一応買えるのだ。金のない朝鮮人だけが世の中の不景気を極端に体現しているわけでもなかった。

「会社は世の中がもっと不景気になると考えてるんだ。そのときに備えてわしらを馘にしようとしてるんだ。しかし、かりに世の中がもっと不景気になったとき、馘になったわしらはどうなる。誰が助けてくれる。日本人は誰も助けてくれない。おまえがわしを助けてくれるのか。わしがおまえを助けられるのか。甘く考えると、とり返しのつかないことになる」

力説する朴顕南の意見に同調する者は少なかった。ものごとは起こってみなければわからない。だが、マグニチュード八のあの関東大地震のように起こったときは遅いのである。恐慌は巨大な波濤《はとう》をともなって押しよせているのだった。その波濤が底引き網のように底辺の人々をさらっていくまでにそれほどの時間はかからないのだ。その予兆はいたるところに現れている。大学を出ても就職できない現象が起きていた。これは明治以来の異変である。東京ではモダンが流行《はや》り、ヨーロッパナイズされたファッションを身にまとった男女が街を闊《かっ》歩《ぽ》していた。労働争議の数はうなぎ昇りに増え、治安はかなり乱れて公安のしめつけが厳しくなっていた。ルンペンのような恰好をしたマルクスボーイとエンゲルスガールが若者の間で流行していた。関東軍による奉天郊外柳条湖の満鉄線路爆破事件によって満州事変が勃発している。

だが大阪は時代の地殻変動に気付いていなかった。満州事変が勃発していることなど、ほとんど知らない。大阪でも労働争議が発生していることはしているが、それは阪神工業地帯の大企業においてであって、中小企業の労働争議はないに等しかった。ましてや朝鮮人労働者が労働争議を企てるなど考えられないことであった。銀杏の木の下に集まった朝鮮人職人たちは、どのみち朝鮮人はどこへ行っても不当にあつかわれるのだ、と諦観している者が多かった。

「馘になったら、土方でもやるさ」

朴顕南の話をうわの空で聞いていた尹達民が煙草の煙を朴顕南に向けて吐き、茶化すように言った。

「その仕事があると思ってるのか。呑気《のんき》なことを言うな。仕事にあぶれたやつは屑《くず》拾いをしている。わしの長屋に、そういう奴が三人もいる。泣きをみるのは家族だ。いまのところ長屋の連中が助け合ってなんとかその日をしのいでるが、そんな状態がいつまでも続くわけがない。そのうち家賃が払えなくなって追い出され、住むところもなくなるさ。おまえはいま懐にいくら持っている。せいぜい五十銭か一円だろう。おまえの家にいくら金がある。二、三円の喰いぶちしかないんじゃないか。蓄えがあるわけじゃなし、馘になればたちまち飢えることになる。何でもやるだって。両班《ヤンバン》みたいなことを言うな。いまここでふんばらないと、あとがないんだ。こんな簡単なことがわからんのか」

しきりに煽りながらも、無気力で無関心な職人たちの反応に朴顕南自身、気力をなくしていくのだった。

そこへ三人の班長がやってきた。十二人もの朝鮮人職人が一カ所に集まっていることなどめったにないことである。何か不穏なことを企んでいるのではないかと警戒心をつのらせながら近づいてきた。

「おまえら何してるんじゃ。何の相談や」

浅井班長が鋭い眼でみんなを見渡した。四角いあばた面の顎のあたりに吹き出物ができている。みんなから梅毒ではないかと忌避されている班長だった。

「何もしてまへん。不景気やさかい頼母子講《たのもしこう》でもつくろうか言うてたんですわ」

高信義がしらばっくれて誤魔化した。

「それはええ考えやで。馘になったとき、頼母子で少しの間しのげるがな」

尹達民が不用意な発言をした。これでは頼母子講の話をしていなかったことになる。

三人の班長は朝鮮人職人の顔を一人一人確認するように見つめ、

「へんなこと企んだら、承知せんぞ。早よ帰れ。門を閉めるさかい」

と矢吹班長がどすのきいた声で解散を命じた。

「わかってまんがな。へんなこと企んだりしまっかいな」

へっぴり腰になって、尹達民は班長の機嫌をとろうとしている。みんなはぞろぞろと門に向かって歩きだした。朴顕南が渋い表情をしている。みんな真剣に考えようとしない。包丁一本さらしに巻いて、どこへ行っても職にありつけると考えているのだ。職場を転々としている蒲鉾職人は、ことの重大さを認識できないのだ。独り者ならまだしも、家族のいる職人はそう身軽に移動できない。八人の家族をかかえている朴顕南は、その重みを両肩にずっしりと感じていた。十二人の朝鮮人職人が出ると守衛は鉄の門を閉めて太い鎖に錠を下ろした。

「一杯やりますか」

と高信義は浮かぬ顔の朴顕南を誘った。

「そうだな。一杯飲んで気分をほぐすか」

高信義は朴顕南を英姫の店に案内した。

開店時間にまだ間があったが、英姫は二人を迎え入れた。それから膳に酒と肴の用意をして、英姫は肉を買いにきている客の応対に出た。

「この店のアジュモニは金俊平の奥さんだ」

高信義は紹介のつもりで言ったが、朴顕南は驚いた表情をした。

「金俊平、あの極道の金俊平か。ぶっそうな店だな」

「そんなことはない。金俊平はわしと同じ村の出身で子供の頃からよく知っている。気は短いが悪い奴じゃない。俊平はいま旅に出ていて当分帰ってこない。こんなとき俊平がいると力になってもらえるのだが」

どうやら高信義は会社とひと悶着起きるのを想定しているらしかった。

「どうも腑に落ちん。急に休業したりして。わしらを追い出したあと、仕事をしてるんじゃないか。帰りに工場の前を通ってみようと思うんだが、おまえもつき合わんか」

「いいですとも。つき合います。わしも同じことを考えてました」

疑心暗鬼になっている二人は、この状況にどう対応すればよいのか苦慮していたが、他の職人たちの無関心な態度に失望の色を隠せなかった。

「人間て奴は、最悪の事態に直面しないとわからんものらしい。だが、そのときでは遅いのだ」

歯がゆい思いでいても立ってもいられない朴顕南はドブロクを飲み続けた。

「まったく、同じ朝鮮人ながら情けない話だ。太平産業を馘になっても、他で雇ってもらえると思ってるんだ。一年前なら雇ってくれるところがあったかもしれないけど、いまは雇ってくれるところなど、どこにもない。実はここだけの話やが、わしは二、三日前から大阪はもとより、尼崎《あまがさき》、神戸あたりの蒲鉾工場にいる知り合いを通じて当たってみたが、雇ってくれるどころか、自分たちもいつ馘になるかわからん言うてた。小田原あたりから大阪くんだりまで職探しにきている蒲鉾職人が何人もおるらしい」

英姫は忙しそうに冷蔵庫と台所の間を往ったり来たりしている。この不景気に肉を買いにくる客が意外と多いのだった。それも日本人が多いのである。肉食になじみの薄い日本人が肉を買いにきているのが高信義の眼には奇異に映った。

一段落した英姫が新たにドブロクの入った一升瓶と肴を持って応対にきた。酒をつがれながら朴顕南は英姫をまじまじと見つめた。

「どうしてそんなにわたしの顔を見るのですか」

と英姫が恥ずかしそうに言った。

「いや、失礼。こんな美人の奥さんを嫁にしている金俊平がうらやましい」

朴顕南はお世辞とも本気ともつかぬ言い方をした。

「まったくだ。金俊平は果報者ですよ」

口には出さないが日頃からそう思っている高信義は朴顕南の言葉に同意した。

「いやですわ。二人とも今日はどうかしてます」

英姫は顔を赤らめて席を離れた。

「いい女だな。口説いてみたくなるが、しかし、金俊平の女房だと誰も手が出せん」

二人はとりとめのない世間話をしながら酒を飲み、二時間ほどで帰った。そして帰り道、二人はわざわざ都島まで足を延ばして工場の前をなにくわぬ顔で通り過ぎながら様子をうかがった。第一工場と第二工場の灯りは消えていたが、事務所の灯りはついていた。操業しているかもしれないと思っていた二人の疑いは払拭されたものの、まだすっきりしなかった。事務所の灯りが気になっていた。事務所で社長以下、管理職と班長たちが何かの謀議をしているのではないか、と思うのだった。二人は自転車のハンドルを切って、今きた道を引き返して帰路についた。

朝から雨が降っていた。雨は夕方からさらに強くなり、風をともなって嵐の様相を呈していた。雨でぬかるんだ坂道で木材を積んだ荷馬車が難渋していた。雨合羽を着た男がたづなを曳《ひ》き、馬に鞭《むち》を当てている。馬は眼を大きく開いて鼻息を吐き、必死に脚をふんばって坂道を登ろうとしていた。狭い坂道を立往生している荷馬車にふさがれて後続の者が通行できなかった。傘を片手に自転車を漕《こ》いでいた高信義も通行できずにいらいらしていた。誰か手を貸してやればいいのに誰も手を貸そうとしない。しびれを切らした高信義が自転車から降りて傘を置き、荷馬車の後ろから押した。だが、高信義ひとりの力では荷馬車を動かすことはできなかった。

「誰か手を貸してくれ」

と高信義は周囲に声をかけた。高信義の呼びかけに数人の男たちが手を貸し、荷馬車は坂道を一気に登りきった。たづなを曳いていた雨合羽の男が振り返って、みんなに一礼をした。坂道を下って行く荷馬車を見送りながら、高信義は一人では動かなかった荷馬車がみんなの力を合わせれば容易に動くという事実に何か新しい発見でもしたようだった。会社との交渉も一人ではなく、みんなで力を合わせて交渉すればうまくいくのではないかと思えたのである。高信義は自転車を力一杯漕いで会社に向かった。自転車のペダルを漕ぎながら、無関心なみんなを説得するためにどうすればいいのかを考えた。朝鮮人職人たちの一人一人の顔が浮かんだ。あいつは説得に応じるだろうか。協力するだろうか。あいつは反対するかもしれない。金永鎮の馬鹿には根気よく、わかりやすく説明してやろう。短気になっては駄目だ。あれこれ考えているうちに高信義は工場の前にたどり着いた。ところが工場の様子がおかしいのである。十数人の朝鮮人職人たちが門の前にたむろして守衛と押し問答していたのだ。

「なんで入れてくれへんのや」

と職人たちが言っている。

「あんたらは入れたらあかん言われてるんや」

六十歳近い二人の守衛が鉄扉《てっぴ》越しに職人たちに答えている。

「なんでやねん。わしらはこの会社の職人やぞ。わしらを閉め出す気か。そんなことしてええのか」

「とにかく上のほうから、入れたらあかん言われてるんや。しゃあないやろ」

「誰の命令や」

ひときわ高い声は金永鎮だった。

「どないしたんや」

と高信義は金永鎮の肩を叩いて訊いた。

「どないしたもこないしたもあるかい。わしらを入れようとせんのや」

二人が会話を交わしている間隙《かんげき》をぬって日本人職人は脇の通用門から中へ入っていった。日本人職人にだけ通用門を開けて通していたのである。一緒に中へ入ろうとすると五人の班長が押し返すのだった。それを見ていた高信義が、

「なんでわしらを入れてくれへんねん」

と班長に喰ってかかった。

「おまえらは入れたらあかん言われてるんじゃ」

班長が嘲弄するように眼で笑っていた。

「なんでや」

と高信義が訊き返した。

「もうちょっと待っとけ。工場長から話がある」

「何の話や」

「何の話かしらんけど、まあ楽しみにしとけ」

解雇の話であることはわかりきっていた。だが、班長らはそれを口にしようとはしなかった。噂を聞いた早番の朝鮮人職人たちも不安げな面持ちで集まっていた。

つぎつぎに日本人職人だけが通用門から中へ入っていく。それを朝鮮人職人は手をこまねいて見送っていた。遅れてやってきた朴顕南が、裏をかかれたことを口惜しがった。

「せやさかい昨日、わしはおまえらに忠告したやろ。あんなに口を酸っぱくして話したのに、おまえらは他人ごとのように知らん顔するさかい、こういうことになるんじゃ。せめて何人かが交替で工場に寝泊まりしてたら、こんなことにはならんかったんや。わかったか、あほんだらが……」

朴顕南は口をきわめて同僚たちをののしった。

「昨日の今日やがな。まさか閉め出されるとは思わなんだ」

職人の一人が愚痴るように言った。

「せやさかい甘いんじゃ、おまえは。会社の考えてることがわからんのか。もう少し頭を使え。何のために脳味噌あるんや。おまえの脳味噌は腐ってるんか」

朴顕南からさんざんけなされた職人はふてくされて、

「ほな訊くけど、なんで朴さんは工場に寝泊まりせなんだ」

と反問した。

すかさず高信義が応酬した。

「一人だけ泊まって何ができる。班長らにつまみ出されるのがオチや。みんなで力を合わせてやらんと何もでけへんいうことや。わしはここへ来る途中、坂道で木材を積んだ馬車が立往生してたさかい、手を貸そう思て後ろから押したんや。せやけどわし一人押しても馬車はびくともせなんだ。そこでわしが周囲のもんに手を貸してくれ言うて呼びかけたら、数人の者が手を貸してくれて、馬車はいっぺんに坂道を登っていきよった。それと同じことが言える。一人では何もでけへんけど、みんなで力を合わせたらできるんや」

説得力のある話だった。雨と風の中で高信義の話を聞いていた二十六人の朝鮮人職人たちの胸に熱いものがよぎっていた。

「どないしたらええんや」

と誰かが言った。

「わからん。わからんけど、みんなで考えるんや。みんなで考えたら、なんかええ知恵浮かぶんとちがうか」

工場の門の前に集まっていた朝鮮人職人たちがにわかに騒然としだした。みんなを煽っている高信義を五人の班長が傘の陰から憎々しげに見つめていた。

「高！　おまえ、ええ加減にせえよ！」

と浅井班長が叫んだ。

「何ぬかしてるんじゃ！　おまえらこそええ加減にさらせ！」

若い許仁勲は興奮して傘を放り出し、上衣を脱いで上半身を晒すと頑健な肉体を誇示した。

事務所から傘をさした沼田工場長ががに股で階段を降りて門に近づいてきた。そして二十六人の朝鮮人職人たちを見下ろすように対峙《たいじ》して睨みつけてから言った。

「おまえたちは今日をもって全員解雇とする。この不況を乗り切るために、万やむを得ない処置である。社長の温情をもって、おまえたちに金一封を与える。ありがたく思え」

工場長は金一封の入った二十六通の封筒を朴顕南に手渡した。封筒を受け取った朴顕南は、自分宛ての封筒をみんなの前で開けた。一円が入っていた。朴顕南は一円を雨に晒して、

「馬鹿にするな！」

と怒声を上げて一円札を工場長に投げつけた。

「何をする！　社長の温情がわからんのか！」

と沼田工場長が怒鳴り返した。

「何が温情だ。一円でどないせえ言うんじゃ。半年分の月給をよこせ！」

と朴顕南は要求した。まったくの思いつきだったが、その朴顕南の意見がみんなの共通の認識となった。

「そうや、半年分の月給をよこせ！」

とみんながいっせいに叫んだ。その叫び声は豪雨と強風の中を突き抜けて、何かの炸裂音《さくれつ》のように響きわたった。沼田工場長と五人の班長、そして二人の守衛は一瞬身の危険を感じてたじろいだ。

「おまえらはとんでもない奴らだ。朝鮮人のくせに何をぬかすか。身のほど知らずめ！　警察を呼ぶぞ！」

強気の発言をした沼田工場長も警察を呼ぶ気はなかった。この時点で警察を呼ぶのは早計

幻冬舎文庫 1月の新刊

幻冬舎文庫は
毎月10日ごろ発売！

猫のホンダニャン

書店員の
ブンコさん

©益田ミリ
2024.01

外科医、島へ 泣くな研修医6

中山祐次郎

シリーズ累計57万部突破！
命をめぐる若き医師のドラマ。

東京でなら助けられる命が、ここでは助けられない――。半年の任期で離島の診療所に派遣された雨野隆治は、島の医療の現実に直面し、己の未熟さを思い知る。現役外科医による人気シリーズ第六弾。

書き下ろし

693円

おまもり

銀色夏生

ひどく胸がせいせいしたよ

数か月前に「おまもりのような本を作りたい」とハッと思いたちました。おまもりを形にしたような本。本の形のおまもり。だれかの力になりますように。（「はじめに」より）

書き下ろし

693円

ミス・パーフェクトが行く！

横関 大

真波莉子はキャリア官僚。「その問題、私が解決いたします」が口癖の人呼んでミス・パーフェクト。ある日、総理大臣の隠し子だとバレて霞が関を去ることになるが――。痛快爽快！ 世直しエンタメミステリ。

957円

空にピース

藤岡陽子

先生とは、なんて幸せな仕事なのだろう。

公立小学校に新しく赴任したひかりは衝撃を受ける。ウサギをいじめて楽しそうなマーク、ボロボロの身なりで給食の時間だけ現れる大河、日本語が読めないグエン。新米教師に降りかかる困難と、子らとの絆を描く感動作。

913円

女盛りはモヤモヤ盛り

内館牧子

オリジナル

何気ない日常のふとした違和感をすくい上げ、歯に衣着せぬ物言いでズバッと切り込む。内館節全開でおくる、忖度なしの痛快エッセイ七十五編。

913円

［新装版］血と骨（上・下）

梁石日《ヤン・ソギル》

敗戦後の混乱の中、金俊平は蒲鉾工場を立ち上げ、大成功した。妾も作るが、半年間の闘病生活を強いられ、工場を閉鎖し高利貸しに転身する。それは絶頂にして奈落への疾走の始まりだった。山本周五郎賞受賞作。

各869円

石原慎太郎
［待望の文庫化 同時刊行］

宿命《リベンジ》

父の死を殺人と信じて疑わない兄弟が決行した「仇討ち」の哀しくも美しい結末とは？ 著者渾身、最後のハードボイルド全二編!!

693円

「私」という男の生涯

迫りくる死を凝視して、どうしても残したかった我が人生の真実。「自分と妻」の死後の出版を条件に綴られた衝撃の自伝。

869円

旅ノート 47都道府県ぜんぶ行ってみよう

旅のお供編集部

旅に持っていくもよし、振り返って書くもよし。47都道府県分の記録を書き込めるノートです。

好評既刊

550円

2月8日（木）発売予定！

- ルーヴル美術館の天才修復士 コンサバターⅣ　一色さゆり
- 女盛りはハラハラ盛り　内館牧子
- なんちゃってホットサンド　小川 糸
- パリのキッチンで四角いバゲットを焼きながら　中島たい子
- ヘイケイ日記　花房観音
- 世界でいちばん私がカワイイ　ブリアナ・ギガンテ
- 子のない夫婦とネコ　群ようこ
- ミトンとふびん　吉本ばなな

表示の価格はすべて税込価格です。

幻冬舎　〒151-0051 東京都渋谷区千駄ヶ谷4-9-7 Tel.03-5411-6222 Fax.03-5411-6233
幻冬舎ホームページアドレス　https://www.gentosha.co.jp/

であるばかりか、事態を大きくする可能性があった。阪神工業地帯で発生している三つのストライキは共産主義者のオルグが指導しているとの情報を得ていた。警官を導入するような事態になれば、共産主義者のオルグが乗り出してくるかもしれなかった。沼田工場長はそれを危惧したのである。もとよりそのことをもっとも危惧しているのは社長と専務だった。というのも一週間ほど前、社長と専務は警察から共産主義者の介入があるかもしれないと忠告を受けていたのである。

「おお、警察を呼んでみろ！　わしらも黙ってへんぞ！」

怖いもの知らずの若い許仁勲は鉄扉を摑んで引き倒さんばかりにゆすった。

「もし扉や柱や塀に傷つけたりしたら、器物損壊罪で訴えて、おまえらを刑務所にぶち込んでやる。扉から手ェ離せ！」

しかし、聞く耳を持たない許仁勲は鉄扉と四つに組んで引き倒そうとするのだった。許仁勲に同調して鉄扉を引き倒そうとする者が増えるかもしれない。朴顕南は許仁勲を止めた。

「何で止めるんや。こんな扉、いつでも引き倒したる」

朴顕南に制止されて不満げな許仁勲は、しかし年配者に逆らえず一時手を引いた。それを機に沼田工場長は事務所へ引き揚げたが、五人の班長と二人の守衛は残っていた。

門扉を挟んで睨み合いが続いた。雨は強風に煽られて横なぐりに叩きつけてくる。二、三人の傘が空中に舞っていた。ずぶ濡れになった五人の班長と二人の守衛は風雨を避けるため守衛室に入った。

「どうする」

と朴顕南が高信義の眼を見た。

「今日のところは引き揚げてみんなと相談しよう。そして明日またここに集まろう」

豪雨と強風の中で、いつまで睨み合いを続けていてもらちがあかない。問題が明確になった以上、みんなで今後の対策を相談する必要がある。朴顕南はみんなに向かって朝鮮語で言った。

「今日は一応引き揚げて、みんなで相談しよう。そして明日またみんなでここに集まろう」

みんなは朴顕南の言葉に従った。

二十六人の人間が集まって話し合える場所は多少狭いが英姫の店しかないと思った高信義は、みんなを案内して英姫の店に向かった。街を走って行く二十六台の自転車に人々は何ごとかと目を見張っていた。家の前につぎつぎと自転車を停めて入ってくる二十六人の男たちに英姫も驚いた。米屋の主人と漬け物屋のおかみさんは何かの異変が起きたのではないかと様子を見にきて、

「何かあったんでっか」

とまごついている英姫に訊いた。

「いいえ、団体のお客さんです」

と英姫は答えて対応に追われた。

「すみません。急に大勢でやってきたりして」

と高信義が頭を搔いていた。

「いいんです。どうせ暇ですから」

と英姫はこころよく迎えた。

「さあ、一杯飲みながら話し合おう」

畳の上にどっかと腰を下ろした朴顕南は、沼田工場長から手渡された封筒を膳の上に置き、

「二十五円ある。これは今日の飲み代だ。文句あるか」

とみんなを見回した。

「それがいい。こんなケチくさい金は飲んでしまうに限る」

と尹達民が同意した。もちろん二十五円で足りるはずがない。足りない分はツケにしてほしいと高信義は英姫に頼んだ。

一人で二十六人の酒と肴を用意するのは大変だった。見かねた高信義と金永鎮が手伝った。

酒盛りがはじまると会社に対する不満が噴出した。

「わしは許さん！　朝鮮人を馬鹿にしやがって！」

「牛や馬じゃあるまいし。いや、牛や馬でもこんなあつかいは受けない！」

「こき使うだけこき使って、用がなくなればお払い箱だ。こんな道理がどこにある！」

飲むほどに酔うほどに議論は錯綜し混線して、いつしか問題の本筋から逸脱していくのだった。

「おまえがいかんのだ。おまえが一人で事務所へ行って勝手な真似をするから会社に先手を打たれたんだ」

酔ってきた朴顕南が金永鎮の軽薄な行動を批難した。

「おれの何が悪いんだ。おれはみんなのためを思って事務所へ行ったんだ。おれにはこうなることはわかってたんだ」

「調子のいいことをぬかすな。いつもそうだ。何もできないくせに、人一倍見栄っ張りだからな、おまえは。頭の中は空っぽだ」

そのとき許仁勲が突然立ち上がり、またしても上衣を脱いで上半身裸になると、

「おれはいまからハンマーを持って行って、あの門を叩き壊してやる！」

と叫んだ。

「いいことを言った。それでこそ朝鮮人だ。日本人に舐められてたまるか！」

酔っぱらった梁成順が頭髪を掻きむしって眼をむき、許仁勲と同じように上衣を脱いで同調の意思を表明した。

「落ち着け！　落ち着け！　何の話をしている。これからどうするかという相談をするためにここへきたんじゃないのか。酔っぱらうためにここへきたんじゃやない！」

だが、高信義の言葉などみんなには馬耳東風であった。

「これからどうして暮らしていけばいいのだ。わしには七人の子供がいる。野垂れ死にせよというのか！　わしは我慢ならん」

冷静なはずの朴顕南までが、この場の熱気にあてられて、むしろみんなの感情を刺激するのだった。

「子供をつくりすぎるんだ」

と金永鎮が冷やかした。

「なんだと！　もういっぺん言ってみろ、きさま！」

いきり立った朴顕南は、いきなり膳をひっくり返した。瀬戸物の割れる音に部屋の中は騒然となって、みんなの間に殺気がみなぎった。朴顕南の気魄《きはく》に恐れをなした金永鎮が逃げ出すと、朴顕南は制止するみんなの手を振り切って金永鎮を追った。すると金永鎮を追跡する朴顕南の後からみんなもいっせいに立ち上がって外へ出て、自転車に乗って太平産業をめざして疾走した。一人とり残された高信義もいたたまれなくなり、何かに憑かれたように自転車でみんなの後を追った。夜の街を二十四台の自転車が狂ったように疾走して行く。いつしか雨と風は止み、雲の切れ間から生きもののような大きな月が疾走して行く二十四台の自転車を見下ろしている。犬が吠えていた。一頭の犬が吠えると、それに呼応するように数頭の犬が吠えだした。逃げた金永鎮に追いついた朴顕南は襟首を摑んで引き倒し、馬乗りになって金永鎮を殴打している。行き交う人々が二十四台の自転車を見送っていた。数人の子供たちが自転車と競って走っていた。

「どけ！　どけ！　邪魔や！」

先頭を疾走している上半身裸の許仁勲が血眼《ちまなこ》になってわめいていた。

8

みんなから少し遅れている高信義は、内心なんとかみんなの気持ちを鎮めなければ大変なことになると思った。警察沙汰になると鹹どころか何日間も留置場に放り込まれ、そのうえ罰金を取られるかもしれない。けれども疾走して行くみんなを押しとどめる方法はなかった。先頭を走っている若い許仁勲の独走を阻止しなければと焦りながら、金永鎮と朴顕南のことも気になっていた。朴顕南は金永鎮に馬乗りになって殴打していたが、誰か止めに入っただろうか。もしかして不測の事態が起きているかもしれないと思ったりした。

どしゃ降りのあとのぬかるみ道は凹凸が激しく、疾走して行く二十四台の自転車のはねる泥水に通行人は迷惑していた。大通りに出たみんなは都島車庫行きの市電と競いながら走り、まるで自転車レースのような景観に道路の両側の家々から顔をのぞかせていた見物人の中には「ガンバレ！」と声援する者までいた。その声援に鼓舞されたのか、許仁勲は片手を振ってにっこりほほえむのだった。途中、交番にさしかかったとき、何ごとかと驚いて警笛を鳴らす警官をみんなは無視して疾走した。二十四台の自転車は一つの黒い塊りとなって流れて行く。

やがて太平産業に着くと、みんなは自転車から降りて門に殺到した。

「門を開けろ！」

と叫んで許仁勲は門を引き倒さんばかりにゆすった。するとみんなも門をゆすって引き倒そうとする。驚いた二人の守衛が、

「やめろ！　やめんか！　そんなことしたら、あとでひどい目に遭うぞ！」

と制止したがまったく聞く耳を持たなかった。

工場と事務所には灯りがついている。操業しているのは明らかであった。朝鮮人職人を排除して日本人職人だけで操業している会社のやり口にみんなは新たな怒りを覚えた。

「わしらにも仕事をさせろ！」

古参の白文寿が門に体当たりした。続いて二、三人の職人が門に体当たりすると、鉄格子の門を支えているコンクリートの柱の一角が崩れた。それを見た二人の守衛は身の危険を感じて逃げだした。

「あとひと押しや！」

と今度は許仁勲が肩に力を入れて体当たりした。いったん崩れだしたコンクリートの柱は

体当たりされるたびにほころび、たわいもなく崩壊した。怒声と歓声の入り混じったどよめきが夜空に木霊している。だが、不思議なことに会社側の人間は一人も現れないのである。これだけの騒ぎを起こせば、工場長以下、各班長が応戦に出動してくるはずだが、工場までの通路は森閑として物音一つなかった。製品を運搬する二台のトラックも見当たらないし、四台の大八車も見当たらなかった。

『おかしい……』

と高信義は思った。そして声をあげてみんなに呼びかけた。

「どうもおかしいぞ！」

だが、みんなはすでに工場の敷地に雪崩《なだ》れ込み、許仁動を先頭に五、六人が走っていた。そのとき、第一工場と第二工場の間から木刀や棍棒を持った数人の男が現れて許仁動の前に立ちはだかった。気勢をあげていた許仁動だったが、不意に木刀や棍棒を持った数人の男に立ちはだかれてたじろいだ。なかにはドスを持っている者もいる。許仁動に続いていた職人たちは異様な男たちに臆して動揺した。それだけではなかった。四方の物陰から二、三十人の男たちが朝鮮人職人たちを囲繞《いじょう》して、じりじりと迫ってくるのだった。引き返そうとしたが、門はいつの間にか二台のトラックでふさがれていた。工場内に入らなかったのは高信義一人だった。罠にはめられた、と思った。つぎの瞬間、わーっという喚声とともに蜂の巣を突っついたように朝鮮人職人たちが逃げまどう。彼らを追って、会社側の雇ったやくざたちが木刀や棍棒を振りかざして朝鮮人職人たちをめった打ちにした。許仁勲は木刀で前歯を折られ、背後から後頭部をしたたかに打たれて気を失った。徒手空拳の朝鮮人職人たちは武器を持ったやくざたちにほしいままに殴打され蹂躙《じゅうりん》された。

　それらの光景を高信義は胸の掻きむしられる思いで塀の上から首だけをのぞかせて見守っていた。逃げる朝鮮人職人を執拗に追うやくざ。おぞましい暴力が朝鮮人職人たちの頭上に雨あられと降りそそぐ。こんなことがあっていいのだろうか、と高信義は無念の思いでただ傍観している自分を腹だたしくさえ思うのだった。ふと事務所の二階を見ると、窓から沼田工場長が凄惨な光景を小気味よさそうに見下ろしていた。足腰の立たないほど殴打されて地面に倒れている朝鮮人職人をやくざたちが引きずって一カ所に集めた。まるで死体が並べられているみたいだった。はらわたにしみるような呻き声がもれている。立ち上がろうとする者をやくざは押さえ込んで這いつくばらせた。

　乗馬ズボンに茶のブレザーを着た沼田工場長が事務所のドアを開けて姿を現し、階段の途中で足を止めてチョッキの小さなポケットに左手の指を二本差し込み、右手で目深にかぶっていた中折帽子を少し上げてみんなを睥睨《へいげい》した。

「おまえら自分のやってることがわかってんのか、門なんか壊しやがって！　それだけでおまえらは豚箱行きじゃ、舐めやがって！」

　静まり返った工場内に沼田工場長の妙にかん高い声がとげとげしく響く。いつの間にか五人の班長も現れてにたにたしながら地面に這いつくばっている朝鮮人職人の周りを徘徊《はいかい》していた。完膚なきまでに打ちのめされて戦意を喪失している朝鮮人職人たちは、傷の痛みに耐え呻き、うなだれている。塀の上から首だけをのぞかせていた高信義は朝鮮人職人を襲撃したやくざの人数を数えた。連中はうろうろしているので数えにくかったが約三十人だった。三十人もの武器を持ったやくざに襲われて徒手空拳の朝鮮人職人たちが太刀打ちできるはずもなかったのだ。

「落ち着け！　落ち着け！」とあれほど声を大にして制止したのに、聞く耳を持たずに疾走して行った仲間たちの理性のなさにも腹だちを覚えた。何ごとにも感情の起伏が激しい朝鮮人の性格にはほとほと手を焼く。自業自得だとさえ思うのだった。しかし、会社のやり方は汚すぎる。追い詰められた朝鮮人職人たちの心理の裏を読みとり、三十人ものやくざを雇って待ち伏せするとは卑劣きわまりない。やり場のない怒りに震えながらみじめな朝鮮人職人たちの姿を見ていた高信義は、これが自分たちの置かれている現実だと実感した。

　階段を一歩一歩降りてきた沼田工場長はもったいぶった口調で言った。

「おまえらを警察に突き出すのは簡単なことや。せやけど警察には突き出さんでもええという社長の温かいお言葉があったさかい、今夜のところは見逃したる。そのかわり、壊した門の修理代はおまえらの給料から差し引く。それだけですむんやさかい、ありがたく思え。わかったか！」

何かにつけて沼田工場長は《社長のお言葉》を持ち出して代弁するが、社長と専務は一度として姿を現さなかった。実際、社長の姿を見た者は日本人職人でさえほとんどいないのである。月に一、二度、黒塗りの自家用車に乗って現れ、一時間ほど社長室に閉じ籠《こも》って帰って行く。したがって沼田工場長の言う社長のお言葉が、本当に社長から直接指示されたものなのかどうか誰にもわからなかった。社長のお言葉というからには、いま現在、事務所の奥の社長室にいるはずだが、どうもいる気配がない。だが、みんなは社長のお言葉だと思っていた。翼をもぎ取られた鳥のように、みんなは抵抗する意志もなく沼田工場長の言うがままに諦観していた。

壊された門をふさいでいた二台のトラックが動き、工場内に閉じ込められていたみんなは解放された。足を引きずる者、腹や胸を押さえてうなだれながら歩いてくる者、顔中血だらけになっている者、関節を折られて腕をだらりと垂らしている者、見るも無残な姿だった。前歯を折られて口から血をしたたらせ、殴られた頭をかかえながら意気消沈している許仁勲が卑屈な目線で高信義を見やって自分の自転車に乗った。その姿は哀れだったが、高信義は同情する気にはなれなかった。若さだけを誇示していた許仁勲も、これで少しは世の中の厳しさがわかるだろうと思った。

傷つき、屈辱にまみれ、喘ぎながら工場から出てくるみんなの前に、とっ組み合いの喧嘩をしていた朴顕南と金永鎮が自転車に乗って現れた。朴顕南に殴られた金永鎮の顔面が歪んでいる。何ごとがあったのかとたたずんでいる二人に、

「このざまだ。あんたにも責任がある」

と高信義は朴顕南を睨んだ。

ことの重大さに朴顕南は茫然とした。

「さっさと出て行かんかい！」

と傷ついている同僚たちを追い出しにかかっている陋劣《ろうれつ》なやくざに喰ってかかろうとする朴顕南に、

「なんじゃ、われは。いてまうぞ！」

と雪駄《せった》をはいた着流しのやくざがドスをちらつかせて脅すのだった。ドスをちらつかせて脅してくるやくざに金永鎮はすくみあがっていた。

「いまさら、やくざと渡り合ってどうする。あんたが金永鎮を追いかけなかったら、こんなことにはならなかったはずだ」

朴顕南を責めている自分も卑怯《ひきょう》だと思いながらも、高信義はやり場のない怒りを朴顕南にぶちまけていた。返す言葉のない朴顕南は拳で何度も自分の頭を殴り、自転車に乗ってみんなとは反対方向に走って行った。どこへ行くのだろう……と不安になりながら、高信義は闇の中に消えて行く朴顕南をいつまでも見つめていた。不安の種はつきない。この先どうなるのかもわからなかった。そして職場復帰できないことだけは確かであった。だが、このままでいいのだろうか？　会社と警察が裏でつるんでいるのは言わずもがなであった。なぜなら、このような暴挙が警察の暗黙の了解なしに行なわれるとは思えないからである。警察は手を汚さずに事態を収拾したいと考えていたのだ。すべては仕組まれていたのである。

暗い夜道をゆっくりペダルを漕いで家へと、あるいは病院へと向かう同胞たちの打ちひしがれたみじめな姿に胸をいためながら高信義は考え続けた。職場復帰はできないまでも、会社側から一方的に解雇された補償を要求することはできるはずだ。そのためにどうすればいいのか。最悪の事態になったが、問題をもう一度振り出しにもどして冷静に客観的に考え直すことだ。ピアノをはじめて見た人間のように、どのキーを叩けばどういう音が出るのか、それさえわからない。ましてやメロディーを奏《かな》でることなど不可能だった。けれども何か方法があるはずだ、と高信義は考え続けた。

高信義は帰宅しようとしていたが、いつしか英姫の店に向かっていた。何人かの仲間が英姫の店に行っているかもしれないと思ったのである。何も言わずにみんなと反対方向に自転車を走らせて消えた朴顕南も英姫の店にもどっているかもしれないと思った。しかし、ペダルを漕いで暗い夜道をゆっくり走っていた高信義は胸の奥で、自分は英姫に好意を抱いているのではないかというひそかな畏《おそ》れを感じた。あってはならないそら恐ろしい感情だった。高信義は漕いでいたペダルを止めて、しばらく夜風に吹かれ、自分の中で複雑にからみ合っている感情の糸を解きほぐそうとした。金永鎮から『もしかして、アジュモニが好きなんじゃないのか』と邪推されたが、金永鎮の眼にそう映ったのだとすれば、あの敏感な金俊平の眼にどう映るかは明らかだった。

　いつから英姫に好意を持つようになったのか。はじめて会ったときからかもしれないし、金俊平にかいがいしく尽くす姿に同情をよせるようになって、いつしか好意を持つようになったのかもしれない。いずれにしても、それらの感情は恋というほどの感情ではない。しかし、英姫に会いたいと思う気持ちが恋でなくて何だろうか。三十三歳になる妻子持ちの男が他人の妻に、それも極道から恐れられている金俊平の妻に好意をよせているのだ。誰にもわからずに好意を持つこと自体は自由だが、人にそれとわかるような感情を隠しきれないようでは危険であった。自転車を止めて、しばし夜空の星屑《ほしくず》を仰いでいた高信義は向きを変えて帰路についた。

帰宅してみると二人の男が高信義の帰りを待っていた。一人は同じ職場の山本竜男で、連れの男は初対面だった。二十七、八になる山本竜男は、帰宅した高信義に両手をさし伸べて手を固く握りしめ、親愛の情を示すのだった。それまであまり話し合ったことがない山本竜男の熱のこもった挨拶に、高信義はいささか戸惑った。

「こちらは市川信之さん」

山本竜男が連れの男を紹介した。高信義と同年配くらいの市川信之も両手をさし伸べて固い握手を交わした。何の用だろうと思いながら、高信義は玄関に立っている二人を部屋に上げた。それから妻の明実に、

「酒あるか」

と訊いた。

「いや、気を使わんといてください」

不意に訪れた山本竜男はしきりに遠慮している。

「ええやないですか、一杯くらい。わしも飲みたい心境ですねん」

会社の雇ったやくざに打ちのめされて傷ついた仲間たちのことを思うと飲みたくなる心境を察して山本竜男と市川信之は、

「そしたら遠慮なく、いただきます」

と高信義からつがれた焼酎を一口飲んだ。

お膳を挟んで向き合い、お互いに焼酎を一口飲んでから、高信義がおもむろに口を開いた。

「ところで何の用です」

昨日、朝鮮人職人が全員解雇されるかもしれないという情報を朴顕南にもたらしてくれた山本竜男の存在が気にはなっていたが、あらためて高信義を訪ねてきたところをみると、今夜の事件と関係のある話にちがいない。

ほほえんでいた山本竜男の眼から笑いが消えていた。

「高さん、ぼくは一部始終を見てました。会社のやり方はひどすぎます」

この時間に高信義を訪ねてきたということは早番だったことになる。早番だった山本竜男が、どうして一部始終を見られたのか。

「山本さんは遅番でしたか」

と高信義は訊いた。

「いいえ、早番です」

「早番やったら、一部始終を見たというのは時間的に合いまへんな」

「それが見たんです。じつをいうと、ぼくはこうなることを昨日からうすうす勘づいてたんですわ。そのことを朴顕南さんに忠告しようと思たんやけど、つい言いそびれてしもて、後悔してるんです。勘づいてたんやけど、まさかほんまに、こないなことになるとは思わんかったんですわ」

山本竜男の苦渋に満ちた顔がしだいに痙攣して目に涙を浮かべていた。今夜の事件の全責任は自分にあるかのような深刻な表情をしている。しかし高信義には山本竜男の話がよくわからなかった。

「あんたに責任はない思うけど」

慰めるつもりではなく、実際に山本竜男が今夜の事件で責任を感じる理由はないのである。高信義には涙を浮かべて責任を痛感しているという山本竜男が不思議な人物に思えた。

「高さん……」

黙っていた市川信之が山本竜男の代弁を務めるように言った。

「この際、率直にお話しします。じつはわたしは阪神労働組合の活動をしていますが、山本君もわれわれの仲間なんです。つまり労働組合のない労働者が加入している組合の一員ということです」

労働組合のない労働者が加入している組合とはどういうものなのか、高信義には理解できなかったが、とにかく話を聞いてみようと思った。

「今夜の事件が起きる前に、山本君はもっと早く、あなた方朝鮮人職人をわれわれの組合に加入させるべきだったんです。その任務を山本君は担っていたにもかかわらず、機会を逃してしまった。その結果、今夜のような事件を防ぐことができなかったんです。その責任を山本君は痛感しているんです。このことはわれわれの組合も責任を感じています。同じ労働者として連帯できなかったことを」

高信義の頭は混乱していた。まったくあずかり知らぬ組合が、今夜の事件に責任を感じているというのも奇妙な話だが、ある会社の労働者に対して、別の労働者が口出しできるというのも不可解であった。要するに山本竜男は阪神労働組合のオルグとして太平産業に派遣されていたのだが、そのオルグの存在が高信義には理解できなかったのである。

「あんたらの言うことはわしにはようわからん」

「いや、ごもっともです。太平産業が一割の賃金カットを実行した段階で、われわれはあなた方朝鮮人職人に働きかけるべきでした。まさかこんなに早く、こうした事態になるとは予測していなかったんです。完全に裏をかかれました」

もっぱら労働運動の方法論を展開している市川信之の論理に高信義はいらだちを覚えた。

「結局、何の話ですか」

要領を得ない責任論が何なのかを知りたい高信義は結論を急がせた。

「もう一度闘うんです」

「闘う？　どうやって」

意外な言葉に高信義は驚いた。

「いいですか。連中はあなた方をみくびっているんです。なぜみくびっているか。それはあなた方が団結していないからです。ですからあなた方はわれわれの組合に加入してください。そして組合員として闘うんです。そうすれば、われわれも力を貸すことができます」

問題をもう一度振り出しにもどして冷静に客観的に考え直すこと、そのためにどうすればいいのかを模索していた高信義にとって、市川信之の提案は渡りに船のように思えた。だが、はたしてうまくいくだろうか。完全に戦意喪失している同僚たちをふたたび戦線に復帰させられるだろうか。一度暴力の恐怖を体に刻み込まれ、暴力に屈した者が、ふたたび暴力と対峙するのは至難の業である。千倍の勇気がいる。情け容赦のない暴力に打ちひしがれ、血を流し、呻き声をあげて倒れた凄惨な光景を目撃している高信義自身、暴力に立ち向かう勇気があるかどうか疑わしかった。

「わしも家に帰ってくるまで同じようなことを考えてました。せやけど、鹹にされた者に何ができます。くやしいけど何もできまへん。みんなもう脅えてしもて。そらそうでっせ。あれだけ殴られたら脅えまっせ。いまさらどうにもなれへん思いますわ」

強気と弱気が入り乱れて高信義の決断をにぶらせていた。

「高さんが躊躇されるのもわかります。そやけど、このまま引きさがっていいんですか。殴られるだけ殴られて退職金はなし、この先、職もない。日本経済は、これから大不況に見舞われます。いや、すでに不況の嵐は吹き荒れています。たとえ五十円でも七十円でも退職金を支給してもらわんと家族が路頭に迷うことになりますわ」

市川信之から言われるまでもなく、今夜の事件の発端は退職金も支給されず、一方的に解雇されたのが原因である。そのことを考えるとはらわたの煮えくり返る思いだったが、自分一人ではどうにもならないと思うのだった。

コップ酒を何杯か空けて多少酔ってきた高信義は市川信之に言った。

「わしは気の弱い人間ですねん。勘忍しとくなはれ」

と頭をうなだれた。

「何言うてますねん。人間はみんな弱いんですわ。せやさかい団結せなあきまへんのや。ぼくも弱い人間です。せやさかい事前に行動できなかったんです。いまからでもやろう思たらできるんちがいますか。じつはさっき、朴顕南さんがぼくの家に来て、力を貸してほしい言われたんです。高さんがやるんやったら自分もとことんやる言うてました。それでぼくは市川さんに相談して高さんの家に来ましたんや。ぼくも一緒に闘います」

どこへ消えてしまったのかと気になっていた朴顕南が山本竜男を訪ねて相談していたとは、

彼も彼なりに責任を感じて起死回生の策を考えていたのだ。高信義から強い調子で責任を追及され、合わす顔がなくて山本竜男に相談したのだろう。その朴顕南が現れた。

「朴さんが来てます」

明実の知らせに、

「上がってもらえ」

と高信義は答えた。

ばつの悪そうな表情で部屋に入ってきた朴顕南は、山本竜男と市川信之の二人が高信義と話し込んでいる様子を見てひと安心したのか照れ笑いを浮かべて座った。

「いま、あんたの話をしてたとこや」

と山本竜男は朴顕南をフォローするように言った。

「お二人がそろったところで、もう一度問題を整理してみたいと思います」

いかにも活動家らしい口調で市川信之は三人の顔色を確かめた。三人の顔に緊張感が漂った。

「まず最初に、会社側があなた方の賃金を一割カットしましたね。それに対してあなた方は抗議しなかった。それが間違いだったんです。一割カットされた時点であなた方は抗議すべきだった。それをしなかったので会社側はあなた方の足元をみて、つぎは三割カットを実行しようとした。それでもあなた方はあまり抗議しようとしなかった」

「いや、わしと高信義は事務所に行って工場長に抗議したんですわ。なあ、信義」

朴顕南は同意を求めるように高信義を振り向いて、自分たちが何もしていないような市川信之の言葉に異議を唱えた。高信義は黙ってうなずいた。あまり弁解したくないというようなずき方である。

「しかし、みんなと一緒に抗議しなかったでしょう」

「みんなと一緒に抗議しよう思て、工場の庭の木の下に集まって相談したんですわ。ところが班長に門を閉めるさかい帰れ言われて、仕方なしに帰ったんです」

「そのとき帰ったのがまずかったんです。そのとき帰らず工場に残って断固たる抗議の姿勢を示すべきだったんです」

「そうしよう思たんです。せやけど二、三人残ったところでどないもならん思て、いったん帰ってみんなと相談してから出直そう思たんです」

二人の枝葉末節なやりとりを聞いていた高信義がつい欠伸をした。

「そんなことはどうでもええことや。それよりこれからどないするかが問題やろ。何かええ方法があるんでっか」

と二度目の欠伸を我慢して高信義は愚にもつかない二人の話に水をさした。

「明日から一人一人説得することです。そしてみんなが集まって工場の門の前で座り込みをやるんです」

「そない言いますけど、やくざがまた乗り込んできたらどないしまんねん」

と朴顕南が言った。

「そのときはわれわれも応援します。座り込みに直接は参加できませんが、阪神労働組合の人間を二、三十人派遣して見守るようにします。それだけでも会社側にかなりの圧力をかけることになります」

話はしだいに過激な方向へと転換していく。その結果、退職金を獲得できるのか、それとも血を流すことになるのか、二者択一を迫られていた。他に方法はないのだろうか。高信義は話し合いで解決できないものか、市川信之に質問した。

「もちろん話し合いで解決できれば、それにこしたことはないです。しかし、会社側が話し合いに応じると思いますか。今夜の連中のやり方を見てもわかるでしょう。話し合いに応じるような連中やない。特に太平産業の社長は悪名高い人物です。表向きは市会議員でありながら、太平産業以外に土建業、金融業、鉄工業、それに飛田に五軒もの遊廓を持っている。その裏でやくざとの関係も深いとの噂です。そんな男が話し合いに応じると思いますか。相手が力でくるなら、こっちも力で対決するしかない。わたしはこれまでいくつもの労働争議を闘ってきましたが、労働者が団結してねばり強く闘えば必ず勝ちます」

自信に満ちた市川信之の言葉を半信半疑に聞きながら、太平産業の社長が他の事業をも幅広く手がけているのを知って、朴顕南は太平産業の社長の顔を思い浮かべようとした。だが、太平産業に四年以上勤務しているのに社長の顔を思い出せなかった。それもそのはずである。社長専用の黒塗りの自家用車はよく見かけたが、社長の姿を見たのは五、六回しかない。それも遠くからちらと見かけただけであった。小柄で小肥りな男だった。

「労働者が団結すれば不可能なことはないのです。ロシア革命が起こったのはわずか十四年前のことです。それまでのロシアは専制君主やひと握りの大地主やブルジョアに支配されて何百万人の農民や労働者が奴隷のように働かされていたのですが、レーニンの指導によって労働者が団結し、ロシア皇帝を倒したのです。彼らにできて、われわれにできないことはないはずです。労働者が団結すれば、何ごとも必ず成就《じょうじゅ》します」

ためらい、尻ごみしている高信義と朴顕南を鼓舞するかのように、市川信之はいっきにロシア革命にまで飛躍し、世界情勢の分析をえんえんと続けるのだった。けれども、聞けば聞くほどわからなくなってくる話に高信義と朴顕南は自分たちの無知をそしられているような気がした。そして市川信之は話の世界一周の旅を終えて二人をじっと見つめた。市川信之にじっと見つめられた朴顕南はつい、

「それはいつの話ですか？」

と訊き返した。

「あんたは何を聞いてたんです。わたしの話を聞いてたんですか。わたしはいま現在の話をしているんです。労働者は団結しなければならないと言ってるんです」

いま現在の話にしては実感がなさすぎる。世界で何が勃発しているのか知らないが、それと太平産業の朝鮮人職人とどういう関係があるのか。しかし今夜の事件の責任を感じている朴顕南は瞑目《めいもく》していた瞼を開けて、

「わかりました。明日から一人ずつ説得してみます」

と言った。

「ねばり強く説得するのです。誠意をもって説得すれば必ずわかってくれるはずです」

市川信之は自分の講義が理解されたと思って喜んでいた。朴顕南が明日から一人ずつ説得してまわると言った以上、高信義も行動を共にしないわけにはいかなかった。気の重い役割である。

「一両日中に会社の門で座り込みを開始しないと、時間がたてばたつほどこちらが不利になります。一気呵成《いっきかせい》に敵を攻めて、本丸を占拠しましょう」

座り込みだけではなく、どうやら工場を乗っ取ろうという作戦らしい。朴顕南と高信義は

エスカレートしていく市川信之の話に胸の高鳴りを覚えた。

一升瓶の焼酎がなくなったのを機に市川信之と山本竜男は席を立った。

「いいですか、明日とはいわず今夜からでも一人ずつ説得してください。時間との闘いです。わたしはまた明日うかがいます。なんでしたら、わたしも一緒に説得します」

一見物腰が柔らかそうに見えるが、強引なところがある。市川信之は腰を上げてからも数分間立ったまま、あれこれ細々《こまごま》とした注意を与え、外に出てからもまたもどってきて、

「明日マルクスの『共産党宣言』を持ってきます。ぜひ読んでください。この本を読めばやる気が出ると思います」

と念を押すのだった。

市川信之と山本竜男が帰ったあと、部屋にもどった高信義と朴顕南は胡坐を組んで向き合った。酒がなかった。高信義が明実に酒を買ってこいと言った。朴顕南がすかさずポケットから金を取り出して手渡した。それから煙草に火をつけて一服ふかすと、

「市川という男は何者だ。前からの知り合いなのか」

と朴顕南が訊いた。

「誰だかわからん。山本さんと一緒だったから、わしはおまえの知り合いかと思ってた」

「わしの知り合いじゃない。わしも初対面だ」

見知らぬ男から命令されて釈然としない二人は行動を起こすべきか否かを考えていた。市川の話は正しいと思うが、それにはかなりの犠牲的精神が要求される。ふたたび修羅場をくぐり抜ける覚悟をしなければならない。どう考えても無事にすみそうにないのだ。退職金を諦めて泣き寝入りをするのか、それともあくまで闘って退職金を勝ち取るのか。だが、闘ったからといって退職金の支給が保証されるわけではない。それなら犠牲を払って闘うより、はじめから諦めたほうがいいのではないか。あえて無益な犠牲を払う必要はないのである。

明実が買ってきた焼酎を二人は無言でちびりちびり飲んでいた。どちらかが口を開くのを待っていた。そして酔いが回ってくるのを待っていたのである。酒の力を借りて自らをふるいたたせるエネルギーを待っていたのだが、二人はなかなか酔えなかった。事態が深刻なだけに酔いにまかせて突っ走るわけにはいかないのだ。酒の勢いで突っ走った結果が今夜の無残な敗北を招いたのだ。

「どうする」

と高信義が朴顕南の意思を確かめた。

「そうだな……」

勝ち目のない闘いだが引くに引けない意地と負い目がある。朴顕南は心の揺れを焼酎にたくして、コップに半分ほど残っていた焼酎を一息であおると、はーっと息を吐き、指でキムチをつまんで口にした。明実は隣の三畳の部屋で子供を寝かせつけて、縫い物をしながら夫の高信義はみんなを説得して座り込みをやるだろうと思った。無口だが一途なところのある夫の性格は、たぶん自らを窮地に追い込むことになるだろうと気が気ではなかった。

「みんなを説得して、もう一度作戦を練り直してやってみるか」

あともどりできない心境の朴顕南の声が、低く呻いているように聞こえた。

「わかった。わしもやる。明日から二人でみんなを説得しに行こう」

そう言って高信義も、何かをふっ切るようにコップに焼酎をついで一気に飲み干した。

話が決まると朴顕南はすぐに立ち上がって帰った。朴顕南が帰ったあとも高信義はしばらく独酌で飲んでいた。そして急に隣の部屋にいる明実に声をかけた。

「家に金はいくら残ってる」

薮から棒に言われて明実は障子を開けて六畳の間に入ってきてチュモニから金を取り出した。

「これで全部。二十円と三十五銭」

「半月しかもたんな」

夫が何を考えているのか明実にはおおよその見当はついていた。座り込みをやれば、おそらくけがをするか警察沙汰になって、一、二カ月、場合によってはもっと長く家を空けるこいるのだ。

とになるかもしれないと考えているのだ。その間、家族の生活費をどうするのかを思案して

「仕事はどうなるの」

と明実は不安げに訊いた。

「会社は鹹を切って退職金を払おうとしない。だからみんなが怒って会社へ掛け合いに行ったら、ひどい目に遭った。このまま泣き寝入りするわけにはいかない。明日からもう一度会社と話し合いをするつもりだ。もし会社が話を聞き入れてくれないときは座り込みを続ける。そのときはどうなるかわからない。どこかで当座の金を工面しておかないと……」

高信義の表情にも不安の影が宿っていた。先だつものはつねに金だが、それ以外に何かを恐れていた。それが何であるかは明実にわかるはずもなかった。隣の部屋で子供に母乳をふくませながら男たちの会話を耳にして、何か途方もないことが起きているのは察知できたが、具体的にはわからなかった。

「何があったんです」

と訊いても高信義は余計な心配をかけまいとして答えようとしなかった。ただ、あとで話す、と言うだけだった。

朴顕南と二人で一升半の焼酎を空けている高信義はかなり酩酊していた。夫がこんなに酔

っているのは珍しかった。瞼を閉じて沈思黙考しているのかと思っていると、高信義は新聞紙を貼った壁にもたれて、そのまま体を崩して眠りこけていた。

翌日、明実が台所で朝食の用意をしていると、二人の男が黙って家に入ってきた。一人は背広姿に中折帽子をかぶっていたが、いま一人は作業服のような姿をしていた。二人の男が不意に黙って入ってきたので明実は脅えて立ちすくんだ。

「警察のもんや。亭主はいるやろ」

二人は警察手帳をちらと見せただけで、ことわりもなく部屋に上がって六畳の間に踏み込んだ。

「何しはりますの」

と抵抗する明実を作業服姿の刑事が軽くあしらって、台所に追い返した。

高信義は酔い潰れて服を着たまま布団の中に寝込んでいた。

「起きろ、高信義！　寝てる場合とちがうで」

半分からかうように言って、背広姿の刑事は高信義が頭を載せている枕を蹴飛ばして布団をめくった。酔い潰れて眠っていたが、神経質な高信義は枕を蹴飛ばされ、布団をめくられて目を覚ました。そして自分を見下ろしている二人の男を見上げて夢でも見ているのかと思った。

「警察のもんや。ちょっと署まできてもらおか」

なんのことやら判然としない高信義は自分の存在と二人の男の存在が、まぎれもない現実であることの確証を得ようとするかのように何度もまばたきをした。

「はよ起きんかい！」

背広姿の刑事は高信義の反応の鈍さにいらだち、襟首を摑んで強引に立ち上がらせた。

「あんたら何や。人の家に勝手に上がり込んで」

ようやく高信義は自分が二人の男に連行されようとしていることに気付いた。

「なに寝呆けたこと言うてるんじゃ。わしらは警察のもんや。はよ行こか」

今度は作業服姿の刑事が言った。

「警察？　何でわしが警察へしょっぴかれなあきまへんのや。何も悪いことしてへんのに」

警察へ連行されるいわれのない高信義は襟首を摑んでいた刑事の手を払いのけようとしたが、柔道で鍛えている刑事の握力は強かった。

「昨日、おまえはみんなを煽って太平産業へ押し掛けたやろ」

襟首を摑んでいる刑事が高信義の鼻先で怒鳴った。高信義は誤解もはなはだしいといった表情をした。

「アホなこと言わんといてくれ。わしはみんなを止めようとしたんや。止めようとしたけど、みんなに追いつくのが遅かったさかい、あんなことになってしもたんや」

高信義は自己弁護している自分がみんなを裏切ることになるのではないかと思いながら、しかしみんなを制止しようとしたのは事実であると自分に言い聞かせた。

「言いたいことがあったら署にきてから言え。おまえはお上にたてつく気か」

高信義を睨みつけて、背広姿の刑事は高信義の両手に手錠を掛けた。手錠の冷たい感触に、高信義の背筋にも冷たいものが走った。

二人の刑事に連行されていく夫を明実はただおろおろしながら見ているだけだった。

「あの、刑事さん、うちの人はいつ帰れるんですか」

せっぱ詰まった声で明実はかろうじて訊いた。

「わからん」

そっけない返事をして二人の刑事は高信義を連行して行くと、路地を出た道路に停めてあった幌《ほろ》のついたトラックの荷台に乗せて発車した。路地の奥で茫然とたたずんでいる明実のもとへ近所のアジュモニ（おかみさん）たちが寄ってきた。

「どないしたんや、明実」

と二軒隣のアジュモニが訊いた。

明実は首を振って、

「何もわからへん」

と答えて体をわなわなと震わせたかと思うと泣きだした。

「何かの間違いや。すぐもどってくるて」

事情を知りもしないで、五軒隣のアジュモニが勝手な気休めを言って明実を慰めた。明実の泣き声はしだいに大きくなり、号泣となって地面を叩き、胸をかきむしるのだった。

9

幌つきトラックの荷台にはすでに朴顕南、金永鎮、許仁勲、尹達民の四人が乗っていて、それぞれの両手に手錠をかけられ腰にロープをつながれていた。そして尹達民の隣に座らされた高信義も腰にロープを巻かれてつながれた。金永鎮はトラックの荷台の隅にうずくまり、許仁勲は折られた前歯を隠すように手で口をふさいでいた。おそらく歯医者の手当てを受けている時間はなかったはずだ。尹達民の顔もかなりむくみ歪んでいる。無傷なのは高信義一人だった。

「おまえも逮捕されたのか」

と朴顕南が高信義に声をかけると、

「しゃべるな！」

と作業服姿の刑事が警告した。その声に押さえ込まれるようにみんなの間に重苦しい空気が流れた。これから警察で何を調べられるのか見当もつかないみんなは自分の殻に閉じ籠っていた。

　警察に着くまでの間、高信義は胸の中で呪文《じゅもん》でも唱えるように『おれは何もしていない。おれは何もしていない』と無実を主張していた。けれども自分が何もしていないと言うことは仲間たちを裏切ることになるのではないかと思うのだった。考えてみれば、最初にみんなを集めて抗議しようと主張したのは自分ではなかったのか。なんの計画性もなく、会社の策略も見抜けず、抗議をすればなんとかなると漠然と考えてみんなを煽った責任は自分にある。警察はその責任を追及してくるだろう。そのときどう答えればよいのか、高信義にはわからなかった。責任を認めれば刑務所へ送られる可能性があり、責任を認めなければ仲間を裏切ることになる。警察は犠牲《いけにえ》を欲しがっているのだ。犠牲を祭壇に捧げることで、この件に決着をつけようとしているのだ。したがって犠牲はこの五人の中の誰でもよかった。

　東成署に着くと、五、六人の警官がトラックを囲み、荷台から背広姿の刑事と作業服姿の刑事が降りると、続いて両手に手錠を掛けられ、ロープにつながれた五人が少しうつむきかげんになってぞろぞろと降りた。五人ともみすぼらしい恰好だった。トラックの荷台から降りるとき、おおっていた手をさげた許仁勲の口がまるで二つあるように見えた。鼻の下から顎にかけて裂け、割れた唇がぱっくりと開いて三倍ほどに膨張し、筋力を失っているため口を閉じられないようだった。許仁勲の化け物のような唇を見た警官が思わず視線をそらせた。口内出血が止まらないらしく、溜まってくる血を許仁勲はペッと地面に吐いた。唾液と痰《たん》のからまった血の塊りが地面にへばりついた。

「血を吐くな！　汚いやっちゃ」

背広姿の刑事が許仁勲の頭をこづいた。許仁勲はまた手で口をおおった。

五人はベルトをはずし、ポケットの中の持ち物を出して留置場に入れられた。板間の留置場の隅に布団が積んである。許仁勲が積んである布団にもたれてぐったりした。

「痛むのか？」

と朴顕南が心配そうに訊いた。許仁勲はうなずいていかにも痛そうに顔をしかめた。

「病院へ行こう思うてたら逮捕されたんや」

「刑事さんに頼んで、はよ病院に行ったほうがええな。はよ治さんと口が裂けたままになるで」

尹達民が脅すように言う。

「前歯が四本やられてる」

そう言って許仁勲は無理矢理、笑ってみせた。歯茎がどす黒く濁っていた。

「逮捕されたのは、わしらだけやろか」

と高信義がほかの仲間のことを気にしていた。

「わからん。見せしめのためにわしらだけ逮捕したんとちがうか。半殺しの目に遭わされたわしらが逮捕されて、会社の雇ったやくざはおかまいなしか。会社も警察もやくざも、みんなグルや。朝鮮人を目の仇《かたき》にしてるんや。わしらは当分出られへんのとちがうか」

声をひそめて留置場の外に気を配りながらそう言うと、尹達民は青黒く膨れている頬をさすった。

足音がした。一人の警官が来て鍵をあけながら言った。

「朴顕南と高信義、出てこい」

呼ばれた朴顕南と高信義は腰を上げて留置場から出ようとして二人とも立ち止まった。

「旦那、許仁勲を医者にみせてくれませんか。口が裂けてぐちゃぐちゃですわ。血が止まりませんのや。しゃべれまへんで」

と朴顕南が同情をこめて代弁した。すると許仁勲が唇の端からねっとりした血の混じった唾液を垂らすのだった。

「血を垂らすな。取り調べがすんだら医者にみせてやる」

芝居じみた許仁勲の態度に警官は軽蔑的な視線を投げるだけだった。

朴顕南と高信義は別々の取調室に入った。高信義の入った取調室には背広姿の刑事と作業服姿の刑事がいた。机一つに椅子二脚が置いてある。高い格子窓から射し込んでくる一条の光が机の上に陽だまりをつくっている。背広姿の刑事は椅子に座って煙草をふかしていた。どうやら背広姿の刑事は作業服姿の刑事の先輩らしい。作業服姿の刑事が、

「そこへ座れ」

と背広姿の刑事の前に高信義を座らせた。高信義は伏し目になって机の上の陽だまりになっている光の粒子をぼんやりと見つめていた。背広姿の刑事が煙草の火を消し、高信義をのぞくようにしながらおもむろに言った。

「おまえがみんなを集めて煽ったんはわかってる。許仁勲はただの兵隊や。せやけど、おまえと朴顕南はちがう。おまえらは会社を潰そうと思てたんやろ」

まったく身に覚えのない罪に問われて高信義は自分の耳を疑った。

「なんですって。会社を潰してわしらに何の得があるんですか。そんなだいそれたことできるわけおまへんやろ」

高信義の動悸が急に高鳴った。後ろめたいことは何もないと思いながらも、何か恐ろしいことが起きるような気がしてならなかった。高信義は守りをかためるように体を硬直させて陽だまりの一点を凝視した。

「ゆうべおまえの家に市川信之いう男と山本竜男が訪ねていったやろ」

高信義は黙っていた。

「黙ってるところをみると訪ねていったんやな。嘘ついたらあかんぞ。こっちは何もかもお見通しやさかい。警察を甘《あも》うみたら、あとで泣きをみるで。ええか、正直に答えるんや」

「市川という人と山本さんが訪ねてきました」

と高信義は正直に答えた。

「そうか。何の話をしたんや。言うてみい」

「別にたいしたこと話してまへん。これから先、どないしたらええのか、その相談をしてました。せやけど、これといったええ知恵ないですわ」

高信義は正直に答えているつもりだったが、肝腎な部分はできるだけ避けていた。

「そうか。ほな訊くけど、市川信之いう男がどういう人間か知ってるやろ」

紹介されたとき組合の人間だということを聞かされたが、それ自体、重要なことではないと思った。

「どこかの組合のもんや言うてました」

刑事の誘導尋問にはまっていくような気がする。しかし、自分の知っていることはこれくらいである。市川信之が何者であろうと彼の教唆《きょうさ》によって再度デモを仕掛けたわけではないのだ。いや、逮捕されていなければしていたかもしれないが、逮捕されたいまとなってはなんら問われる筋合いのものでもあるまい。市川信之の名前を挙げたことで市川信之やほかの人間に被害がおよぶようなことはありうるはずがない。高信義はそう自分に言い聞かせていた。

だが、背広姿の刑事は煙草に火を点けるとひと息吸って煙を天井に向けてふーと吐いた。その吐いた煙を合図に作業服姿の刑事が黒い表紙で綴《と》じたぶ厚い台帳を机の上に置いた。そしてあらかじめ折ってあった台帳の頁をめくって指差した。

「これはおまえの名前やろ」

作業服姿の刑事が指差した名前を高信義はまじまじと見つめた。

「へえ、わしの名前です。それがどうかしましたか」

煙草をふかしている背広姿の刑事の唇にかすかな冷笑が浮かんだ。

「この台帳はな、東亜通航組合の台帳や。この台帳におまえの名前が載ってるいうことは、おまえは東亜通航組合の会員いうことや。そやろ」

そやろ、という語尾にドスをきかせて、作業服姿の刑事が机を叩いた。その音に高信義は体をびくつかせた。

「そうだす。わしは東亜通航組合の会員だす」

「これではっきりした」

何かを断定するように作業服姿の刑事は台帳を閉じて高信義の背後に回ると、首でも絞めるように肩に両手を掛けた。

「何がはっきりしましたんや」

びくついている高信義は背後にいる作業服姿の刑事を振り返ろうとした。

「市川信之はな、陰で東亜通航組合を操ってる共産党員や」

背広姿の刑事の赤くよどんでいる眼で睨まれて高信義は「えっ」と声をたてた。

「そんなこと、わしは知りまへん。わしと何の関係があるんでっか」

狼狽《ろうばい》している高信義をなだめるように、背後にいる作業服姿の刑事が両手で肩をもむようにしながら急に猫撫で声になった。

「そこやがな。おまえが関係あるかないかは、おまえの態度ひとつで決まる。おまえがほんまに関係ないんやったら、警察に協力することや。悪いようにはせえへん」

「協力って、何の協力です？」

「証人になってもらいたいんや」

「証人って、何の証人です？」

作業服姿の刑事が背広姿の刑事の了解を得るように見つめた。そこで背広姿の刑事が目でうなずいた。作業服姿の刑事はゆっくり移動して格子窓の観音扉を閉めると机の上のスタンドのスイッチを入れ、高信義の顔に灯りをあてた。外部からの光を遮断されて真っ暗になった部屋の中で、顔に灯りを照射された高信義の視界から二人の刑事の姿が闇に消えた。そして高信義の斜め前の位置から顔の見えない作業服姿の刑事の低い声が響いた。

「あのな、おまえの働いてた太平産業の社長は尼崎汽船の大株主なんや。もし、おまえらのデモで太平産業がおかしなことにでもなったらどないなる。尼崎汽船にも重大な影響を与えることになるやろ。ちがうか。市川信之がおまえらを煽って太平産業を休業に追い込もうとしてる魂胆は、世間の目を太平産業に向けさせて、じつはその裏で尼崎汽船を潰そうとしてるんじゃ。尼崎汽船と東亜通航組合は三年越しの争議を続けてるのはおまえも知ってるはずや。この三年で尼崎汽船はかなりの損失をこうむってガタガタや。そこを狙って共産主義者が攻撃を仕掛けてきてるわけや。これは尼崎汽船や太平産業だけの問題やない。阪神工業地帯のみならず日本全体にとって危険きわまりない話や」

高信義の頭が混乱してきた。太平産業の社長が市会議員であり、蒲鉾会社社長であり、金融業や土木業、その他遊廓まで手広く事業をしていると市川信之から聞かされたが、まさか尼崎汽船の大株主とは知らなかった。そのことは市川信之から聞いていない。市川信之は高信義が東亜通航組合の会員であることを知っていながら社長と尼崎汽船の関係を隠していたのだろうか。もしそうだとすれば、刑事の言っている話に信憑性《しんぴょうせい》が出てくる。東亜通航組合の会員になっている者は高信義だけではない。朴顕南も尹達民も東亜通航組合の会員になっている。大阪に在住している済州島出身者のうち一万世帯以上が東亜通航組合の会員になっているのだ。したがって高信義が東亜通航組合の会員だからといって警察から追及されるいわれはないのである。

そもそも尼崎汽船と東亜通航組合との三年越しの争議の淵源《えんげん》をたどれば、尼崎汽船が大阪・済州島間に「君が代丸」を就航させた一九二三年四月にまでさかのぼることになる。さらに「君が代丸」を大阪・済州島間に就航させるようになった経緯をたどれば、一九一〇年の「日韓併合」によって朝鮮総督府の初代総督として赴任してきた寺内正毅が立てた朝鮮沿岸諸航路を統一して産業開発の流通機構を確保しておくという政策に行き着く。もとより朝鮮沿岸諸航路を統一しておく真の狙いは「一朝有事の場合一令の下に、船舶の徴発または買収に応ぜしめ、軍隊兵器の輸送上遺憾なからしむる必要」を実現させることだったのである。

かくして一九一二年一月に朝鮮郵船株式会社が設立される。大阪・済州島航路（阪済航路）には尼崎汽船が朝鮮郵船より一、二年早く就航するが、一九二四年四月に朝鮮郵船も「咸鏡丸」（七百四十九トン）を就航させる。こうして阪済航路には朝鮮郵船の「咸鏡丸」と尼崎汽船の「君が代丸」の二隻が運航されるのである。

高信義が日本へ渡航してきたのは一九二六年の秋である。当時はまだ、それほど多くの島民が大阪へ渡航していたわけではない。それでも大阪へ渡航して働き、一、二年に一度、旧正月に帰郷してくる者たちの姿は服装からしてちがっていた。男はたいがい上下の背広に中折帽をかぶっており、女は真新しいチマ・チョゴリを着ていた。そして中には腕時計をしていたり、金の指輪をはめている者もいた。村人の目に彼らの姿は眩しく映った。特に腕時計や金の指輪は羨望《せんぼう》の的だった。なぜなら、富裕な村人でさえ腕時計や金の指輪をはめている者は少なかった。大阪から帰郷してきた者はこれみよがしに村を闊歩して回り、家族や親戚に大盤振る舞いをした。それがたとえ虚栄心によるものだとしても、高信義の欲望を刺激するのに充分であった。自分もなんとかして大阪へ行き、一旗揚げたいと思うのだった。

一九二三年四月に就航した「君が代丸」は一九二五年九月、台風に遭遇し、西帰浦・表善間浅瀬に座礁した。尼崎汽船は急遽《きゅうきょ》つぎなる就航船を探し、日露戦争のときに獲得したロシア海軍第一太平洋艦隊所属の砲艦マンジール号を「第二君が代丸」として採用することにした。そして大阪のドックで半年をかけて砲艦マンジール号の改修工事を行ない、一九二六年に貨客船として阪済航路に就航させたのだ。

「第二君が代丸」が就航して間もない頃、高信義は沖に停泊している異様な船体を何度か見ている。改修工事の際、貨客船としての機能をそなえるために胴体と内部は全面的に改修されたが、船首はそのまま残されたのである。砲艦だった船首は刃物のように鋭角にそり出し、異様な形をしていた。その異様な船首が島民たちに強烈な印象を与えた。九百十九トンの小型船ではあるが、島民たちの間では砲艦だった「第二君が代丸」は「クンデグヮン」と呼ばれていた。砲艦の名残りを残している「第二君が代丸」の威風堂々とした姿を見ると、高信義はあの船に乗って一日も早く大阪へ行きたいと高ぶるのだった。

高信義が大阪へ来られたのは在阪済州島民たちが自然発生的につくっていた頼母子講や契といった組織の援助があったからである。当時、大阪の鶴橋や中本町あたりに済州島出身者の多くが集まり、相互扶助的な組織をつくっていた。下宿屋も猪飼野《いかいの》や森町あたりに数十軒あり、渡航してきた済州島民たちの面倒をみていた。新婚間もない高信義は大阪にいる知人に頼んで中本町の済州島出身者で構成されている頼母子講に入会し、二カ月目に落札して渡航費をつくり、中本町の金栄子が経営する下宿屋に世話になった。そして下宿屋の女将である金栄子の紹介で蒲鉾工場の見習い工として就職した。妻の明実も森町市場の朝鮮人雑貨店に勤め、二人は昼夜をわかたず働いた。そのかいあって、高信義は一年後の旧正月に多少の蓄えを持って帰郷できた。

だが、済州港に着いた高信義は思わぬ光景を目撃した。数百人の島民たちが朝鮮郵船と「第二君が代丸」に対して抗議集会を開いていたのである。二十代から三十代の男女が真剣な表情で口々に「運賃を下げろ！」と叫んでいた。船舶会社の日本人や地元の警官たちは抗議集会に参加している島民をごぼう抜きにしようとし、ごぼう抜きされまいと島民たちは互いの腕や体を鎖のようにつなぎ必死に抵抗している。

「帰れ！　帰るんだ！」

と地元の朝鮮人警官は拳を振り上げて男女の見境なく殴打していた。若い女までが抗議集会に参加しているとは何ごとか、と高信義と妻の明実は驚愕《きょうがく》した。警官によってチマが引きちぎられる。明実は自分のチマが引き裂かれたかのように目をつむった。ありえない光景だった。小柄だが頑強な体軀の中年男が陽灼けした浅黒い顔を皺くちゃにしてアジっていた。

「沖縄まで八円だのに、沖縄より近い済州島までの運賃が、なんで十二円五十銭だ。半額にしろ！」

その抗議の声は高信義の耳の底で鳴り響いた。低賃金に甘んじて昼夜をわかたず働き、やっと何がしかの金銭を蓄えて帰郷できたが、夫婦で支払った運賃は片道二十五円である。往復で五十円になる。この金額は夫婦で稼ぐ月収の二、三倍に相当する。妊娠している妻が出産すれば、今後自分一人の稼ぎで帰郷するのは困難だろう。あまりにも高い運賃に一時は帰郷を諦めたほどだった。抗議の声を聞いた高信義はみんなの主張をもっともだと思った。抗議しているみんなの怒りに高信義は熱い共感を覚えた。

明実は巻き込まれるのを恐れてこの場を早く立ち去ろうと夫の腕を引っ張った。

「ちょっと待て」

と高信義はふんばった。

「夕方までに村に着かないと。アボジやオモニが待ってるでしょ」

正義感の強い高信義の性格からして、抗議集会に参加するのではないかと明実は気が気ではなかった。しかし、この場を動きそうもない夫の態度に明実は一計を案じて、お腹を押さえてその場にしゃがみ込んだ。

「どうした、明実」

と高信義はしゃがみ込んでいる明実の体を支えた。

「お腹が痛むの」

明実はいかにも苦しそうに表情を曇らせて夫の注意を引いた。妻は妊娠している。そのお腹に何か異変が起きたのだろうか？　高信義は妻の明実を近くの待ち合い椅子に座らせた。高信義の脳裏に〝流産〟がひらめいた。初めての子が流産するようなことにでもなれば父母に対して言い訳できないどころか、子宝に恵まれなくなるかもしれない。集会は警官によって、蹴散らされ、修羅場と化していた。逃げまどう群衆、その後を追う警官。髪の毛をむしられ、引きずられていく若い女の姿が高信義の視野の隅に映った。危険を感じた高信義は妻の明実をかかえて歩きだした。抗議集会をしている者と一般乗客との区別がつかない警官が高信義を拘束しようとした。

「わしは関係ない。いま船から降りてきた者だ」

と言って妊娠中の妻が腹痛に苦しんでいることを説明して官憲の手から逃れた。

郷里からふたたび大阪にもどった高信義は、一九三〇年四月に天王寺公会堂で開催された済州島民大会に参加した。木造二階建ての天王寺公会堂には二千人近い朝鮮人が集まり、決起大会は夜の十時頃まで続いた。高信義は公会堂の中ほどに立って大会の推移を見守っていた。会場は身動きがとれないほど朝鮮人で埋めつくされ、人々の体の熱気が伝わってくる。これほど多くの在阪朝鮮人の中に自分もいるのだと思うと、高信義は同胞たちとの強い連帯を感じずにはいられなかった。演壇にはつぎつぎに人が立って朝鮮郵船と尼崎汽船に対する不満を述べていた。

「牛や豚じゃあるまいし、船底に人を詰めすぎる。定員三百五十八人の船室に七百五十人も詰め込まれたら横になって寝ることもできない」

よれよれのシャツを着た初老の男が腕をかかげて怒りをぶちまけると、会場からいっせいに「そうだ！」と呼応した。

「わしの一カ月の収入は十四円だ。一昨年郷里に帰ったが、このつぎいつ帰れるかわからない。運賃が半分以下にならない限り、帰るのは難しいと思う。郷では年老いた両親が首を長くしてわしの帰りを待っている。運賃があまりにも高すぎる」

二十五、六になる青年の訴えに、同じ心境の高信義は身につまされるのだった。同胞たちの訴えはいずれも切実なものであった。一度郷里へ帰ってくると、身ぐるみ剝がされたような思いがした。

十二、三人の訴えが終わると五名の実行委員が選出された。そして運賃の値下げと乗客待遇改善の要求を決議したあと、朝鮮郵船と尼崎汽船から派遣されていた代表者と交渉したが、交渉は二時間にもおよび、結局拒否された。交渉が決裂して会場にもどってきた金文準実行委員長は憤然とした表情で演壇に立ち、

「われわれの要求は拒否され、交渉は決裂した。このうえは、われわれ自身でこの問題を解決しようではないか。われわれはわれわれの船で帰郷しよう!」

と両手を高くかかげて力強く訴えた。その訴えに二千人の同胞が「おお!」「そうだ!」と応えて会場はどよめいた。騒然とした雰囲気になっていた。数十人の警官隊が天王寺公会堂をとりまいている。夜の九時が過ぎても大会は終わりそうにない。会場から溢れた朝鮮人たちが暗闇の中で天王寺公会堂を包囲している警官隊と対峙していた。一触即発の緊迫感が漂っていた。無数の影がうごめき、ざわめき、ひろがっていく。暴動が勃発すれば数十人の警官隊では阻止できないだろう。不気味な状況に警官隊も極度の緊張を強いられていた。間もなく三百五十人の警官隊が増強されて、天王寺公会堂の周辺はさらにものものしい警戒態

勢に入った。朝鮮人は誰一人帰ろうとしない。桜川から百済《くだら》へ行く路面電車の音が妙な旋律《せんりつ》をかなでて緊張感と緊張感の間をぬっていく。警官隊の乗っている馬の蹄《ひづめ》の音が魔の時を刻んでいるようだった。馬に乗っている警官隊の顔がくろぐろと凝縮していった。

大会が終わったのは夜の十時過ぎである。会場から吐き出されてくる群衆にもまれて高信義が外に出たときである。五名の実行委員が逮捕された。五名の実行委員が逮捕されると、大阪朝鮮少年同盟の宋成哲ら数人が準備していた伝単《ビラ》をまいた。そのビラを読んだ朝鮮人たちは口々に、実行委員が逮捕された！　と叫んだ。その叫び声にいったん散りかけていた群衆がふたたび集まってきた。逮捕された五名の実行委員は浪速《なにわ》署に連行されたが、高揚した群衆はおさまらなかった。ビラには「逮捕に抗議しよう！」と書かれてあった。実行委員は逮捕されるのを予測して事前にビラを作成していたのである。

夜の巷《ちまた》に憤怒の黒い巨大な塊りが膨張していく。だが、警官隊はこの黒い巨大な塊りを包囲して沈静化するのを待つ以外に手だてはなかった。もし群衆を押さえ込もうとすれば火に油をそそぐようなものであり、暴動になるのは明らかであった。高信義も黒い巨大な塊りの中にいた。心臓が張り裂けそうなほど高鳴り、全身に冷たい汗をかいていたが、彼自身、黒い巨大な塊りから抜け出すことはできなかった。黒い巨大な塊りが左へ動くと左へ、右へ動くと右へ動いた。大地が鳴動しているようだった。じりじりと迫ってくる恐怖と内面からこみあげてくる熱情のようなものがせめぎ合い、疥癬《かいせん》に罹《かか》ったときのように全身を掻きむしりたくなる。冷え込んできた夜の暗闇に、群衆の吐く息が白く漂っていた。誰かが喚声をあげれば、この黒い巨大な塊りは方向感覚を失って猛然と走りだすにちがいなかった。

どのくらいの時間が過ぎただろう。東の空が白みかけている。物象の影がおぼろげな形を浮き彫りにして、澄みきった空は淡い青に染まっていく。明けていく空の下で、群衆は互いの顔を確認し合っていた。高信義の前にいた青年が白い歯を見せてニッと笑った。高信義も笑顔になった。

「実行委員が釈放されるまで、おれは頑張る」

と青年は言った。

高信義は黙ってうなずいた。

始発の路面電車の音が聞こえてきた。前夜の路面電車の音は不気味さをともなっていたが、朝の路面電車の音は悠長だった。その路面電車の前に立ちはだかった群衆は動こうとしない。乗馬の警官が鞭を振り上げて、

「解散するんだ！　みんな家に帰れ！」

と怒鳴りちらしていた。

だが、みんなは動こうとしなかった。みんなが動くとき、それは解散か暴動かどちらかで

ある。

　立往生している路面電車の後からつぎの電車が近づいてきた。そして始発電車と連結するように停止した。さらにまた後続電車がきて停止した。二千人の朝鮮人は渦巻状になって動いている。焦ってきた警官隊が突撃しそうな気配だった。二千人の朝鮮人の外圏を日本人の群衆がとりまいている。途方もない何かが——暴力の嵐が襲ってきそうだった。この場の全体に憎悪が煮えたぎっていた。青年が高信義と腕を組んだ。青年の腕は太く力強い意志を感じさせた。そして高信義が隣の男と腕を組むと、みんなもつぎからつぎへと腕を組んでいった。どうなるのか？　誰にもわからない。空を仰いだ高信義は真っ青な色にめくるめき、一瞬あたりが真っ暗になった。

　大きな声がした。怒鳴っているような声だったが、天王寺公会堂の表の石垣に立って説明している刑事の声だった。

「あいつは特高の和田だ」

　と青年が憎しみをこめて言った。

「午前五時をもって五名の実行委員は釈放された。みんな解散せよ！」

　ひきつった刑事の顔が光の乱反射の中で陽炎のように揺れていた。群衆の間から「わーっ」と歓声があがった。

「勝ったんだ。おれたちは勝ったんだ」

青年は高信義を抱きしめて涙声になっていた。高信義の胸にも熱いものがこみあげてきた。

五名の実行委員が釈放されたことを知らされた朝鮮人たちはいっせいに帰りはじめた。停車していた三台の路面電車はみるみる満員になった。

「あんたはどこまで帰る」

と高信義は青年に訊いた。

「おれは百済だ。あんたは」

と青年が高信義に訊いた。

「わしは中本町や」

「あんたは省線だ。おれはこの市電で帰る」

「また、いつかどこかで会おう」

高信義は青年と固い握手を交わした。

「会えるよ。必ず」

青年は屈託のない笑顔で高信義に別れを告げて路面電車に乗った。お互いに名前を名乗るのを忘れていた。

こうして一触即発の状況はいったん収拾されたが、翌日の一九三〇年四月二十一日に金文準をはじめ五名の実行委員は再逮捕された。

　再逮捕された五名は、大阪の各警察署をたらい回しにされたあげく半年の実刑判決を受けた。服役していた五名の実行委員は出所すると、ただちに活動を開始して、天王寺公会堂の決起大会で決議された済州通航組合準備会を具体化するための会議が開かれ「済州島百六十二集落（里）のうち百十九集落の加入を得」て、一株三十銭の組合費を拠出し合い、四千五百人の会員を擁する東亜通航組合の結成を実現させた。

　天王寺駅から歩いて十分ほどのところにある古い木造二階建ての建物が東亜通航組合の事務所だった。事務所には多くの在阪朝鮮人が出入りしていて、夜遅くまで会議や議論を重ねていた。

　ある日、高信義は東亜通航組合の事務所を訪れた。別に所用があったわけではないが、一度どんなところかと思って東亜通航組合の事務所を訪れたのである。六坪ほどの狭い事務所に机が三つ交互に並べてあり、大きな戸棚が置いてあった。その戸棚の中に書類がぎっしり詰まっていた。書類が山積みになっている机の上の隅に電話が一本引かれていた。中央の机には金文準が椅子に腰掛けて金正純や何人かの組合員たちと話していた。事務所の奥に台所と三畳間があった。二階の二部屋には事務局の青年たちが寝泊まりしていた。

　高信義が事務所に入ると、金文準と話していた一人の青年が振り返った。一年前、天王寺公会堂の大会で最後に握手を交わして別れた青年だった。彼は高信義を見るなり破顔一笑して握手を求めた。

「いやあ、久しぶり」

と高信義は懐かしむように青年の手を握った。

「必ず会えると言ったでしょ」

青年の眼は眩しいほど輝いている。

「しかし、事務所へ来てくれるとは思わなかった。よく来てくれたよ。紹介します。ここにおられるのが金文準実行委員長です」

遠くから眺めたことしかない高信義は金文準委員長を紹介されて恐縮した。金文準委員長は椅子から腰を上げて腕を伸ばし、高信義と握手した。メガネを掛けた温厚そうな人物だったが、眼の奥に炯々《けいけい》たる光を放っている。金正純やその他三人の男を紹介されて、最後に全協の幹部である太田博を紹介された。紹介されたあと、金文準は幹部たちとの話を続けたが、何を思ったのか、

「あなたもわれわれの話し合いを聞いてください」

と言った。

「わしのような者が先生方の話を聞いてもいいんですか」

と高信義は戸惑った。

「ぜひ聞いてください。そしてみんなにわれわれの話を伝えてください」

畏れおおいことだったが、高信義はみんなの後ろに立って金文準の話を拝聴した。

「さて、問題は事態をこれ以上引き延ばせないということです。何度も話し合ってきたが、朝鮮郵船と尼崎汽船は値下げを絶対に認めようとしない。待遇も改善しようとしない。彼らはタカをくくっているのです。われわれには何もできないと。だから、われわれには何もできないのかどうかを彼らに示そうじゃないか。この半年間、われわれは周到に準備をしてきた。それを実行に移すときです」

何度も重ねた議論の結論だった。横の机の椅子に座っていた金正純が書類を出して言った。

「一所帯五円のカンパをつのります。これが五円のカンパの証書です。運営費も含めて六、七千円必要ですから、千五、六百人のカンパが必要です。船のほうは話がついたわけですね」

と金正純は太田博に訊いた。

「ええ、やっと交渉が成立しました。保証金は六千円です」

東亜通航組合は朝鮮郵船と尼崎汽船との交渉を続けながら、一方で秘密裏に自前の船を持つために太田博の協力を得て、函館成田商会の「蛟龍丸」（三千トン）の借入交渉をすすめていたのである。

「白雄基君、明日からでもカンパをつのろう。みんなに伝達してくれ」

金文準の穏やかな表情は、しかし強い意志をみなぎらせていた。

白雄基青年は興奮した面もちで、

「わかりました」

と姿勢を正して手渡された担当地域の名簿を受け取った。劇的な会合にいあわせた高信義も興奮して、

「わたしも五円カンパします」

と名乗りをあげた。高信義にとって五円はかなりの負担だったが、なんとかなるだろうと楽観していた。

「ありがとう」

興奮している白雄基はさらに感激して目をうるませ、高信義の肩を抱きしめた。涙もろい青年である。

「いやあ、ありがとう。君が一番最初のカンパ協力者だ」

金正純が椅子から立って高信義と握手した。

「光栄です」

実行委員の一人から握手を求められて高信義はいささか照れていた。

「すみませんが、いま持ちあわせがありませんので、明日中には必ず都合つけます。ですから今日は書類に署名だけさせてください」

その場の雰囲気でついカンパしますと言ったものの、高信義は小銭しか持っていなかった。

「いいですとも。二、三日中で結構です。では、とりあえず署名だけしてください。ところで、あなたのお名前はまだ聞いていませんが」

と金正純が言った。

「高信義です」

はじめて自己紹介すると、白雄基が自分も高信義に名乗っていないことに気付いて、

「おれは白雄基です」

と自己紹介した。

「なんだ、お互いに名前も知らなかったのか」

と太田博が笑い声をあげた。

署名をした高信義はついでに中本町の友人、知人にもカンパをすすめることを約束して五枚の書類をあずかった。

東亜通航組合が五円のカンパをつのって船を借り入れ、自主運航するという噂は在阪済州

島民の間にたちまちひろがった。そして一カ月後には六千円の募金が集まり、成田商会の「蛟龍丸」を借り入れたのである。「蛟龍丸」が阪済航路に就航したのは十一月一日である。運賃は朝鮮郵船、尼崎汽船の約半分の六円五十銭という安さだった。当然、阪済航路を往来する済州島民は「蛟龍丸」を利用した。むろん朝鮮郵船、尼崎汽船が黙っているはずはなかった。両社はただちに対抗措置をとって同じく運賃を六円五十銭に値下げしたうえ優待券などを発行して乗客の獲得に努めたが、同郷人の運営する「蛟龍丸」に乗客は流れていった。

問題は「蛟龍丸」の傭船《ようせん》契約が三十一年三月で終了したことである。朝鮮郵船と尼崎汽船はこの機会を見逃さなかった。傭船契約の再契約を阻止すべく両社は鉄道省に働きかけて成田商会に圧力をかけ、再契約は反故《ほご》にされた。また東亜通航組合もこの間数千円の累積赤字を出し、経営を根本から見直さねばならなかった。累積赤字の大きな要因は成田商会に支払う借り賃であった。なんとしてでも船を借りようと無理を承知で高い借り賃を支払っていたのが経営を圧迫したのだ。といって運営を投げ出せばもとの木阿弥《もくあみ》である。協議を重ねた末、東亜通航組合は買船計画を立てた。この間、官憲の妨害にあって計画はいくども中断されそうになったが、ついに北日本汽船会社の「伏木丸」(千三百トン)の獲得に成功した。

「やった、やったぞ。これでわれわれは郷里と大阪を自由に往来できる」

東亜通航組合の事務所には百数十人もの朝鮮人が集まってきて「マンセ!」(万歳)を叫

んだ。高信義もみんなと一緒に「マンセ！」を叫んでいた。

「これで誰に遠慮することなく、われわれはわれわれの手で運航できます。わが郷里は隣の家のように近くなりました」

集まってきた朝鮮人に対して金文準はおごそかに宣言した。かくして一九三一年十二月一日、三百三十四人の客を乗せた「伏木丸」は一万余人の歓送者の見守るなか大阪築港を出航した。

ところが朝鮮郵船と尼崎汽船の意を受けた官憲の弾圧は凄まじかった。十二月五日、済州島の和順港では「君が代丸」で渡航しようとする朝鮮人に対して、東亜通航組合の会員百余名が、同日入港予定の「伏木丸」を利用するように説得活動をしたところ、会員七名が逮捕され、三、四カ月の監禁後、一年の刑を言い渡されたのである。そして追い打ちをかけるように朝鮮郵船と尼崎汽船は資本力にものをいわせて運賃を三円にまで値下げしたのだ。この極端な値下げは一万人以上の会員を擁していたとはいえ、東亜通航組合にとって死活問題であった。朝鮮郵船と尼崎汽船に対して東亜通航組合は三年にわたって血みどろの闘いを続けていた。

瞼を閉じても顔に照射されたスタンドの灯りが眼の奥まで射し込んでくる。灯りを避けようとしてうつむくと作業服姿の刑事が高信義の髪を摑んでスタンドの光を当てた。眼の奥に斑模様《まだら》の粒子がひろがり、飛び交い、奇怪な図柄を描いて熱をおび、高信義の思考を混乱させていた。何かを考えようとすると重油のような斑模様が飛び交い、ひろがり、沈んでいくのだった。ときどき星雲の爆発にも似た一瞬の光芒《こうぼう》が頭蓋を貫いた。

「おまえは市川信之に利用されてるんや。それがわからんのか。利用されてるのを知らずにデモをやろうとしたおまえに罪はない。せやさかいわしらはおまえを追及する気はないんや。ただし、わしらに協力せんときは、おまえも市川信之の共犯者とみなすことになる。そやろ。共犯でない者が市川信之をかばいだてするか。誰が好きこのんで刑務所なんかに入りたがる」

誰が刑務所なんかに入りたがるという背広姿の刑事の言葉を反転すると刑務所に入れるぞ、という意味でもある。

「わしは何も知りませんのや。何の関係もおまへん」

高信義は、何も知らない、何の関係もないの一点張りである。それ以外に答えようがないのだった。

「よう聞けよ。もしおまえが警察に協力したら、太平産業で働けるようにしてやる。月給も前より上げたる。馘になったさかい、明日からおまんまの喰い上げや。どないして喰っていくつもりや。いまどき朝鮮人を雇うてくれるとこなんか、どこもないぞ。ちがうか。よう考えるんや。悪いことはいわん。嫁はんや子供のこと考えろ。嫁はんや子供が飢えてもええのか。市川信之はな、おまえを利用しようとした悪いやっちゃ。それに東亜通航組合も共産主義者のたまり場や。済州島の労働運動と結託して朝鮮でも騒動を起こしてるんじゃ。そのうちおまえの親、兄弟、親戚にも累がおよぶようになるかもしれん。脅しやないで。事態はそこまで深刻なんや。わかるか、なんでわしがここまで言うのか。わしはおまえを助けたいからや。おまえは真面目な男や。協力したら、明日にでも家に帰したる」

背広姿の刑事はじわじわと真綿のように絞めつけてくる。高信義は暗示にでもかけられたように背広姿の刑事を見つめた。

「煙草吸うか……」

と背広姿の刑事がはじめて笑顔をつくった。

「へえ、おおきに」

と高信義は差し出された煙草を一本取って刑事から火を点けてもらい、深々と吸った。そして思い出したように、

「何を協力するんですか？」

と訊いた。

「市川信之と東亜通航組合の金文準委員長がつるんで、太平産業社長の命を狙ってるいう書類に署名してほしいんや。これは嘘やない。おまえは金俊平と親友やろ。数カ月前、金俊平がやくざと乱闘した事件を知ってるやろ。その現場をおまえは目撃しているはずや。あのやくざは市川信之と金文準に雇われて太平産業社長の命を狙《ねろ》てたんや。証拠は挙がってる。やくざが自白してるんじゃ」

突拍子もない話に高信義は驚いた。

「そんなアホな。わしは金俊平とやくざの喧嘩を見ただけですわ。それ以外、何も見てまへん」

「そんなことは訊いてない。おまえは見たんや。あのときの乱闘は、やくざが社長を襲おうとして金俊平が止めに入って起きた事件や。せやさかい、金俊平は太平産業の社長に礼を言われておかまいなしになったんじゃ。そうでなかったら、金俊平がすぐに出られると思うか、あれだけの人間を傷つけて」

一、二年は刑務所暮らしになると思っていた金俊平が十日で留置場から出てきたので不思議に思っていたのは確かである。しかし、その裏に金文準と市川信之による太平産業社長の暗殺計画があったとは考えられないことであった。高信義は顔をこわばらせて沈思黙考をきめこんだ。

「どないや。わしの話を信じるか」

そう言って背広姿の刑事は一通の調書を机の上に置いた。その調書に高信義は目を通した。

「昭和六年九月十三日午後五時頃、私は金俊平の妻が経営する飲み屋に金永鎮と一緒に行ったところ、間もなく外で金俊平とやくざの乱闘が始まりました。日本刀やとびぐちを持った数人のやくざが黒塗りの自家用車を襲おうとするのを止めに入った金俊平とやくざの喧嘩になったのです。黒塗りの自家用車に乗っている人物は、私の勤めている太平産業の社長であることはすぐにわかりました。というのも私は同じ黒塗りの自家用車に乗って会社にきていた社長を何度も見たことがあるからです」

冒頭から話がまったくちがう虚構の調書に高信義は身震いした。後半になると調書はさらに歪曲《わいきょく》されて高信義の想像を超えていた。

「私は東亜通航組合の事務所で市川信之と金文準が会っているのを一、二度見たことがあります。市川信之は私に力説していました。ロシア革命が起こり、世界は変わる。日本にも革命が起こる。そのときは東亜通航組合とそれに関連して影響を受けている済州島青年同盟、旧左面社会民衆運動協議会、大阪旧左面青年連合会との共闘を主張していました」

高信義は鳥肌が立ってきた。

調書を読み終えた高信義は顔面蒼白になった。

「わしは何も知りまへん。何の関係もないです」

頬の肉を少したるませていた背広姿の刑事の表情が厳しくなった。

「署名するだけでええんや。そしたら、すぐ家に帰れるんや。仕事もできるし、おまんまも喰える。それがわからんのか」

一人の刑事が入ってきて背広姿の刑事に耳うちして出て行った。

「金永鎮が認めたぞ。どないする？」

まさか、あの金永鎮が……。高信義の脳裏に軽薄だが、どこか憎めない金永鎮の顔が浮かんだ。

「あいつが何で白状したんです。あいつこそ何も知らんはずです」

気の弱い高信義は胸が詰まって涙が出そうになった。

「あいつこそ何も知らんということは、おまえなら知ってるということか」

作業服姿の刑事がうつむきかげんになっている高信義の髪を摑んでスタンドを持ち、顔の前に灯りを近づけてのぞいた。

「わしは何も知りまへん。何の関係もないです」

苦りきった表情の背広姿の刑事が机を蹴った。

十時間にもおよぶ一日目の取り調べが終わって、高信義は独房に入れられた。体も頭もばらばらに解体しているようだった。これほど執拗な尋問ははじめての経験である。長時間労働には耐えてきたが、執拗な尋問に耐えられるかどうか自信がなかった。明日にでも自白しそうな気がする。ありえないことをあったかのように捏造《ねつぞう》された調書を認められるだろうか。だが、無理矢理拇印を押させされるかもしれない。なぜおれがこんな目に遭わなければならないのか。その理不尽さに高信義は寒気がした。もし認めればどうなるのか。認めれば東亜通航組合の金文準委員長をはじめ金正純、白雄基、太田博、市川信之、山本竜男、その他何人もの人間が逮捕されるにちがいない。それを考えると高信義はぞっとした。

10

眠れそうになかった。暗室のような取調室で百ワットの強い光をあてられて眼底がめらめらと燃えているようだった。その炎が脳細胞をも灼きつくそうとする。考えられないのだ。考えようとすると耳鳴りがして額に汗がにじんできた。高信義は瞼を閉じて、しきりに明実と子供の顔を思い浮かべようとしたが思い出せなかった。記憶喪失者のように妻子の顔が思い出せなくなると友人や知人の顔も思い出せなくなるのだった。高信義は硬いせんべい布団の上で何度も寝返りを打った。明日もまた同じような尋問が十時間以上続くにちがいない。それを考えると夜の明けるのが恐ろしかった。

午前八時に朝食が運ばれてきた。アルミ製の食器にメザシとたくわんとみそ汁だけの粗末な朝食だった。高信義は体力をつけておこうと、食欲のない胃袋に粗末な朝食を呑み込むようにして食べた。朝食が終わって三十分もしないうちに高信義は呼び出された。留置場の鍵を開ける音が胃にしみわたり痛みだした。留置場から出た高信義は、

「すんません。腹が痛むんですわ。便所へ行かせてください」

と警官に訴えた。

「世話のやける奴っちゃな」

と言いながら警官は高信義を便所に連れて行った。

下痢だった。水のような便がいっきに放出されて下腹部がさし込んでくる。拒絶反応を起こしているのだ。高信義は下腹部の痛みがおさまるまで便所にしゃがんでいた。

「まだか、何してるんや」

と警官が急かせる。

「もうちょっと待っとくなはれ」

と高信義は苦痛をにじませて返事した。

便所から出てきた高信義の顔色は憔悴しきったように青白かった。

「体ははよ吐きたいのに、おまえが頑張るさかい下痢になるんや。はよ吐いて楽になれ」

警官の言葉は妙に説得力があった。高信義も下痢のように吐き出してしまいたいと思う。だが、吐き出すものがないのだ。

取調室に入ると昨日と同じ服装をした二人の刑事が待っていた。背広姿の刑事は煙草を吸っていた。彼はひっきりなしに煙草を吸っている。椅子に座った高信義を見つめて、

「よう眠れたか」

と背広姿の刑事が訊いた。

「いいえ」

と高信義はかぶりを振った。

「そやろ。眠れるわけないわな。これだけだいそれたことしたんやさかい」

だいそれたことをした覚えなどないのに、背広姿の刑事は既成事実を積み重ねていくかのように言った。

「今朝早く、おまえの嫁はんが二人の子供を連れて下着の差し入れにきとった。泣いとったぞ。助けてくれ言うてな。そない言われても、おまえにその気がなかったら助けようにも助けられへん。ちがうか。何も深刻に考えることない。署名するだけのことや。あとはわしらがおまえの身の立つようにしてやる」

飴《あめ》と鞭を使いわけて、昨日と同じくり返しである。観音開きの窓を閉め、百ワットの強い光をあてられていると昼なのか夜なのかもわからず、時間が止まってしまったように思えた。そして何十回、何百回、同じ尋問をくり返されるうちに高信義自身がその尋問に麻痺してくるのだった。

「ちょっと考えさせてくれ」

と高信義が苦しそうに言った。

「何を考えるねん。考えることないやろ。署名して拇印を押したらええのや」

スタンドの光をあてていた作業服姿の刑事が高信義の手にペンを握らせようとする。

「はよ署名して拇印を押せ。そしたらすぐ家に帰したる」

背広姿の刑事が高信義の顔をのぞき込む。その眼が拡大鏡でのぞいたように歪み膨張した。小刻みに震えている高信義のズボンの裾から小便がもれていた。

「こいつ、小便垂れとる」

と作業服姿の刑事があきれ顔になった。

「どうしようもない奴っちゃ。便所へ連れて行け。それから下着を替えさせろ」

苦りきった表情の背広姿の刑事は椅子に背中をあずけて脚を投げだし、いらだちながら煙草に火をつけた。

高信義は自分でも失禁しているのがわからなかった。ある時点で硬直していた体から力が抜けて虚脱状態になり、失禁したのだ。

失禁で汚れた脚をタオルで拭き、下着を着替えてしばらく放心状態になっていた高信義は激しい自己嫌悪に陥って泣きだし、留置場の壁に頭を叩きつけた。『おれは弱い人間だ。情けない……』そう思うと涙がとめどなく溢れてきた。裏切ることもできない。かといって耐えることもできない。できることなら死んでしまいたいと思った。

東成署に三日間留置されて尋問を受けたあと、高信義は天満署に移された。東成署で手に負えなかったからではなく、各警察をたらい回しすることによって本人に心理的な圧力を加えるためであった。

天満署の取調室は隅に二畳ほどの板間がしつらえてあって、その板間に正座させられた高信義を三人の刑事がとり囲むように椅子に座って威嚇するのだった。

「天満署は東成署みたいに甘《あも》うないぞ。覚悟しとけ」

まるで極道のようないかつい顔の長尾刑事が口をとがらせて言った。そういえば三人とも極道に似ていると高信義は思った。

「自白するもよし、せんもよし。そのかわり二、三年でムショから出れると思うな。五、六年はぶち込んでやる」

三十前後の刑事が恫喝まがいの言葉を吐き、土足で板間に上がると高信義の髪を摑んで後ろへ引き倒した。無抵抗な高信義は首のすわっていない赤児のように後ろへひっくり返った。

「ちゃんと正座しろ!」

と三人目の刑事が竹刀《しない》を振りかざして板間を叩いた。三人の刑事は尋問をせずに、ひたすら威嚇と恫喝によって高信義に恐怖を植えつけようとする。正座の習慣のない朝鮮人の高信義は板間に正座しているだけで苦痛だった。しだいに脚が痺れて感覚がなくなり、膝の上に重しを載せられているようだった。その膝を刑事が竹刀の先できりきりとねじ込んでくるのだ。高信義はたまらず呻き声をもらした。こうして五、六時間も正座させられた高信義は上半身を支えることができず重心を失って前のめりに倒れた。すると二人の刑事が高信義の両脇をかかえて引きずるようにして独房に放り込んだ。

高信義が放り込まれた独房は人間一人がかろうじて横になれる程度の特殊な独房だった。そして独房の天井には百ワットの電球が五個並んでいた。しかも五個の電球はつけっ放しである。狭い部屋に放射された五百ワットの光は周囲の白い壁に反射して上下左右から乱反射し、眼を開けていられなかった。高信義は座り込み、両手で両瞼をふさいだ。けれども強烈な光は手の甲を透過し、瞼の奥を射貫《いぬ》いて後頭部を突き抜けていく。全身から汗が噴き出してくる。放熱する電球は砂漠の太陽のように輝き、灼熱《しやくねつ》地獄が続く。みるみる喉が渇き唇に亀裂《きれつ》ができた。高信義は食事を出し入れする小さな穴から外の空気を吸った。このままでは体が干上がってしまうと思った。

「頼む、ここから出してくれ！」

と高信義は叫んだ。だが、誰も返事をしない。おそらく他の留置場と隔離されているのだ。

「頼む、ここから出してくれ！」

と叫ぶ高信義の声は空しく響くだけだった。『もうおしまいだ。これ以上耐えられない』間断なく襲ってくる絶望と恐怖、じわじわと皮膚を灼く光——びっしょり汗をかいている高信義の体がふやけた石鹸のように溶けている。うつ伏せになって体を投げ出し、この期《ご》におよんでなお何かにしがみつこうとしている自分に訣別《けつべつ》したいと願った。

どのくらいの時間が過ぎたのか、不意に五個の電球が消えて真っ暗になった。そして数分後にコンクリートの廊下を踏みしめる靴音がした。頭の皮を一枚剝がされたような感覚の高信義は、しかし靴音に耳を澄ました。靴音は独房の前で止まり、監視穴からいかつい顔の刑事の声がした。

「どうや、調子は」

小馬鹿にしたような声である。

「頼む、ここから出してくれ」

高信義は苦しそうに訴えた。

「ここから出たいのか。出たいと言うことは調書を認める言うことやな」

「認める。わしは東亜通航組合の会員や」

「そんなことはわかってる。それだけか」

「それだけや」

「おまえはひとをおちょくっとんのか。まだ頑張るらしいな。ま、せいぜい頑張っとけ。そのうち髪が抜けて脳味噌が腐ってくる。そうなったら脳病院行きじゃ」

刑事はのぞき穴を閉めて立ち去った。刑事が立ち去ってから三十分もするとまた五個の電球がついた。真っ暗だっただけに部屋の光は前より二倍以上明るく感じられた。そしてとたんに汗が噴き出してきた。電球は四、五時間ごとに消え、三十分後に点く。灼熱の太陽と極北の暗黒の間を往ったりきたりしているような極端から極端への環境の変化に高信義の神経はついていけなかった。まぎれもない拷問《ごうもん》であった。それも傷あとの残らない巧妙でもっとも残酷な拷問である。

三日もすると顔の皮膚がひからびて老人のように皺だらけになっていた。刑事が言っていたように脳味噌に数百匹の蛆虫《うじむし》が群がり、這っている音がした。蛆虫の這う音がざわざわと頭蓋の奥から聞こえてくる。やがてその音は耳の底にひろがり、耳の穴から蛆虫が這い出してくるようだった。高信義は耳の穴をほじくり、払いのけ、狂ったようにもがいた。高信義の体にたかっているのは蛆虫だけではなかった。見たこともない不気味な昆虫類が体のあちこちに群がり、肛門や口から這い出してくるのだ。高信義は爪を立てて体中を掻きむしり、口腔に指を入れて、それら得体の知れない奇怪な昆虫類を引きずり出そうとして嘔吐した。そしてついに「アーッ」と絶叫した。

見回りをしていた警官が独房の中をのぞいてみると、口を大きく開けて仰向けに倒れている高信義を発見した。警官は高信義が死んだのではないかとあわてふためいて扉を開け、確かめた。死んではいなかったが意識不明の状態だった。服を脱ぎ、パンツ一枚だけになっている高信義の顔や体に爪を立てて掻きむしった無数の傷跡が赤黒く膨れあがっていた。まるで体全体が壊疽《えそ》に冒されているようだった。高信義はただちに警察病院に収容された。

それから一カ月ほど入院して体力を回復した高信義は退院するとふたたび東成署に収監されたのである。振り出しにもどったのだ。手ぐすねひいて待っていた背広姿の刑事と作業服姿の刑事の尋問がはじまった。だが、高信義は一カ月半前の高信義ではなかった。何を尋問されても口を開こうとせずに黙秘を続けた。一切の外部からの刺激を遮断し拒絶して内に閉じ籠っていた。強迫観念にとらわれているようでもあり、強い意志を秘めているようでもある。業を煮やした作業服姿の刑事が高信義の顔面を殴りつけた。高信義は海老のように体を丸めて作業服姿の刑事の暴力を受け入れるのだった。

「また天満署に送ったろか。あの独房に入りたいんか」

自分たちの手に負えないとみた背広姿の刑事は、悪夢のような天満署の独房を高信義に思い出させようとした。

「今度あの独房に入れられたら、舌嚙み切って死んだる」

黙秘していた高信義が低い声で呪うように言った。

二カ月後に高信義は起訴され裁判に持ち込まれた。

夫の高信義が逮捕されて四カ月が過ぎようとしている。その間、明実は途方に暮れていた。弁護士を雇う金もなく、苛酷な時間の過ぎるのにまかせていた。近所の人や友人、知人から借金を重ねながら生活していたが、それにも限界がある。見かねた英姫が店を手伝ってもらうことにした。そして家賃もままならない明実を空いている二階の部屋に住まわせた。明実の二人の子供は、いつも一人で遊んでいる春美の遊び友達になってくれるだろうという考えもあった。

五人が逮捕された頃、東成や生野でもちきりだった噂もいまでは誰も口にしなくなった。金永鎮、尹達民、許仁勲、そして朴顕南も釈放されたが、高信義一人だけが大阪拘置所で裁判を待つ身であった。なぜ四人は釈放されて自分の夫だけが拘束されているのか。そのことが明実の胸の中でいつもわだかまっていた。四人はありもしないことを自白し、罪を夫の高信義にかぶせたのではないか、という疑念をいだいていた。釈放された四人は、その後、英姫の店に顔を見せることはなかった。そのことが明実の疑念を深めさせるのである。店が終わってひと息つくと明実は必ず、

「結局うちの人だけが犠牲になったのよ。それなのにみんなしらん顔して……」

と涙ぐむのだった。

夫を思い涙ぐむ明実を英姫はうらやましいと思った。それが夫婦というものだろう。けれども英姫は、家を出て半年になる金俊平の安否を気づかって涙するようなことはなかった。それどころか、このまま帰ってこなければいいのだが、と思ったりする。

先日も友達の鄭美子がやってきて金俊平の噂を持ち出した。

「わたしの亭主が堺の飯場で聞いた話だけど、あんたの旦那は女と暮らしてるらしいわよ。いいの」

英姫の嫉妬心を煽るかのように、他人の夫の浮気をねたましげに言うのである。

「いいのよ。いまにはじまったことじゃないから。この前は尼崎で女と暮らしてるって噂を聞かされた。その前は奈良で女と暮らしてるって言われた。そんな噂をいちいち気にしてたら頭がおかしくなるでしょ」

まったく嫉妬心がないといえば嘘になる。見知らぬ女が金俊平の逞しい腕に抱かれていると思うと胸にざわつくものを覚える。ましてや出産を間近にひかえた子供の父親なのだ。真偽のほどはさだかでないが、友人や知人から女と暮らしている金俊平の話を聞かされて、英姫はいいかげんうんざりしていた。美子は言外に、夫の浮気を黙って見過ごしていいのか、と言っている。かりに金俊平の浮気をなじったとしてどうなるのか。それこそ金俊平の暴力に脅える毎日を過ごすことになるだろう。一度は男に騙されて捨てられ、今度は暴力に脅える暮らしを強いられている。金俊平が外で浮気をしている間、平穏無事な日々を送れればいいと思うのだった。そして暗い台所のかまどで豚をゆでながら燃えさかる薪の炎を見つめていると、ふと金俊平はどんな女と暮らしているのだろうと思う。やさしい女だろうか、魅力的な女だろうか。若い女だろうか、それとも……。あと二カ月で出産する子供がお腹の中で動いている。ときどきお腹を蹴ったりしている元気のある胎児だった。男の児かもしれない、と英姫はひそかに期待していた。男児を出産すれば金俊平も少しは変わるかもしれない。それが望みだった。

客の入りは可もなく不可もなしであった。ただ相変わらずつけが多く、そのために仕入れのやりくりが大変だった。

その日は珍しく満席で立ち飲みしている客が四、五人いた。冷蔵庫のかたわらにあるカウンターで四、五人の男がドブロクを立ち飲みしながら英姫の切ってくれたスエと豚肉に舌鼓を鳴らしていた。客のほとんどは常連だったが、四、五人の中の一人は初めて見る顔だった。三十歳前後のその客は忙しそうにしている英姫に話しかける機会をうかがっていた。注文を取りにきた明実にドブロクと酒の肴を渡してつぎの注文にとりかかろうとしたとき、

「あの……」

と男が声をかけた。

英姫は注文でもされるのかと思って、

「ちょっと待ってください。部屋の注文を先に出してしまいますから」

と言った。

「あの、ちょっと話があるんです」

男は側の客たちを気にしながら、表情で英姫を別の場所に誘おうとする。男の表情を察知した英姫は、切っていた肉切り包丁を俎板に置いて前掛けで脂のついた手を拭くと台所に行った。

「じつは金俊平さんのことづけを言いにきました」

天井から吊るされている四十ワットの灯りが人のよさそうな男の顔を照らしている。男の口から金俊平の名前が出たので英姫は一瞬どきっとした。

「どんなことづけです」

「五十円預かってくるように言われました」

やはり金の無心かと思った。

「うちの人はいまどこにいます」

「堺の飯場にいます。わたしもそこで働いてますが、金俊平さんは飯場の監督をしてます」

飯場の監督をしていればそこそこの月給をもらっているはずなのに、金の無心にきたところをみると博打に負けたか、女に貢《みつ》ぐためだろう。

「うちのひとは女と暮らしてるそうですけど……」

なぜか急に嫉妬がよぎって英姫は男にあてつけがましい言葉を吐いた。

「いや、わたしは知りません。そんなことはないと思います」

男はしどろもどろになって戸惑っていた。

「同じ飯場で働いてる人から聞きました」

金は直接手渡すから、金俊平のいるところへ案内してほしい、と言いかけて英姫は自分の感情の乱れに驚いた。金俊平と一緒に暮らしている女のほうが憎いと思ったのである。英姫はしばらく考えていた。はたしてこの男が金俊平の意向を受けて金を取りにきたのかどうか判然としない。金俊平の名をかたって五十円を騙し取ろうとしているのかもしれない。だが、本当だとすれば男を手ぶらで帰した場合、金俊平が家へ乗り込んでくるだろう。どうしたものかと考えあぐねたが、英姫は男に五十円を渡した。英姫から五十円を受け取った男は自分の飲み代を払おうとした。

「いいです」

と英姫は男の飲み代を受け取らなかった。

男が帰ったあと、英姫はかまどの前にしゃがみ込んだ。赤々と燃えるかまどの炎が地獄の業火《ごうか》のように思えた。気力が萎《な》え、涙が溢れてきた。身を粉《こ》にして働いても、金俊平に金をつぎからつぎへと持ち去られるだけだった。ひとしきり涙して、その涙がかまどの火の熱で乾きかけたとき下腹部がさし込んできた。寒気がして痺れてくる体を持ち上げることができなかった。陣痛がはじまったのだ。英姫は壁にしがみつくようにしながら歩き、かまどの隣の部屋にたどり着くと、

「明実、明実」

と呼んだ。

飲んでいた客たちが英姫の異変に驚いて、

「どうしたんだ、アジュモニ！」

とよってきた。

「明実さん、アジュモニがおかしい。苦しんでる」

と一人の客が明実に言った。

俎板で肉を切っていた明実が駆けつけてきて英姫を一目見るなり、

「大変だ、陣痛がはじまってる」

とあわてた。

明実は飲んでいた男たちに、

「みんなお膳を片づけてちょうだい。お膳をそのまま隣の部屋に移してください。それから誰か自転車に乗って産婆さんを呼びに行ってちょうだい」

かん高い声で指示する明実の言葉に男たちはうろたえるばかりであった。それに男たちはかなり酔っている。男たちは当てにならないと判断した明実は近所のおかみさんたちを呼びに走った。良江、順明、向かいの米屋の千代、漬け物屋のおかみさんまで駆けつけてきた。駆けつけてきた良江が男たちを隣の部屋に追い払って、

「はよ湯沸かし、湯沸かし」

と明実を急かせている。

幸いかまどでは豚の頭をゆでている最中だったので新たに火をおこす必要はなかった。明実は豚の頭をゆでている釜と空いている釜を入れ替えて水を満たし、薪をくべた。

「産婆さんを呼んでこなあかん」

押し入れから布団を出している順明に、

「あんた自転車乗れるか」

と良江が訊いた。

「よう乗らん」

と順明が答えた。

「情けないな。自転車くらい乗れるようになっときいな」

自分も自転車に乗れない良江は隣の部屋にたむろしてる男たちに、

「誰か産婆さんのとこまで自転車乗せて」

と焦りながら言った。

「わしが乗せたる。この中でわしの自転車が一番ええ自転車や」

と常連の夫書房《ソバン》（さん）が言った。

「おまえはあかん。酔っぱらいすぎや。わしが乗せたる」

と金書房が買って出た。

「わしは酔ってない。わしの自転車のほうが早い。おまえの自転車はボロやさかい、途中でチェーンがはずれたりする」

二人が言い争うのを見ていた朴書房が立ち上がった。

「二人ともええ加減にせえ。わしが乗せて行ったる」

体格の大きい朴書房は二人を見下ろした。

「誰でもええさかい早よ乗せてえな」

良江がヒステリックな声をあげた。そして良江は朴書房の自転車の荷台に乗って産婆を呼びに走った。

「いま良江はんが産婆さんを呼びに行ったさかい、もう少ししんぼうしいや」

布団に寝かせた英姫を米屋の千代が励ましている。漬け物屋のおかみさんはタオルで英姫の汗を拭いていた。

「おおきに、すんません」

波状的に襲ってくる陣痛の痛みがしだいに強くなってくる。

「三畳の部屋の整理箪笥に赤ちゃんの着物とおしめがあります」

英姫は息をはずませながら言った。

漬け物屋のおかみさんが三畳の部屋の整理箪笥から赤ちゃんの着物やおしめ、数枚のタオルと油紙を持ってきた。

「タライはどこにあるの」

かまどに薪をくべていた明実が台所越しに訊いた。

「二階の物干し場にある」

と英姫が弱々しく答えた。

明実が二階の物干し場からタライを持って降りてくると、男たちがドブロクや豚肉を勝手に飲み食いしていた。

「勝手なことしたらあかんがな」

と明実は子供でも叱るように言った。

「帳面にちゃんとつけとくて。ごまかしたりせえへんさかい」

と不精髭をはやした金書房が口をぬぐった。

「ほんまにちゃんとつけといてや」

大きなタライをかかえた明実は男たちを睨みつけるようにして台所にもどった。女たちが大わらわで動きまわっているというのに男たちは飲み食いしながら雑談に余念がない。

自転車の荷台に産婆を乗せて朴書房が帰ってきた。自転車の荷台に産婆さんが乗っているため良江は歩くことになった。自転車の荷台から降りた産婆は下駄を脱ぐのももどかしげに部屋に上がって英姫の様子をみた。女たちが見守る中、聴診器をあて首をかしげて注意深く胎児の様子を調べている。

「まだやな。もうちょっと時間かかるけど、用意しとこか」

産婆の指示に従って、英姫の腰のあたりに油紙を敷き、その上にタオルを二枚重ねた。

「お湯はわてが合図してからタライに入れてんか」

と産婆は明実に言った。明実は真剣な顔でうなずいた。十分ほど遅れて帰ってきた良江が、

「まだですか」

と訊いた。

「そんな早よ産まれるかいな。もうちょっと時間かかるそうや」

性急な良江は歩いてきた疲れが出たのか、その場にへたり込んだ。

難産だった。陣痛がはじまって五時間が過ぎようとしている。

「あー、痛い！　苦しい！」

英姫が悶絶の声をあげる。

産婆は英姫に添い寝をしてお腹をさすっていた。

「頑張るんやで。辛抱しいや。痛いやろけど、ここでふんばって元気な赤ちゃんを産みや。そうしてこそ一人前の女になるのや」

添い寝をしている産婆はまるで英姫の母親のようにお腹をさすりながら、しきりに励ますのだった。その言葉に励まされて英姫は下腹部に力を集中させて胎児を押し出そうとする。そのたびに英姫は悲鳴のような声をあげるのだった。ところが不思議なことに、激痛に耐えかねて悲鳴のような声をあげたあと、英姫は眠りだすのである。

「眠《ね》たらあかんで。眠《ね》たら赤ちゃんが窒息してしまうで」

と産婆は必死で英姫の意識に呼びかける。眠り産だった。眠り産はきわめて危険だった。

子宮から押し出されてくる胎児が途中、睡魔に襲われて眠りこけてしまう母親の膣に締めつけられるからだ。

産婆は英姫の股を大きく開かせ、でんと構えた。子宮から排出してくる胎児の頭部が見える。

「眠たらあかんで！　眠たらあかんで！」

産婆は大声で叫び、注射針で英姫の腿《もも》を刺激した。力をこめて胎児を押し出そうとする英姫が悲鳴をあげる。女たちは固唾《かたず》をのんで見守っていた。隣の部屋の男たちもただならぬ出産の様子に静まり返っていた。

「眠たらあかんで！　眠たらあかんで！　もう少しや。ふんばりや！」

必死に叫びながら半分ほど出てきた胎児の頭を産婆は両手で摑み、ゆっくりと引きずり出した。胎児は羊水とともに外界へ飛び出してきた。産婆は素早く嬰児《えいじ》の顔の皮膜を払拭して口をこじ開け、呼吸させた。そして頰を軽く叩くと嬰児が元気な声で泣きだした。見守っていた女たちの顔に安堵の笑みがひろがった。産婆は臍の緒を切り、嬰児をタライのお湯で洗うとタオルで拭き、着物にくるんで英姫に見せた。

「男の児や。ほら、チンチンついてるやろ。よう頑張ったな」

激痛から解放された英姫は何かをやり遂げたあとの晴ればれとした表情になっていた。明実が二階で遊んでいる春美と自分の二人の子供を連れてきた。

「オモニがな、赤ちゃんを産んだんや。あんたの弟やで。可愛がってやりや」

と言って英姫に添い寝している赤ちゃんの手に触れさせた。もの珍しいものでも見るように春美はおそるおそる赤ちゃんを触った。

隣の部屋の障子を開けて顔をのぞかせた朴書房が、

「男の児か。俊平も喜ぶやろ」

と酒に酔った赤ら顔をほころばせた。

みんなから祝福されて無事に出産できた幸せを嚙みしめながらも、英姫は内心、はたして金俊平は喜んでくれるだろうかと思った。

難産だったので産後の休養を充分にとる必要があったが、英姫は三日後に働きだした。子供の世話をやきながら一人できりもりしている明実にすまない気持ちと、仕込みをしなければならないこともあって働きだしたのである。

「もう少し休まないと、あとで体をこわしたらどうするの」

明実の心配もわかるが、経験のない明実に仕込みをまかせることはできなかった。そろそろ焼酎もドブロクもなくなる頃であった。

「大丈夫、体だけは丈夫だから」

無理をしているのは明らかであった。しゃがむときも、立ち上がるときも、歩くときも緩慢な動作だった。そして子供に母乳をふくませているときの英姫はいつも考えごとをしていた。無心に母乳を飲んでいる子供の顔を見ている英姫の表情が暗い憂いを含んでいた。

それから一週間後、金俊平が帰ってきた。掃除をしていた玄関口が不意に大きな影におおわれたので明実が驚いて見上げると革鞄を下げた金俊平が立っていた。

「お帰りなさい」

と明実は口ごもった。

二階に住んでいることを知らない金俊平は、家の玄関を掃除している明実が奇妙に映ったのか、黙って部屋に上がった。六畳の部屋で籠《かご》の中の子供を寝かしつけるためにあやしていた英姫も目の前に突然現れた金俊平を見て息が詰まりそうになった。金俊平は籠の中の子供をちらと見て、三畳の間に入って鞄を置くと、また籠の中の子供をじっと見つめた。

「お帰りなさい」

と英姫はあらたまった口調で言った。正午過ぎだった。昼食の仕度をしなければと思っていた英姫は、

「食事はまだですか」

とぎこちなく訊いた。それには答えず、

「子供に名前をつけたのか」

と金俊平は訊いた。

「まだです。あなたの帰りを待ってました」

子供が生まれて十日後に帰ってきた金俊平は暗になじられているようで渋い表情をした。そしてまた黙って自転車に乗って家を出て行った。玄関で金俊平が出て行くのを見届けてから明実は部屋に上がってきた。

「びっくりした。だって突然玄関先に立ってるんだもの。まだ胸がどきどきしてる」

明実は胸に手をあて呼吸を整えた。

「子供の誕生を誰かに聞いたのかしら」

英姫も青ざめている。

「たぶんね。それで帰ってきたのよ」

この半年間、何はともあれ平穏無事だった英姫にとって金俊平の突然の帰宅は考えてもいないことだった。そして明実にとっても同じだった。二階に住んでいる明実は金俊平の帰宅で出なければならないかもしれないと思った。

「わたしは二階の部屋を出なければならないの」

悲嘆にくれて感情が高ぶっている。

「出なくていいの。わたしたちは六畳の部屋に住むわ。そのかわりお客さんは隣の四畳半の部屋で飲んでもらう。少し狭いけど、なんとかなると思う」

英姫にそう言われて明実はひと安心したが、しかし金俊平がどう思うかが問題だった。金俊平に出て行けと言われればそれまでである。帰ってきてすぐに外出した金俊平の帰りを待つ二人は落ち着かなかった。昼食もできない。金俊平の帰りを待たずに昼食をすると、自分をないがしろにしていると言われかねない。とにかく食事の用意をしておく必要があった。

二時間後に金俊平が白い和紙を持って帰ってきた。そして籠の中で眠っている子供の側に座り、丸めていた和紙をひろげた。和紙には達筆な字で「金清漢」と書いてあった。生野にいる儒学者を訪ねて命名してもらったという。このときばかりは金俊平もやはり人の子の親だと思って英姫は感激した。英姫にとっては二人目の子供だが、金俊平にとっては初めての、それも男児である。朝鮮の巫女の歌の中に、血は母より受け継ぎ、骨《クワン》は父より受け継ぐ、という一節がある。朝鮮の父親は息子に対してよく「おまえはわしの骨だ」と言うが、それは家父長制度を象徴する言葉であった。血もまた骨によって創られることを前提にしているからだ。土葬された死者の血肉は腐り果てようとも骨だけは残るという意味がこめられている。血は水より濃いと言うが、骨は血より濃いのである。言葉には出さないが、儒学者を訪ねて命名してもらったことが金俊平の愛情表現だった。

食事は明実の子供たちも一緒に膳を囲んでとった。同じ屋根の下に住んでいるので食事を別々にとるより一緒にとったほうが手間も経済面でも合理的だった。

食事の間、金俊平は高信義が大阪拘置所に入れられるまでのいきさつを明実から聴いた。黙って聴いていた金俊平は涙ぐんでいる明実を慰めるように、明日大阪拘置所へ一緒に面会に行きましょうと言った。

「そうすればいいわ」

と英姫も賛成した。

翌朝、大阪拘置所へ面会に行く明実に英姫は十円握らせた。拘置所内で必要な品物を買うためには金がいる。明実は礼を言って二人の子供を連れ、金俊平と一緒に家を出た。二人を見送った英姫は内心ほっとした。金俊平が意外にやさしく子供のことを考えていたからだ。もしかしてこれを契機に変わってくれるだろうか、と一縷の望みを持った。

だが、英姫のかすかな望みも三日後には消えてしまった。明実と一緒に高信義に面会してきた翌日、金俊平は新しい下着類を鞄に詰めて、「ちょっと出掛ける」と言った。そして「五十円ないか」と言うのである。女のところへもどるのはわかっていた。世間体《せけんてい》をはばかって、子供に命名するためにだけいったん家に帰ってきたのだ。『女のところへもどるんですか』と喉まで出かかった言葉を呑み込んだ。そんなことを口に出せば即座に殴られるだろ

う。英姫はできるだけ自制心を保って、

「この前、ある人があなたに頼まれたと言って五十円持って行きました。そのお金をあなたは受け取りましたか？」

「受け取った。それで何が言いたいのだ、おまえは」

眼を細め、奥歯を嚙みしめて、金俊平は英姫を睨んだ。金俊平の体内を冷たい感情がめぐっている。つぎの瞬間、暴力が何もかも破壊するだろう。

「いいえ、別に。ただ知らない人にお金を預けたものですから」

英姫はチュモニから五十円を取り出して金俊平に渡した。その金を握りしめるようにして金俊平は大股で敷居をまたいで家を出た。

もう帰ってこないでほしいと思った。そう思いながら、金俊平を虜にしている女とはどんな女だろう。どのような手練手管《てれんてくだ》を使っているのか知りたいと思うのだった。男に対する英姫の態度はあまりにも生真面目《きまじめ》すぎる。それが男を退屈させるのかもしれない。女の魅力の秘密――それはいったいどのようなものなのか英姫にはわからなかった。自分は金俊平の呪縛から逃れられずに、このまま一生を終えるのだろうか、と漠然と考えながらかまどに薪をくべていた。

金俊平は一カ月に一度の割合で帰ってくると四、五日滞在して家を出て行った。どっちが本宅で妾宅《しょうたく》なのかわからなかった。人の噂によると堺の女とは別れて、現在は生野で別の女と暮らしているとのことだった。どの女と暮らそうと英姫には関係のないことだった。どの女も英姫にとってみれば、みな同じ女だった。問題は女に子供ができることである。その子供を金俊平が引き取って英姫に預けるかもしれないことだった。いまのところ、そうした兆候はないが、それだけは避けたいと思った。

忙しい一日が過ぎてゆく。朝の六時に起床して東の空を拝み、かまどに蠟燭《ろうそく》を立て、白米をそなえて拝み、それからかまどに火をおこす。肉や麴《こうじ》の仕込みと焼酎の製造は手間のかかる作業であった。ときにはそれらの仕込みだけで夜を徹して三、四日かかることもある。客の応対に追われ、片づけものをして床につくのはいつも午前二時頃になる。

年が明けて十日もした頃である。忙しさにかまけて籠に寝かせていた子供をすっかり忘れていた。夜一度母乳をふくませたが、そのあと午前二時まで働きづめだった英姫が、ようやく仕事も一段落して就寝しようと籠の中の子供を見ると、どういうはずみでそうなったのかわからないが子供の顔が毛布でおおわれていた。あわてて毛布をとり除いて英姫は愕然とした。子供の顔が真っ赤にほてり虫の息だった。英姫は子供を抱きかかえて何度も口から息を送ったが、子供は英姫の腕の中でぐったりしていた。英姫は子供を毛布にくるんで矢内原医院に駆けだした。足が地につかなかった。耳もとを擦過する風の音が唸りをあげている。表戸を閉め、灯りの消えた家々が沈黙の陰に身をひそめて英姫を見守っている。英姫が走り抜けると犬が吠えたてた。道を横ぎる猫の目が異様な光を放っていた。『神さま、どうか子供を助けてください。救ってください』英姫は心の中で何度も拝んだ。そしてようやく矢内原医院にたどりついた英姫は表戸を叩いて叫んだ。

「先生、お願いします！　子供の様子がおかしいんです！　開けてください！」

深夜だが近所にはばかることなく医師を叩き起こそうと英姫は大声を張りあげた。三回、四回と表戸を激しく叩いて医師の名を呼び続ける声に、灯りがつき、一人の老女が表戸の白いカーテンを開けて顔をのぞかせた。

「夜分すみません。子供の様子がおかしいんです。お願いします」

寝間着姿の老女は表戸を開けて吹き込んできた寒風にぶるぶると体を震わせた。それから診察室に通して、

「ちょっと待っててや。いま先生を呼んでくるさかい」

と言って廊下の奥に消えた。間もなく寝間着姿の矢内原医師が現れた。

「どないしたんや」

寝ぼけ眼の老医師は入れ歯をカチカチ鳴らした。

「息が止まりそうなんです」

老医師は英姫の腕に抱かれている子供の瞼を開いて懐中電灯を照らし、反応を確かめた。

「えらいこっちゃ。瞳孔が半分開いたままや。手遅れかもしれん」

そして半ば諦めるように言った。

「酸素吸入器がないのや。困ったな」

うろたえながら、側につっ立っている老女に、

「島田医院に電話して、酸素吸入器を頼み」

と指示した。

老女は電話帳をめくり、島田医院に電話をかけたがなかなか出ない。

「とにかくベッドに寝かし」

英姫が子供をベッドに横たえると老医師は人工呼吸の真似ごとをしたが、すぐに疲れるのだった。

「まだ電話に出へんのかいな」

老医師がいらだたしげに言った。

「出ません」

と老女は無表情に答える。

老医師の顔に絶望の色が浮かんだ。

「あかん。遅かった。もうちょっと早よこんと、どないもならん」

老医師は匙を投げて椅子にへたり込んだ。

老医師のあまりのふがいなさに英姫は怒る気にもなれなかった。それにもまして不注意だった自分に責任があると英姫は思った。ほんのりと赤味をおびた顔と体はまだ暖かかった。英姫は子供を抱きしめて泣き崩れた。生後六カ月であっけなくこの世を去ったのだ。あまりにも不憫すぎる。英姫は自責の念にかられて自分も死んでしまいたいと思った。だが、英姫の胎内には新しい生命が誕生していた。

子供を抱いて夜の街を彷徨っている英姫の姿はさながら亡霊のようだった。とめどなく溢れてくる涙で目が曇り、周囲の景色がぼんやりしていた。英姫はどこを歩いているのかわからなかった。独り言をぶつぶつ呟き、ときには語気を強めて怒声をあげていた。人影一つない森閑とした真夜中の街を徘徊しているうちに英姫は運河の前にきた。夜の運河の川面に映っている月が美しかった。星屑までくっきりと浮き彫りにされている。英姫は子供と一緒に天国へ行きたいと思った。苦しみだけしかない現世に何の未練があるだろう。天上で観世音《かんぜおん》菩薩《ぼさつ》がきっと見守ってくれているにちがいない。あの世で救ってくれるにちがいない。

橋のたもとで運河をじっと見つめている英姫に自転車で巡回していたお巡りが声をかけた。髪型や衣装で朝鮮人であることははっきりしていた。

「こんな夜更けに、こんなところで何してる」

背後から不意に声をかけられて英姫はわれに返った。

「子供が死にました」

英姫は子供をしっかり抱きしめて嗚咽した。

「子供が死んだ？　何で死んだんや」

お巡りは猜疑心《さいぎしん》をつのらせて英姫が抱いている子供を見て顔に手を当てた。氷のように冷たくなっている子供に驚いた。

「事故か、病気で死んだんか。それとも……」

お巡りは言葉を濁した。それともおまえが殺したのかと追及したかったのだろう。だが証拠もなしにそこまでは言えなかった。

「わたしが殺したようなもんです」

と英姫はうわの空で口走った。

「なんやて、おまえが殺した？」

それとも、と言葉を濁して質問をさしひかえたその質問に答えるように自ら告白した英姫をお巡りはわが意を得たりとばかりに拘束して警察に連行した。

取調室の椅子に座った英姫は気がふれたように放心状態になっていた。そして英姫は子供が死に至るまでの状態をありのまま述べた。警官たちは英姫の供述の裏をとるために家を調べ、明実や近所の人々から事情聴取し、矢内原医院のカルテを証拠物件として差し押さえた。その結果、事故による死であることが判明した。

「ひと騒がせな女や。女の身内か誰かを迎えにこさせたれ。気が動転してるさかい一人で帰すと何するかわからん」

取り調べをしていた刑事は徒労に終わったことに腹を立てていた。

こうして英姫は迎えにきた明実と一緒に家に帰ってきたが、新たな悲しみがこみあげてきて半日ほど泣き続けていた。だが、いつまでも泣き続けているわけにはいかなかった。子供の魂をすみやかにあの世へ送ってやらねばならなかった。英姫は二人の巫女を呼び、祭壇を造ってしめやかな葬儀をした。簡素な葬儀だった。子供の遺体は葬儀屋に頼んで火葬場で焼き、小さな骨壺に入った遺灰を持って帰宅した。それから床の間にお膳を組み、その上に位《い》牌《はい》と遺骨を置き、米や果物やお金を載せ蠟燭と線香を立てた。

「いくら泣いてもせんないことや。寿命やねん。人間にはみなそれぞれの寿命があるんやわ」

明実は英姫を慰めるつもりで言った。

英姫は泣き疲れて肩を落とし、傀儡《くぐつ》のように背中を丸めて座っていた。金俊平が帰ってきたら、どう説明すればいいのか。いっそのこと金俊平の手にかかって死んでもよいと思ったりした。

　子供が死んで八日後の夕方、鞄を下げた金俊平が帰ってきた。俎板で肉を解体していた英姫が持っていた包丁やその他の包丁を素早く冷蔵庫の中に隠した。そして金俊平を迎えた。かまどに薪をくべていた明実の顔がひきつっている。部屋に漂う線香の匂いをかいだ金俊平はあたりを見回し、部屋に上がって床の間に祭ってある位牌と遺骨をみた。弁解してもはじまらないと思った英姫は金俊平の前にひざまずいて、

「子供が死にました」

　と頭《こうべ》を垂れた。

「なんだと、子供が死んだ？」

　青天の霹靂《へきれき》に金俊平は床の間の位牌と遺骨をじっと見つめた。部屋の中が金俊平の兇々《まがまが》しい感情で満たされていくのがわかる。位牌を見つめていた金俊平の眼が動いて英姫をじろりと見つめた。奥歯を嚙みしめている。

「わしの息子を死なせやがって！」

　金俊平はいきなり英姫を足げにすると髪の毛を摑み引きずった。そしてそのまま段差のある部屋からコンクリートの玄関口まで引きずられたので肩と腰を強く打って英姫はたまらず

「アイゴー！」と叫んだ。必死に止めようとする明実をも撥ねのけ、金俊平は英姫を外へ放り投げた。放り投げられた英姫の体は四、五回転して向かいの米屋の運搬車に当たり、その反動で運搬車が英姫の上に倒れた。精米機の米を袋に受けていた滝沢平吉が精米機を止め、運搬車を起こして英姫を抱き上げた。

「金さん、やめとくなはれ。勘忍しとくなはれ」

と滝沢平吉は英姫をかばった。

日本人に手をかけるわけにもいかず、部屋にもどった金俊平は位牌と遺骨を祭ってあるお膳を蹴飛ばし、押し入れの襖や居間をしきっているガラス戸を破壊してドブロクと焼酎の入った一升瓶を持ってくると座り直してラッパ飲みするのだった。口から溢れた酒が金俊平の喉仏をつたって流れている。金俊平の顔は鬼瓦のようになっていた。歯をむき、扁平な鼻の穴を膨らませ、またたく間に空になった一升瓶を頭に叩きつけて割った。一升瓶の破片で切った額から血が流れている。誰も近づけなかった。台所からのぞいていた明実はあまりの恐ろしさに身の毛がよだち、

『鬼神も逃げていくわ』

とひとりごちた。

金俊平が家にいる限り英姫はもどれなかった。英姫は痛めた腰をかばいながら裏口から台

所にいる明実をそっと呼んで、二階で明実の二人の子供と遊んでいる娘の春美を連れ出してほしいと頼んだ。娘の春美に手をかけるようなことはしないと思うが、英姫一人で逃げるわけにはいかなかった。そして明実が春美を連れ出してくると、英姫は娘の手を引いてどこかへ逃れて行った。

二升の酒を飲み干した金俊平は家の物を手当たりしだいに壊した。大きな釜や肉や俎板などを表に放り出した。

「くそ女！　わしの息子を死なせやがって。きさまの首をへし折ってやる！」

わめきながら金俊平はしきりに酒のありかを探している。酒は金俊平が暴れている隙に明実が隣家に運んでいた。三畳の床下に隠してある酒類のことは金俊平は知らなかった。いくら探しても見つからないので、金俊平は地団駄を踏んで、

「酒を出せ！　酒をどこに隠した。みんなグルになりやがって」

と物陰からのぞいていた明実を睨みつけた。明実はぞっとして二階へ隠れた。

11

着のみ着のままで娘の春美を連れて逃げ出した英姫はとりあえずヨンエ婆さんの家に隠れて身の振り方を相談しようと思った。ヨンエ婆さんは英姫の家の裏長屋に住んでいる。したがってヨンエ婆さんの家に長居はできなかった。鷲摑みにされて引きずられた髪を結び直す暇《いとま》のなかった英姫の蒼ざめた表情を見て、ヨンエ婆さんは英姫が金俊平に虐待されたことを知り、すぐに部屋に上げて表戸の鍵をかけた。

「すみません。うちのひとが寝静まるまでかくまってください」

髪を引きずられて床下に落ちたとき、その反動で噛んだ唇から血がにじんでいる。ヨンエ婆さんはまるで自分の娘が虐待されたかのように憤慨して即座に言った。

「あの男とは別れたほうがいいだ」

ヨンエ婆さんは片膝を立て、長いキセルできざみ煙草をふかしながら皺だらけの顔を曇らせた。

「別れろって、どうすればいいんですか」

金俊平と別れることができるだろうか。そんなことは不可能に思われた。

「逃げるだ。城東区にわしの娘夫婦がいるだ。そこに一時身を隠してあの男の知らないところへ逃げるだ」

金俊平の知らないところへ逃げるということは大阪を捨てることを意味している。長年苦労して生活の基盤を築いてきた大阪を捨てて見知らぬ土地で生きていけるだろうか。もともと大阪も見知らぬ土地であったと言われればそれまでだが、住みなれた大阪を捨てることは故郷を捨てるよりつらいと思われた。だが、他に方法があるだろうか。苦渋に満ちた英姫の目から涙がこぼれた。

「わたしのお腹には、あのひとの子供がいます」

気弱になっていた英姫は妊娠していることをつい吐露した。

「なに、あの男の子供を妊娠してる。子供ができて間もないというのに、なんでまたあの男の子供を妊娠したんだ。アイゴ、なんてこった。わしは夫に先立たれて三十年になるから、もうとっくの昔に女を忘れてしまったが、あれがそんなにええもんかのう」

溜め息まじりに女の性を哀れみながら、ヨンエ婆さんは長いキセルの首を灰皿に叩いた。あの圧倒的な力の前で屈服させられる性の屈辱をどう説明すればいいのか。拒絶と受容の乖《かい》離《り》に引き裂かれて、ひたすら妻としての義務を果たそうとしているにすぎない。英姫は羞恥心で顔が灼けるようだった。

「とにかく一時身を隠して様子を見るだ。店は当分、明実にきりもりするよう言っておくだ」

　ヨンエ婆さんは側で一人お手玉遊びに興じている無邪気な春美の頭を撫でた。

　酒に酔った金俊平は夜中まで近所を徘徊しながらけもののように吼えていた。その咆哮に脅えながら英姫は灯りを消した部屋で息を殺してひそんでいた。

　明け方近く、金俊平の吼える声がおさまって静寂がもどった頃合いを見計らって、まずヨンエ婆さんが様子を探りに行った。そしてヨンエ婆さんは顔をしかめて帰ってきた。

「家の中はめちゃめちゃになってる。家財道具も衣類も瀬戸物も、破られ、壊され、外に放り出されているだ。俊平は畳の上に寝ころがって鼾をかいて眠ってるだ」

　外に放り出された物を早く片づけないと近所迷惑になるのはわかっていたが、そんな暇のない英姫はあと片づけを明実にまかせてヨンエ婆さんの道案内で城東区に向かった。

　まだ明けきらない靄《もや》のかかった薄暗い道を英姫は眠そうに目をこする娘の手を引いて歩いた。先を急ぐヨンエ婆さんは七十歳過ぎとは思えぬ健脚ぶりであった。ヨンエ婆さんと英姫はひとことも喋らず、ひたすら目的地をめざしていた。途中新聞配達の少年と出会ったヨン

エ婆さんは、

「タダオ」

と声をかけた。

肩から新聞の束を下げていた少年が驚いて振り返った。

「ハルモニ（おばあさん）、こんな時間にどこ行くの」

と言って英姫と春美に視線を託した。

「おまえの家に行くだ。アボジとオモニは家にいるか」

朝鮮語で訊くヨンエ婆さんに、

「アボジは仕事に行った。オモニはいる」

と少年は日本語で答えた。ヨンエ婆さんの孫だった。日雇い人夫の仕事をしている少年の父は早朝から飯場に赴いていた。

「お孫さんですか」

と英姫が訊くと、

「うんだ」

とヨンエ婆さんが頷いた。

「こんな朝早くから新聞配達をしてるなんて、偉いですね」

新聞紙の折り目に指先を走らせてビーと軽快な音を響かせて家の表戸の隙間に新聞を挟んでいく少年を見送りながら、英姫は感心した。

娘夫婦の家に着くと、何の連絡も受けていない娘の聖玉は何ごとかと驚いた。

「金俊平の奥さんの英姫と娘の春美だ。事情があってこんな時間にきたが、二、三日かくまってやれ」

肩を落として遠慮がちにひかえている英姫の姿に、母親から聞くまでもなく事情を察した聖玉はにっこりほほえんで、

「寒いでしょう。さあ、部屋に入ってください」

と三人を部屋に上げた。

六畳、四畳半、三畳の三部屋がある。朝鮮人長屋にしては広い家屋だった。朝食をすませて夫を仕事に送り出したあと、今度は新聞配達をしている中学生の長男と、まだ眠っている小学生の次男の食事の用意をしているところだった。

「ちょうどよかった。食事はまだでしょ。何もありませんが、一緒に食事をしましょう」

七輪で大根のみそ汁をつくっている部屋は暖かかった。ヨンエ婆さんにうながされて部屋の隅に座っていた英姫は、

「ありがとうございます」

と礼を述べた。

お腹が空いていた。特に春美は空腹だろうと思い、聖玉の好意に甘んじた。大根のみそ汁とキムチと干し魚と麦ご飯だけの質素な朝食だったが、空腹な胃袋にはこの上ないご馳走であった。そして何よりもヨンエ婆さんと聖玉の親身な情けに感謝した。

食事をしながらヨンエ婆さんは事情を説明した。金俊平の噂は聞いたことがある。額と唇にすり傷のある寂しそうな英姫を見ながら、この女性が金俊平の奥さんなのかと聖玉は同情した。聖玉も夫に何度か手をかけられたことがあるが、話を聞けば聞くほど同情した。

「そういうわけで、わしも探してみるが、おまえも間借りできる部屋を探してやれ」

食事をすませてあと片づけをしている聖玉に、チマの中のチュモニからバット（当時の煙草の銘柄）を取り出してヨンエ婆さんは火を点けてうまそうに吸った。

「一人こころ当たりがあるわ。みどり橋のガスタンクの近くに住んでる未亡人で、子供がいないから部屋を貸してくれると思う。子供が学校へ行ったあと、訪ねて訊いてみます」

「そうか、それじゃ、わしは帰るだ。明実とこれからのことについて話もあるし」

最後の一服を大きくふかすと、ヨンエ婆さんは娘の聖玉に英姫母子の面倒をみるよう念を押して帰って行った。ヨンエ婆さんと入れ替わりに新聞配達を終えた長男が帰ってきた。

部屋を借りるのに何日か要すると考えていたが、幸いみどり橋のガスタンクの近くに住んでいる未亡人は空いている二階の部屋をすぐに貸してくれた。荷物のない英姫はその日のうちに未亡人の二階に移った。未亡人は四十五、六になる色の浅黒い女だった。同じ済州島出身で海女をしていた。日本へきてからも大阪近海や明石、和歌山あたりまで足をのばして海に潜っていた。四十五、六だが、海女特有の潮灼けした浅黒い顔と深い皺は六十歳くらいに見える。五年前に病死した夫との間に子供ができなかったことをくやんでいた。

海女の正女は始発の市電に乗って京橋駅まで行き、そこで同じ海女の仲間と落ち合って海へ行く。日によって行き先はまちまちだが、獲《と》ってきたアワビやサザエを森町市場の路上で売っていた。帰ってくるのはたいがい夜だった。キツイ仕事である。長年海女をしている正女は男のような逞しい肩と強靭な足腰をしている。正女の帰宅時間に合わせて英姫は食事の用意をした。いわば共同生活をしていた。

仕事に出掛けて正女のいない昼間は手持ちぶさたになる。そんなとき英姫は一人二階の窓から二基の巨大なガスタンクを眺めながらもの思いにふけっていた。そしてこんなにのんびりと時間を過ごすのは何年ぶりだろうと思うのだった。

明実は十日に一度くらいの頻度で訪ねてきて家のことを逐一報告してくれた。明実の話によると、金俊平は英姫が家を逃れた翌日、女のところへもどり、一週間ほどの間隔で帰ってきてひと晩泊まっていくとのことだった。

「あんたの旦那が帰ってくると、わたしは仕事が手につかないの。だからあんたの旦那が帰ってきた日は仕事を休むことにしてる。だって家にある酒を飲み、いつ暴れだすかわからないもの。仕事なんかしてられないのよ。お客だってすぐに帰ってしまうし」

　明実の話に、

「ごめんなさい。あんたにまで迷惑をかけて。当分、店を閉めてもいいと思ってるの」

　と英姫はすまなさそうに言った。

「でも、店を閉めたらどうして暮らしていくの。わたしも暮らしていけない」

　二人にとって店は唯一の収入源だった。ほかにできることはいまのところ見当たらない。それに金俊平の暴力から逃れて身を隠している英姫に何ができるだろう。背に腹はかえられないのだ。

「うちのひとは一年半の実刑を受けて刑務所で暮らしてる。出てくるのは来年の春頃よ。それまで頑張らなくちゃ」

　と明実は溜め息をついた。

　夫の高信義の出所を待つ明実にはまだ希望がある。希望のない自分に比べれば明実は幸せだと思った。

　明実は十日間の売上げの六十円を差し出した。そこから仕入れの四十五円を引いて残りの金を折半した。

「相変わらずツケが多いのよ。事情が事情だから、なるべく溜まったツケを支払ってほしいと頼んでるんだけど、あまりしつこく言うと客はこなくなるし、本当に難しいわ」

水商売に慣れていない明実は気まぐれな客を批難した。そして仕込みの手順を英姫から教わって帰って行った。

間借りしている二階家は三軒長屋の真ん中の家である。裏の広い原っぱにある数本の桜の木は満開だった。春のそよ風に桜の花はとめどなく散っていく。その桜の木の向こう側に二基の巨大なガスタンクが並び、その巨大なガスタンクの遠景に生駒山《いこまやま》がくっきりと聳えていた。枯木で茶褐色におおわれていた山肌も、しだいに緑色に変わりつつある。生駒山には朝鮮人住職のいるお寺があると聞いている。一度、そのお寺を訪ねて観世音菩薩にお祈りをしてみようかと英姫はぼんやりと考えていた。桜の木の下で娘の春美が近所の子供と遊んでいた。懐かしくもほほえましい光景だった。胎児が日ごとに成長しているのがわかる。今度こそ子供を無事に育てなければという思いを強くした英姫はいつまでも散っていく桜の花にみとれていたが、ふと食事の用意をしようと押し入れから米びつを出しながら何気なく窓から表の路《みち》を瞥見した。日頃からの警戒心が周囲の動きに神経を使わせていたのであろう。何気なく窓から表の路を見た英姫の目の端にちらとある人物の体半分が映った。自転車に乗っている金俊平だった。英姫は反射的に畳の上に伏せた。背筋が凍りつき、心臓が止まりそうだった。動けなかった。どうしてここがわかったのか。裏の桜の木の下では娘の春美が遊んでいる。見つかれば春美を連れて行かれるおそれがある。だが、春美を呼びもどすことはできなかった。全身から汗が噴き出している。金俊平はいまにもこの家に押し入ってくるのではないかと思われた。どうしよう。咄嗟《とっさ》のとき、人は知恵が浮かぶというが、英姫には何の知恵も浮かばなかった。ただこの瞬間が過ぎるのを待っていた。春美が見つからないよう祈った。ほんの一、二分にすぎなかった時間が止まってしまったかのように思えた。英姫は畳の上を這い、全神経を一点に集中させて、おそるおそる窓の外を見やって、少しずつ角度を変えて金俊平の姿を探した。そしてようやく自転車のペダルを漕いで去って行く金俊平の後ろ姿をとらえた。いったんは去って行ったが、この場所を確認するためにやってきたのだ。たぶん今夜あたり、酒を飲んで押し入ってくるにちがいなかった。それまでにこの家を出なければならない。英姫は桜の木の下で遊んでいる娘を呼びもどし、隣の人に事情を説明してことづけを頼み、下着類を風呂敷に包んで家を出た。当分の間、旅館に泊まるしかなかった。

どこへ逃げればいいのかわからない英姫は、できるだけ遠くへ行こうとひたすら歩いた。

英姫は今里から布施《ふせ》に向かっていた。このあたりは畑が点在していて大阪の中心街からはずれた地域だった。農家の庭の桜の木の下で花見をしている十数人の人々が酒をくみ交わし、ご馳走をつまみながら、手拍子をとって歌っていた。数年前、布施の旅館に宿泊したことのあるおぼろげな記憶をたよって英姫は布施に向かっていたのだ。道に迷いながら、それでも夕方には以前泊まったことのある旅館を見つけた。行商人や旅芸人が宿泊する小さな旅館だった。個室は値段が高いので大部屋に泊まることにした。そして夜になるとどこからともなく数人の宿泊客が集まってきた。こうもり傘修繕、研ぎ屋、薬売り、飴売り、猿まわしの芸人、小鳥に吉凶のおみくじをくわえさせる人、坊主、などなどで十畳ほどの部屋は満員になった。英姫は娘と部屋の隅に座っていた。

「晩ご飯を食べる人は下にきてんか」

と二十歳くらいの娘が告げて階段を下りて行った。英姫と娘を含めて五人が下へ降りて行ったが、残りの六人は夕食抜きで過ごすらしかった。風呂は一回につき五銭である。入浴したのは三人だけだった。何日も入浴していないと思われる坊主の衣と顔は真っ黒だった。

やがて四、五人の男が座布団を囲んで花札賭博をはじめた。一銭、二銭の賭け金だが、まるで虱《しらみ》に蚤がたかっているような光景だった。英姫は部屋の片隅に不潔なせんべい布団を敷き、娘の春美を抱いて横になった。

翌日は朝早くから大部屋に宿泊していた人々が仕事に出掛けて行った。

行くあてのない英姫だが、この大部屋にいつまでも宿泊していられる状態ではなかった。

しかし、これといった善後策も講じられないまま十日も過ぎた昼過ぎ、旅館の玄関に一人の男が入ってきた。

「誰かおらんのか」

声が二階の大部屋にいた英姫の耳の底に低く響いた。考えごとをしていた英姫はびっくり人形のように跳ね、うたた寝をしていた春美をそっと起こして窓から屋根づたいに隣家へと逃れた。隣家の二階には病人と思われる老人が一人横臥していた。細い目をしばたたかせて、

「誰かね……」

としわがれ声で訊いた。

「すみません。少しの間、かくまってください」

英姫の悲愴な表情に老人はそれ以上何も言わずに黙っていた。

二階に上がってきた金俊平は誰もいない大部屋を隅から隅まで見回し、窓から首を出して左右を確かめた。

「さっきまでお子さんといたんですけど……」

と二十歳くらいの娘が言っている。

金俊平は個室や便所や風呂場を確かめ、また二階へ上がってきた。執念深い金俊平の息づかいが壁を通して伝わってくるようだった。娘の春美が母親の手をしっかり握り、愛らしい

瞳をまばたきもせずに緊張している。海女の家もそうだが、この旅館に宿泊していることをどうして突きとめたのか、それが不思議だった。

金俊平はどうやら旅館を出て行ったらしい。けれども英姫は横臥している老人の側でじっとしていた。それから英姫は老人に「ありがとうございます」と一礼をして窓から屋根づたいに旅館にもどった。

見張っているかもしれない金俊平の影に脅えながら、英姫は思いきって天満に住んでいる友達の朴芳子を訪ねることにした。しっかり者の朴芳子なら何かいい知恵を貸してくれるかもしれないと思ったのだ。電車を乗りついで天満に着く間も金俊平と出くわすのではないかと脅えた。

さすがに大阪一長い商店街といわれるだけあって、天満橋商店街は大勢の人々で賑わっていた。詰め将棋に群がっている人々、倒産品の万年筆だと言って見物人の同情をかっている商人、ペダルを踏み、何もない銅製の空洞の中を一本の細い竹でかきまぜていると、しだいに綿のようなものが附着してくる不可思議な現象に春美は目を見張っていた。その綿菓子を英姫は春美に買い与えた。芝居小屋のデフォルメされた蛇娘やろくろ首の娘の異様な看板が薄気味悪かった。久しぶりに英姫と春美はうどん屋に入って他人丼ときつねうどんを食べた。空腹を満たし、賑やかな商店街を散策していると、金俊平に追われていることをつい忘れそうになる。

英姫は一軒の雑貨店に入って紺色のワンピースと下駄を買った。朝鮮衣装は目だつのでワンピースに着替えようと思った。英姫は買ったその店の更衣室で着替え、束ねた髪にさしていた簪をはずした。

「よう似合いますわ」

と店の女店員がお世辞を言ってくれた。英姫も鏡に映っている自分が別人のように思えた。

朴芳子は商店街から五分ほど歩いた二階建ての長屋に住んでいた。平屋の棟と二階家の棟が交互に建ち並び、迷路のような細い路地が放射状に広がっている。路地のあちこちで十数人の子供たちがベッタン（メンコ）やラムネ（ビー玉）に興じている。うちわをバタ、バタあおって七輪に火をおこしていた中年女が英姫母子をじろりと見つめた。どん詰まりの路地の奥には向かい同士の屋根と屋根に竿を渡して洗濯物が干してある。英姫は何度きても迷うのだった。そしてようやく芳子の家を探して玄関を入ると失業中の芳子の夫が立っていた。

英姫を見るなり芳子の夫は、

「アイゴ、アジュモニ、どこにいたんですか」

と驚いていた。

夫の声に部屋から出てきた芳子も、

「アイゴ、どこにいたの」

と母乳をふくませていた赤児を乳首から離して胸元を閉じた。

「いつ子供を産んだの？」

芳子の出産を知らなかった英姫は逆に驚いた。

「先月……そんなことより、どこにいたの。みんな心配してたのよ」

と芳子は少し怒ったような声で言った。

部屋に上がった英姫は少しくつろいだ気分になり、今日までのいきさつを説明した。英姫の話を聞いていた芳子の夫の崔権一が、

「しばらくここにいなさい。ここなら大丈夫だから」

と気を使ってくれた。有難いと思ったが、崔権一の言葉に甘えることはできなかった。金俊平は必ずここを探してくるだろう。そのとき英姫をかばいだてしようとする崔権一と衝突していさかいになり、崔権一が負傷するのは目に見えていた。相手が誰であろうと容赦しないのが金俊平のやり方だからだ。英姫は間借りできる部屋が見つかるまで世話になることにした。

翌日、崔権一は妻の芳子に、ちょっと様子を見てくると言って出掛けた。芳子は内心、夫が金俊平と出会って何か起こらなければよいがと胸騒ぎを覚えたが、注意するようにとだけ

言って夫を送り出した。ところが帰ってきた夫は顔を腫らし、鼻梁が歪み、唇を大きく切って、服も血だらけになっていた。崔権一は英姫の家に何度か飲みに行ったことがある。金俊平とも一、二度会っている。だから英姫の家に入って居合わせた金俊平とひとことふたこと言葉を交わしているうちに口論となり、ついには殴り合いの喧嘩になったというのだ。崔権一も骨格の大きい、土方で鍛えた頑強な体をしていたが金俊平の敵ではなかった。しきりに前歯を触りながら、スー、スーと息を吸ったり吐いたりして歯の調子を確かめていた。

「とんでもない奴だ。あいつは人間じゃない。アジュモニの気持ちがわかるような気がする。喧嘩をしたから、ここへはこんでしょう」

水にひたしたタオルで殴打されて腫れている顔を冷やしながら、スー、スーと前歯の調子を気にしていた。胸騒ぎが的中した芳子は、止めるべきだったと後悔した。

「医者に診てもらったほうがいいと思いますが」

様子を見に行ったことを知らされていなかった英姫は崔夫妻に申しわけない気持ちで一杯だった。

「これしきのこと。たいしたことないです」

崔権一は強がりを言って妻の芳子に、

「おい、酒持ってこい」

といいつけた。

喧嘩をしたのでここへはこないと断言しているが、それは金俊平の性格をよくわかっていないのだ。金俊平はそんなことで諦めるような人間ではない。そのことを英姫は身にしみて知っていた。いずれやってくるだろう。明日かもしれない。あるいは明後日かもしれない。長居は危険だった。金俊平がやってくれば、またしても崔権一と今度は斬ったはったの大ごとになるかもしれない。

ここへはこないと英姫を引き止める崔権一に、これ以上の迷惑はかけられないと英姫は別の場所を探すことにした。

「行くあてがあるの？　しばらく春美を預かってもいいのよ」

逃避行は子供にとっても辛いものである。英姫は芳子の親切を受け入れたかったが、金俊平に連れ去られるのを恐れた。

「ありがとう。でも、いいの。また何日か旅館に泊まって考えるわ」

英姫は笑顔で答えた。

「淀川にわたしの叔母がいるの。旦那さんと二人暮らしだから、一時かくまってくれるかもしれない」

そう言うと芳子は朝鮮衣装から洋服に着替えた。やはり朝鮮衣装では目立つと思ったのである。少し酔いの回ってきた崔権一は、

「金俊平がきたら、今度こそ勝負をつけてやる」

とくだをまいていた。

芳子の叔母夫婦の家は淀川の土堤《どて》沿いにあった。淀川べりに群生している背丈ほどもある雑草に囲まれるようにして建っているバラック小屋に等しいトタン屋根の平屋だった。家の表と裏には新聞や雑誌や段ボール、屑鉄、ぼろ切れなどが山と積まれている。要するに叔母の夫はリヤカーを引いて屑拾いしてくいぶちを稼いでいたのである。こんなに貧しい生活をしている人が自分をかくまってくれるだろうかと思った。用心のために犬が放し飼いされている。柴犬のような茶色い毛並みの犬だった。はじめは吠えていたが、芳子が近づくと尾を振ってじゃれついていた。

家には叔母夫婦がいた。叔母の夫の張秀仁は二、三日前から風邪で仕事を休んでいたのだ。久しぶりに訪ねてきた姪に叔母は目を細めて歓迎した。

「叔父さんは仕事に出なかったの」

と芳子が訊いた。

「二、三日前から風邪で、やっと起きられるようになっただ」

と叔母が言った。

芳子は英姫を紹介して、さっそく事情を説明した。

「それは気の毒にのう。こんな汚い家でよかったら、裏の部屋が空いてるから落ち着くまで気がねせずにいなさい」
六十五、六になる病みあがりの張秀仁は弱々しい声でやさしく応えてくれた。
「よかった。たぶん大丈夫だろうとは思ってたけど」

芳子は自分のことのように喜んでいた。

「ありがとうございます。当分、お世話になります」

英姫は友人や知人たちの温かい援助に胸が熱くなった。そしてここなら当分落ち着けそうな気がした。

芳子は一時間ほど話し込んで、子供たちの夕食の仕度があるからと帰って行った。

芳子の叔母の作ってくれた夕食をいただき、英姫母子は裏の三畳の部屋にこもった。見渡す限り伸び放題の雑草がひろがっている。暮れていく茜色の空の彼方から数十羽の鳥がぼうぼうと茂る雑草の中に舞い降りてくる。鋭い啼《な》き声のカラスの黒い一団が東へ向かっていた。

薄暗くなった部屋に芳子の叔母が灯りをともしたランプを持ってきて古い簞笥の上に置いた。

「この家は一軒家だから電気はないだ。夜はランプをつけてるだよ」

「そうですか。でもランプがあれば充分です」

このバラック小屋は一般の家屋から離れていて電気を引いてもらえないのである。英姫は電気もガスもない郷の生活を思い出した。

「ゆっくり眠《ね》るだ。ゆっくり眠て体を休めるだ。体が元手だからのう」

底辺に生きる人間は体が資本である。体調を崩して患い倒れた者は野垂れ死にするしかない。そのことを英姫は経験から胆に銘じているつもりだったが、金俊平に追われるようになってから精神的に疲れ、体の調子も崩していた。たちくらみはいままでなかったが、ときどき意識がふっと遠くなるのだった。

夜の深い静寂の中で英姫は同じことを何度も頭にめぐらせていた。過去から現在へ、そして現在から過去へ何度も往還をくりかえし、答えのない答えを探しあぐねていた。人生に対する答えは誰も持ち合わせてはいないのだ。ただ自分の存在だけが痛みをともなって虚空《こくう》の中であがいているにすぎない、と思われた。風が雑草の中を吹き抜けていく。岸に打ちよせる波のような音をたて、ときにはうねりをあげてけもののような咆哮をあげている。月の下を移動していく雲が雑草に影を落として風と共に流れていく。ランプの灯りが瞳の中でゆらゆらとゆらいでいる。英姫はたとえようのない孤独を感じた。

翌日、目を覚ましてみると病みあがりの張秀仁はリヤカーを引いて仕事に出掛けていた。

芳子の叔母は家の前に積み上げてある雑貨類を整理していた。

「寝すごしてしまいました」

と英姫は髪を直しながらばつの悪そうな顔で言った。

「疲れてるだ。ゆっくり休むがええだ。体が元手だからのう」

と昨夜と同じことを言った。

「何か手伝うことはありませんか」

年寄りに働かせているのが申しわけなくて、英姫は何か手伝いたいと思った。

「手伝うことは何もねえだ。ガラクタばっかり集めてきて、一銭の金にもなんねえ。そのうち家がゴミで埋まってしまうだよ」

実際、何も手伝うことはなかった。手もちぶさたの英姫は部屋に閉じ籠っているのも憂鬱だったので、気晴らしに娘の春美を連れて淀川の土堤に登って散策した。川下から吹いてくる風がここちよかった。こんなふうに川の流れを見るのは何年ぶりだろうと思った。対岸には工場群が建ち並び、林立する高い煙突から黒煙を吐いている。一隻の伝馬船《てんません》が流れに逆って川上へと遡行《そこう》していくのが見える。不意にサイレンが木霊のように響いた。正午を告げるサイレンだった。風のおもむくがままに揺れる雑草の中から数羽の鳥が羽ばたいて大空へ飛翔していった。その鳥たちを英姫はいつまでも見上げていた。

年老いた張夫婦の動作と同じ早さで緩慢な時が二日、三日と過ぎていく。英姫はこのままここにずっといたいと思った。金や欲望や人間関係にわずらわされることのない生活をしたいと思った。どんなに貧乏でも崔老夫婦のような生活が人間らしい生活に思えるのだった。いつものように日課の一つになっている土堤の散策から帰ってきて裏から部屋に入ったとき、芳子の叔母が、

「向こうから誰かくるだ。大きな男だ」

と知らせにきた。

英姫はわずかな下着や衣類を一つにまとめてある風呂敷包みを持ち、春美の手をたずさえて雑草の中へ逃げた。雑草地帯はぬかるみ状態になっていて、踏み入れた足がくるぶしまでめり込んだ。そのため早く歩けなかった。特に娘の春美はぬかるみに足をとられて難渋していた。それでも家から二百メートルほど離れた雑草の中に身をひそめた。雑草の上を吹き抜けていく風の音が英姫の心を不安にさせる。誰かが近づいてこないかと英姫は耳を澄ました。春美が母親の手をしっかり握っていた。

一時間以上、雑草のぬかるみにひそんでいた英姫母子は、ようやく腰を上げて動いた。あたりに金俊平がうろついているのではないかと恐怖心をつのらせながら、英姫が注意深く静かに歩いて雑草の陰から家の裏を見ると、芳子の叔母が英姫母子を探しているようだった。

英姫が雑草から姿を見せると、芳子の叔母は手招きして、

「もう大丈夫だ」

と合図を送ってきた。

「家をひと回りして、すぐに帰っただ。あれがあんたの亭主か。怖い顔じゃった」

英姫母子は足を洗い、箪笥の上に忘れていた携帯用の小さな鏡を風呂敷包みに入れて家を出ることにした。

「行くだか」

「はい、お世話になりました。おじさんと芳子によろしく伝えてください」

英姫は深々と頭を下げて礼を述べると家をあとにした。

どこまでも続く土堤を英姫母子は歩き続けた。茫漠とした風景に溶け込んで英姫母子はあてもなく歩き、十三《じゅうそう》あたりのわびしい一軒の木賃宿に投宿した。薄暗い玄関に立っていると六十五、六になる小柄な二人の老女が出迎えた。着ている着物も髪型も、そして顔もそっくりの双子だった。「いらっしゃいませ」と二人はひざまずいて丁寧に挨拶した。時間が早いせいか、英姫母子以外に客は一人もいないようだった。読み書きのできない英姫は台帳に×印をつけ、二階の四畳半の部屋に通された。宿泊料が比較的安かったので英姫は安心した。

「夕食は六時頃ですけど、どないしはります」

どちらがどちらだか見分けのつかない双子の老女の一人が英姫の意思を訊いた。

「一人いくらですか」

「一食十五銭だす」

英姫は食事をとることにした。

所持金は残り少なくなっている。この先いつまで続くかわからない逃避行に、できるだけ節約しなければならなかった。

英姫は木賃宿から一歩も外出せずに部屋に閉じ籠っていた。退屈している春美は一階と二階を昇ったり降りたりして、ときには外へ出て一人でケンケン遊びをしていた。

夜になると英姫は夢にうなされていた。この木賃宿にきてから英姫は毎晩夢にうなされ続けている。いつも同じ夢だった。背後から包丁を持って追ってきた金俊平に髪の毛を鷲掴みにされて引き倒され、胸に包丁を突き刺されて奈落の底へ逆さまに墜落していく夢である。くる日もくる日も同じ夢に苦しみ、もがき、叫びをあげて目を覚ますのだった。汗をびっしょりかき、体をぐったりさせてしばらく茫然自失していた。そしてしだいに現実と夢の境界線がなくなってくるのだった。目を覚ましているときでも夢の続きを見ているような気がした。何をするにも億劫《おっくう》で、入浴も洗濯もしない日が何日も続いた。双子の老女は目に見えて衰弱していく英姫を「肺病とちがうか」といぶかっていた。

夢を見るのはいつも午前二時か三時頃である。床について数時間さまざまなことを考えあぐね、まどろみながら一瞬眠りに陥ちて暗い広野を彷徨していたり、どこかの街で金俊平とばったり出会い、追い詰められて岩壁から深淵へ逆さまに墜落していくのだ。そしてある夜、夢から醒めた英姫は発作的に木賃宿の窓から身を躍らせて飛び降りた。飛び降りたとき、前かがみにしゃがんで着地した英姫は膝に顎をしたたかに打って舌を嚙み、同時に足首を捻挫《ねんざ》し、腰を痛めた。幸い舌を嚙み切ってはいなかったが、口腔に充満した血が唇からしたたった。う、う……と呻き、しばらく動けなかった。森閑とした真夜中の路上で英姫は一時間ほどうずくまっていた。悪夢に追い詰められて発作的に窓から飛び降りたのか。そう思い込もうとしている自分が恐ろしかった。本当は胎児を堕《お》ろそうとして飛び降りたのではなかったのか。生まれてくる子供が足手まといになると思い悩んでいたもう一人の自分を否定することはできなかった。生まれてくる子供が幸せになれるはずもないと思い続けていたのだ。あの悪夢は子供を堕ろすための自己防衛のための自らがつくりだした自己演出の劇的なおどろおどろしい場面であった。そして窓から飛び降りたが、子宮の中で胎児はしっかりとしがみついているような気がした。神さま……と英姫は泣き崩れた。

双子の老女は、足首を捻挫して腰を痛めた英姫の面倒を何かとみてくれた。自家製のシップ薬だと言って毎日手当てをしてくれるのだった。一体どのような薬草を使っているのかわからないが、四日ほどで足首の捻挫と腰の痛みがとれ、回復していった。

目減りしていく所持金が不安だった。なんとかして明実と連絡をとり、金を工面してもらおうと、英姫は危険を承知で電報を打った。危惧していたとおり、やってきたのは明実ではなく金俊平だった。木賃宿に入ってきた金俊平は断わりもなく各部屋を見て回り、二階へ上がって英姫の匂いをかいだ。

「あんた何しはりますの。勝手に人の家に上がったりして。巡査呼びまっせ」

と闖入してきた金俊平を批難する双子の老女など眼中にない金俊平は宿中を探し回った。

「なんですのん、あんさんは」

見たこともない大男の狼藉《ろうぜき》にうろたえながらも双子の老女は小さな体で金俊平の行く手をはばんだ。

「女と子供はどこへ行った」

金俊平は小柄な双子の老女を見下ろした。

「あの母子は昨日出て行きましたわ」

これほど探しても見つからないところをみると逃げたのは間違いなかった。またしても逃げられた金俊平は「くそ！」と歯ぎしりして木賃宿を出た。

明実に電報を打ったものの、英姫は危険を察知して昨日、木賃宿を出たのである。完治していない捻挫した足首と痛めた腰を引きずって、英姫は岸和田に向かった。日本へ渡航してきたとき、岸和田の紡績工場で三年間一緒に働いた友達をたよるためであった。しかし、訪ねたその友達は四年前に引っ越していた。その日は大津で一泊して、翌日、英姫は和歌山に向かった。和歌山には済州島から渡ってきた朝鮮人海女がいる。その中に同じ村の海女が働いていると聞いたことがある。しかし済州島出身の海女がいることはいたが、同じ村の海女ではなかった。そしてそこで働いている海女たちは季節ごとに移動する季節労働者だった。それでも同じ済州島出身だったので、英姫はある海女の家に二日間世話になった。つぎはどこへ行けばいいのか。生駒山には朝鮮人住職のいる寺があると聞いている。英姫はその寺に行って朝鮮人住職にすがるしかないと思った。

長いトンネルを抜けて生駒駅に着いた英姫は駅前の土産物店や交番で朝鮮人住職のいる寺を訊いたが誰も知らなかった。仕方なく英姫は巡礼たちの後について山をめざした。足首を捻挫し腰を痛めている身重の英姫にとって山道は厳しかった。遠くから眺めるとそれほど高いと思わなかったが、実際に登ると石だらけで急勾配《こうばい》の山道だった。巡礼たちは長い急勾配の石段を登って行く。

「お母《か》ちゃん、もう歩かれへん」

と春美が泣きべそをかいている。

「もうちょっとの辛抱やで。石段の上にお寺があるさかい、そこでひと休みしよ」

規則正しい蟬《せみ》の鳴き声がはらわたにしみわたる。四、五日入浴していない汗にまみれた体に衣服がまとわりついて気持ち悪かった。英姫母子は何度も休みながら巡礼たちにかなり遅れて山門をくぐった。大きな古いお寺だった。巡礼たちはおもいおもいの恰好で、寺の縁側や庭の石の上に腰をおろして休憩していた。中には竹筒の水を飲みながら、にぎりめしを食べている者もいる。朝から何も食べていない春美が空腹を訴えた。英姫は恥をしのんでにぎりめしをほおばっている巡礼に、

「すみませんが、おにぎりを一つ分けてくれませんか」

と言った。

「ああ、いいよ。お金はいらない。わしは巡礼の身やさかい。心を清めるために巡礼をしてるさかい、お金なんかもろたら罰当たる」

五十過ぎの巡礼は親切に大きなにぎりめしを一つ分けてくれた。

「ありがとうございます」

地獄に仏とはこのことだろう。英姫は巡礼に両手を合わせて礼をした。そして巡礼に朝鮮人住職のいる寺の所在を尋ねた。

「うーむ、そういえば聞いたことがあるな。ここへくる途中、道が二つに分かれてたところがあったやろ。その分かれてた道を右に行ったとことちがうかな」

　手掛かりを摑んだ英姫はまたその巡礼に両手を合わせて礼をいい、山を下った。間もなく巡礼が言っていた通り道が分かれている場所にきた。登ってきたときは右だから下っているほうからすると左になる。むろん左へ行く道しかなかった。英姫が左に曲がって下ると道はふたたび急勾配になっていた。草深いけものみちのような山道である。この先に朝鮮人住職のいるお寺があるのだろうか？　と不安になりだしたとき、草の陰に一軒の建物が見えた。普通の家屋のようでもあり、寺のようでもある。英姫は近づいて、

「ごめんください。ごめんください。誰かいませんか」

　と声をかけたが返事がない。よく観察すると間違いなく寺であった。しかし扉や窓は朽ち果て人の住んでいる気配はなかった。空き寺だった。風雨に晒された仏間の祭壇や仏像は荒れるにまかせ、亡霊たちの棲《す》み家のようだった。読み書きのできない英姫だが、壁に貼ってある文字が漢字とハングル文字であることくらいの認識はあった。この寺は間違いなく朝鮮人住職の寺だったのだ。では朝鮮人住職はどこへ行ってしまったのか？　朝鮮へ帰ったのか、それとも亡くなったのか、いずれかである。最後の望みを託してやってきた英姫は精根つき果て、その場に座り込んでしまった。

風が吹いている。風はしだいに強まり、空《くう》を切る音がやがて地鳴りのようにゴーッと唸っていた。毎年、二百十日になると正確に襲ってくる台風だった。樹木をもなぎ倒さんばかりの強風は廃寺の扉や窓を打ち、屋根瓦をはがしていく。空々寂々《くうくうじやくじやく》の世界は荒れ狂う自然の怒りの中で吹き飛ばされようとしている。英姫は娘の春美をしっかりと抱きしめ、いつしか『ナムアミタブル』（南無阿彌陀仏）を唱えていた。

台風は夜半過ぎにおさまった。そしてあれほど猖獗《しょうけつ》をきわめた台風が通過すると、間もなく草むらから虫の鳴く声が聞こえてくるのだった。

寺で一夜を明かした英姫母子は昼にいったん山を降りて駅前の食堂で腹ごしらえをしてまた寺にもどった。この廃寺はしばらく身を隠す絶好の場所に思えた。仏間の隣には二部屋があり、押し入れの中に埃《ほこり》をかぶった布団もあった。布団の埃を叩き、割れた窓ガラスを何かでふさぎ、畳に雑巾がけすれば一時的にしのげないことはなかった。英姫は布団の埃を叩いて日干しをして、割れた窓ガラスには壁に貼ってあった紙を食堂のご飯つぶで貼りつけた。人里離れた山奥の廃寺で母子二人だけの暮らしは不安であり怖くもあったが、昼は蟬の鳴き声と夜は草むらの虫の鳴き声を聞いているうちに、英姫は心の安らぎを覚えるのだった。

こうして廃寺で暮らしはじめてから一カ月も過ぎたある朝、英姫は激しい陣痛に見舞われた。この前は難産だったが、今度は陣痛がはじまったかと思うともう胎児の頭が子宮口からのぞいていた。

「春美、水を持っておいで」

英姫は脂汗をかきながら春美を急かせた。毎朝、岩を伝って流れてくる水をブリキのバケツに受けておき、その溜まった水で洗顔をしたり、体を拭いたり、洗濯をしたりしていた。春美はそのバケツに溜まっている水を運んできた。

英姫は上半身をもたげて子宮から這い出してくる胎児の頭を両手で摑み、息を止めて下腹部に力をこめた。一度、二度、三度と下腹部に力をこめると、放屁《ほうひ》でもしたような音を発して羊水とともに胎児が勢いよく出てきた。英姫は産婆の要領で赤ちゃんの口に指を入れて呼吸をさせ、頰を二、三回軽く叩いた。すると赤ちゃんが元気な声で泣きだした。英姫はぬるぬるした赤ちゃんを抱き上げ、臍の緒を歯で嚙み切って、春美が運んできたバケツの水で体を洗い、布団でくるんだ。難産でなかったのがせめてもの救いであった。女の児だった。

出産の一部始終を見ていた春美は、母親の体内から出てきた赤ちゃんの摩訶《まか》不思議さに驚いていた。

母親に抱かれている目の見えない赤ちゃんは、それでも乳房を探して乳首を口にふくんだ。その感触が生きていることの喜びを実感させるのだった。一度は二階から飛び降りて堕ろそうとした子供が無事に誕生したのである。母乳を吸っている子供の生への強い意志に英姫は涙した。

　出産一日目は何も食べず横になっていた。したがって春美も何一つ口にしていない。だが春美は不平をこぼさなかった。利発な子であった。二日目、比較的安産だったので母子三人は下山して食堂でたらふく食べた。底をついてくる所持金が気がかりで、何とかしなければならないと思い悩んだ英姫は、商店や農家の玄関先に立って鈴を鳴らしながら何かを唱えてお布施をもらっている巡礼の真似ごとをやってみようと思いついた。朝鮮には巡礼のような者はいない。いるとすれば旅芸人や乞食である。英姫にとって巡礼の真似ごとは、いわば物乞いをする乞食同然の行為であった。けれども母子三人が生きていくために選択の余地はなかった。英姫はなけなしの金をはたいて鈴を二つと杖を二本買った。そして赤児を背負った英姫と春美は杖をつき、鈴を鳴らしながら巡礼の後をついて歩いた。お布施のある日もあればお布施のない日もある。お布施のない日は廃寺で眠るしかなかった。

　駅前の商店ばかりを回っていると、いつしか相手にされなくなり、ときには軽蔑的な目で追い払われたりした。農家を回ることにしたが、広い地域に点在している農家を回ると、夕方には疲労困憊して廃寺まで帰れなくなり、近くのお堂の中で泊まることもあった。しかし農家でのお布施も長くは続かなかった。結局、同じ農家を何度も回ることになってうとんじられ、あげくは農家の子供たちから乞食呼ばわりされて投石されるのだった。

生駒にいられなくなった母子三人は奈良へと赴いた。農家で夕食の施しを受け、納屋に泊めてもらい、翌日は朝早く出発した。奈良の有名な寺院や五重の塔は大勢の観光客や修学旅行の学生たちで賑わっていた。誰の目にも英姫母子は乞食同然の姿に映った。清潔だったはずの英姫の衣服は埃にまみれ、ぼろぼろになっていた。何週間も入浴していない顔と髪も埃と垢に汚れて黒ずんでいる。頬の肉が落ち、くぼんだ眼が黒い穴のようだった。もちろん娘の春美も同じである。それにもまして抱きかかえている赤児が骸《むくろ》のように見えて人はみな英姫母子を避けるのだった。思いあまって寺にお布施を乞いに行くと、門前払いされるのである。

鮮やかだった紅葉も色あせて散り、山肌は灰色につつまれている。樹齢数百年の杉の木が茂っている山道に幾重も重なった落葉を踏みしめて英姫母子は今宵《こよい》のねぐらを探していた。落葉を踏みしめる音が静かな森の中に響いた。その音は英姫母子の足音だけではなく、後方から足早に迫ってくる修験者《しゅげんじゃ》たちの足音だった。法螺《ほら》貝を首から下げている修験者たちは足早に英姫母子を追い越して行ったが、その中の一人の修験者が英姫母子の身なりを気にしたのか振り返った。邪気を断ち、おのれの心身を鍛えている鋭い眼にもかかわらず春美は小走りになってその修験者に近づくと小さな手を差し出した。驚いたのは修験者である。そして春美の汚れた顔をまじまじと見つめていた修験者は懐から竹皮に包んだにぎりめしを与えて去った。

　今日が何月の何日なのか、英姫にはもうわからなかった。日暮れにねぐらへ帰って行く鳥たちがうらやましかった。寒気は一段と厳しくなり、底冷えのする夜が続いた。薄着をしている英姫母子にとって冷気は体にこたえる。母子三人はお堂の中で抱き合っていたが、それでも寒さは体の芯まで忍び込んできた。最近は母乳もあまり出なくなっている。母子三人は目に見えて痩せ衰え、このままでは餓死するのではないかと思われた。衰弱した体力が気力を衰えさせ、気力の衰えが体力を衰弱させるのである。この悪循環を断たねばならなかった。このまま餓死するわけにはいかない。二人の子供の命を守らなければ……と英姫は意を決して大阪へもどることにした。

　雪が降っていた。毎年、大晦日になると雪が降りだすのを知っている英姫は、今日は大晦日ではないかと思った。実際の日付は大晦日ではなく十二月二十九日であった。歩いているときはそうでもないが立ち止まると足のつま先が凍りついてしまいそうだった。英姫はひたすら歩いた。凍《い》てつく足と疲れで春美が泣きべそをかくと人家の軒下で足踏みをしながら少し休み、春美の足をさすって暖めてから歩いた。一軒の農家にさしかかったとき、英姫は春美に赤ちゃんの子守りをさせ、一人で農家の庭に忍びよった。雪が降っていたので農家の家族は家の中で暖をとっているようだった。英姫は庭の隅の鶏小屋にそっと忍び込み、卵を四個盗んだ。そして四個の卵を食べるとまた歩きだした。どうしても今夜中に中道へ着きたかった。中道に着いてヨンエ婆さんの家で一晩暖かい布団にくるまって眠りたかった。

夜になると雪は五、六センチほど積もっていた。歩くたびに足が積雪の中にのめるのである。早く着かなければ、早く着かなければ、と英姫は赤ちゃんを抱き、春美を背負い、最後の気力をふりしぼって中道をめざした。

気力だけで春美を背負ったり歩かせたりして、英姫は夜の九時頃には今里あたりにたどり着いていた。中道まではあと一息であった。雪が降っていることもあって人影はほとんどなかったが、英姫はできるだけ人目を忍んで歩いた。誰か知り合いの者に乞食同然のみじめな姿を見られたくなかった。英姫は漬け物屋の手前の路地を曲がり、小さな鉄工所の裏から迂《う》回《かい》してヨンエ婆さんの家の表戸を叩いた。雪のふる夜に訪れる者などいないヨンエ婆さんは早々と就寝していたが、小刻みに表戸を叩く音に目を覚ました。『はて、いま時分誰だろう?』といぶかりながら表戸を開けてみると、赤児を抱き、子供の手をつなぎ、ぼろをまとった汚い乞食が立っていたので英姫とは気付かず、

「いま時分、何の用だかね」

と臆していた。

「わたしです。英姫です」

そのかぼそい声はまぎれもない英姫のものだった。だが、ヨンエ婆さんは信じられないらしく、

「英姫？　本当に英姫だか」

と暗がりに立っている英姫を探るように見つめた。ヨンエ婆さんが疑うのも無理はなかった。生活力のある英姫が乞食になるはずはないと思っていたし、それに赤児を抱いていたのが理解できなかった。しかし、よく見ると痩せこけて黒ずんでいるが英姫に間違いなかった。手をつないでいる子供も春美に間違いなかった。

「なんてこったあ、その姿は。可哀そうに……」

働き者で、清潔で、おしゃれだった英姫の変わり果てた姿にヨンエ婆さんは言葉をつまらせて嗚咽した。

「ハルモニ（おばあさん）……」

と春美がヨンエ婆さんに抱きついた。

「よし、よし、もう大丈夫じゃ。可哀そうに。寒かったじゃろ。温かい物を食べさせてやるからのう」

ヨンエ婆さんは春美を抱きしめた。そしてヨンエ婆さんは思い出したように言った。

「いまからすぐ家に行くだ。金俊平におまえたち母子のこの恰好を見せてやるだ。おまえた

ちのこの恰好を見れば、鬼でも後ろめたい気持ちになるじゃろ。何も怖がることはない。おまえは何も悪いことをしてないのだから。悪いのはあの金俊平だ」

ヨンエ婆さんは春美の手をとって先に歩きだした。たとえ殺されても家に帰ろうと考えていた英姫もヨンエ婆さんの後をついて行った。家の前にきたヨンエ婆さんは表戸を叩いた。間もなく部屋の灯りがつき金俊平が起きてきた。

「誰だ」

つねに警戒をおこたらない用心深い声だった。

「わしじゃ。裏のヨンエ婆ぁだ」

鍵をはずし、表戸を開けて巨漢の金俊平が現れた。英姫の皮膚の表面がざわざわと収縮した。

「この三人が誰かわかるか。よーく見ろ」

痩せ細った体に汚いぼろをまとった三人の母子を見つめていた金俊平の眼がかっと開いた。

「英姫と春美じゃ。抱いてる赤児は生まれて間もないおまえの子じゃ。おまえはここまで英姫を追い詰めたのじゃ。もう少しで母子三人は飢え死にするところじゃったろ。このひとでなし。鬼にも情けはあるというが、おまえには人間らしい心のかけらもない。さあどうする。この場で英姫を殺すのか、どうするのか、この年寄りが見届けてやる。どうするだ！」

ヨンエ婆さんは声を張りあげて喰ってかかった。あまりにも変わり果てた英姫の姿に金俊平も衝撃を受けているらしく、肩の力が抜けていくのがわかった。金俊平を折檻しているヨンエ婆さんの声に二階から明実が降りてきた。そして玄関に立っている英姫に近づいてきて、

「英姫？　英姫なの？　本当に英姫なの……」

と今度は春美に、

「春美？　春美なのね」

と涙声になって春美を抱きしめた。

英姫は泣かなかった。乾ききった感情の底に強い意志をひめてすっくと立っていた。

にがりきった表情の金俊平は黙って部屋にもどり、布団を頭からかぶって寝てしまった。

12

「伏木丸」買収に成功した東亜通航組合の出発は順調に思えたが、その運営はきわめて厳しいものであった。「蛟龍丸」を借りたときは一カ月で六千円もの募金が集まったのに、「伏木丸」買収には四千三百五十円しか集まらず、四千九百三十円を借金したうえ「伏木丸」を抵当に一万四千円を借り入れて二万二千円の購入代金をやっと工面したのである。「伏木丸」を就航させたものの最初から借金づけの自転車操業であった。なんとしてでも朝鮮郵船と尼崎汽船に対抗して自前の船舶を就航させようとした東亜通航組合の悲願を達成するために営業収支を度外視した無理な運営であった。そしてそのツケは二度にわたる坐礁の修理費と重なって一年後には二万六千円もの負債をかかえていた。これらの問題をすみやかに解決するため議論に議論を重ねて大会を開き、東亜通航組合の刷新を図り、その下部組織に「突撃隊」を編成した。突撃隊は五、六名を各支部に配置し、三、四隊を中隊として各隊の隊長の指導を受け、本部に統制指導する大隊長をすえた。さらに各支部に予備隊を編成するというきわめて階級闘争的な性格をおびた組織体であった。そして突撃隊の任務はつぎのようなものだった。
○小隊は毎日五人以上の新組合員の獲得を実行する。小隊は毎月二人以上の里代表者を訪問する。小隊は毎週二回以上の会合をもつ。小隊はとくに釜山行き乗客の獲得に努める。隊員の質的発展向上のため毎日三十分間の研究会をもつ。
○編成すべき支部は、東区、南区、此花《このはな》区、小林、泉尾、港区、浪速区、東淀川区、北区、西成区などである。
こうした東亜通航組合の性格は他の同胞の組織や労働運動に強い影響力をもち、当然官憲の厳しい監視下に置かれて弾圧された。このことが東亜通航組合の運営をさらに圧迫するのである。状況はいっこうに好転するきざしをみせず、多くの幹部と会員が逮捕され、行き詰まった末に東亜通航組合の幹部の間から「組合を階級闘争団体より純営利経営団体に解消すべきである」という意見が出され内部分裂していく。

一九三三年二月十五日、大阪市市岡会館における臨時大会は方向転換派と反対派の対立する騒然とした雰囲気の中で開催された。大会は冒頭から荒れに荒れ、方向転換派に対する反対派の反撃はきわめて苛烈だった。

「階級的組合の方向転換は、ダラ幹による資本家および官憲への組合売り渡しにほかならず、会員大衆の支持を失うだけである」と方向転換派を糾弾したが、参席した代議員二百八十三人の無記名投票による採決の結果、賛成百五十一票、反対九十一票で方向転換派の方針を可決した。だが反対派は反帝同盟大阪地方委員会の指導のもとに別動隊を組織して対抗し、内ゲバまで発生するにいたった。官憲の弾圧と内部抗争のため混乱につぐ混乱に陥り、ただでさえ運営困難な東亜通航組合は、一九三三年十二月一日をもって「伏木丸」の運航を停止、「伏木丸」を売却して累積赤字の補塡《ほてん》に充当することを決定したのである。かくして三年余におよんだ朝鮮郵船ならびに尼崎汽船との抗争はここに実質的な終焉をみて、東亜通航組合は解散するに至った。

一年半の実刑判決を受けて服役していた高信義は模範囚だったので刑を二カ月くり上げられて出所した。東亜通航組合が実質的に解散したことも影響していたと思われる。規則正しい生活を送っていたためか、高信義は服役する前より少し太っていた。むろん家族が英姫の二階に間借りしていることも知っていた。出迎えにきた妻の明実と一緒に英姫の家に帰ると、知らせを聞いた友人、知人たちが集まってきた。出所祝いのために英姫はご馳走を作っていた。雪の降る夜、乞食同然の姿で痩せ細って帰ってきた英姫も、いまでは体力をとりもどして働いていた。金俊平は女と別れたらしく、英姫がもどってきてからはずっと家にいた。向かいの米屋が飼っていたシェパードに四匹の子犬が生まれ、その中の一匹をもらって金俊平は何かと世話をやいていた。山中の廃寺で出産した女の児は花子と名付けられたが、女の児である花子に金俊平は見向きもしなかった。英姫はひたすら一日、一日が無事に暮らせることを毎朝東の空に両手を合わせて祈っていた。そして高信義の出所は英姫にとっても心強かった。なぜなら金俊平の言動に対してひとこと、ふたこと忠告したり、自分をかばってくれるのは金俊平の親友である高信義しかいないからであった。

数人の友人に囲まれて、高信義は久しぶりに朝鮮料理に舌鼓を打ちながらにこやかに酒を飲んでいた。夫の出所がよほど嬉しいらしく、夫を見つめる明実の体からほのかに性的な香りさえただよっているように感じられて英姫は嫉妬のようなものを覚えた。高信義の隣に座っている金俊平も親友の出所を喜び、酒をついで慰労している。宴もたけなわになり、一人が歌いだし一人が立って踊りだしたとき、思わぬ人物が現れた。朴顕南だった。まるでストップモーションのように、みんなの視線がいっせいに朴顕南に釘づけになった。

「やあ、よくきてくれた」

と高信義が手を差し伸べて朴顕南を膳の前に座らせた。朴顕南の出現で歌と踊りは中断され、気まずい空気が流れた。金俊平はそしらぬふりをきめ込んでいる。

「よくきてくれました」

と明実も夫の言葉に合わせて朴顕南を歓迎した。膳の前に座った朴顕南は両手をついて、

「すまん。許してくれ。だが、これだけは信じてくれ。わしは何も喋っていない。わしも刑務所へ送られる覚悟はしていたのだ」

「わかってる、あんたの気持ちは。もう終わったことだ。これからも一緒に仕事をしよう」

励ますべき相手から励まされて朴顕南はくすんと鳴らして鼻をかみ、運ばれてきた酒を一気にふくんだ。気まずい空気がもとにもどって、中断されていた歌と踊りがはじまった。一年以上刑務所にいた高信義は、その後の状況を朴顕南からしきりに訊き出そうとしていた。

「去年の十二月一日に『伏木丸』は運航を停止して、東亜通航組合は解散した。いまは会員もほんのわずかしかいない」

無念そうに語る朴顕南の話を金俊平は口をへの字に曲げて聞いていたが、東亜通航組合や在日同胞の運動とはまったく無縁なところで生きている金俊平に朴顕南と高信義の会話が理解できるはずもなく退屈していた。

「わしはいったい、何のために一年以上も刑務所に入れられてたんだ」

思い出しただけで身の毛もよだつ、あの拷問、そしてまったくいわれのない罪で一年半の実刑判決を受けて服役させられたが、せめて東亜通航組合が存続していれば東亜通航組合のために闘ったという自負心をもつこともできただろう。だが、東亜通航組合が解散したいま

となってはすべてが無意味に思えるのだった。

「金永鎮や尹達民らはどうしてる」

と高信義が訊いた。

「わからん、どこへ行ったのか」

「あんたはいまどこに住んで何をしてる」

「生野の御幸森に住んでる。月の半分くらい土方をやってる。女房が人の軒先を借りてキムチを売ってる。それでなんとか食ってるよ」

豪快だった朴顕南の肩の肉が落ち、歳を感じさせた。顎の張った四角い顔が仮面でもかぶっているように見えた。

高信義は警察での捏造された調書について誰にも話していない。話せば金俊平の耳に入り、何が起きるかわからないからであった。先程から退屈して酒ばかり飲んでいる金俊平を気づかって、高信義は朴顕南との話題を切り替えた。出所祝いは深夜にまでおよび、高信義はへべれけになって金俊平に支えられながら二階に上がって眠ってしまった。

平穏な日々が続いていた。出所後一カ月ほど娑婆《しやば》の空気を吸っていた高信義は朴顕南に誘われて土方仕事についた。金俊平は朝と夕方、シェパードを散歩させるのが日課になっていたが、ときおり飲みに行ったり賭場に入りびたりになって英姫から金をせびっていた。暴力さえ振るわなければ、博打をしようと外に女をつくろうと、それでいいと英姫は思っていた。しかし、ときどき酒に酔って帰ってくると暴力を振るうことがある。そんなときはいち早く逃げて、翌日は何ごともなかったかのようにあと片づけをして商売に励むことにしていた。明実が手伝ってくれるおかげで金俊平も多少ひかえめになっているところがあった。

二年後の夏に英姫は男の児を出産した。このときは金俊平も機嫌がよかった。男の児の誕生は金俊平にとってあと取り息子ができたことになる。むろん英姫にとっても男の児の出産は嫁として大きな義務を果たした気持ちだった。次女の花子を出産したとき、金俊平は見向きもしなかったし名付けもしなかったが、長男が生まれるとさっそく例の儒学者に金子を包んで命名してもらった。和紙に大書した「金成漢」という名前を床間《とこのま》に貼って来客たちに見せびらかしていた。

「おお、なかなかいい名前ですな」

来客たちのお世辞に金俊平はまんざらでもない顔をしていた。

しかし、それもつかの間である。一カ月もすると金俊平は息子にまったく関心を示さず、飲んで暴れる性癖は同じであった。

春美は十二歳になっていた。目先のきく利発で可愛い娘に成長していた。母親の英姫が仕事に追われているときは、妹の手をつなぎ、弟をおぶって子守りをし、金俊平が飲んで暴れたあと片づけを春美は一人でしていた。だからみんなから「春美はかしこい子や」と誉められ、金俊平もときどき小遣いを与えたりした。

一九三六年に入ってからも社会的に大きな事件がいくつかあった。二月二十六日、皇道派青年将校たちがクーデターを断行し、東京市には戒厳令が敷かれた。しかし三日後に反乱軍は帰順してクーデターはあっけない幕切れとなった。大臣、大佐、警官など八名を射殺して戒厳令まで敷かれるというかつてない大規模なクーデターであったにもかかわらず、翌日の大阪の街は平日となんら変わらない賑わいをみせていた。百貨店、芝居小屋、映画館、食堂の客数に変化はなかった。また関西では一九三五年十二月八日に京都府の大本教本部と亀岡町の大本教天恩郷が三百名の警官隊に急襲されてダイナマイトで両本部の建物を爆破されるという、これまた前例のない事件があった。そして一九三六年の三月十三日、治安警察法の適用を受けて大本教本部は解散させられた。この事件も新聞に写真入りで大々的に取り上げられたが大衆は無関心だった。大衆の関心を集めたのは五月十八日に起った阿部定事件である。二・二六事件や大本教の解散や、その他の社会的な出来事に無関心だった大衆の間で男の性器を切り取って持ち歩いていた阿部定事件の話題はもちきりだった。

「稀代《きたい》の妖魔遂《つい》に捕はる」「グロ物件を抱き締め、刑事へ妖笑ふりまく」「血に狂ふ妖魔の息吹き、男はなぶり殺し」などなど、阿部定事件を前代未聞の猟奇事件として煽る新聞記事は連日続いた。だが、在日同胞社会の間ではほとんど話題にならなかった。識字率《しきじ》が低いこともあるし、たとえ字の読める者でも新聞を購読する代金がなく、同時にまた日本人社会と在日朝鮮人社会とは隔絶していたこともあって、それらの事件を知るよしもなかったのである。その日暮らしの朝鮮人にとって日本社会の出来事は他人ごとのようだった。だが、巨大な暗《あん》渠《きょ》に向かって急降下していく日本の針路は朝鮮人にとっても無縁ではなかったのだ。

一九三七年七月七日、盧溝橋事件を契機に全面的な日中戦争がはじまると、日本国内の動きはあわただしさを増してきた。町内会では国防服を着ている男の姿がめだつようになり、ただでさえ威張りくさっていた巡査がいっそう威丈高になって、泣いている子供に、巡査がくる、と言うと泣きやむほど恐れられていた。若い男女が一緒に歩いているだけで、「おい、こら！　何をしてるか！」と往来の真ん中でとがめられる始末であった。街の色が少しずつくすんできたのもこの頃からである。「愛国行進曲」が流れ、「堅忍持久」「最後の関頭」という言葉が流行《はや》っていた。そして一九三八年四月一日に「国家総動員法」が公布される。総力戦による戦争遂行が決定されたのである。各新聞は連日「全面的衝突・不可避。我軍遂に重大決意。許し難き重なる不信。支那の戦意愈々《いよいよ》明白」などの記事を掲載して戦争熱を煽っていた。天津、北京の無血入城を果たし、広東、武漢三鎮占領によって日本の国民の間に戦勝気分がひろがっていた。こうした状況の中で多くの朝鮮人も日本が戦争に勝つと信じて疑わなかった。

ある日、一人の女が訪れた。表通りの二階建ての長屋には日本人が居住している。その表通りを鮮やかなピンク色のチマ・チョゴリをなびかせて悠然と闊歩してくる女を弟をおぶって子守りしていた春美が眺めていた。近づいてくるにしたがって十四歳の春美でさえ、その美貌に圧倒されるほどであった。黒髪を後ろにまとめている金の簪は普通の女が使う代物ではなかった。額の広い面長な顔の中心を占める形の整った鼻梁が全体の均整を保っている。ゆっくりと近づいてきた女は子守りをしている春美にほほえみかけた。その妖艶《ようえん》な微笑に米屋の主人が思わずみとれていた。女は春美がおぶっている成漢をのぞいて、

「可愛い子ね」

と朝鮮語で言って、

「朴明実の住んでいる家を知らない？」

と春美に訊いた。

日頃、朝鮮人同士の会話を聞いている春美は多少朝鮮語を知っていたので、

「ここです」

と日本語で答えて自分の家を指差した。

「あら、ここなの。ありがとう」

と笑顔で礼を言って英姫の家に入った。これほどあでやかな女を見たのは初めてだった春美も一緒に入った。

「ごめんください」

柔らかい発音と艶のある声が家の中に響いた。その声に六畳の間でうたたねをしていた金俊平がむっくり起きた。まったく聞きなれない声と発音である。英姫は仕入れに出掛けており、家には金俊平しかいなかった。表戸の横の犬小屋にいるシェパードが奇妙な細い声で吠えるともなく吠えている。

玄関に出た金俊平は自分の目を疑った。鮮やかなピンク色のチマ・チョゴリに身を包んだ二十四、五歳になる女は巨漢の金俊平をも睥睨するかのように堂々としていた。そして肉づきのよい唇に微笑みをたたえて、

「失礼ですが、この家に明実が住んでいると聞いたのですが……」

と美しいソウル語で訊いた。朝鮮の地方に住む男たちにとってソウル語を話す女は憧憬《しょうけい》の的であった。甘い香りを含んだ女のソウル語は金俊平の肉欲の襞を鋭い爪で引き裂くような響きを持っていた。

「二階にいると思う」

と答えたが、自分の喋った済州島訛が女に軽蔑されるのではないかと思った。

「二階へはどう行けばいいのでしょう」

まるで男を誘っているような瞳の奥に輝いている妖気を孕んだ光に眩惑されて、

「いったん表に出て、角を曲がると二階への階段がある」

とあわてて教えた。

「ありがとう」

礼を述べて体をひるがえし、玄関を出たあとの空間に女の美しい姿形がいつまでも残っていた。

女は明実の母方の従妹で、美花という。十歳のときソウルの娼家に売られて妓生《キーセン》になったのである。それ以来十数年会っていない。妓生になった美花がどのような理由で大阪にいる明実を訪ねてきたのかさだかではない。ポッタリ（風呂敷包み）一つを持って訪ねてきたところをみると、何かのっぴきならない事情があったのかもしれない。いずれにしろ明実は突然訪ねてきた従妹の美花に驚いた。子供の頃、何度か会ったことのある美花だが、いま目の前にいる美花は別人であった。明らかにそれとわかる身のこなしや目線の配り方に、そして何よりも表情豊かな色気のある語り口に玄人女の魅力があふれていた。明実は美花の苦労話を聞かされているうちに、十歳のときソウルの娼家に売られた不幸な運命に同情した。けれども美花をしばらく二階に同居させていいものかどうか自分一人では決めかねた。明実自身間借りしている立場である。

「英姫と主人に相談してみるわ」

と即断を避けたが、自分以外に身内のいない美花をむげに追い返すこともできなかった。長旅に疲れてひと休みしたいと言う美花に明実は三畳の部屋を提供した。とにかく事後承諾を得ようと考えた。

夕方、仕入れ先から帰宅した英姫に相談すると、英姫は快く承諾してくれた。期間は一、二カ月、その間に美花は仕事と部屋を見つけて引っ越すことを約束した。

夜の九時頃まで休んでいた美花は、階下から聞こえてくる男たちの声高な会話や笑い声に起こされた。隣の六畳の部屋を見ると明実の二人の子供が眠っていた。美花は好奇心に誘われて階段を降りると下の部屋に出られる板戸からそっと中をのぞいた。明実が男たちに酒と肴を運んでいた。

「アジュモニ、たまには酒をついでくれたっていいだろう」

と一人の男が卑猥な眼で明実の腰のあたりを追っている。

「駄目です。わたしには亭主がいますから」

と明実は断わっていた。

この家が飲み屋であることは一目瞭然だった。狭い部屋は男たちの吐息と紫煙でけむっている。美花は本能的に髪を整え、少し開いている板戸の間からするりと抜けて、あの輝くばかりの微笑みをたたえて、

「従姉《ねえ》さん、何か手伝いましょうか」

となめらかなソウル語を使って現れた。

休んでいるものとばかり思っていた美花が板戸の間から不意に現れたので明実は赤面した。あまりにも場ちがいな派手な衣装と、現れた瞬間、はやくも男たちに媚《こび》を売っている美花の姿態に赤面したのだ。

「手伝わなくていいの。あなたは二階で休んでいなさい」

と明実はあわてて美花を追い返そうとしたが、美花はすでに男たちの間に割って入り、酒をついでいた。

「いやあ、こんな美人につがれるとはありがたい」

酒をつがれた男は目を細めて思わぬ接待に感激していた。それにもまして美花の妖艶な姿とソウル語に男たちは俄然色めきたった。男たちが競って美花に酒をつごうとする。それらの酒を美花はつぎつぎに飲み干すのだった。

ちを見回した。

酒に濡れた唇を白い指先でぬぐうと、美花は嘲笑《あざわら》うかのように項《うなじ》をそらせて流し目で男た

「おお、いい飲みっぷりだ」

か」

「こんなところで、こんな美人からソウル語を聞かされるとは思わなかった。夢ではないの

不精髭をはやした土方の玄書房《ソバン》が節くれた垢だらけの手で美花の尻を触ろうとした。その垢だらけの節くれた手を美花はさりげなく払いのけて片膝を立てた。絹のチマを透して張りのある大腿部がくっきりと浮き彫りにされた。酒に酔った男たちの吐息がもれる。台所にいた英姫が何ごとかと思って部屋をのぞくのと同時に、六畳の間にいた金俊平が障子を開けて酒席に入ってきた。するとあれほど熱気にむせていた部屋が静まり返った。金俊平は美花をじっと見つめた。見つめられた美花も白い細い指に挟んでいた煙草を吸って煙を吐きながら金俊平を見つめていた。明実は内心、二人の出会いは危険だと思った。ただならぬ雰囲気である。英姫はそ知らぬ振りをして台所にもどった。

不精髭の男が金俊平に席をゆずると、金俊平は美花の隣にゆっくり腰を下ろし、美花からつがれた酒を飲み干した。少し酩酊している美花が、

「あんたは誰なの？」

と訊きながら体をくねらせて金俊平に背中をあずけるのだった。

「この家の主人だ」

と不精髭の男が言った。

「あら、そう」

と言って、だが美花は金俊平に背中をあずけたまま歌いだした。官能的なその歌声は背中をあずけている美花の肉体の隅ずみから溢れてくる密度の濃い愛液のようだった。何者をも不可抗力にしてしまう淫乱で、あまりにも魅力的な歌声だった。美花にとって相手に妻子がいようと関係ないかのようであった。酒席を囲んでいる男たちの視線をも気にしていなかった。自分の美しさを知っている美花に罪の意識はなく、周囲の者も美花の美しさの前で寛容になるのだった。美花はすべてが許されると思っているのだ。嫌悪と軽蔑の眼差しで見つめている明実に対して、美花は平然としていた。

店は十一時過ぎに閉めた。多量の酒を飲んでいるはずの美花だが、蝶のように軽《かろ》やかな足どりで、来たときと同じ板戸の間をすり抜けて二階へ上がって行った。あと片づけをしていた明実も三十分ほど遅れて二階へ上がって行った。そして間もなく美花を責める明実の声が聞こえた。

「どういうつもりなの！　世話になった女《ひと》の主人に色目を使ったりして。あの態度はなんなの！　今日はじめて会ったというのに。あなたがソウルにいられなくなった理由《わけ》がわかったわ。どうせろくなことしてこなかったんでしょ。今日の態度を見れば、ソウルにいられなくなるのも当然よ。明日の朝、すぐにこの部屋から出て行ってちょうだい！」

　凄まじい剣幕だった。

「そんなに怒鳴らないでよ。明日の朝、出て行けばいいんでしょ」

　ふてくされた美花の弦を弾くような声が聞こえてくる。

　金俊平と英姫はいつものように春美の床を間に挟んで就寝しようとしていたが、ゆり籠の中の成漢が泣きだした。子供の泣き声に横になっていた金俊平はいやけがさしたようにがばっと起きて服を着替え、二階へ上がって行った。英姫は咄嗟に成漢を抱き、春美を起こして逃げる態勢をとった。まさか明実に手をかけるようなことはしないと思ったが、予断を許さなかった。

　二階へ上がった金俊平は、

「ごめん」

　と断わって三畳の部屋に入ると、ふてくされて煙草を吸っている美花に、

「くるんだ」

　とひとこと言った。

美花はまるで金俊平が連れにきてくれるのを待っていたかのように煙草の火をもみ消して窓の外に投げ捨て、風呂敷包みを持って明実に一瞥をくれて部屋を出た。

外は満天に星がきらめいている。頬をかすめていく微風に酔いしれて、

「ああ、気持ちがいい」

と美花は瞼を閉じた。金俊平は黙って大きな歩幅で歩いている。

「どこへ行くの？　わたしをどうするつもり？」

だが、黙って大きな歩幅で歩いて行く金俊平に美花は小走りになって追いつき腕にしなだれた。

金俊平は一軒の旅館に入った。営業時間を終えていた旅館の女中を叩き起こしたのだ。二人を二階の部屋に上げた女中はさっそく寝具を敷き、

「お茶をお持ちしましょうか」

と訊いた。

「もうええ」

と金俊平は女中を部屋から追い出した。そして上衣を脱ぐと美花の体を抱き寄せた。くびれた腰が吸いつくように金俊平の体にへばりついた。美花の眼が燃えている。

「あんたのような男を待ってたのよ」

そう言って美花は金俊平の首に抱きつくと唇を大きく開けて金俊平の舌を受け入れた。長い情欲的なキスだった。二人の唇から唾液が溢れ呻き声がもれた。美花はもどかしげに自分から衣装を剝ぎ、簪を抜いて金俊平を引きずり込むように後ろへ倒れた。金俊平も衣服を脱ぎ、美花の体をまさぐった。美花のしなやかな体がほてりうねっている。金俊平の大きな厚い手が美花の乳房から腰を愛撫しながら中心部に向かって動いていた。やがて美花の黒い底しれぬ闇の奥へと金俊平の二本の指は忍び込んだ。溢れ出る愛液に濡れた金俊平の指はさらに奥をまさぐった。美花が思わず声をもらした。金俊平の舌が美花の全身を這っている。ガラス窓から射し込む月の蒼白い炎は蛇のようにくねらせている美花の白い体を神秘的なまでに美しく輝かせていた。金俊平の長い舌が美花の膣に侵入していく。

「はやくきて。入れて……」

と美花はうわごとのように言った。

それに呼応して金俊平の一角獣は美花の闇にゆっくりと押し入った。粘着力の強い愛液が無数の支流から本流へと合流していくように溢れてくる。美花の唇から甘酸っぱい香りと呻き声が間断なくもれ、低く高く、ときには狂ったように激しく腰を動かして金俊平の物を咀嚼していた。この世ならぬ苦悩と喜悦の渾然一体となった美花の恍惚とした表情が月の光の中で恐ろしいほど美しくなまめかしかった。あらゆる背徳と美徳と矛盾が美花の体の中で融合し血液となって循環している。金俊平は腕の中で喘いでいる美花を絞め殺したいと思った。なぜなら、美花は飛田遊廓にいた八重にあまりにも酷似していたからだ。

　翌日、金俊平は旅館を出るとき、

「四、五日この旅館に泊まっておれ。その間に家を探す」

　と美花に言い残した。

　もちろん借家を見つけるまでの四日間、金俊平は毎日旅館に泊まって美花を抱いていた。そして四日後に、金俊平は英姫の家から十分ほどしか離れていない場所に小ぢんまりした二部屋のある長屋を借りて、そこに美花を住まわせた。

　英姫の家から運河を隔てて十分ほどしか離れていない所で金俊平と美花が同棲生活をはじめたので、当然のことながら、みんなの噂になり、中にはどんな女だろうとわざわざ遠まきに見にくる者までいたが、美花は周囲の好奇の目をはばかるどころか、むしろこれ見よがしに美しい笑顔を振りまいて闊歩するありさまだった。以前も旅に出ると言い残して家を出た金俊平はあちこちで女と同棲しながら一、二カ月に一度、英姫の元に帰ってきたように、今度も十日に一度くらいの割合で家に帰ってくると一晩泊まって美花の元へもどって行った。

金俊平と美花の同棲に責任を感じている明実は何度も英姫に謝った。

「明実のせいじゃないわ。明実には何の責任もない。わたしはそういう星の下に生まれてきた女なの」

　と英姫は諦観していた。しかし、内心は穏やかでなかった。どこか知らない土地で女と同棲しているのであればまだしも、目と鼻の先で女と同棲していることに英姫は屈辱を覚えた。それというのも距離が近いために偶然道端でばったり出会ったりするからだ。そんなとき、美花は勝ち誇った態度で腰をくねらせながら通り過ぎるのである。

「道で会ったときは、女の髪を引きずってやればいいのよ」

　と明実は気弱な英姫にいらだつのだった。


　金俊平と美花の関係はすこぶる良好だった。金俊平は美しい美花を連れ歩くのが自慢らしく、大阪の街を案内したり、博打に勝ったときは美花に衣装やハンドバッグや靴を買い与えていた。むろん英姫からもかなりの金が出ている。いわば英姫は二人の同棲のために働いているようなものだった。金俊平が十日に一度の割合でもどってくるのも英姫から金をせしめるのが目的だった。

　美しい美花を連れて歩くのが自慢の金俊平は賭場にも美花を同行させた。派手で刹那的な性格の美花はたちまち賭けごとに夢中になりだした。負けがこむと、美花は片膝を立て、チマを太ももまでまくり上げて男たちの目を引き、勘を狂わせるという作戦に出るのである。

賭けごとの好きな女がよく使う手だったので、金俊平も見て見ぬ振りをしていた。はじめのうちはそれでよかったが、賭けごとにのめり込んだ美花の態度はしだいにエスカレートしていくのだった。片膝を立ててチマをまくり上げるだけでなく、チョゴリ（上衣）まで脱いでもろ肌を見せたりする。その行為には、どこか男を挑発しているような印象さえあった。金俊平は何度か注意した。

「あんな真似はもうやめろ。色気で勝てると思うな。みんなお見通しだ」

短気な金俊平にしては珍しく寛容だった。奔放《ほんぽう》な美花を愛してもいたが、自分以外の男に平気でもろ肌を見せる淫蕩《いんとう》な美花を憎んでもいた。それは嫉妬に近い感情だった。金俊平の前では猫のようにおとなしくしなだれ、賭けごとはもうやめるわ、と従順な態度をみせるのである。だが、嘘つきで、自己愛の強い美花に何を言っても無駄だった。美花は金俊平の目を盗んでは賭けごとを続けていた。

大阪には極道がしきっている大きな賭場が何カ所かある。それらの賭場は警察の手入れを警戒して開帳ごとに場所を変えていた。しかし、小さな賭場――職人、店員、日雇い人夫、土方、娼婦などが集まる賭場は数十カ所もある。場所もどこかの小屋であったり、家であったり、工場の倉庫であったりした。金俊平は大きな賭場に出入りしていたが、大きな賭場に出入りできない美花は、それら小さな賭場に出入りしていた。賭け金は少ないが、賭けごとに対する心理は同じだった。

美花は朝鮮人の集まる賭場を選んでいたが、必ずしも朝鮮人だけが集まっているわけではなかった。ときたま女を見かけることもあるが、美花のように頻繁にやってくる女はまれであった。しかも美人の美花は男たちからもてはやされ歓迎されていた。男たちに囲まれて賭けごとをしているときの美花は生き生きしていた。ほとばしるような本能に突き動かされて、美花はその美しい体をおしげもなく男たちに売るのだった。負けてくると酒を飲み、ほんのりと朱色に染まった顔と妖気を含んだきれ長の目で勝っている男をじっと見つめるのである。金俊平の女と知りながら、そしてもし発覚すれば金俊平に殺されるかもしれないと思いながら、美花に誘われて抵抗できる男はいなかった。男を誘った美花は、あるときは便所の中で、あるときは暗がりの木陰でことをすませて男から金を巻き上げていた。美花は男たちとの関係を金俊平に隠し通せるとでも思ったのだろうか？　美花はときどき鏡の前で自分の容姿にうっとりすることがある。そのあと美花は口紅で鏡を塗りつぶしたりする。本当の姿を見たくないのだ。

美花の行状はいやでも男たちの間にひろがり、金俊平の耳にも入ってきた。それでも金俊平は美花の言い訳と嘘を信じていた。男たちの噂を信じたくないという心理が働いていたのかもしれない。しかし、噂がひろまるにしたがって、美花の言い訳や嘘を信じているわけにはいかなくなった。泣く子も黙る金俊平の情婦が、賭けごとに負けるとおしげもなく体を売って男から金を巻き上げているという噂は金俊平の沽券《こけん》にかかわるばかりか、金俊平に対する裏切り行為である。

　ある夜、金俊平はしたたかに酔って帰ってきた。銭湯から帰ったばかりの美花は鏡の前で長い黒髪をといていた。湯上がりの肌はまるで銀色の鱗《うろこ》のように輝いていた。美花は部屋に入ってきた金俊平をうっとりした瞳で見上げて、

「おかえりなさい」

　と迎えた。しかし、手にロープを持ち、奥歯を嚙みしめて黙って立っている金俊平の恐ろしい顔に、美花は髪をといていた櫛を投げ出して薄い下着姿のまま裏から逃げようとした。その長い髪を鷲摑みにして、金俊平は美花を引き倒した。

「何すんのよ！」

　と引き倒された美花は手足をばたつかせて暴れた。

「このあばずれ女め、わしをなめやがって！」

　金俊平は暴れる美花の両足と両手首をロープで縛った。

「何の真似よ。わたしが何をしたって言うの！」

「つべこべぬかすな。いまさら弁解してもはじまらんのじゃ。このわしを誰だと思って

る！」

「どうせ田舎の与太じゃないか！」

「なんだと！」

歯向かってくる気の強い美花の頬を金俊平の大きな手が二回往復した。美花の顔が左右にねじ曲がって、一瞬脳震盪《のうしんとう》を起こした。

金俊平は台所の天井の梁にロープを掛け、美花を逆さ吊りにした。

「人殺し！　誰か助けて！」

と美花は叫び声をあげた。だが、大きな樽に溜めてある水の中に浸けられて叫ぶことができなかった。一分ほど浸けると引き上げ、美花が叫ぼうとするとまた一分ほど浸けるのだった。何度か水を飲んだ美花は吊り上げられるたびに口から水を吐き出していた。

近所の者が何ごとかと思って表戸や窓の隙間から中をのぞいていた。

「見世物じゃねえ！　帰れ！」

と金俊平が怒鳴った。その怒声に近所の者はいったん散るのだったが、またぞろ怖いもの見たさでのぞきにくるのだった。

「わしに恥をかかせやがって。この売女《ばいた》！　ただですむと思ってるのか！」

美花を抱いた男が何人いるのか特定できない金俊平は怒りを美花にぶちまけていた。

「きさまを料理して喰ってやる！」

その威嚇も、勝ち気な美花には通用しなかった。

「喰えるものなら喰ってみな！」

と逆に挑発してくるのだった。

蒲鉾職人だった金俊平はさらしに巻いて押し入れにしまってあった刺身包丁を一本持ってきた。そして美花の白い美しい臀部《でんぶ》の肉を薄く切った。悲鳴をあげる美花の目の前で、金俊平はその薄く切った肉を口に放り込んで食べてしまったのである。

「おまえは人間じゃない！　人殺し！」

と美花がわめく。

金俊平はわめく美花を今度は二分以上樽の水に浸けた。たらふく水を飲んだ美花は咳込んで水を吐き出した。おぞましい光景であった。表戸や窓の隙間からのぞいていた近所の者は美花が八つ裂きにされるのではないかと思った。

金俊平が七輪に火をおこしている。何をはじめようとしているのか、近所の者は固唾をのんでいた。まさかと思ったが、臀部の肉を切り取られて食べられた美花はいまさらのように金俊平の恐ろしさを知った。なぜ七輪に火をおこしているのか。その火で全身を焼かれるのではないかと恐怖に震えて、

「ごめんなさい。悪うございました。許してください。わたしが愛してるのはあなただけよ。これからは、あなただけにつくします。わたしは間違ってました」

と、さすがの勝ち気な美花も涙をこぼして哀願するのだった。

「けっ！　きさまの涙なんかに騙されるようなわしじゃない」

いったん信じなくなった金俊平はけっして相手を許そうとはしないのである。

刺身包丁で切り取られた柔らかい臀部から血がしたたり、逆さ吊りにされている美花の体の曲線にそって流れている。その血の流れが美花の白い肢体に美しい模様を描いていた。七輪にくべた木片が炎を上げはじめた。めらめらと燃える炎に金俊平は火箸を入れた。

「何をする気です」

と美花は金俊平の残忍さに脅えた。

「二度とあれができないように、おまえのあそこを焼いて閉じてやる」

美花は身震いして、咄嗟に嘘をついた。

「わたしのお腹にはあなたの子供がいます。そんなことをすれば子供は死んでしまいます」

「わしの子供だと？　誰の子だかわからんくせに、ぬけぬけと出鱈目をぬかすな。おまえの腹に子供がいようがいまいが、わしの知ったことか」

火にくべた火箸が真っ赤に灼けてきた。

そのとき表戸を叩く音がした。

「戸を開けろ！　警察の者だ！」

恐ろしい光景を見かねた近所の者が近くの交番に通報して巡査を連れてきたのである。

「これは痴話喧嘩だ。お巡りの出る幕じゃねえ！」

と金俊平は反発した。

「戸を開けないと、蹴破って入るぞ！　本官を何とこころえとるか！」

警察の存在を軽視する金俊平の態度に巡査は表戸を二、三回蹴って、実力行使に出ることを示唆した。やむなく金俊平は吊るしていた美花を降ろしてロープを解き、表戸の鍵をはずした。踏み込んできた巡査に美花は這いつくばってすがりつき、

「助けてください。殺されます」

と救助を求めた。

「いったい何ごとだ」

と巡査は問い質した。

樽の水やロープ、それに七輪の火にくべている火箸を見て、巡査はリンチが加えられたことを察知した。

本意ではないが、巡査に詰問された金俊平はことの真相を打ち明けた。美花が朝鮮語でし

きりに訴え、金俊平を誹謗していた。金俊平から事情を聞かされた巡査は困惑していたが、

「とにかく署まできてもらおう」

と金俊平を連行した。

水に浸けられてずぶ濡れになっている上に、手足をロープで縛られて逆さ吊りにされていたこともあってしばらく立てなかったので、美花は明日警察へくるように言われた。そして留置場に一晩泊められた金俊平が、翌日帰ってみると美花の姿は消えていた。美花との関係は半年しか続かなかった。

ふたたび家にもどってきた金俊平は美花に対する腹いせから毎晩のように酒に酔って暴れるのだった。そのつど英姫は逃げ出し、高信義がなだめ、成漢をおぶった春美があと片づけをしていた。金俊平が落ち着くまでにはしばらく時間がかかった。


日中戦争は拡大の一途をたどり、日常生活にも影響をおよぼしてきた。物資統制の法令によって民需品の輸入は限定され、一般家庭の金属類、鍋、釜、やかんなどの回収が行なわれた。贅沢は敵であった。装飾品はむろんのこと、木綿類まで規制されて人々の服装は質素なものになっていた。学生たちは喫茶店への出入りを禁止され、飲食関係の営業内容や時間も大幅に圧縮された。

英姫の店も時勢の影響からまぬがれることはできなかった。ところがものごとはうまくしたもので、ある日、二人の男が店にやってきた。二人の男を見た英姫はもはやこれまでと思った。なぜなら、二人の中の一人は金俊平の乱闘事件のとき近所の聞き込みをし、警察へ差し入れに行ったときに応対した刑事だったからだ。てっきり家宅捜索をされるものと覚悟していた英姫に、その刑事は唇の端に笑みを浮かべて、

「一杯飲ませてくれへんか」

と言うのである。

もとより断わる理由はなかった。英姫はさっそく二階に上がって明実に事情を説明して六畳の間を使うことにした。明実は六畳の間を掃除し、雑巾がけまでして座卓に座布団を敷き、丁重にもてなした。二人の刑事の好みに応じてドブロクと焼酎、豚肉、スエ、野菜類などを座卓に並べ、英姫自ら酌をした。二人は一時間ほどの間にたらふく飲み食いして立ち去るとき、英姫に耳打ちした。

「今度、うちの署長を連れてくるさかい、よろしく頼むで。そのかわり、おまえの商売は大目にみるさかい」

因果を含んだ刑事の言葉に英姫は頷いた。そして英姫は二人の刑事に手土産の肉を持たせることを忘れなかった。もちろん飲み食いの代金はお目こぼしをしてもらうためのショバ代

であった。

この日を境に東成署の署長や刑事たちに月に二、三回、二階の六畳間で飲食のもてなしをした。ときには十数人の宴会をやることもあった。

「あの人ら、ちょっとやり過ぎとちがう。人の弱味につけ込んで。儲けをみんな吸い取られてる勘定やわ」

遠慮を知らない役人たちの横暴な振る舞いに明実は嫌悪をあらわにした。しかし、そのお陰で、厳しい物資統制の網の目から逃れられたのも事実だった。どちらが損か得かは考えようである。英姫はいつも役人たちを愛想よく歓迎した。さらに役人たちが出入りするようになってから、金俊平があまり暴れなくなったこともある。このことは英姫にとって何よりもありがたかった。役人たちは用心棒の役割をも果たしていたのである。

長男の成漢を出産してから三年目に英姫は女児を産んだ。敏子と名付けた。子供を産み育てることは英姫にとって苦痛よりも喜びのほうが大きかった。生命《いのち》をつむぐ子供たちを育てるのは母親の務めであると確信していた。父親は存在それ自体に意味がある。だが、それだけなのだ。それ以上のものを金俊平に求めなかった。

商売は順調だった。物資統制が物不足をもたらしているため、入手しにくい肉や酒を買い求める人たちが遠くからやってきた。英姫は借金を返済し多少の蓄財もした。働きづめではあったが、この頃が英姫にとってもっとも安定した時期だった。

夏になると英姫は休暇をかねて子供たちと一緒に必ず若江岩田の朝鮮人住職のいる寺へ行って滝にうたれ祈願した。この頃になると若江岩田の山中に朝鮮人住職の寺が二、三軒できていた。その寺に何人もの巫女たちが修行のために集まっていた。その巫女たちから運勢を占ってもらったり、祈願してもらったりするのが楽しみだった。巫女たちに祈願をしてもらい、ひとしきり涙したあとはなぜか気持ちがすっきりして安らぎを覚えるのだった。

物不足は日を追って深刻になり、白米使用禁止令で麦ご飯が奨励された。食堂では七分炊きを使用していた。英姫は向かいが米屋だったので、こっそり裏から白米を回してもらい、月に二、三度やってくる署長や刑事たちに白米のご飯を提供していた。この時期に白米を口にできる者はきわめてまれであった。

次女の花子が小学校へ入学することになった。数えの八歳である。長女の春美は結局一日も通学したことがなかった。しかし、思いやりのある気だてのやさしい美しい娘に成長していた。その春美が数え年の十七歳で結婚した。花婿《はなむこ》は東淀川に住む漢方医の十九歳になる息子だった。春美の結婚は英姫にとって、それまでの生活の節目であり総決算の意味を持っていた。それまで生きてきた母親としての務めを果たし、新しい生活をはじめるための再出発のときでもあった。英姫はそれまで蓄えてきた金をすべてつぎ込み、豪華な結婚式をとり行なった。むろん花婿側に対する見栄もあった。悪名高い金俊平の娘の結婚式がどういうものか、みんなが注目しているにちがいなかった。

春美は七色の艶《あで》やかな丹衫（婚礼衣装）に身を包み、花婿の到着を待っていた。道路は花嫁と花婿の姿をひと目見ようとする近所の人たちで溢れている。家の中は来客をもてなすための用意でごった返していた。やがて文官の中礼服をきた凜々しい若者が馬に乗って現れた。日本人はもとより朝鮮人でさえあまりお目にかかったことのない姿である。漬け物屋のおかみさんと米屋の千代さんは、

「まるで聖徳太子さまみたいやわ」

とうっとりしていた。妹の花子と弟の成漢も雛壇《ひなだん》から抜け出してきたような華麗な花嫁姿の姉と花婿姿の韓容仁に目を見張っていた。

花嫁と花婿は果物類や肉類や餅類や野菜類や、その他豪勢な料理が整然と並べられた式壇の前の椅子に腰を下ろした。結婚式は儒教の古式にのっとって行なわれた。結婚式をつかさどる年配者も文官の中礼服を着用している。そして厳粛な儀式が終わると写真撮影をした。花婿側の随員もまじえて親戚や友人たちも一緒に撮影した。英姫と金俊平が二人並んで立つようなことはこれまでにないことだった。この日のために新調した背広を着ている金俊平はかなり緊張していた。高信義夫妻と米屋の滝沢夫妻も羽織袴《はおりはかま》姿で写真撮影に立ち会っていた。

漬け物屋のおかみさんは「うちはよそ者やさかい」と恥ずかしがって、どうしても入らなかった。弟の成漢は花嫁の姉に甘えるようによりかかり、その後ろに花子が立っていた。二時間ほどの宴会のあと、花婿は花嫁を連れて実家に出立した。

それから一カ月後に、英姫の家の斜向《はす》かいのとうふ屋が売りに出された。とうふ屋の主人は、家を売って田舎に引っ越したいと言っていた。英姫はそのとうふ屋を買って娘夫婦に住まわせた。

広い家屋だった。とうふを製造していた石畳の玄関は十坪ほどあり、その奥に六畳と八畳の間があった。二階は中二階だが、十畳ほどある。新婚夫婦が住むには広すぎるくらいであった。

天王寺中学を出て間もない若い花婿は手に職がなく、かといって戦時体制のご時世に就職できるあてもなく、毎日ぶらぶらしていた。短気だが闊達な性格で、達弁家でもあった。隣組や青年部の会合にも積極的に参加し、朝鮮人ながらリーダー格になっていた。多少強引だが、人を引きつける力は、持って生まれた才覚にちがいない。金俊平も娘婿の韓容仁を気に入っていた。娘の春美を結婚させて英姫は母親としての務めを一応果たしたが、問題は職のない娘夫婦の生活をも面倒みなければならないことだった。本来なら夫の両親が職のない息子夫婦の生活の面倒をみるのが筋である。ところが多少資産のあった韓容仁の父は息子を結婚させると、息子に資産を残さずにさっさと朝鮮へ帰ってしまったのである。韓容仁の母は後妻で、長年韓容仁と折り合いが悪く、自分の産んだ子供たちに資産を残すべきであると夫を説得し、すべての資産を郷へ持って帰ったのだった。したがって身内のいない韓容仁は金家の婿養子になったようなものだった。二所帯の生活が英姫の肩に重くのしかかっていた。

春美は一年後に長男を出産した。同じ年の金俊平と英姫は四十一歳で初孫を抱くことになった。生活は苦しいが家族が増える楽しみがあった。身内のいない韓容仁は実の息子のように思えるのだった。斜向かいに住んでいることもあって金俊平は毎晩のように娘夫婦の家に行って韓容仁と酒をくみ交わしながら歓談していた。酒に酔ってときどき暴れる金俊平を制止してくれる娘婿の韓容仁を英姫は心強く思った。

一九三九年十一月、日本政府は朝鮮人に朝鮮の姓名使用を禁止し、「創氏改名」を断行した。朝鮮では「創氏改名」に反対する運動が各地で起こり、自害する者まで出た。在日朝鮮人の間でもとまどいを隠しきれず、抗議集会や反対運動を行なったが、官憲の強権によって抑圧された。金俊平は金本俊平になり、韓容仁は根本容仁に改められた。

「まるで自分でないみたいだ」

と金俊平は憤然としていたが、お上には逆らえなかった。韓容仁はむしろ積極的に日本名を名乗り、「警防団」の青年団長にまでなっていた。翌年には朝鮮語の使用まで禁止され、神社参拝や集会に動員されて、たどたどしい日本語で、一、私共ハ大日本帝国ノ臣民デアリマス、二、私共ハ心ヲ合セテ天皇陛下ニ忠義ヲ尽シマス、三、私共ハ忍苦鍛錬シテ立派ナ強イ国民ニナリマス、

とくり返し唱えさせられた。

警防団長からの呼び出しがくると、

「またかいな」

と明実はうんざりした顔で眉をひそめた。老若男女を問わず、小学校の講堂に集められた朝鮮人は暗誦できるまでくり返し唱えさせられる。そのあと行進して神社参拝に行くのである。一九四〇年の紀元二千六百年祝賀行事には提灯行列や旗行列に参列した朝鮮人の一団が異様に映った。韓容仁は背広、春美は着物を着ていたが、英姫や明実をはじめ朝鮮人長屋の多くは朝鮮衣装を着ていたからである。

「朝鮮服を着て日の丸の旗を振ってると、なんやしらんけど、わけがわからんようになるわ」

と良江がやけくそ気味に日の丸の旗を振っていた。

「あんたらも日本人やさかい、そんなこと言わんとき」

と漬け物屋のおかみさんが晴れがましい顔で慰めにならないことを言っていた。

近所の朝鮮人男性の中には「協和会」の幹部になっている者も少なくなかった。「協和会」というのは、日本人への同化政策をおしすすめ、戦争遂行に必要な労働力、軍人軍属への動員に協力させ、その思想・行動を監視し民族的なるもののいっさいを抹殺・弾圧する警察行政の一翼を担った団体である。彼らは肩で風を切って日本人面をして官憲に協力していた。金俊平と高信義は彼らから何度も勧誘されたが、二人はまったく関心を示さなかった。無実の罪で一年以上刑務所暮らしをしてきた高信義は、その信念を貫くために頑固に拒否していたが、金俊平はそもそもそういった行事を生理的に受けつけないのだった。金俊平とことを構えたくない「協和会」の幹部は、

「あいつらはほっとけ」

と見放すように言った。

二人の代わりといっては語弊があるが、英姫と明実はいろんな行事に引っ張り出されていた。

時代は急速に下降し、激変していく。一九四一年十二月八日、日本は真珠湾を攻撃した。太平洋戦争の勃発である。ラジオや新聞の報道に、

「とうとうやったか」

と韓容仁は感慨深げに呟いた。当時の多くの若い朝鮮人がそうであったように、韓容仁も

日本は戦争に勝つと信じていた。日本の高校を卒業している韓容仁は徹底的に「皇国臣民」教育を叩き込まれていたのだ。

　長男の成漢が姉と同じ中道国民学校（小学校）に入学したのは翌年の四月である。一人息子が入学したので金家では盛大な祝宴を開いた。

「これで俊平もあと取り息子ができたことだし安泰だ」

　祝宴の酒と美食に酔っている客の一人が言った。

「いずれわれわれは郷へ帰るが、それまでに日本の進んだ学問を身につけておくことが大事だ」

　読み書きのできない大方の朝鮮人は学問に対して敬意を払い、尊敬していた。だが、女に学問を身につけさせるのは反対だった。女は小学校を出れば充分であると考えていた。生活に追われていたこともあるが、春美は一日も教育を受けていない。女に教育を受けさせるとろくなことはないと思っていた。男に恋文を書いたり、夜中に啼く雌鶏のように家に不幸をもたらすと考えられていた。だから夜中に雄鶏の真似をして啼く雌鶏は翌日、首を絞められて料理されてしまうのである。

　戦争は日ごとに激しくなり、近所の若い日本人は出征して行った。モンペが流行りだし、朝鮮人女性もモンペを着せられた。パーマをかけるのはご法度《はっと》だったので、英姫も明実も朝鮮の髪型をしてモンペを着てゴム靴（朝鮮式の靴）をはいていた。実に奇妙な恰好だった。ほとんどの男たちはゲートルを巻いて歩いている。この奇妙なゲートルは何のために巻いているのかわからない。ズボンの上からゲートルを巻くと確かに脚がひきしまって行動しやすいが、ゲートルを巻くのに時間がかかり、巻いたゲートルが歩いたり走っているうちにずり落ちてきたりする。国民学校一年生になった成漢は学校で毎日ゲートルを巻く練習をさせられていた。しかし、なかなかうまく巻けないのである。うまく巻けたつもりでも歩いているうちにずり落ちてくるのだった。ゲートルがずり落ちてこないように巻くためにはかなりの練習を必要とした。ゲートルがうまく巻けない子供は放課後、教室に残されてうまく巻けるまで練習させられた。そしてうまく巻けると一人前になったような気分になるのだった。

物不足は深刻になりつつあったが、闇で酒や肉を売っている英姫の家族は食うに困ることはなかった。何はともあれ、花子と成漢は国民学校に通い、春美は二人目の男児を出産して、それなりに幸せな家庭を営んでいた。ところがある夜、英姫は西成のある養豚場で屠殺した豚を買い、リヤカーに積んで運んでいる途中、警邏《けいら》中の巡査に職務質問され、逮捕された。東成署に所属している巡査であれば問題はなかったのだが、運悪く警邏中の巡査は西成署に所属していたのである。そして英姫は管轄のちがう西成署にそのまま拘束された。西成署から連絡を受けて家宅捜索をすることになった東成署の刑事たちは、日頃飲み食いしていることもあって、明実に通報して証拠になるような物を隠匿《いんとく》させ、家宅捜索の結果、それらしい証拠物件は発見できなかったことにしたが、拘束されている英姫の身柄を釈放することはできなかった。

「どないしたらええんですか」

と明実は日頃飲み食いしている刑事たちに相談した。

「あかん、どないもならん。へたに動いたらわしらまで疑われる。そないなったら金本俊平の嫁はんを助けるどころか、どえらいことになる。わしらにできることは、家宅捜索の結果、それらしい証拠はなかったと報告することくらいや。それだけでも、かなりの減刑につながる」

刑事の言い分にも一理ある。管轄のちがう警察署に横やりを入れると藪蛇《やぶへび》になるおそれがあるのだ。酒と女と博打に明け暮れている金俊平に英姫を助ける能力はなかった。たよれるのは娘婿の韓容仁だけだったが、弁護士を雇い、裁判で減刑を期待するしかないのだった。

あらぬ噂がひろがっていた。こんなときこそ、金俊平は英姫の身替わりを買ってでるべきではないのか。酒を飲んで暴れることしか能のない最低の男だ、といった批難の声が金俊平に集中していた。西成署に呼び出されて、知らぬ存ぜぬと、すべての罪を妻の英姫に押しつけて逃げたといわれていた。噂だから誰が言ったのかは特定できない。だが、人の口に戸は立てられぬ、というわけで、金俊平はいわれのない噂にはらわたの煮えくりかえる思いだった。酒を飲み、夜中に近所を徘徊しながら、

「わしに文句のある奴は出てこい！　ひねり潰してやる！」

とわめきちらしていた。

毎晩、娘夫婦の家に行き、悪意に満ちた噂に憤慨し、近所の者をののしり、春美に酒を買ってこいと命じるのである。韓容仁も義父の憤りに同情して酒の相手をつとめていたが、毎晩のようにやってきて悪態をつき酔い潰れてしまう金俊平に辟易《へきえき》していた。

英姫が逮捕されて一カ月もした頃、金俊平は三人の子供を連れて大阪拘置所へ面会に行った。中ノ島にある赤レンガ造りの大阪拘置所内は面会人たちでごった返していた。世の中には、こんなにも多くの人間がなんらかの罪で勾留されているのか、と金俊平は思った。三人の子供たちは八角形の天井と太いコンクリートの柱に威圧され、薄暗い館内をうろついている人々の間でおどおどしていた。勝手のわからない金俊平は受付の係員に何度も同じ質問をするので、とうとう受付の係員が机の上の用紙を取ってきて、

「この用紙に住所、氏名、年齢、職業を書いて提出しなさい」

と怒ったように細い目で金俊平を睨みつけた。読み書きのできない金俊平はしばらく用紙をじっと見つめていたが、側にいた娘の花子に、

「この紙に、住所とわしの名前を書け」

と指示した。

用紙を受け取った花子は鉛筆ですらすらと書き込んだ。それを父親の金俊平は感心しながら見ていた。二、三書き込みに間違いはあったものの面会は許可された。面会を待つ長い列ができている。面会室から出てきたモンペ姿の若い女がハンカチで涙を拭いていた。一時間ほど待たされて金俊平が呼ばれた。面会室に入ると、網でしきられた向こう側に英姫が座っていた。母親の姿を見た花子はとたんに泣きだした。しばらく会っていないこともあるが、囚われの身となって網の内側にいる母親のみじめな姿に胸が詰まったのだった。弟の成漢と妹の敏子は母親の状況がよくわからないらしかった。

「みんな元気にしてるの」

と英姫が子供たちに訊いた。

「うん」

と嗚咽しながら頷き、

「おかちゃんはいつ帰ってくるの」

と花子は訊いた。

「わからない」

英姫は切なそうに答えた。

黙っていた金俊平が口を開いた。

「今月中に、わしは子供たちを連れて東京へ行く。近所の奴らは、おまえが捕まったことをわしのせいにしている。だからおまえが刑務所から出てくるまで、わしは大阪を離れる」

突然、東京へ行くと言われて、

「そんな……どうして暮らしていくんですか」

と英姫は絶句した。

「金がいる。金はどこにある」

金俊平は網の目を通して英姫の反応を確かめた。英姫は伏し目になって答えようとしなかった。

「金がなかったら、家を売るしかない」

と金俊平は脅迫まがいのことを言うのだった。家の権利書は英姫名義になっていて売ることはできないが、家を形《かた》に金を借りるにちがいない。

「六畳の間の壁に掛けてある額縁の裏に二百円あります」

英姫はやむを得ず金の隠してある場所を教えた。東京へ連れて行かれる子供たちがひもじい思いをしないためにも金は必要だろうと思った。

「それだけか。ほかにもあるだろう」

と金俊平は執拗に聞き出そうとする。

「それだけです。ほかにはありません」

英姫はきっぱり否定した。

二百円あれば親子四人が半年以上暮らしていけるはずである。拘置所内で英姫を力ずくで問い詰めることもできず金俊平は諦めた。

短い面会時間が過ぎ、英姫は看守にうながされて立ち上がり、

「みんな仲良くしいや」

と涙を浮かべて面会室を出て行った。

「おかちゃん！」

と花子は泣き声をあげて母親を呼ぶのだった。姉の泣き声に二人の弟妹も泣きだした。

「泣くな！」

金俊平は周囲をはばかって泣いている子供たちを叱責した。

面会から三日後、金俊平は娘夫婦と高信義に東京へ行くことを告げると、表戸と裏の勝手口に板を打ちつけて家の出入口を遮断した。なんの予告もなしに東京行きを告げられ、家の出入口に板を打ちつけて遮断された娘夫婦と高信義夫婦は驚いた。結局、高信義の家族が二

階に住むことを認め、娘夫婦の中二階に一泊した金俊平は翌日、子供たちを連れて東京へ出発した。晩秋の空は低い雨雲をともない、車窓の風景は錆びた鉄のような冬景色に変わろうとしていた。

13

金俊平は日暮里《にっぽり》に一軒の平屋を借りた。平屋の前に流れているどぶ川と表戸の間にはほとんど道幅がなく、土が急斜面になっていて用心しなければ足をすべらせるおそれがあった。

家の横は背丈ほどもある雑草が群生している沼沢地である。裏の神社の庭に立っている大きな楡《にれ》の樹の枝葉が屋根におおいかぶさり、日中でも薄暗い。家の床は湿気を考慮して高くしてあり、夜になると床下に猫や犬が入ってきて追い駆けっこをしていた。家の奥の外にしつらえてある便所は子供たちにとって不気味な場所だった。大きな蜘蛛が便所の主のように壁に張りついて動こうとしないのだ。一坪の土間と二畳と四畳半の部屋に親子四人が暮らすには狭すぎたが、一時しのぎの宿であった。

金俊平は夕方に出掛けると夜遅く帰ってきた。ときには帰ってこないこともある。花子と成漢は通学していなかった。戦時中でもあり混乱していることもあって通学しても意味がないと金俊平は思っていたのだ。

年の瀬もおし迫った二十七日、その日も金俊平は夕方に家を出たが、三日が過ぎ五日が過ぎても帰ってこなかった。子供たちは父親に何が起きたのかわからず、ひたすら父親の帰りを待っていた。

家々にはしめ縄や門松が飾ってあり、子供たちは羽子板遊びや凧揚げを楽しんでいたが金俊平の子供たちは家の中に閉じ籠っていた。それでもカルタ遊びとお手玉遊びで退屈はしていなかった。

米袋に米は五升ほどあった。お金も十円ばかり持っていた。十一歳になる花子は掃除、洗濯、食事の用意をしていたので結構忙しかった。男の子である成漢だけは近くの原っぱで凧揚げをしたり、近所の子供たちと神社の境内でメンコに興じて遊んでいた。

父のいない生活は子供たちにとってむしろ解放的だったといえる。だが、一カ月が過ぎると米がなくなり、金も残り少なくなって心細くなってきた。この先どうなるのか、どうすればいいのかわからなかった。身内もいなければ知人もいない。節約のため暖をとる練炭も買えなくなり、三人の子供は布団の中により添って体を暖め合っていた。夜は吹きつけてくる強い風に揺れる雑草の音や窓の軋む音が恐ろしくて眠れなかった。

食糧事情は悪化し配給制になっていた。各家庭に食券が配られ、その食券を持って食堂へ行き、最低限の食事をとることができた。正午から営業する食堂に三人の子供は毎日二時間も前から先頭に並んで待っていた。けれども大人たちに押しのけられて、結局食事にありつけないのだった。一日に受け付ける食券の数はきまっていたからである。食事にありつけなかった三人の子供は、一日を空腹のまま過ごさねばならなかった。まれには運よく食事にありつける日もあったが、一日に一食である。三人の子供たちは栄養失調に陥り、見かねた近所の人が残り物の雑炊《ぞうすい》を分けてくれたりしたが、三人の子供たちは血色を失い、痩せ衰えて老人のように手の甲に血管が浮き出ていた。眼はうつろになり、唇が乾き、歩く足どりもふらついている。毎日、原っぱで凧揚げをしていた成漢は歩けなくなり、妹の敏子も布団の中で横になっていた。かろうじて動けるのは姉の花子だけだった。花子は鍋を持って毎日物乞いしていた。同情はしてくれるが、必ずしも恵んでくれるとは限らなかった。このままでは三人の子供は飢え死にするかもしれなかった。しかし、人々は無関心だった。そして花子も動けなくなった。三人の子供は川の字に布団に横臥して死を待っていた。壁に掛けてある成漢の紺のコートが灰色に変色している。なぜ灰色に変色しているのだろう、と成漢が目をこらしてよく見ると、コートに虱の大群が鈴なりにたかっていたのだ。

　強い風が吹いている。風は遠くから死神を運んでくるかのように吼えている。便所の板戸が風に吹かれて、バタン、バタンと開閉している。花子は便所の板戸を閉めなくてはと思いながら動けなかった。妹の敏子が、

「怖いようー」

と、泣きだしそうな声で震えていた。三人の子供は互いの手をしっかり握り合っていた。飢えによる苦痛と死の恐怖が三人の子供たちの表情に刻まれていた。電気代を滞納していたので電気を切られ、部屋は真っ暗だった。水道も止められている。三人の子供たちは闇に脅え、腹のたしにしていた水も飲めなかった。そして三人の子供たちはしだいに口もきけない状態に陥った。

表戸を開けて誰かが入ってくる。マッチを擦る音がして暗闇にほのかな灯りがともった。そのマッチの炎にゆらめいている顔は韓容仁だった。マッチの炎をたよりに韓容仁は奥の部屋に入ってきて立ちすくんだ。川の字になって横臥している三人の子供たちは死んでいるように見えたからだ。韓容仁は三人の子供たちをゆり起こした。

「花子、わしや。義兄《にい》さんや！　成漢、起きるんや！　目を覚ませ！　敏子、義兄さんやで。もう大丈夫や」

何度もゆり動かされた花子と成漢はかすかに反応して目をうっすらと開けた。だが、敏子はついに反応しなかった。すでに息を引きとっていた。おそらく数時間前に息を引きとったのだろう。

「ああ、なんでこうなってしもたんや」

もう一日早ければ、いやせめて数時間早くきていれば助かったかもしれない命をむざむざと死なせてしまった無念の思いとやり場のない憤りに震えた。

韓容仁は近くの交番に連絡をとり、三人の子供を病院に収容した。すでに死んでいた敏子は翌日の朝、病院の火葬場で荼毘《だび》にふされた。

韓容仁が日暮里署から《スグコラレタシ》という電報を受け取ったのは一昨日の夜だった。何ごとだろうと思い、翌日の午前十時の急行に乗車して東京駅に着いたのは午後七時である。その足で日暮里署へ直行して刑事から聞かされた話によると、去年の十二月二十七日の午後一時頃、上野のある旅館で開帳していた賭場を一斉手入れしたとき金俊平をも逮捕したとのことだった。その後、大阪での行状から推察して余罪があるものとみて取り調べを続けていた。ところが一昨日になって日暮里に三人の子供がいることを知り、身内に連絡をとってほしいと頼まれて電報を打ったというのである。金俊平が逮捕されてから三カ月半が過ぎていた。驚いた韓容仁は金俊平との面会もそこそこに日暮里へタクシーを飛ばした。そしてきてみると、敏子はこときれており、二人の子供も餓死寸前だった。

韓容仁は敏子の遺骨を持ってふたたび日暮里署を訪れ、金俊平に会って遺骨を見せ敏子が餓死したことを告げた。このときばかりはさすがの金俊平も肩を落として表情を曇らせ、鞭で打たれたようにうなだれていた。

十日ほど入院していた二人の子供は体力をとりもどし、一応回復した。しかし、餓死した敏子のことをどう説明すればいいのか韓容仁は迷っていた。花子と成漢は、

「トシちゃんはどないしたん」

としきりに訊く。

どのみちわかる嘘をついて誤魔化すより、事実を直視させて子供たちが置かれていた状況を認識させるのも人間的な成長につながるだろうと考えて、韓容仁は敏子の遺骨を見せた。花子と成漢は遺骨にしがみついて何時間も泣きじゃくっていた。花子と成漢は汽車に乗って大阪に着くまで泣き明かし、姉の家に着くと泣き疲れて眠ってしまった。

翌日、韓容仁は表戸と裏の勝手口に打ちつけてあった板を剝がして二人の子供を住まわせ、すぐに復学させた。

新学期がはじまったばかりだった。中道国民学校に復学して友達と再会できた花子と成漢は元気をとりもどし、妹の死の悲しみから少しずつ抜け出していった。五カ月もの間休み、しかも死線をさまよっていたので教科についていけないのではないかと不安だったが、学校では教科の時間より体練科といって「身体を鍛錬し精神を錬磨して闊達剛健なる心身を育成し、献身奉公の実践力を培《つちか》う」ために、ほとんど毎日団体行進や看護婦の真似や鉄棒、竹のぼりをさせられていた。もっともこれらの体練科は国民学校初等科五年から高等科二年（国

民学校は初等科六年、高等科二年）までの子供を対象にしていた。集団登校と集団下校、それ以外にさまざまな会合があって教科を学習する時間はかなり縮小されていた。登校のとき花子と成漢は一緒だったが、下校のときは放課後も何かと用があって学校に残っている姉と一緒に帰れない成漢は一人で帰っていた。

毎日の生活が何かしらあわただしく過ぎて行くのだった。学校や空地では防空演習が行なわれ、バケツ、火たたき棒、梯子《はしご》、ムシロなどを持った女たちが防空頭巾《ずきん》をかぶって必死に訓練していた。妊娠六カ月の春美も防空演習を休むことは許されなかった。二階の屋根にかけられた長い梯子を目だちはじめたお腹をかかえて昇り、バケツリレーをしなければならなかった。下から見上げていた韓容仁は大きなお腹をかかえている春美が足をすべらせて落ちるのではないかとはらはらしていた。妊婦には無理だからやめさせてほしいと言いたかったが、そんなことを言えば非国民呼ばわりされる。小学校前の文房具店を営んでいる黒い警防服に黒の戦闘帽をかぶった警防団長はまるで軍人みたいに大きな声で叱咤《しった》激励《げきれい》していた。

防空演習が終わるころにはみんな全身ずぶ濡れになっていた。夜は夜で班をつくって夜回りをする。ガラス窓に黒い布や黒い紙を貼りつけ、電灯も黒い布でおおい、灯りが外にもれるのを防いでいた。その灯りが外にもれていないかどうかを確かめるために夜々見回っているのである。物不足は深刻で、ほとんどの物が配給になっていた。物資隠匿を監視するために巡査や私服刑事がたえず眼を光らせている。だが、配給だけでしのげるはずもなく、韓容仁は闇物資を入手するためにいろんなツテを頼って一日中駆けずり回っていた。すでに米はなく、配給されるのはジャガイモ、大豆、小麦粉、サツマイモといったものだった。欲しい物を入手する方法は金より物々交換が有利であった。煙草と砂糖を交換したり、酒と米を交換する。酒の原料は米だが、その酒と米を交換するというのも皮肉な現象だった。卵や鶏はもっとも貴重な蛋白《たんぱく》源だった。卵一個で一合の米と交換できた。家の表には水槽が置いてある。その水槽にはつねに水を満たしておかねばならないのだが、水の足りない家庭はただちに警防団員から注意を受けた。服装から食物まで、言葉使いから行動まで、世の中は戦時体制一色であった。防空演習、塹壕《ざんごう》掘り、神社参詣《さんけい》、行進、行進、また行進、逼迫《ひっぱく》した食糧事情などから推して日本の敗戦を予感できたはずだが、新聞を読んでいた韓容仁の脳裏には敗戦のはの字さえ浮かばなかった。いざというときは神風が吹くと韓容仁は本気で信じていた。

五月も終わりに近いある日、刑務所から一通の通達が届いた。開封して読むと、義母の英姫が六月一日に仮釈放されるとのことだった。

「おい、オモニが仮釈放されるぞ」

石畳の隅で洗濯していた春美はまさか、と思った。仮釈放の理由は英姫が妊娠しており、出産が間近いので温情をもって家で出産できるよう情状酌量し、一年の刑期を四カ月短縮するとされていた。

「オモニが妊娠してる？　はじめて聞いたわ」

自分も妊娠している春美は複雑な気持ちだった。

「ほんまや。あんな親父といつやったんやろ。ええ歳して、まだ子供を産むんかいな」

韓容仁は露骨に嫌悪した。四十四歳の女が出産するのは世間にはばかられるような気がした。ともあれ出産のお陰で刑期が四カ月短縮されたのである。

五月末日に韓容仁は義母を迎えに行き、翌日の夜に帰宅した。英姫の家には知らせを聞いた近所のおかみさんや生野や東淀川からも友人・知人が集まっていた。刑務所暮らしと妊娠の影響もあって、英姫の顔はむくんでいたが、出所できた喜びを全身で表現していた。

「明実、悪いけど酒をみんなに配ってくれない」

と英姫は頼んだ。

「それはいいけど、また捕まって刑務所に逆もどりしたらどうするの」

と明実が冗談を言った。

「大丈夫、大丈夫。東成のこの家で飲むぶんには大丈夫。警察の連中をアジュモニはどれだけ接待してきたか」

近頃はめったに酒にありつけない元書房《ソバン》がはやくも喉を鳴らしている。

「ほんまや。あいつら飲むだけ飲んで食うだけ食って、いざというときは知らん顔や。許されへんで」

天満からわざわざやってきた張書房も喉を鳴らしている。

「はい、はい、わかりました。いま出します」

明実はみんなの要望に応えて三畳の間の床下にある焼酎とドブロクを調べていた。英姫が逮捕されて以来、床下に保存してある酒類を調べるのははじめてである。焼酎はまったく変化していなかったが、ドブロクは醸成しすぎて飲めなかった。

「ドブロクはあかんわ。せやけど焼酎はええ味になってるで」

明実の言葉に男たちは目を細めた。近所のおかみさんたちが持ちよったキムチや干し魚を肴に酒盛りがはじまった。そんな中で春美は母親の英姫からいつ敏子のことを聞かれるのかと気が重かった。花子と成漢は帰ってきた母親にぴったりくっついて離れようとしない。そして英姫は忘れ物でも思い出したかのように誰とはなしに訊いた。

「敏子はどこにいるの。さっきから敏子の姿が見えないけど」

すると歓談していたみんながいっせいに口を閉ざして静まり返った。伏し目がちに英姫の目線を避けようとしている春美を直視して、

「どうしたの？　何かあったの？」

と黙りこくっているみんなを英姫は見回した。

言葉を探しあぐねて春美は胸が詰まり、こみあげてくる涙を抑えることができなかった。

「どうしたの？　何があったの？」

と英姫は語気を強めて同じ質問をした。

「敏子は死んだわ」

そう言うと春美は泣き崩れた。

「死んだ？　どういうこと……」

血色の悪いむくんだ英姫の顔が土色に変わっていた。悪夢のような敏子の餓死を思い出した花子と成漢も母親にもたれて泣きだした。

春美に代わって韓容仁が一部始終を説明した。韓容仁の説明を聞いていた英姫は呼吸困難に陥って胸を掻きむしり、声を詰まらせて倒れた。おかみさんたちはただちに布団を敷いて英姫を横たえた。男たちは酒盛りを中断して隣の部屋へ移動し、声をひそめて、それでもちびりちびり飲んでいた。

刑務所にいた英姫が想像だにしていなかった出来事だった。しかも餓死とはあまりにも酷《ひど》すぎる。金俊平に対する憎悪が激しくつのった。

韓容仁は自分の家にもどって敏子の遺骨を持ってきた。英姫は変わり果てた敏子の遺骨をいとおしそうに抱きしめていつまでも嗚咽していた。

英姫が出所してから半月後に、古い革カバンを下げた金俊平が釈放されて帰ってきた。帰ってきたが、英姫の家には入らず、娘夫婦の中二階に居候《いそうろう》をきめ込んだ。敏子の件があって英姫の家にいたくなかったのだろう。娘夫婦は義父を追い出すわけにもいかず、受け入れるしかなかった。いずれにしろみんなから忌避されている金俊平は夕方から家を出て夜遅く帰宅するという生活のパターンに変わりはなかった。そして何回かに一度は泥酔して英姫の家に殴り込みをかけるのだった。表戸を蹴破って闖入し、

「わしが敏子を殺したと思ってんだろう、この女《あま》！　きさまの顔に書いてある。わしのこの気持ちがきさまにわかってたまるか！　この胸を切り裂いて見せてやる」

と包丁を探そうとする。だが、包丁はその前に隠してあった。もう誰も止めようとはしなかった。日常化している金俊平の暴力に娘夫婦はもとより近所の者も無関心になっていた。長年の経験から英姫も直感が働き、今夜あたりは危険だと思うと事前に子供たちを連れて逃げていた。

そんな日々が続いていたある日、金俊平は一人息子の成漢を連れて疎開するといいだした。というのも、あちこちの小学校で集団学童疎開がはじまっていたからだ。昼間めったにやっ

てこない金俊平が例の革カバンを下げて英姫の家にくると、蠟石《ろうせき》で地面に戦闘機や軍艦の絵を描いていた成漢の手をとって連れ出した。驚いて追いかけようとする英姫に、

「息子はわしの骨だ。何か文句あるのか」

と金俊平は睨み返した。

「成漢はわたしが産んだ子です。あんたは成漢をまた……」

と言いかけて口をつぐんだ。敏子の顔がよぎった。その無念の思いが憎しみをかきたてた。

「成漢をまた、何だ、何を言いたいのだ！　また飢え死にさせるとでも言いたいのか！」

父の大きな手で握られている成漢は金縛り状態になってすくんでいた。父に反抗する母の姿を見るのははじめてだった。成漢は内心、早く逃げてくれることを願った。父に捕まると殺されるかもしれないと思った。金俊平は英姫を追いかけなかった。成漢の手を離して追いかけると、今度は成漢が逃げるのではないかと思ったのだ。

金俊平はわが子の成漢を拉致《らち》でもするように手を引っ張って歩いて行った。その後ろ姿を英姫は茫然と見つめていた。

岡山駅に着いたときは日が暮れていた。列車はかなり混んでいたが、成漢は網棚に乗せられていたのでそれほど疲れなかった。背の高い金俊平は網棚の成漢を軽々と抱きかかえて、

通路に新聞紙を敷いて座っている乗客をまたぐようにしながら列車を降りた。

駅を出ると金俊平は駅前旅館に直行した。以前にも何度かきていて、駅周辺をよく知っているような感じだった。旅館に入るとモンペ姿の女中が、

「いらっしゃいませ」

と愛想笑いを浮かべて金俊平父子を迎えた。どうやらこの旅館を利用するのははじめてではないようだった。

帳場にいた主人も、

「お疲れさんです」

と金俊平に慰労の言葉を述べた。

金俊平は女中に二階の部屋へ案内された。廊下も階段も黒くくすんでいて、あまり清潔とはいえない。案内された部屋に入った金俊平は女中に五十銭のチップを握らせた。

「おおきに。ありがとうさんです」

と女中は出っ歯をのぞかせてにんまりした。

「風呂に入る。酒の用意をしておいてくれ」

言われるまでもなく女中は先刻承知していて、

「わかってます」

と言って部屋を出た。

金俊平はタオルを一本持ち、成漢を連れて風呂場へ行った。脱衣所で衣服を脱ぎ五、六人は入浴できる広さの入浴場に入った。入浴場には金俊平父子だけだった。湯舟につかった金俊平は考えごとでもするように瞼を閉じた。成漢は湯舟の中で犬かきをしたり潜ったりして遊んでいた。

ゆっくり立ち上がって湯舟から出た金俊平は大鏡の前に立って濡れた体を映した。成漢は父の裸身を見るのはこのときがはじめてだった。濡れた隆起する筋肉が水滴を弾くようにうねっていた。肩から尾骶骨にかけて振り降ろされた四本の刀傷の跡が黒い蛇の刺青のようだった。鉤で引っ掻かれた傷や嚙みつかれた傷が耳から顎のあたりでケロイド状になっている。胸や腕にも刀傷の跡があり、腹部には匕首で刺されたと思われる三、四カ所の穴の跡が肉で盛り上がっていた。金俊平はそれらの傷跡にまつわる凄まじい闘いを思い出しているようだった。金俊平は拳を固め、全身に力をみなぎらせて大きく息を吸って吐いた。煮えたぎる憎悪が金俊平の口から火を噴いているようだった。湯舟の中にいた成漢は畏怖《いふ》を覚えた。

雨が降っていた。風呂から上がった金俊平は用意されていた酒を飲み、食事をすませた成漢は窓から雨に濡れた駅を眺めていた。貨物車を連結した機関車が白い煙を吐き、汽笛を鳴らしてゆっくりと通り過ぎていく。複雑に交差しているレールが雨に濡れて鈍く光っていた。

成漢はあきることなくつぎつぎに通り過ぎていく貨物列車を眺めていた。

襖を隔てた隣の部屋から女の咳が聞こえてくる。遠慮がちな軽い咳だった。気になるほどの咳でもなかったのだが、旅館の主人が咳をしている女を責めていたので、つい聞き耳をたてたのである。女はしきりに謝っている。

「今日で六日です。いつ出てくれるんですか。旅籠《はたご》代も三日分溜まってます。うちは毎日清算してもらうことになってるんですわ。これ以上旅籠代を溜められたら困ります。いつ清算してくれるんですか」

「あと二、三日待ってください。必ずお支払いします」

女は弱々しい声で哀願していた。そのあい間に軽い咳をしていた。

「三日前も同じことを言うてましたな。それがあと二、三日待ってくれ言うんでっか。二、三日したら、どこからお金が入ってくるんです。天から降ってくるんですか。地から湧いてくるんですか。とにかく明日中に清算してもらわんと、警察に突き出します」

主人の厳しい裁断に女は沈黙していた。

酒を飲んでいた金俊平が何を思ったのか襖を開けた。驚いた主人があわてて金俊平を部屋にもどして襖を閉めると声を落として言った。

「すんません。大きな声を出したりして。つい腹がたったもんですから。今日で四日も旅籠代がとどこおってるんですわ。それにあの女は……」

　と主人は声をさらに落として、

「旦那さんだけに言いますけど、肺病ですねん。あんな肺病の女に長いこといられたら、他のお客さんに迷惑かかりますし、商売に影響します」

　肺病は不治の病いと恐れられている。

「女中も女の部屋に入るのを嫌がるんです。わたしも嫌ですけど、いつまでも放っとけませんよってに、明日にでも出てもらおう思って、つい声が大きなってしまいまして、すんません」

「女はほんまに肺病か」

　軽い咳は肺病の特徴だと言われている。軽い咳をしている女は肺病かもしれないが金俊平は念を押した。

「一昨日、血を吐いたんです。もう気持ち悪うて、それから誰も近づこうとせんのです」

　顔を歪めて不快感をあらわにしている主人を押しのけて金俊平はふたたび襖を開けた。女はうずくまるようにして顔をそむけた。

「旦那さん、やめときなはれ。病気が移りまっせ」

　と主人は金俊平を制止した。が金俊平はつかつかと部屋に入って女を見下ろした。

「おまえは八重とちがうか」

痩せた女の肩がびくっと動き、おもむろに顔を上げた。肺病を患っているうえに栄養失調をきたしてまるで死人のような顔をしていたが八重に間違いなかった。飛田遊廓で騙されて逃げられてから十五年たっているにもかかわらず、金俊平の鋭い勘が、旅籠の主人とふたことみこと話していた女の声から八重ではないかと直感したのだ。鬼のような形相で立っている巨漢の金俊平を見上げて、八重は偶然の恐ろしさにおののいた。

「金さん……」

その驚きの声には、しかし諦観している響きがあった。

「この女の宿賃はいくらだ」

と金俊平はあんぐりと口を開けている主人に訊いた。

「へえ、えーと、明日も泊まるんですか」

金俊平が立て替えてくれると思ったとたん、旅籠の主人はもみ手をしていた。

「明日はここを出る」

と金俊平は言った。

「そうですか。そうしますと、えー、三日ですから九円二十銭です」

金俊平は財布から金を出して払った。金を受け取った主人は部屋からそそくさと出て行った。

「なんとお詫びをしていいのか……そのうえ宿賃まで払っていただいて……」

精気のない痩せた体はひからびた木の枝のようだった。

「肺病か」

と金俊平は訊いた。

「はい」

八重は暗い声で答えた。世間をはばかるような声である。

「いつからだ」

「もう四年になります」

「男はどうした」

「七年前に肺病で亡くなりました」

八重は淡々としていた。金俊平も肺病を患っている八重をいまさら責める気などないらしかった。しかし、金俊平の脳裏にかつての妖艶な八重の姿が鮮やかに蘇ってくるのだった。八重の魔窟に陥り、胸の張り裂ける痛みを味わった思いは、深い暗い記憶の底でいつまでも疼いていた。それははじめて女を愛した記憶でもあった。

「誰かを待ってるのか」

と金俊平は訊いた。

「いいえ」

「行くところはあるのか」

「どこもありません」

八重は寂しそうに答えた。

「そうか。わしと一緒にくるか」

金俊平の意外な言葉に八重は一瞬ためらったが、

「連れて行ってくれはるんでっか？」

と訊いた。

「連れて行ってやる。おまえの病気を治してやる」

金俊平の力強い言葉は八重には病魔をも追い払ってくれる気がした。

翌日、金俊平父子と八重は岡山駅前から始発バスに乗った。雨はいつしか止み、青空のひろがる遠景に緑におおわれた山々が爽やかだった。バスの乗客は七、八人である。モンペ姿のバスガールが切符を切っていた。金俊平は終点までの切符を買った。

バスは段々畑のつらなる凹凸の道を大きく揺れながら走り続けた。朝早くから百姓が牛を使って土を耕している。点在している農家は自然の一部となって根をはやしているかのようだった。はじめて接する田舎の風景を成漢はもの珍しそうに眺めていたが、金俊平と八重は終点に着くまで一言も喋らなかった。

　終点に着いてバスから降りると、田畑の上空をトンビがフルートのような啼き声をあげて大きく舞っていた。のどかな風景だった。金俊平は一軒の農家を訪ねた。そして農家の主人と何かを交渉していたが、どうやら交渉は成立したらしく、金俊平は農家の主人に金を支払い二十個の卵と野菜、米と地酒、庭に飼っている鶏の中から雄鶏一羽と雌鶏三羽を摑まえて縄で二羽ずつ足を縛ってかついだ。それから金俊平は山をめざして大股で歩きだした。その後を成漢と八重が遅れまいとついて行く。どこまでも続く田畑の脇道を歩き、三人はようやく山道に入った。鎮守の森を抜け、川沿いのなだらかな坂道を二キロも歩いたところから道幅は狭くなり急勾配になっていた。大きな岩石に砕けて川の流れはしぶきをあげている。照りつける太陽がじりじりと肌を灼いている。途中ひろった木の枝を杖にして歩いていた病弱な八重は汗をかき、息を切らせ、かなり遅れていたが、とうとう石の上に腰を下ろして動けなくなった。先を歩いていた金俊平がもどってきて、タオルを渓流の冷たい水にひたして八重の汗を拭いてやり、黙って八重を背負った。八重は金俊平の大きな背中でぐったりした。子供の成漢も疲れていた。しかし、金俊平は成漢を見向きもしなかった。父の厳しい態度は成漢に男であることを意識させるのだった。父の手前、成漢は弱音を吐くわけにはいかなかった。

やがて三人は大きな杉の木が鬱蒼と茂るけものみちのような山道にわけ入り、渓流に沿って歩き続けた。太陽に灼かれていた肌が急にひんやりするほどあたりの大気は冷たかった。動物の奇妙な鳴き声が聞こえてくる。いったい父はどこまで行くのだろう。疲れきった成漢は杉の木におおわれた薄暗い森の中から不意に何かが襲ってくるのではないかと臆していた。金俊平に背負われている八重は、さわやかな渓流の音に耳を傾け、思いなしかほほえんでいるようだった。どのくらいの距離を歩いたのか。おそらく十キロは歩いたと思われるが、不意に視界が開けて小高い山々が眺望できた。そして小高いなだらかな山々に囲まれた盆地の中に一軒の藁ぶき屋根の農家があった。

「やっと着いたか」

と金俊平はひと息ついた。

「ようこんなとこを見つけはりましたな」

と八重は半ばあきれたように言った。

そのとき、どこからともなく猫が喉を鳴らすような音が聞こえてきた。紺碧《こんぺき》の空に一機のB29爆撃機が飛来していたのだ。B29のジュラルミンの機体は太陽の光を乱反射させて悠然としている。紺碧の空に輝いているB29を大きな顎を突き出して見上げていた金俊平が言った。

「ここは絶対大丈夫だ。あれは大阪へ行くやつや」

金俊平の背中で見上げていた八重も、

「ほんまに大阪へ行く飛行機でっか」

と甘えるように言うのだった。

成漢は父がなぜこんな女を連れてきたのか理解できなかった。それに女に対する父のやさしさはまるで別人のようだった。

農家は広い土間の隅にかまどや農機具や薪があり、十二畳の板間の中央のいろりに鉄鍋が吊るしてあった。その奥に八畳の間がある。押し入れには何枚かの布団もあった。空家だが、それほど朽《く》ちてはいなかったし、生活用品もそろっていた。金俊平の説明によると、この農家の家族は炭焼きを生業《なりわい》にしていたという。しかし、夫が亡くなり、家族は家を捨ててどこかへ行ったのだそうだ。金俊平の話を証明するように農家から二百メートルほど先に炭焼き小屋が建っていた。たぶん一度下見をしていると思われるが、それにしても、どのようにしてこのような場所の農家を見つけたのか金俊平以外、誰にもわからなかった。

金俊平は足を縛っていた縄を解いて鶏を土間に放し飼いにし、押し入れの布団を外に出して薪で叩いて日干しした。それから家の前の谷川で米をといでかまどで炊き、いろりの鉄鍋で野菜と卵のごった煮を作って食事の用意をした。蒲鉾職人だった金俊平は料理が得意だった。その間、八重は板間で体を休めていた。

「とにかく食べることや。人間、食べんとあかん」

と言って金俊平は八重に食事をすすめた。

四方を山に囲まれたこの地の日暮れは早かった。日が暮れると灯りのない家の中は暗くなり、月明かりの外のほうが明るかった。成漢ははやばやと奥の部屋に寝かされ、八重はいろりの側に布団を敷いて横になった。そして金俊平は一人農家から仕入れた地酒を飲んでいた。谷川の水音とふくろうの啼く声が聞こえる。人里から遠く離れた山奥の夜は森閑として自然の息づかいが感じられた。先程から黙って酒を飲んでいる金俊平に、

「こっちへきて……」

と八重が声を掛けた。

「抱いて。うちを抱いて……」

と八重は切ない声で金俊平を求めた。金俊平はコップ酒を置いて八重の側に横になると、そのか細い体を抱きしめた。金俊平の逞しい腕に抱かれた八重は、「ああ……」とむせび泣くような声をあげた。股間にすべり込ませた金俊平の指は八重の暗闇をまさぐった。瘦せてはいるが潤沢な愛液が溢れている。八重は金俊平を受け入れようと大きく股を開いた。

「わしの力でおまえの体から病気を追い出してやる」

そう言うと金俊平は八重の口の中に舌を入れ、同時に八重の体の奥深く貫いた。八重は体をのけぞらせて両腕と両脚で金俊平の体にしがみつき、

「やっぱりあんたはうちの男や。うちは死んでもええわ」

とうわごとのように言って喘いだ。

長い交合だった。十五年の歳月を経ていたが八重の性に対する貪欲なまでの情炎は変わっていなかった。

数日が過ぎると、八重の顔色が良くなっているように思われた。化粧のせいかもしれない。八重は毎日、薄化粧することを忘れなかった。その化粧の香りは八重の匂いでもあった。

金俊平は三日に一度山を降り、酒や野菜やときには豚肉や鶏肉を買ってきた。成漢は山を駆け、渓流で釣りをし、アユやヤマメやウグイを釣ることもあった。それがやみつきになって退屈しなかった。日が暮れると眠りにつき、日が昇ると起床した。金俊平と八重は日ごと夜ごと激しく抱き合っていた。自然と一体になった生活は金俊平が予言したように八重の体内から病魔を追い払うことができるのではないかと思えた。しかし二カ月後に、食糧を仕入れるために山を降りた金俊平が夜帰ってみると、八重は板間で冷たくなっていた。

金俊平は酒を飲みながら一晩中八重の遺体の側に座っていた。そして夜明けとともに金俊

平は綿のように軽くなった八重の痩軀《そうく》を抱き上げて山あいから昇ってくる太陽に向かって歩き、五十メートルほど離れた場所に穴を掘って埋葬し、渓流の大きな石を載せた。

八重を埋葬した金俊平は、その日のうちに山を降りて大阪へもどった。大阪へもどったが、金俊平は英姫から金を出させてふたたび成漢を連れて九州の宮崎に疎開した。

金俊平が身を寄せたのは地元の網元の家だった。昔、博多の賭場で知り合った仲である。五十過ぎの網元は豪快な男で、金俊平を歓迎してくれた。広い中庭を囲むようにして十二部屋もある大きな屋敷だった。それらの部屋を自由に使ってくれと網元は言った。金俊平は網元の好意に甘えて八畳の部屋にしばらく居候することにした。

すぐ近くに海があった。網元の家から二百メートルも離れていなかった。裏には墓地があり、その墓地と小学校が隣接していた。一時的な疎開であり夏休みということもあって金俊平は成漢の入学手続きをとらなかった。あまり人見しりをしない成漢は漁村の子供たちと友達になり、毎日のように海で泳いでいた。誰から教わったわけでもないのに、成漢は犬かきを覚え、つぎに平泳ぎを覚え、半月もすると一キロほど距離のある入江の対岸までクロールで泳いで行けるようになっていた。泳ぎの上達した息子を金俊平は自慢げに眺めていることがあった。

海は穏やかで透明度が高く、海底に群れている魚を見られた。海面を飛び跳ねる魚が陽光を反射させて銀色に輝き、舟に乗っているときなどは手摑みできそうであった。岩場には大人の手のひらほどもある蟹《かに》が這っていた。入江の海底は浅く十メートルほど先でも背が立った。だが、子供たちが遊んでいる場所から入江の外へ百メートルほどずれると、そこは急斜面の砂浜であった。海も藍色をしており、海面も入江と同じように穏やかそうにみえて、じつは海底の流れは外海《そとうみ》へ向かって動いていた。

子供たちは海の恐ろしさを知らなかった。遊びに夢中になると、安全な場所と危険な場所の区分がつかなくなるのだった。八月も終わりに近づくと台風の季節を迎える。沖縄の遥か遠くに発生する台風は、たとえ数百キロ離れていても、その影響は潮流に変化をおよぼすのである。上空が晴れていても水平線の彼方にたちこめる黒い雲は海底の流れに強い影響を与えていた。

その日は成漢を含めて四人の子供たちが、いつもの場所から百メートルほど外海へずれた場所で遊んでいた。波は穏やかだったが、子供たちも急斜面になっている海を警戒して泳ごうとはしなかった。ただ好奇心から、このあたりで大物の魚が釣れるという話を鵜《う》呑みにして磯釣りを楽しんでいた。そして釣りに夢中になりだした子供たちはしだいに大胆になってさざ波に足を踏み入れていた。風が少し吹いていた。それほど気になる風ではなかった。むしろここちよい風だった。だが、不意に地すべりでも起きたように急斜面の砂浜を引きずりながら波は大きくうねりをあげて四人の子供たちの頭上におおいかぶさってきた。成漢はあわてて逃げようとしたが波に引きずり込まれて急斜面の砂浜を登りきることができなかった。つぎの瞬間、おおいかぶさってきた波に叩きつけられた。そしてまた波はうねりながら引いていく。まるで巨大な怪物の口に呑まれていくようだった。成漢は急斜面の砂に爪を立て、蟹の歩く要領で這い、おおいかぶさってくる波の渦からかろうじて逃れた。波から離れて両手を見ると手のひらに米粒ほどの砂がいくつも喰い込んでいた。波の恐ろしい力に成漢はあらためて慄然《りつぜん》とした。そして友達を探した。成漢を含めて三人の子供は無事だったが、一人の子供は見当たらなかった。子供たちの通報で村の大人たちが何隻もの漁船をくり出して捜索し、一時間後に二キロも離れた岩場で水死体を発見した。

この出来事をきっかけに金俊平は宮崎を去ることにした。

宮崎をあとにした金俊平父子は福岡、山口、鳥取、金沢と各地を転々としたが、どこへ行っても逼迫してきた戦争の影響で住みづらく、結局、大阪へもどってきたのである。

大阪へもどってみると、あるべきはずの場所に家がなかった。あたりの光景もまったく変わっていた。金俊平は場所を間違えたのではないかと錯覚した。金俊平が錯覚するのも無理はなかった。英姫の家とその一帯は焼夷弾《しょういだん》の類焼を防ぐという軍の命令で立ちのきになったのだった。立ちのきになった一帯は幅五十メートル、長さ三、四キロの広大な道路とも空地ともつかない空間になっていた。

英姫の家は立ちのきになっていたが、娘夫婦の家は立ちのきになっていなかった。ちょうど娘夫婦の家の隣までが立ちのき区域に入っていたのだ。そして娘夫婦の横の立ちのきになった空地に幅四、五メートルもある正四角形のコンクリートの貯水池が造られていた。

夕食の用意をしていた英姫は家の入口をふさぐように立っている金俊平を見て体の血がさーと引いていくのを感じた。しかし、駆けよってくる息子の姿に英姫の表情が笑顔にもどった。帰ってきたときはいつもそうだが、金俊平は咳払いをして周囲の者に自分の存在を誇示するのである。その咳払いに奥の部屋で子供に母乳をふくませていた春美が気付き、

「あ、アボジお帰りなさい」

と出迎えた。

英姫も子供をおぶっていた。金俊平のいない間に英姫と春美はどちらも女の児を出産していたのだ。

部屋に上がった金俊平は疲れた様子もなくどっかと座り、開口一番、

「酒はないか」

と言った。

ここ数日、金俊平は酒にありついていなかった。戦局が厳しくなるにしたがって物資統制

は極度に厳しさをましていた。春美は母親と顔を見合わせ、押し入れから一升瓶に入った焼酎を持ち出した。その焼酎をグラスにつぐと、金俊平は水でも飲むように一気に飲み干した。英姫は食事の用意を急いだ。

警防団の会合から帰ってきた韓容仁は意外にも、

「もうそろそろ帰ってくると思ってた」

と春美にもらした。

娘夫婦ともども家族がそろって一緒に食事をとることなどめったにないことであった。日が暮れる前に夕食をすませ、夜は外に灯りがもれないよう電灯に黒い布をおおうので暗くなった部屋での会話もとぎれがちになるのだった。英姫と子供たちは中二階で就寝していたが、金俊平は一階の部屋に就寝した。

韓容仁は防空演習や隣組の会合に参加して忙しい毎日を過ごしていたが、金俊平は一切参加しなかった。警防団長も金俊平にはあえて何も言わなかった。金俊平が息子の成漢を連れて各地を転々としていたいまひとつの理由は、一九四四年から朝鮮人に適応された徴兵制度を忌避するためであった。すでに四十四歳だったが、金俊平は徴兵制度に年齢制限はないと思っていた。

まだ二十四歳の韓容仁は召集令状がくれば出征する覚悟を決めていた。春美もそのことを

知っていて、明日にでも召集令状がくるのではないかと内心脅えていた。母親の英姫に、

「なんで朝鮮人が日本の兵隊にならなあかんのやろ」とこぼしていた。

「ほんまやな」

と英姫も二人の孫の顔を見やりながら憂鬱になるのだった。

一九四五年三月十四日の正午、突然近くの中道国民学校の屋上に設置してある半鐘が激しく鳴った。普通は敵機が大阪の領空に侵入してきたとき警戒警報発令のサイレンが鳴り、いよいよ危険が迫ると半鐘を鳴らすのだが、その日はいきなり半鐘が鳴った。その半鐘の音に混じって上空からB29の鈍い爆音が響いてきた。家にいた娘夫婦と金俊平の家族は何かの間違いではないかと耳を澄ました。

「B29の音だ」

と言って韓容仁が確認のため外へ出ようとしたその足元に焼夷弾が炸裂した。

「逃げろ！」

と叫んで韓容仁は部屋にもどると押し入れから布団を運び出して貯水池に投げ込むのだった。生まれて間もない末子を負ぶっていた英姫は花子と成漢の手を取って近くの防空壕に避難した。春美も子供を連れて別の防空壕に避難した。焼夷弾は家屋の屋根を突き抜け、あるいは地面にめり込んで爆竹のように炸裂する。みるみる家屋が燃えあがり、あたり一面は火

の海と化していた。防空壕に避難していた英姫の横に座って体をちぢめていた漬け物屋のおかみさんは、防空壕を貫通した焼夷弾の直撃を受けて即死した。炎の音がゴオーッと唸り、あやうく英姫に燃え移るところだった。英姫は二人の子供の手をとって防空壕から脱出し、立ちのきになった道路を小走りになって逃げた。立ちのきになった広い道路をみんなはいつしか疎開道路と呼んでいたが、その疎開道路を数百人の人々が目標もさだかでないまま逃げまどっている。英姫も人の流れに沿って逃げた。人々は広い道路を選んで逃げていた。疎開道路と市電道路が交差する十字路にさしかかると、人々はいっせいに左折した。英姫もみんなと同じように左折した。

今里ロータリー近くにある吉岡外科病院は負傷者で溢れていた。病院に入りきれない負傷者は道路に放置されたままだった。ほとんどの負傷者は焼けただれ、かなりの人がすでに死亡していた。中には黒焦げになっている者や顔半分が陥没している者もいた。灼熱地獄の底から恐ろしい呻き声をあげて助けを求めていたが、新たな負傷者がつぎからつぎへと運ばれてどうすることもできなかった。黒い国防服を着て鉄カブトをかぶり、メガホンで声を張りあげてみんなを誘導していた警防団員の顔面に焼夷弾が直撃して肉がそがれ、一瞬真っ白になったかと思うと鮮血をどっと噴き出してマネキン人形のように倒れた。雨あられと降りそそぐ焼夷弾は逃げまどう人々を直撃し、道路のあちこちに死体がころがっている。火だるまになってころげ回っている男をモンペ姿の三、四人の女が炎を消すために火叩き棒を振り上げて叩いていた。しかし、油性の強い炎を消すことはできず、動かなくなった男の死体はいつまでも燃えていた。

人々は今里ロータリーからバス通りを選んで布施方面へ逃げていた。英姫母子も布施方面をめざした。だが、バス通りに面した両側の家屋は燃えあがり、あたかも火焔《かえん》ドームの中をかいくぐっているようだった。布施には中小企業の鋳物《いもの》工場や鉄工所や化学工場が密集している。ときどき何かの爆発音が地響きをたて、二、三十メートル噴き上げた火柱から火の粉が四方に飛び散った。逃げまどう人々の中には燃えひろがる炎と爆発におそれをなして後退する者もいたが、英姫母子はひたすら前進した。

いったいどのくらいの距離と時間を走ったのか憶えていない。気がついてみると英姫母子は畑の真ん中に立っていた。そしてあたりを見渡した英姫の眼前に生駒山が聳えていた。英姫母子の立っていた場所は若江岩田の畑だった。若江岩田といえば近鉄線で生駒の二つ手前の駅である。東成からだと二十キロはあるだろう。英姫母子は二十キロ以上の距離を走っていたのだった。それにもかかわらず英姫母子は恐怖と興奮のため、まったく疲れを感じていなかった。空には墨を塗りつぶしたような黒い雲が垂れこめていた。その黒い空を英姫は茫然と見上げた。やがて黒い空から雹《ひょう》のような大粒の黒い雨が降ってきた。

大粒の黒い雨を避けるために英姫母子は近くの農家に避難した。農家には英姫母子以外に十数人が避難していた。避難してきた英姫母子をその家の主人がねぎらうように受け入れて粥をくれた。四、五人の女と子供が泣いている。逃げる途中、女は子供を失い、子供は親を失っていた。

「大変やったなあ。よう生きのびたわ」

とその家の主人は想像を絶する大空襲の惨劇に言葉を失っていた。いあわせたみんなも言葉を失っていた。三日に一度は梯子で屋根に昇ってバケツの水をかけたり、濡れムシロを火にかぶせたり、火叩き棒で火を叩く訓練をしてきたが、あれはいったい何だったのかと英姫はこみあげてくる苦笑いと怒りに言葉を失っていたのだ。おそらくみんなもそう思っているにちがいなかった。

その日は農家で一夜を明かし、早朝、帰路についた。昨日は疲れを感じなかったのに、帰りは足に鎖をつながれているようだった。娘夫婦は無事に生きのびただろうか。家は焼け、行くあてがない。そんなことをぼんやり考えながら昨日と同じバス通りをたどっていた。布施あたりはまだ燃えているところがあり、煙の臭いがたちこめていた。道路に散らばっている焼けただれた死体をトラックやリヤカーに積んでどこかへ運搬している。今里ロータリー附近は奇跡的に焼けていなかった。吉岡外科病院前の山と積まれた死体にハエが群がり異臭を放っている。

　東成にもどってみると家は灰燼《かいじん》に帰して見渡す限り焼け野原になっていた。娘夫婦は無事だった。韓容仁は前日、貯水池に投げ入れた数枚の布団を引き揚げていた。乾かすと充分に使える。着のみ着のままで逃げた娘夫婦にとって数枚の布団は貴重な財産だった。近所の人たちは灰になった家屋の跡をかきわけて、使えそうな鍋や釜や陶器類を探していた。子供を負ぶった春美も灰の中から使えそうな物を探していたが、英姫母子を見るなり、

「昨日は心配で心配で眠《ね》られへんかったわ」

　と涙を浮かべた。

「どこへ逃げてたの」

　と英姫が訊いた。

「うちらは真田山《さなだやま》公園に逃げた。あのへんは焼夷弾が降らなかった」

　真田山公園は中道から三、四キロの距離である。

「うちは若江岩田まで逃げたわ」

「そんな遠くまで逃げたの」

　英姫と春美はいまさらのように無事に生きのびたことを喜び合っていた。そこへどこから

ともなく革カバンを下げた金俊平が現れた。少し酩酊している赤ら顔の金俊平は足をふらつかせていた。

「無事だったですか。心配してました」

貯水池から布団を引き揚げていた韓容仁が手を休めて言った。酔って目が据わっている金俊平はみんなを一瞥してから左右に体をゆらせながらその場をあとにした。どこへ行くのだろうと、みんなは金俊平の後ろ姿を見つめていた。

英姫母子と娘夫婦は淀川べりに住んでいる張老夫婦の二間しかないバラック小屋で世話になることになった。金俊平に追われた英姫を一時かくまってくれた張老夫婦である。一週間だけ世話になる約束だったので、その間、韓容仁と英姫は必死に貸家を探した。実際、二間しかない狭い部屋に十一人が住むのは一週間が限度だった。それ以上の迷惑をかけることはできなかった。そして英姫と韓容仁の奔走で奈良の五条に一軒家を見つけた。さっそくみんなは五条に引っ越した。引っ越しといっても家財道具の一切合切を焼かれていたので荷物などなかった。

五条駅前には何軒かの商店があり、道路はコンクリートで造成されていてよく整備された小さな町だった。駅前のコンクリートの道路をたどって行くと大きな陸橋にさしかかる。その陸橋の下を吉野川が流れていた。

借家は陸橋のたもとに建っている二軒家の手前のほうだった。道路沿いの表からは平屋に見えたが、道路の脇から川原へ降りる坂道があり、借家の二階と一階は道路から見えないのだった。したがって道路に面した部屋は三階に当たる。玄関を入るとすぐに下へ降りる階段があり、階段の横と向こう側に部屋がある。二階は六畳の部屋と台所だったが、壁は石垣がそのまま使われ、一階は物置きになっていた。娘夫婦は表道路に面した三階に住み、英姫母子は二階に住んだ。

家から吉野川までは約百五十メートルほどの距離である。途中、小川が流れており小径《こみち》の左右は隣家の老人が耕している畑だった。吉野川の川幅は五、六十メートルだが、大人なら向こう岸まで歩いて渡れる。ただ川の中央部の流れはかなり早かった。

美しい川だった。対岸の雑木林から聞こえてくる小鳥たちのさえずりは音楽のようだった。アユやウグイやウナギがよく釣れた。小川ではナマズが釣れる。町の背後には幽玄な金剛山《こんごうざん》が聳えていた。樹木におおわれた金剛山の頂《いただき》はたえず霧にけむっていて神秘的で近より難い威厳をそなえていた。

花子と成漢は歩いて五分のところにある五条国民学校に通学した。大阪の中道国民学校では毎日のように防空演習や避難訓練をさせられていたが、五条の国民学校はまるで戦争とは無縁のように何の訓練もなかった。成漢は学校から帰るとカバンを放り投げ、釣り竿を持って川へ出掛けてひねもす泳いだり釣りをしたりしていた。のどかな一日がゆっくりと過ぎていく。食糧事情もそれほど悪くなかった。隣家の老人から畑で穫《と》れた野菜や果物や米を分けてもらっていたからだ。隣家の老夫婦の二人の息子は戦死していた。

韓容仁は週に一度の間隔でもどってきた。商売をしているらしいが、どんな商売をしているのかわからない。帰ってくると必ず川で泳ぎ釣りをして、夕食に釣ってきた魚で晩酌をするとすぐに就寝した。そして翌日、家を出掛けるとき、韓容仁は義母からいくばくかの金を手渡されていた。韓容仁の商売はうまくいっていないのだった。

金俊平は一度も訪ねてこなかった。どこでどうしているのか音信不通だった。どうせどこかで女と同棲しているのだろうと英姫も春美も思っていた。金俊平のいない生活のほうが子供たちにとっても平穏でのびのびできた。

英姫は現金収入を得るために十日に一度、隣家から米を買って大阪へ売りに行っていた。都会の人間は買い出しもままならない状態だったが、その点、英姫は手軽に米を入手できたのである。大阪へ行くとき、英姫は成漢をともなった。花子は末子の子守りをさせるために残していた。当然、成漢はリュック一杯の米をかつがされた。

汽車は超満員である。子供の成漢は大人と大人の間に挟まれ踏み潰されそうになる。子供をかばうほど人々の心は寛容ではなくなっていた。成漢にとって大阪への旅は難行苦行の連続だった。

ある日のことである。八尾《やお》駅に停車した汽車から多くの人々が降り、それ以上の人々が乗車してきて成漢は息もできないほどの状態で列車の隅にちぢこまっていた。母親の英姫も連結部で身動きできない状態だった。乗客の間から網棚や席を奪い合う罵声が飛び交っていた。そのときである。一機の黒いグラマン戦闘機が八尾駅の上空を擦過したかと思うと列車に銃弾を浴びせた。ダ、ダ、ダ、ダ、と速射音が唸り、列車の窓ガラスがつぎつぎに破壊され、無数の悲鳴があがって列車内はパニック状態に陥った。

「成漢！　成漢！」

と英姫が叫んでいる。

大人と大人の間で押し潰されそうになっていた成漢は母親のもとへ這い出してきた。這い出すと、背中に銃弾を浴びて血だらけになった大人たちが倒れた。その大人たちが楯《たて》になっていたお陰で助かったのだった。このことがあってから英姫は一人で大阪へ行くことにした。

悪いことは続くというが、英姫が大阪へ行っている間、三階の部屋で遊んでいた末子が窓から川原に転落して大きな石に頭を打ちつけた。子守りをしていたはずの花子がお手玉遊びに夢中になっている隙に末子は窓まで這って行き、外へ顔を出したとき体のバランスを崩して逆さまに墜落したのである。洗濯物を干していた春美が末子を抱きかかえて病院に駆けつけたが医師も手のほどこしようがなく、息を引きとるまで末子を見守るだけであった。末子の頭はゴム毬《まり》のように柔らかだった。

「うちの責任や。うちの責任や」

と花子は号泣していた。

夜、大阪からもどった英姫は生まれて八カ月にも満たない末子の可愛い死顔を何度も愛撫しながら自分の運命を呪った。胸を叩き、畳を叩き、夜遅くまで慟哭《どうこく》した。

夏の暑い盛りだったので、死体が腐りだす前に火葬しなければならなかった。金剛山のふもとにある火葬場はまるで炭焼き小屋のようだった。小さなお堂に安置されている仏像は真っ黒で闇の中の亡霊のようだった。葬儀場の屋根には長い白い布ののぼりが風にはためいていた。近くの寺の住職が骨を拾うときに立ち会い経をあげてくれた。

末子の死がよほどこたえたらしく英姫は二、三日臥せっていた。だが、いつまでも臥せっているわけにもいかず、また米を持って大阪へ出掛けて行った。

つぎの出来事も英姫が大阪へ行っている間に起こった。

青天が続いていた。一点の曇りもない空は吸い込まれそうなほど美しかった。川原の石は太陽の熱に灼かれて素足では歩けなかった。隣家の老人は陸橋の下の日陰で麦藁帽子をかぶって午睡《ひるね》している。川では何人かの子供たちが水浴びをしたり、釣りを楽しんでいた。近所の高等科二年の男子生徒がふんどし姿で水中メガネをかけ、右手に銛《もり》を持ち、川の流れに身をゆだねて水底を観察していたが、つぎの瞬間、大きなウグイを突き刺した。見事な早業に成漢は感嘆した。自分もあんなふうに銛で魚を突いてみたいと思った。高等科二年の男子生徒は銛の先に跳ねているウグイを高々とかかげて眩しそうに空を仰いだ。が、空を仰いだ高等科二年の男子生徒の視線が釘づけになっていた。澄みきった空の一角に黒い斑点のようなものが現れたかと思うと陸橋すれすれに低空飛行してきた。一機の黒いグラマン戦闘機だった。戦闘機は川原の上で機体を鋭角にきって舞い上がり、一発の爆弾を投下した。その爆弾が陸橋のたもとの理髪店に命中した。凄まじい爆発音とともに硝煙が噴き上げて地鳴りがした。子供たちは蜘蛛の子を散らすように逃げだした。一階の窓から姉の春美が手を振って呼んでいる。成漢は一目散に走り、物置きの一階から一気に三階まで駆け上がって表通りに出た。破壊された理髪店の硝煙の中から、三、四人の男女が足をもつれさせ、よたよたと出てきた。一人の若い女の右腕が肩から皮一枚でぶらさがっていた。成漢はとっさにベルトに掛けていたタオルを若い女の肩に巻きつけたが、彼女はそのまま倒れた。閑静な田舎町は一発の爆弾で大混乱をきたしていた。若い女は担架《たんか》で運ばれ、一人が死亡、四人が重傷を負ったのだった。町の人々は、なぜこんな田舎町に爆弾を投下したのか不思議がっていたが、ちょ

うど大阪からもどっていた韓容仁は、

「日本は負けるかもしれない」

と呟いた。

翌日の正午、ラジオから日本の降伏を告げる天皇の声を聞いた韓容仁は腕組みをし、瞼を閉じて沈痛な表情をしていた。川へ釣りに行こうと小径を歩いていた成漢に畑仕事をしていた隣家の老人が、

「坊や、戦争は終わったよ」

とひとこと言った。


（下巻につづく）

この作品は二〇〇一年四月幻冬舎文庫に所収されたものです。

幻冬舎文庫

●好評既刊
異邦人の夜(上)(下)
梁石日《ヤン・ソギル》

夜の街を生きるフィリピン人不法滞在者・マリア。父殺しの罪に怯える在日韓国人実業家・木村。氏変更の裁判闘争に挑む木村の娘・貴子。国境を越えて生きる異邦人の愛と絶望を描く傑作！

●好評既刊
雷鳴
梁石日《ヤン・ソギル》

済州島の下級両班の娘・李春玉は、嫁ぎ先の尹家で八歳年下の幼い夫と厳しい姑に虐待される日々を送っていた。そんな春玉の前に、一人の男が現れる……。『血と骨』の原点となった傑作小説。

●好評既刊
カオス
梁石日《ヤン・ソギル》

歌舞伎町の抗争に巻き込まれたテツとガクは、麻薬を狙う蛇頭の執拗な追跡にあう。研ぎ澄まされた勘と才覚と腕っ節を頼りに、のし上がろうとする無法者達の真実を描いた傑作大長編。

●好評既刊
海に沈む太陽(上)(下)
梁石日《ヤン・ソギル》

イラストレーターになるという夢を抱き渡米した曾我輝雅を待っていたのは、人種差別と苛酷な環境だった。画家・黒田征太郎の青春時代をもとに、自分を信じて生き抜くことの尊さを描いた大長編。

●好評既刊
ニューヨーク地下共和国(上)(下)
梁石日《ヤン・ソギル》

「君に知らせたいことがある。九月十一日は絶対外出しないように」。ゼムはある日、一本の不可解な電話を受けた。9・11にNYで遭遇した著者が真の正義と人間の尊厳を描き切った傑作長編！

[新装版《しんそうばん》] 血《ち》と骨《ほね》(上)

梁石日《ヤン・ソギル》

令和6年1月15日　初版発行

発行人――石原正康
編集人――高部真人
発行所――株式会社幻冬舎
〒151-0051東京都渋谷区千駄ヶ谷4-9-7
電話　03(5411)6222(営業)
　　　03(5411)6211(編集)
公式HP　https://www.gentosha.co.jp/
印刷・製本―中央精版印刷株式会社
装丁者――高橋雅之

幻冬舎文庫

ISBN978-4-344-43352-6　C0193　や-3-26

この本に関するご意見・ご感想は、下記アンケートフォームからお寄せください。
https://www.gentosha.co.jp/e/